W0463346

Het beste wat we hebben

Griet Op de Beeck

Het beste wat we hebben

2017 Prometheus Amsterdam

Eerste druk september 2017
Tweede druk september 2017
Derde druk september 2017

© 2017 Griet Op de Beeck
Omslagontwerp en foto omslag Stephan Vanfleteren
Foto auteur Koen Broos
Zetwerk Mat-Zet bv, Soest
www.uitgeverijprometheus.nl
ISBN 978 90 446 2937 8

De enige gevaarlijke en ongezonde verdrieten zijn diegene die we in onszelf begraven en stil met ons meedragen om ze te verdrinken in het lawaai van het leven daarbuiten, als ziektes die oppervlakkig behandeld worden en zich alleen maar even terugtrekken om na een tijdje des te heftiger opnieuw uit te breken. Verdriet als ongeleefd leven, verworpen verleden, verloren gelopen emotie, dat is leven waar we aan kunnen sterven.

Rainer Maria Rilke, *Brieven aan een jonge dichter*

To leave the world a little better than you found it. That's the best a man can ever do.

Paul Auster, *Timbuktu*

't Is al wa da j' aan 't doen woart
Gelik wa da j' aan 't doen woart
Doe mo voert

Het Zesde Metaal, 'Naar de wuppe'

wat wordt gewist
blijft even waar

EEN

Hij had er drieënveertig jaar over gedaan om erachter te komen, maar hij was niet gemaakt om zich schrap te zetten. Lucas trok zijn schouders naar achter en ontspande ze weer. Hij hees de mouwen van zijn colbert zo ver mogelijk omhoog en krabde aan beide onderarmen. Behalve de rode strepen die zijn nagels achterlieten zag hij nog steeds niks ongewoons, en toch was de jeuk om gek van te worden. 'Diep in- en uitademen,' hij zei het hardop tegen zichzelf, nadrukkelijk: 'In en weer uit.'

Eenentachtig meter hoog, had hij gelezen. De brug stond hier al langer dan Lucas bestond, en sindsdien waren er elk jaar gemiddeld veertienenhalf mensen afgesprongen. Hij wilde de rekensom niet maken. Hij boog zich over de brede reling en staarde de diepte in. Het duizelde hem, hij klemde zich vast aan het ruwe beton, maar hij bleef kijken. Een straat, water en een spoorweg, stilstaande auto's, bomen in alle kleuren groen, daken van huizen, slordig naast elkaar geplakt, gevels met ramen en deuren, allemaal dicht, een weg die een verte tegemoet draaide, een wandelaar met een hond, alles in miniatuur, alsof het niet echt was, niet meedeed met het leven hierboven. De immense diepte zoog en verpletterde. Hij kwam behoedzaam overeind, zette een stap achteruit en staarde naar de wolken, almaar rusteloos in beweging, alsof ze probeerden de lucht te ontvluchten. 'In en uit, in en uit.' Lucas probeerde zijn stem zo kalm mogelijk te laten klinken.

Hij wist eigenlijk niet hoe hij hier was beland. Hij was in zijn auto gestapt, dat wist hij nog, en terwijl hij naar zijn gordel reikte, besefte hij dat hij nog steeds zijn toga droeg. Hij stapte weer uit en trok het onding gejaagd over zijn hoofd, hij bleef met een elleboog haken aan een mouw, hij hoorde iets scheuren en vloekte. Hij zwierde het zwarte gewaad op de achterbank en trok zijn colbert aan. Hij vond het potsierlijk, telkens die verkleedpartij, hij vermoedde dat hij met die mening een stevige minderheid vertegenwoordigde onder zijn collega's.

Hij ging weer in zijn auto zitten. Hij schuurde met zijn onderarmen over het stuur. Hij hoorde de bode aan komen lopen: 'Edelachtbare?! Edelachtbare, wat...?!' Lucas deed alsof hij het niet hoorde. De sleutel in het contact, gas geven, niet nadenken, rijden, de parkeergarage uit.

En nu stond hij hier, op deze vreemde brug. Hij ging met zijn handen door zijn haar, voelde de vingertoppen langs zijn schedel. De hoofdpijn viel amper te verdragen, alsof ze met wetboeken tegen zijn slapen sloegen. Lucas' telefoon trilde in zijn binnenzak. Maar hij wilde niemand horen nu, of hij was niet in staat om te praten met wie ook, dat was het misschien eerder. Hij wist het niet.

Hij moest het al zo lang altijd allemaal weten. In zijn rechtbank, waar hij vonnissen velde en zo het lot van mensen bezegelde. Dat was nu eenmaal zijn rol, waarvoor hij ook nog eens helemaal zelf had gekozen, dus geen reden tot gezeur. In zijn huis, waar zijn vrouw vond dat de weg vooruit was, en dit leven te kort om te talmen. Zij was gemaakt van constructiestaal, daar had hij al van toen hij haar leerde kennen bewondering voor.

Hij wreef in zijn ogen, langs zijn wangen, zijn kin. Hij was blij dat hij zijn eigen gezicht niet hoefde te zien. Er kwam een trein voorbij die in de tunnel verdween, van hieruit gezien een worm die terug de grond in kroop. Verder amper beweging daar beneden, het leek eerder een vervlogen herinnering aan een dorp dan een dorp. Hij wou dat herinneringen konden vervliegen, zoals geuren en hoop doen, soms.

Intuïtief zou je denken dat de rivier de zachtste landing bood, maar vanaf deze hoogte water raken is als tegen cement aan knallen, wist hij. Door de impact versplinteren je botten, die dan meestal vitale organen doorboren. Wie dat geluk niet heeft, verdrinkt alsnog. Nu ja, bijna altijd. Er bestonden verhalen over springers die het toch haalden. Lucas had eens een onderzoeker aan het woord gehoord die wereldwijd die zeldzame overlevers had ondervraagd, en meer dan 90 procent bleek op het moment van loslaten te denken: ik wil toch niet sterven. Die gedachte vond Lucas onverdraaglijk, de laatste seconden contemplerend van alle mensen die wel de dood hadden gevonden.

Hij zag drie sigarettenpeuken liggen tussen de reling en de weg. Hij hoopte van drie rokers, maar hij wist eigenlijk wel beter. Misschien zeiden de mensen die het overleefden dat ook alleen maar om de mislukte poging hanteerbaar te maken. We zijn zo goed in onszelf een rad voor de ogen draaien, als dat de dagen draaglijker lijkt te maken.

Hij hield nog altijd niet echt van water. Hij was vijf, misschien net zes, toen zijn vader hem zei dat ze eens gingen kijken naar het zwembad van het hotel. Lucas wist nog hoe opgewonden hij was dat hij mee mocht met zijn papa. Hij had zijn zwembroekje aangetrokken, hij hoopte dat er ook een kinderbad was. Ze liepen de gangen door, hij voelde de zachte vloerbedekking onder zijn blote voeten. Ze namen de lift naar beneden, met bordeaux tapijt aan drie wanden en een spiegel aan de vierde, dat wist hij nog. Ze kwamen langs de ontbijtzaal, kozen de trap en via een glazen deur arriveerden ze bij een vrij groot overdekt zwembad.

Zijn vader en hij stonden ernaast, zwijgend te kijken naar de anderen, in en om het water, er waren niet veel mensen. En opeens, zonder waarschuwing, gooide zijn vader hem erin. Lucas herinnerde zich de blinde paniek, het water in zijn neus, zijn geworstel om weer boven te komen, zijn vader die toekeek en niks deed, de boze gezichten van de toeschouwers, en Lucas die dacht dat ze kwaad op hem waren, hij, de jongen die niet eens kon zwemmen en zo zijn vader te schande maakte. Haarscherp zag hij hen voor zich, nu nog altijd.

Hij voelde zijn hart in zijn hals kloppen, hij ademde te snel. En die vreselijke jeuk. Hij moest rustiger worden. Zitten, misschien zou dat helpen. De reling was zeker dertig centimeter breed, eigenlijk kon dat wel. Lucas keek naar de schotten die ze hadden opgetrokken, aan weerszijden, een meter of drie breed en pakweg twee meter hoog, in een doorzichtig soort kunststof. Ter preventie, heette zoiets. Alsof mensen niet gewoon daarnáást konden springen. Met zijn linkerhand greep hij de buis van het schot beet, zette een voet op het beton van de reling en duwde zich omhoog. Heel even keek hij weer naar beneden, schrik verkrampte zijn spieren, maar hij zette door en liet zich zakken. Ze zeggen dat grote wanhoop angst nivelleert, hij vroeg zich af of dat wel waar was.

Een vlucht vogels gleed voorbij, zwaluwen misschien, al begreep hij niet waarom hij dat dacht, hij wist niks van beesten en planten. In zijn rug hoorde hij een aantal auto's passeren, allemaal mensen met een bestemming. Hij wriemelde met een hand onder zijn mouw, probeerde te krabben. Hij vroeg zich af wanneer de laatste hier was gesprongen, en waar dan precies, en wat hij of zij nog zou hebben gezien en gedacht.

Hij voelde het kille beton onder zijn kont. Hij masseerde zijn slapen, al had dat verder geen effect. Zijn telefoon trilde voor de zoveelste keer. Hij haalde het toestel uiteindelijk toch maar tevoorschijn, er is een grens aan alle volharden. Op het scherm de foto van Isabelle die ze er zelf in had gezet. Ze stond erop dat haar naam werd uitgesproken met een duidelijk 'le' op het eind, zoals de Fransen doen. Grijze ogen, groenige make-up, felle blik, dunne wenkbrauwen, opvallende neus, donkerrood gestifte lippen, lange hals, een wat meewarige trek om de mond, of misschien dacht hij dat alleen maar. Lucas staarde ernaar, alsof overgaan tot praten verder niet de bedoeling was. De telefoon viel stil, haar beeld verdween. Zeventien gemiste oproepen, zag hij nu. Hij stopte zijn telefoon weer weg.

Lucas dacht aan zijn vrouw, aan wat haar zus ooit eens tegen hem had gezegd over hen toen Isabelle het niet hoorde. Aan Pippa die nu in een ver land zat. Aan Suzanne zoals ze vroeger was, een klein meisje met grote ogen en dik blond haar met een bolle pony. Hij probeerde niet aan zijn moeder te denken. En ook niet aan zijn vader.

De telefoon trilde weer. Daar, aan de andere kant van de lijn, was het echte leven, daar waar hij vandaan kwam, daar waar hij was weggevlucht. Hij keek omhoog en naar beneden, even, hij kon zijn hart horen kloppen, dacht hij. Het trillen stopte, en begon daarna meteen opnieuw. Als hij nu gewoon vertrok zou er in wezen niks gebeurd zijn. Hij hoefde alleen maar rechtsomkeer te maken en een of andere smoes te bedenken. Hij hoefde alleen maar te doen wat van hem werd verwacht. Dat deed hij toch al een heel leven? Dat kon hij toch best?

Met een ruk trok hij zich op aan de buis, hij legde zijn kin tegen zijn borstkas, keek de afgrond in en huiverde. 'Heeeeelp!' Hij brulde het de vallei in. Er denderde een vrachtwagen voorbij. En toch was er niemand anders dan hij. Hij voelde zijn nekspieren spannen. De telefoon bleef zoemen. Hij werd gek van de jeuk. Hij wou dat de wind zou fluiten nu, of dat er iemand was die iets tegen hem zei. Maar hij staarde naar beneden en zag alleen maar stilte. Leven dat niet het zijne was. Onbestemde eeuwigheid. En hij stond hier, alleen, eenentachtig meter boven de afgrond, een paar seconden verwijderd van het einde van alle dingen, als dat was wat hij wou.

TWEE

Wat was er gebeurd? Wat had er precies bezit van hem genomen? Op welk moment kon het plots niet meer verder, niet zo, niet met de vanzelfsprekendheid van al die jaren?

Gisteren was hij thuisgekomen, het moest iets na zevenen zijn geweest. Hij was vroeger dan normaal vertrokken omdat Peter en Caroline en Gerard en Alec kwamen eten en Isabelle hem had gevraagd om langs de traiteur te rijden, daar stond een bestelling klaar. Lucas vond het wel leuk om zelf te koken, maar na het debacle met die zelfgemaakte sushi speelde zij liever op zeker, dat begreep hij ook wel.

'Hé Lucas.' Gerard kwam binnen met Alec achter zich aan. 'Waar is ze, de bloem van de avond?' Hij schoot langs Lucas heen de keuken in. 'Schat!' Hij overhandigde Isabelle een stralend boeket en kuste bij wijze van grap drie keer in de lucht naast haar wangen. Alec mepte Gerard plagerig tegen zijn achterhoofd en pakte Isabelle beet alsof hij na een leven lang fanatieke homoseksualiteit alsnog een overstap leek te overwegen. De bel ging nog een keer. Lucas liep naar de deur.

'Hier zijn we!' Peter droeg een houten kistje met zes flessen, spoorde Caroline aan om door te lopen en vroeg: 'Waar mag ik het neerzetten? Het is die Malartic-Lagravière waar Isabelle zo dol op is, die uit 2005.'

Lucas bedankte hem, nam het cadeau over en bracht het meteen naar de kelder.

In de keuken bleken Gerard, Isabelle en Caroline al een glas champagne in de hand te hebben.

'Maakt gij anders de gin-tonics, Lucky? Twee, of drie als ge er zelf ook een wilt. De champagne zit al in de ijsemmer, die zal ik meenemen.'

'Oké.'

Lucas trok de ijskast open. Isabelle troonde het gezelschap mee, de deur sloeg dicht, gedempt gelach en gepraat kropen tussen de spleten tot in de keuken. Lucas zocht naar de fles gin die bij deze tonic hoorde. Hij kon die niet meteen vinden, maar als hij gewoon Hendrick's gebruikte zou Gerard dat zeker merken. Verdomme. Hij kwam omhoog, rolde zijn mouwen op en bestudeerde zijn onderarmen onder het felwitte licht van de afzuigkap. Hij zag niks, krabde uitgebreid, dat deed deugd.

Hij haastte zich niet. Eigenlijk wou hij liefst van al in de keuken blijven, een beetje voor ober spelen, niet in de weg lopen. Die gedachte wuifde hij weg. Hij sneed dunne plakjes van de komkommer, prepareerde de glazen, nam wijn voor zichzelf en zette alles op een dienblad. Hij duwde de deur open.

Nina Simone zong vanuit de speakers. Lucas overhandigde de drankjes en schoof het voetbankje tot bij de salontafel, daar ging hij op zitten.

'Maar wanneer gaan ze nu eindelijk tot een consensus komen over die hervorming van de vennootschapsbelasting? Hoelang lullen ze daar nu al over?' Peter liet het dramatisch klinken en stak een betoog af. Lucas moest denken aan die man van vanmiddag. Die had samen met een andere kerel diesel gestolen uit een grote installatie. Ze zaten in de kou, met twee kinderen, zei hij. Hij moest dat vonnis nog schrijven.

Vanuit zijn ooghoek zag hij dat Isabelle gebaren zat te maken, hij kon ze niet meteen lezen. Hapjes, lipte ze ten slotte. Ze wees naar hem en toen naar zichzelf, met vragende wenkbrauwen. Lucas stak een vinger op en veerde overeind, hij deed het wel.

'Hebt ge hulp nodig?' Caroline vroeg het pro forma, vermoedde hij.

'Nee, blijf lekker zitten.'

'Hij is zo'n gerief in huis, hè,' zei Isabelle en ze glimlachte naar Lucas.

Alec antwoordde: 'Wilt ge hem anders niet ruilen voor Gerard? Ik probeer hem nu al een maand of drie zover te krijgen dat hij zijn schoenen in het speciaal op maat gemaakte schoenenrek zet, en zelfs dat is al te veel gevraagd.'

Gelach. Toen gingen ze door over de vennootschapsbelasting.

Isabelle noemde ze hun vrienden, maar eigenlijk waren het de hare, ook al kenden ze elkaar allemaal al een jaar of achttien inmiddels, bijna even lang als hij en Isabelle samen waren. Lucas werd vakkundig uit de weg gegaan, getolereerd als de man die zij nu eenmaal bleek te hebben uitgekozen, dat sprak hij vanavond voor het eerst zo onomwonden uit tegen zichzelf, daar in de keuken, terwijl hij zijn nagels in zijn onderarmen zette. Zij zou hem hoogstens licht smalend paranoïde noemen als hij dat tegen haar zou zeggen, dat deed hij dus maar niet.

Lucas legde de gegratineerde oesters voorzichtig in een ovenschaal. Een paar minuten onder de grill en ze waren klaar. De oven ronkte. Hij wachtte. Isabelle had beweerd dat het gegarandeerd tussen zijn oren zat, dat er niks te zien viel aan die armen, dat de jeuk misschien simpelweg het gevolg was van dat gekrab. Hij zei tegen zichzelf dat hij er gewoon niet meer aan moest denken, een kwestie van de boodschap overbrengen aan al wat tussen die oren zat. De oven piepte.

'Heerlijk.'

'Ik eet oesters liever puur,' zei Gerard, 'maar zo zijn ze ook best lekker, dat moet ik toegeven.'

Caroline knikte: 'Ja, top, dit', en toen ging ze verder: 'Maar zij heeft dus na dat gesprek beslist om haar nooit meer te zien.'

'Haar eigen moeder?' Alec verslikte zich bijna van spontane ontzetting.

'Wat voor iemand zijt ge dan? Uw eigen moeder.' Gerard slurpte nog eens van de oesterschelp, al was die leeg inmiddels, hij fronste.

'Zeg, kunt ge u wat inhouden, alstublieft? Lucky zit er ook bij, hè.' Isabelle mepte Gerard speels tegen zijn schouder.

Lucas vroeg zich af of hij het kon maken om nu meteen de schelpen weer op te ruimen en weg te brengen.

'Ik bedoe-oel: in dit geval, hè.' Gerard haalde al zijn theatraliteit uit de kast.

'Ge kunt situaties niet zomaar vergelijken,' tjilpte Alec, 'er zijn mensen die…'

'Zwijg maar gewoon, jullie maken het erger.' Isabelle keek naar Lucas. 'Alec en Gerard hebben nu eenmaal een moedercomplex, trek het u niet aan.'

En opeens keek het voltallige gezelschap naar hem.

'Ieder zijn keuze in dit leven,' suste Alec.

Het viel Lucas op dat Isabelle almaar in zijn plaats sprak, het viel hem op dat zoiets hem opviel, want dat deed ze eigenlijk wel vaker.

'En soms is het amper een kwestie van kiezen,' antwoordde Lucas op de niet-gestelde vraag die in de kamer rondwaaide. Hij wachtte de reacties niet af, stond op en begon de oesterschelpen te verzamelen. Ondertussen verergerde de jeuk alleen maar.

'Is een op zichzelf aangewezen jongen die in totaal liefdeloze omstandigheden werd grootgebracht werkelijk schuldig als hij op zijn negentiende in de fout gaat?' Lucas reageerde op iets wat Peter had gezegd.

'We hebben sociale voorzieningen in ons land. Ge moet niet

stelen, hè.' Caroline nam een zuinig hapje van haar dessert.

'Het probleem is: we kennen het hele verhaal niet, we hebben geen zicht op alle complexe factoren die zo'n jongen tot die daad hebben gedreven. De budgetten ontbreken om die te achterhalen. Er wordt te weinig samengewerkt tussen advocaten en hulpverleners en magistraten om echt...' Lucas zag Alec wijzen naar iets in het bord van Gerard, daar maakte hij een grimas bij. 'Ik bedoel: schuld en onschuld zijn zulke ingewikkelde begrippen en... We missen de informatie die ervoor zou kunnen zorgen dat zo'n jonge gast echt geholpen wordt. Daar kan ik van wakker liggen.'

Hij hoorde lepels over bordjes schrapen. Gerard pikte iets van Alecs bord en kreeg een klets op zijn linkerhand.

'En een stap verder nog: is een psychopaat die klinisch niet in staat is tot empathie actief verantwoordelijk voor zijn daden?'

Hij zag Peter sceptisch kijken.

'Ik bedoel maar: er zijn geen rechtlijnige antwoorden.'

'Nee,' antwoordde Gerard, 'dat is wel zo.' Hij keek naar Isabelle. 'Zeg, trouwens, wat eten we nu eigenlijk?'

'Op de doos stond sushi en ravioli van mango en passievrucht.'

'Ik begrijp waarom ge dat er niet bij hebt gezegd,' giechelde Alec.

'Zeg, organiseer volgende keer zelf een diner, hè,' Isabelle zei het gespeeld verontwaardigd.

'Het is lekker, daar niet van, maar ik wil liever niet aan sushi en ravioli denken terwijl ik dit naar binnen speel, geef toe.'

Er ontstond roezemoezende hilariteit aan tafel. Lucas hield niet zo van de smaak van passievrucht eigenlijk. Hij at het toch op.

'Ja maar, gij zijt zo stil tijdens zo'n avond, de laatste tijd toch, terwijl ge u vroeger meer mengde. Het lijkt of het u amper nog interesseert allemaal.' Isabelle zette de tandenborstel aan, het gezoem overstemde de late straatgeluiden.

'Wat? Zo'n etentje?'

Het bleef even stil.

Ze spuwde in de wastafel, nam een slok en spuwde een tweede keer.

'Nee, weet ik veel, de wereld, de politiek of waar het dan ook over gaat.'

'Dat interesseert mij wel, heel erg zelfs, zoals ge weet, ik heb het toch gehad over –'

'Ja, ik bedoel niet letterlijk dat ge echt helemaal niks zegt natuurlijk.'

'Als ik niet het gevoel heb dat ik iets wezenlijks kan bijdragen, ja dan...'

'Als ge zwijgt, draagt ge zeker niks bij.'

'Wordt zo'n avond geestiger als ik zeg wat ik ervan denk?' Lucas trok zijn broek en zijn sokken uit en gooide die in de waszak.

'Tja, ge kunt ook proberen om het allemaal wat optimistischer te bekijken, dan hoeft ge u zulke vragen niet te stellen.'

Isabelle ging met een watje langs haar ogen, dat kleurde in een mum van tijd grauw zwart. Ze keek hem via de spiegel aan, alsof ze iets verwachtte wat hij niet aan het leveren was. Hij keek vragend terug.

'Bon, ik vond het gezellig.' Ze gooide het watje in het vuilnisbakje. 'Alec is toch hilarisch? Als hij geen homo was, zou ik het wel weten.'

Lucas trok zijn hemd uit en krabde langs zijn armen. 'Ja, schone vent, die Alec.'

'Ja, maar hij is ook scherp en snel en slim en energiek en gewoon ja, leuk om bij te zijn.' Ze trok haar nachtjapon aan. 'Zeg, uw voeten stinken. Was die eerst maar voor ge in bed komt.' Ze legde haar juwelen bij de wastafel. 'En stop met krabben, ge maakt het erger.'

Isabelle verdween naar de slaapkamer.

Lucas rommelde in het apothekerskastje, hadden ze niet een of andere crème tegen jeuk in huis? Doosjes genoeg met pijnstillers en medicijnen die al lang hun houdbaarheidsdatum voorbij waren, maar niks in die sfeer verdomme.

'Stop met krabben,' zei hij hardop tegen zichzelf, en hij draaide de kraan open. Hij ging gewoon een douche nemen, dat geklooi met voeten in een badkuip, daar zag hij helemaal tegen op. Hij wachtte tot het water warm werd, keek bewust weg van de spiegel, zag de barst in de tegels die er al eeuwen zat. De rimpels van dit huis dat hij samen met haar had gekocht en gerenoveerd, hij kende ze allemaal. Hij ging onder de hete stralen staan en sloot zijn ogen, het water stroomde over zijn gezicht, zijn huid dampte, zijn gedachten galoppeerden alle kanten op. Hij ging vast niet kunnen slapen.

Hij was vier keer opgestaan die nacht. Isabelle had er gelukkig niks van gemerkt. Toen haar wekker ging lag hij al anderhalf uur wakker. Hij liet haar eerst haar ding doen in de badkamer, hij bleef nog even in bed, hij moest nog moed verzamelen. Hij draaide zich op zijn rug en krabde verwoed aan zijn armen.

'Moet gij niet op?' Isabelle riep het vanuit de gang.

'Toch wel, toch wel,' antwoordde hij. Vervolgens bleef hij liggen.

Toen hij in de keuken kwam, had Isabelle haar jas al aan.

'Pippa skypete nog, ik heb gezegd dat gij geen tijd zou hebben, want dat ge al te laat aan het komen waart.' Ze hing haar handtas om haar schouder, keek inventariserend om zich heen, zij die nooit iets vergat. 'Hoe laat zijt gij thuis?'

'Hmm, ik weet niet,' mompelde Lucas, 'ik zou toch wat dossiers moeten inhalen, ik loop achter.'

'Gezellig.'

'Als ge wilt dan kan ik –'

'Nee, geen probleem. Ik ga dan gewoon met Mireille iets eten of zo, ik zie wel.'

'Trouwens, ik wil dit weekend naar Suzanne.'

'Ge hebt uw zus vorige week woensdag nog gezien.'

'Ja, maar ik –'

'Als ge wilt gaan, moet ge gaan natuurlijk, daar niet van. Het is niet dat ik niet weet wat te doen.' Ze gaf hem een snelle zoen, pakte haar sleutels. 'En stop met krabben.' Ze lachte erachteraan.

Hij hoorde de deur in het slot vallen. Lucas keek op zijn horloge. Hij had zin om Pippa te horen, ze had nog geen les op dit uur. Handig dat er met Pretoria geen tijdsverschil was. Maar Isabelle had wel gelijk, hij moest voortmaken. Meer nog, hij had ook geen tijd om te ontbijten. Hij trok de ijskast open, vond een banaan waar al wat bruine vlekjes op zaten. Hij bestudeerde hem van dichtbij, twijfelde, nam hem toch maar mee. 'Soms is het niet met kiezen,' zei hij, en hij vertrok.

Lucas luisterde naar het radionieuws. Het wakkerde tegenwoordig een onbestemde paniek aan. Zo lang had hij zijn best gedaan om de dingen te relativeren, in perspectief te plaatsen, de klemtoon te leggen op de eeuwige slingerbeweging die de wereldgeschiedenis kenmerkte, maar hoe kon je dat vandaag de dag volhouden?

Hij zette Keith Jarrett op, *The Köln Concert*, omdat hoop en melancholie daarin samenkwamen. Hij probeerde zich niet op te laten naaien door het verkeer dat vastzat, het was zijn eigen schuld, had hij maar vroeger moeten vertrekken. Hij probeerde niet te krabben. Zijn gedachten schoten alle kanten op. Hij parkeerde, nam de trap, groette een collega op wiens naam hij niet kon komen. Was dat nog wel normaal eigenlijk, al dat vergeten van hem de laatste tijd?

Hij had zitting, maar met een beetje geluk was hij tegen een uur of twee wel klaar, en dan kon hij meteen met zijn dossiers aan de slag. Er was geen tijd meer om die dringende mail te sturen, hij moest over zeven minuten op de tweede verdieping zijn. Terwijl hij onderweg was, belde Isabelle hem op.

'Voor vanavond, ik heb afgesproken met Vince, dus doe maar wat ge moet doen.'

‘Maar zo laat was ik niet van plan om…’

Lucas hoorde gepraat van mensen op de achtergrond.

‘Zeg, Lucky, ik moet hier ook verder. Ik wou het gewoon maar even laten weten. Tot straks, rond een uur of elf, twaalf ben ik er wel weer, vermoed ik. Veel plezier daar.’

Hij bleef nog luisteren nadat ze had opgehangen. Als een idioot stond hij daar, op de gang, met een telefoon tegen zijn oor, terwijl hij tempo moest maken.

Toen hij de zittingszaal binnenstapte zag hij de griffier, die oudere met het fanatiek geföhnde hoge haar waar een vogelnest zich probleemloos in zou laten verstoppen. Lucas nam plaats op zijn statige stoel, die was nu eenmaal voor hem bedoeld. De advocaat van de eerste beklaagde droeg een toga met een gelige boord, Lucas wilde niet weten hoe die zou ruiken. De jongen die moest voorkomen deed een wanhopige poging om zich verstaanbaar te maken in het Nederlands, ook al was er een tolk aanwezig. Als Lucas niet oppaste, greep zoiets hem aan.

In de tweede zaak had de procureur met uitbundige pedanterie gesproken, dat deed hij wel vaker, Lucas wende er nooit aan. In de vierde gebruikte meester Van Weldingen makkelijk twintig keer de term ‘phishing expedition’, Lucas betreurde het dat hij niet, zoals hij meestal deed als een advocaat vijfenveertig minuten de tijd vroeg om te pleiten, toestemming had verleend op voorwaarde dat hij zich niet één keer zou herhalen. Daar zag Lucas dan als een havik op toe, wat zelfs de meest ervaren pleiter nog uit het lood kon slaan. Lucas luisterde, probeerde almaar niet te krabben, dat was nu eenmaal geen gezicht voor een man die toch geacht werd enige waardigheid uit te stralen.

Tijdens de volgende zaak waren het de gezichten van de agenten die hem troffen, de dodelijke verveling die erop af stond te lezen, en hoe er een met indrukwekkende nadrukkelijkheid kauwgom stond te kauwen. Het was nochtans een intreurige zaak. Een

Algerijnse jongen was in de prostitutie beland, Lucas vreesde dat het zijn manier was om toch zijn homoseksualiteit te kunnen beleven. Een discussie met een klant die een condoom weigerde, liep uit de hand. En nu stond hij hier, aangeklaagd voor het toebrengen van ernstige slagen en verwondingen, wat niet werd ontkend. Hij beweerde dat de ander begonnen was, dat hij zich toch moest verdedigen? Hij knipperde almaar met zijn ogen. Wat moest Lucas nu toch doen met zo'n jongen? Hij probeerde zich niet af te laten leiden door de bode die rondjakkerde met de zwaarwichtigheid van een kind dat straks op moet tijdens het schoolfeest.

En toen kwam er ook nog een zaak over huiselijk geweld. De vermeende dader ging meteen zitten, de armen wijd gedrapeerd over de leuning van de zitbank, hij leek te hebben beslist dat een staat van ontspanning voor hem de enige modus was. De vrouw, eigenlijk nog een meisje, stond daar met een stille verslagenheid waar Lucas maar moeilijk naar kon kijken.

Hij hoorde het sjirpen en zoemen en knetteren van de airco-slash-verwarming. Dat was de pest in dit prijswinnende gebouw, alsof er in elke spleet krekels verstopt zaten die in hun eentje oorlog voerden tegen rust en stilte. Hij had geprobeerd om eraan te wennen, het te omarmen als normaal omgevingsgeluid, om het samen te laten smelten met het ruisen van auto's buiten, het koeren van duiven, het tikken van hakken op de stenen vloer in de gangen, simpelweg bewijs van leven.

De procureur nam het woord. Lucas kon amper naar hem luisteren, hij dacht alleen: laat dat ellendige geluid in godsnaam ophouden, en wel nu, laat me van die jeuk verlost zijn, die is niet te harden. Hij hoorde de tegenwerping van de verdediging, hij zag de procureur het hoofd schudden, het zoemen en tikken leek alleen maar luider te worden. En midden in weer zo'n pompeuze zin veerde Lucas opeens op. Hij zag alle hoofden naar hem toe draaien. De jonge vrouw schrok, ze leek te vrezen dat er iets haar schuld was. De twee tolken die al de hele tijd fluisterend op de voorlaatste rij zaten, vielen stil. De bode bleef voor het eerst die dag staan waar hij stond.

Ik moet weer gaan zitten, me vaag excuseren, dacht Lucas, maar hij verroerde zich niet, keek de omstanders één voor één aan, draaide zich toen bruusk om, opende de deur naar de achterkamer en verdween zo door de gangen langs de trap naar de parking. Hij holde bijna. Op dat moment wist hij niks meer, alleen dat hij daar weg moest. En wel meteen.

En nu stond hij op de reling, eenentachtig meter hoog. Tien minuten, een halfuur, of langer al. Hij had geen idee van tijd. Gedachten struikelden over elkaar, ademnood bij de gedachte aan terugkeren. Naar de rechtbank, naar zijn kantoor, naar zijn huis, zijn vrouw, de vrienden, terug naar zijn bed waarin hij zo vaak de slaap niet kon vatten, waarin nachtmerries hem de keel dichtknepen, terug naar dat leven dat hem overrompelde, met de mensen die er waren en de mensen die ontbraken, waar discussies over wereldproblemen voor anderen louter intellectuele oefeningen bleken, terwijl we op die planeet wel moesten leven, en iemand als Pippa nog zo veel jaren meer dan hij, als het goed was.

Hij keek in de duizelingwekkende diepte en voelde dat hij nooit zou durven springen. Er was een groot verschil tussen niet willen terugkeren en willen dat het eindigt. Lucas greep de buis beet en kwam behoedzaam weer van de reling af. Er reed een auto voorbij, de zoveelste sinds hij hier was. Geen enkele bestuurder had de moeite genomen om te checken of het wel ging met hem, besefte hij nu, hij die hier stond, op een notoire zelfmoordbrug. Niet dat hij die aandacht had gewild, integendeel, hij zou zich rot hebben geschaamd als hij had moeten uitleggen wat hij daar deed. Maar hij dacht aan de godsgruwelijke eenzaamheid van mensen die wel waren gekomen om te springen. Hoeveel bevestiging moest zo veel onverschilligheid bieden aan hun donkerste gedachten?

Lucas verliet de brug en zag een meter of dertig verderop een huis. Vanuit de ramen aan de ene kant had je vast een excellent zicht op de hele lengte van de brug. Er hing een papier voor het raam. Hij las in fluorescerend oranje: TE KOOP, met een nummer. En zonder nadenken greep hij zijn telefoon en belde. Na drie keer rinkelen werd er opgenomen.

DRIE

Ook na elf dagen bleef Lucas met verwondering rondkijken. Er waren het peper- en het zoutvaatje in de vorm van een poes en een eitje, het was een stelletje, in een flets soort babygeel, maar wat een wonderlijke combinatie: een kat en een ei. Hij vroeg zich af of hij het beest misschien verkeerd identificeerde, maar met de beste wil van de wereld viel er geen kip van te maken, of een eend of een andere eilegger. Je had de theedoeken met de geborduurde beren aan het nageltje van een legplankje. De bruinige sofa waar je spectaculair diep in wegzakte. De goedbedoelde schilderijen van vergezichten en een van een clown waar hij een ongemakkelijk gevoel van kreeg. Opgehangen in het toilet de kaart in A3-formaat met HAPPY BIRD-DAY erop en een tekening van de kop van een kalkoen. De mosgroene tegels in de badkamer en de gordijnen in gele badstof. Weinig mensen zouden begrijpen dat hij bijna alles onaangeroerd had gelaten, maar er zat ontroering in de lelijkheid die door iemand was gekoesterd, vond hij.

Op een rare manier voelde Lucas zich hier thuis. Misschien ook wel omdat het contrast met de plek waar hij was opgegroeid nauwelijks groter kon zijn. Die had vier immense verdiepingen, een park van een tuin eromheen, en binnen ademde alles geschiedenis. De statige schilderijen, de ornamenten op de lambriseringen, de kroonluchters, het discreet krakende parket, de zware, antieke kasten. In die hele zeshonderd vierkante meter was er amper een lege hoek of een onbenut gelaten stukje muur te vinden.

Hem had het altijd rusteloos gemaakt, dat overvolle, dat eeuwig omzichtig moeten zijn te midden van zoveel dat kapot kon, de stilgevallen tijd in alle kamers, die sporen van alle generaties die hier voor hen hadden gewoond. Hij voelde zich eeuwig te klein voor dat onoverzichtelijk grote huis, met al die ruimtes die nauwelijks werden gebruikt, met al die begraven geheimen waar de stenen getuigen van waren geweest, met alle emotie die door de jaren heen in de vele lagen behang was gekropen. 'In dit huis kan ik een rondleiding geven in zes minuten.' Hij zei het hardop.

Hij deed doorgaans zijn best om het te laten, dat tegen zichzelf praten, al gaf het hem het prettige gevoel van geordende en doorgedachte gedachten. Isabelle vond dat het leek of hij geestelijk niet helemaal in orde was als hij dat deed, wat ongetwijfeld klopte. Maar nu had niemand er last van. En hij moest af en toe iets horen. Iets anders dan het waaien van de wind buiten, als hij zijn rondes deed op de brug, iets anders dan de verontrustend nieuws spuwende radio, iets anders dan het tikken van de radiatoren en het zoemen van de ijskast.

Sinds hij hier zat gaf hij ook toe aan de kleine verlangens die hij zichzelf had leren ontzeggen. Een goed, gezond lijf vond Isabelle belangrijk, en daar had ze natuurlijk ook gelijk in. En aangezien hij te weinig tijd had om te sporten, moest hij toch extra oppassen. Maar hier legde hij opgeteld wat kilometers af. Als hij na een uur of vier buiten te zijn geweest de keuken in liep, had hij grote honger. En het was zo heerlijk om te mogen.

Hij draaide het gasvuur uit. In zo veel restaurants had hij bijzonder lekker gegeten, maar een witte boterham met een omelet die het brood zo prettig zompig maakte, dat voerde hem naar vroeger, toen hij van Rita precies zulke boterhammen kreeg. Hij mikte nog wat meer ei op het brood, en verhuisde met het plankje naar de tafel. Een bord had hij niet nodig. Hier mocht alles simpel.

En op deze stoel had hij een goed zicht op de brug. Hij bestudeerde zijn armen, niks te zien, en alle jeuk was verdwenen. Hij rook aan zijn boterham voor hij een hap nam. Wellustig bijna, die geur.

Eigenlijk deed hij niet aan bijgeloof, en toch had het hem een teken geleken dat juist dit huisje, hier bij deze brug, te koop stond, nog maar net zelfs. Alsof de wereld hem wilde zeggen dat hij, de man die al zo veel jaren in zijn rechtbank mensen zag ná de feiten, als het te laat was, nu eens moest proberen om op tijd te komen. Het had natuurlijk iets geschifts, dat wist hij ook wel, maar het was tenminste concreet. 'Nodig zijn, was dat niet wat we allemaal verlangden?' Hij vroeg zich af wat het betekende dat hij deze vraag stelde aan zichzelf.

Hij had onbetaald verlof gevraagd en per hoge uitzondering gekregen. Bij een magistraat loopt het salaris normaal door als hij ziek wordt of iets dergelijks, maar Lucas wou echt geen aanspraak maken op wat hem niet toekwam. Makkelijk was dat allemaal hoegenaamd niet geweest. Na veel discussie kwamen ze drie maanden overeen. Om te beginnen, had hij gedacht, dat had hij er natuurlijk niet bij gezegd. Hij was verheugd dat hij dat zo had kunnen regelen.

Hij begon aan zijn tweede boterham. Hij kauwde langzaam. Lucas bestudeerde het mes met een grip in rood plastic. Francine hield van kleur, zoveel was duidelijk. Ze had hier meer dan veertig jaar gewoond. De kinderen moesten er alles nog uit halen, zeiden ze. Ze zouden een opkoper laten komen en dat kon snel geregeld als het moest. Hij had een bod gedaan op de hele zwik, inclusief inboedel. Hij sloot een speciale verzekering af en regelde het zo met de familie dat hij het pand meteen kon betrekken. Er ging een vreemde magie uit van geruisloos het leven van een ander binnenglijden.

Hij nam zijn laatste hap en dacht aan Rita. Haar boterhammen waren beter dan deze. Hij dacht nog vaak aan haar. Zoals zij kon lachen om wat hij zei, hoe ze zijn kleine handen in de hare nam als ze iets ging zeggen wat ze echt belangrijk vond, hoe ze niks van hem verwachtte, er gewoon kon zijn. Rita was ooit begonnen als inwonend dienstmeisje bij zijn grootvader, en later leek ze bij het huis te horen, zoals de klimop bij de schuur in de tuin.

Bijna negen was Lucas toen hij thuiskwam uit school en zijn moeder hem vertelde dat Rita net was weggevoerd met de ambulance, en dat het er niet goed uitzag. Zijn ma had haar mond in een streep getrokken en haar handen ongemakkelijk voor haar buik gevouwen, zijn vader had zich teruggetrokken in zijn werkkamer waar niemand binnen mocht zonder te kloppen.

Lucas had paniekerig gezegd dat ze erachteraan moesten rijden. Het had minutenlang geduurd voordat zijn moeder eindelijk de sleutels van haar auto pakte. Zijn vader bleef thuis met Suzanne, zo werd het afgesproken. Bij elk rood licht had Lucas zijn adem ingehouden tot het weer groen werd, alsof het verkeer zo zou begrijpen dat het aan de kruispunten niet te lang mocht duren. Hij had telkens opnieuw gevraagd of ze alsjeblieft sneller konden rijden, tot zijn moeder kwaad was geworden omdat zijn gezeur hoegenaamd niet hielp.

Toen ze in het ziekenhuis aankwamen, bleek dat Rita al gestorven was. Een hersenbloeding. De verpleegster vroeg of ze haar nog wilden zien, en Lucas had meteen ja gezegd, maar zijn moeder vond dat een slecht idee. Ze hadden op de wachtstoelen gezeten terwijl de verpleegster Rita's persoonlijke spullen haalde. Lucas herinnerde zich zijn stampende colère omdat hij niet naar haar toe mocht, en hoe hij die keurig had ingeslikt. De tranen kwamen pas later, toen hij naar het souterrain ging en ze daar echt niet bleek te zijn, zelfs al kon hij haar nog ruiken, in die kamers met die lage plafonds. Iemand kon zomaar verdwijnen dus, dat had hij moeten leren.

'Het is een einde waar we allemaal voor zouden tekenen,' had zijn vader na de begrafenis gezegd, maar zijn stem beefde, wat Lucas bij hem nog nooit had opgemerkt. Lucas wilde weten of ze het nog had beseft, dat ze met loeiende sirenes door de stad werd gereden, en dat ze daar helemaal alleen had gelegen, op die draagbaar, zij die altijd een hekel had gehad aan lawaai en volgens hem ook aan alleen zijn, al wist hij dat niet zeker. Zijn moeder had haar schouders opgehaald, meer niet. Suzanne, ze was nog geen vier toen, had gevraagd of ze dan vanaf nu geen eten meer zouden krijgen.

Zijn telefoon rinkelde. Het was Hans, een goeie vriend sinds zijn studentenjaren, hij zou hem later terugbellen. Lucas zocht de wandelschoenen die hij had gekocht voor op de brug, aartslelijke dingen maar buitengewoon comfortabel. Hij liep van kamer naar kamer, en vond ze onder de salontafel. Hij ging zitten en trok ze aan, tijd voor actie.

Hij realiseerde zich dat zijn systeem verre van onfeilbaar was. Zijn laatste ronde op de brug deed hij vlak voor hij ging slapen, en pas in de vroege ochtend maakte hij, nog voor het ontbijt, een eerste snelle wandeling heen en weer. En hij nam pauzes tussendoor, het viel anders niet vol te houden. Als er net dan iemand kwam waren al die uren waken voor niks geweest. Maar zo wilde hij niet denken, kon hij niet denken zelfs. Er was een vreemd soort vertrouwen in hem gevaren dat hij er zou zijn als het nodig was.

Hij had gelezen dat sommige springers amper aarzelen. Ze komen aan, klimmen meteen op de reling en doen het, een paar minuten en het is voorbij. Maar de meesten namen toch hun tijd, en als je ze eenmaal aansprak waren ze, in tegenstelling tot wat hij vermoedde, meestal meer dan bereid om hun verhaal te doen. Dat gaf moed.

Dit was zijn elfde dag. Hij had nog niemand gezien, behalve voorbijschuivende chauffeurs in auto's en vrachtwagens en zo nu en dan een fietser. Maar elke ochtend stond hij op met de gedachte dat het kon gebeuren. Het gemiddelde aantal slachtoffers per maand lag tenslotte op 1,20833333. Merkwaardig hoe zinvol de dagen plots leken. Dit heen en weer lopen was een wapen tegen de vaagheid van het leven waarin een mens te vaak dezelfde dingen deed alsof dat wel genoeg zou zijn. Dat we wennen aan de dingen is gevaarlijk, want we kunnen wennen aan alles, dat wist hij al heel lang.

Lucas kwam overeind. Op de radio speelde een liedje dat hij mee kon zingen zonder te weten van wie het was. Hij draaide de volumeknop hoger. Warmte deinde de kamer in, een beat ook. Lucas voelde twee armen de lucht in gaan, een bekken dat in beweging kwam, zijn hoofd meeknikkend met het ritme. 'Are you with me? Are you with me?' brulde hij mee. Hij danste tussen de keukentafel en de ijskast, en heel even dacht hij aan niks anders dan aan daar zijn en dansen.

VIER

Buiten begon het zacht te schemeren, Lucas trok zijn trui aan, hij zou nog een uur of twee rondes lopen. Hij was klaar met wat hij zich die ochtend had voorgenomen: eindelijk de vrienden opbellen die hem hadden proberen te bereiken sinds hij hier zat, en twee collega's, met wie hij een goeie band had. Hij had het niet goed kunnen uitleggen, daar was hij zich van bewust. En niet iedereen had begrip getoond, maar dat sloeg hem minder uit het lood dan hij had gevreesd. Vooral het gesprek met Hans zou hem bijblijven, maar zij kenden elkaar ook al zo lang. Hij hoopte dat hij Pippa gauw eens live te pakken kon krijgen. Nu ze aan het rondreizen was, bleek dat niet zo evident.

Hij hurkte, strikte zijn veters. Hij was het mooi gaan vinden, de traagheid van niet weten wat er komt. Hij zocht de sleutel, rommelend in de la van het kastje in de gang. Hij moest toch eens ergens een haakje ophangen. 'Orde creëren in de chaos,' zei hij, en opeens ging de bel. Hij schrok van het geluid, voelde zich betrapt terwijl hij met zichzelf stond te praten. Dit moest een vergissing zijn.

De bel ging een tweede keer. Zo bedreigend kon een banaal geluid dus voelen. Lucas was na de eerste rinkel doodstil blijven staan, het belachelijke gevoel dat hij door te bewegen onheil over zichzelf zou afroepen. Er brandde een lampje in de keuken, zijn auto stond naast het huis geparkeerd, wie het ook was kon wel vermoeden dat hij er zou zijn.

Wat onzeker op zijn benen zette hij een paar stappen in de richting van de voordeur, hij deed ze open, en daar stond ze, op de kiezels voor de deur: Isabelle, in een lange zwarte regenjas, haar rechterhand om de gesp van haar handtas, een tikje wiebelig op haar naaldhakken door de onvaste ondergrond. Geen van beiden zeiden ze iets, ze stonden daar maar, te kijken, alsof ze niet zeker waren dat ze elkaar wel herkenden.

'Isabelle,' zei hij ten slotte, met iets van verwondering in zijn stem. Hij ging schrijlings staan en maakte een handgebaar dat haar uitnodigde om binnen te komen.

Hij had haar pas over drie dagen verwacht, ze hoorde eigenlijk nog op zakenreis te zijn nu. Als ze terug was zouden ze bellen om concreet af te spreken. Hij had haar aan de telefoon gevraagd om een echt gesprek uit te stellen tot hij het zelf wat helderder zag. Hij wist dat zo'n voorstel haar niet zinde, zij die altijd voor de confrontatie ging, maar voor één keer had hij doorgeduwd.

Zonder iets te vragen liep Isabelle door het gangetje naar de keuken. Ze bleef staan bij de tafel en keek ongemakkelijk om zich heen, een vrouw met stijl die een kraakpand betreedt en vruchteloos een plekje zoekt om haar handtas neer te zetten en haar jas op te hangen.

'Ge zijt al terug?' zei Lucas.

'De afspraak met dat vijfde bedrijf ging onverwacht niet door, dus werd de reis ingekort.'

Hij volgde Isabelles blik naar een hoek van het plafond, waar een spin in de weer was geweest met een tamelijk indrukwekkend web, hem was het nog niet opgevallen.

'Dus hier houdt gij u al twee weken schuil?'

Hij vroeg zich af of dat was wat hij deed. Hij wist het niet zo goed.

'Ik houd de wacht, eigenlijk, maar dat is een lang verhaal.' Hij liet het verontschuldigend klinken, dat ging vanzelf.

‘Hmm,’ zei Isabelle alleen maar.

‘Wilt ge zitten, iets drinken? Ik heb nog koffie staan, en een redelijke whisky ook ergens. Nog een halve fles rode wijn.’ Hij vermoedde dat ze de wijn vies zou vinden, hij had die gekocht bij die kleine kruidenier in het dorp, daarom noemde hij die als laatste.

‘Hebt ge water?’

‘Uit de kraan, ja.’

Ze keek naar het aanrecht en de gootsteen. ‘Doe maar een glas wijn.’

Lucas herinnerde zich dat hij de fles wijn bij zijn bed had laten staan, waar hij gisteren had liggen lezen.

‘Zo terug.’

Hij stormde naar boven als was hij in gevaar. Het liefst van al zou hij zich op deze kamer verschansen tot ze weer verdwenen was. ‘Slappe lul,’ zei hij, en hij hield meteen een hand voor zijn mond, nog voor hij besefte dat zoiets onmogelijk beneden te horen zou zijn.

Toen hij terugkwam zat ze aan tafel, benen gekruist, handen op haar knie, de rug recht. Hij vond alleen een wijnglas met een massieve groene voet en een motief van druivenranken. Hij wist wat zij daarvan zou vinden, zij had goede smaak.

‘Alstublieft.’

Hij vroeg zich af of deze vreemdheid tussen hen nieuw was, of alleen nadrukkelijker in omstandigheden als deze. De tijd kon het niet zijn, ze was wel vaker een periode het land uit, en nadien gleden ze weer in hun routine met het gemak waarmee een sjaal zich om een hals laat gooien.

Isabelle wachtte tot hij ook ging zitten. Hij plantte zijn ellebogen op tafel, de kilte van het blad was hem nooit eerder zo opgevallen.

‘Ik zou graag weten wat uw plannen zijn.’ Isabelle sprak snel en beslist, zoals altijd. ‘Is dit uw interpretatie van een midlife? Vind ik als ik naar boven ga in uw bed een blonde bimbo van drieëntwintig? Waart ge mij gewoon beu en is deze plotse, merkwaardige verdwijntruc de laffe overgang naar het echte einde der dingen? Of is het gewoon een bevlieging die binnen afzienbare tijd wel weer over zal zijn en die ik dus maar moet verdragen?'

Ze wreef met twee vingers over de rand van het glas en nam precies daar een zuinig slokje. Het was die grote mond van haar waar Lucas voor was gevallen, die radde tong en die snelle geest. Maar na zo veel dagen schrok hij er een beetje van, hoe goedgekozen woorden konden overdonderen.

'Zoudt ge dat erg vinden?'

'Misschien wel als ze heel mooi en heel jong en heel verstandig was.'

'Als dit het einde was?'

'Een gescheiden man van drieënveertig, wilt ge dat cliché worden?'

Lucas keek naar zijn brug.

'Ik wil proberen iemand te zijn met wie ik kan leven, geloof ik.'

'Ik dacht dat dat mijn opdracht was, met u leven.'

'Een opdracht? Bon, dat is dan ook duidelijk.' Lucas zei het zacht.

'Dit gesprek, dat is een opdracht.'

'Gij zijt mij nochtans komen vinden.'

'Gij zijt de man van de laffe vlucht, dat weten we.'

Ze pauzeerde even na die woorden. Lucas noteerde dat ze het woord 'laf' al voor de tweede keer gebruikte.

'Ge weet heel goed: ik ga de dingen niet uit de weg.' Isabelle nam haar glas in de hand. 'Ik kom gewoon hiernaartoe, u in de ogen kijken. Zoals grote mensen doen. Komaan. Al die cinema.' Ze zwaaide met haar hoofd naar daar waar idiotie op een denkbeeldige hoop werd gegooid en nam een slokje.

'Gij wint.' Lucas stond op en schonk toch ook voor zichzelf een glas in. 'Maar het gaat hier niet om winnen.'

'In het leven gaat het altijd minstens ook om winnen en verliezen, als ge dat niet wilt zien, zijt ge gewoon naïef.'

'Gij zijt kwaad.'

'En ik heb daar alle reden toe, me dunkt.'

'Da's waar. Maar ik ben niet vertrokken om u te pesten. Ik ben niet eens vertrokken met het plan om weg te blijven. Het was opeens... Ik weet niet, ik moest gewoon –'

Isabelle liet hem niet uitspreken, zij had een hekel aan geaarzel: 'Het leven is niet iets wat u door een of ander wreedaardig lot wordt opgedrongen. Ge zijt een grote jongen, ge maakt uw eigen keuzes.'

'Niet alles werkt zo rationeel, Isabelle. Dat stel ik nu ook maar vast.' Hij probeerde het gedecideerd te laten klinken.

'Ge kunt dat ook verstandig noemen, getuigend van verantwoordelijkheidszin, maturiteit, kiest u zelf een woord.'

'Gij hebt dat nooit?'

'Dat ik iedereen in de steek wil laten, dat vervolgens niet kan of wil uitleggen en dus maar gewoon mijn kop in het zand steek? Eh, nee.'

Lucas zuchtte, dat ging vanzelf.

'Wilt ge een gesprek of zijt ge gekomen om mij de les te lezen?'

'Ah, en nu gaat meneer in de aanval. De zwakste verdediging.'

'Dat is uw sterkte, Isabelle, de aanval, subtiel meestal, dat wel, maar evengoed.'

'En nu nog wat verwijten erbovenop.' Alsof het haar verder allemaal weinig kon schelen, zo klonk dat. Dat was nu eenmaal haar verweer, dat wist Lucas ook wel, maar hij wilde dit niet, niet zo, niet op deze toon. Ook niet van zijn kant.

'Ik snap dat ge razend zijt.' Lucas schraapte zijn keel, en daarna nog eens. 'Maar, hoe moet ik dat nu uitleggen? Ik ben altijd maar doorgegaan, en dat ging niet meer. Ik heb soms het gevoel dat ik al jaren mezelf loop te spélen, alsof de rol die ik ooit heb gekozen met mij aan de haal is gegaan.'

‘Als ge krukkig geformuleerde uitvluchten wilt zoeken, doe dat in uw eigen tijd. Ge praat nu wel tegen mij.’

‘Ik probeer u uit te leggen hoe ik me voel. Misschien doe ik dat niet zo goed, ik ben het zelf ook nog aan het uitvogelen, hoe het nu precies zit, waarom ik doe wat ik doe, en –’

‘Dat begrijp ik niet, mensen die het aan het uitzoeken zijn.’ Ze maakte een theatraal gebaar met haar handen in de lucht. ‘Hoe gaat dat dan? Wat doet ge dan? Hier op een stoel zitten en nadenken? Om wat dan te verzinnen dat ge niet al wist? En zelfs als ge zoiets zou doen, wat kunt ge op de tweede dag nog bedenken waar ge de eerste al niet waart opgekomen? Wat kunt ge hier aan inzichten opdoen die u onderweg van en naar uw werk niet komen aanwaaien? Of thuis liggend in een bad, voor mijn part? Wat schiet een mens op met al die moeilijkmakerij?’

‘Gij zijt anders, dat weet ik. Gij stelt u een doel en gij schiet vooruit. Maar niet iedereen zit zo in elkaar. Ik heb veel te weinig stilgestaan, denk ik nu.’

‘En terwijl gij wat stil staat te staan mag ik verrotten?’ Ze keek hem recht in zijn ogen.

‘Verrotten? Gij floreert als ge kunt reizen voor de zaak, als ge bij uw vrienden en uw familie zijt, als ge –’

‘Dat heeft er niks mee te maken. Gij laat mij stikken.’ Tussen elk woord van die laatste zin liet ze een strategische pauze vallen. ‘Daar gaat het om.’

‘Alle kaarten op tafel, zoals gij het toch verkiest: hebt ge zitten wegkwijnen, die dagen zonder mij?’ Lucas ademde snel, prutste onbestemd aan zijn vingers.

‘Zoals ik al zei: dat is het punt niet.’

‘Ik vind van wel. Ik weet toch hoe sterk gij zijt. Ik weet toch dat gij alles met uzelf kunt regelen, als het erop aankomt.’

‘Ah, zoudt ge dat liever hebben, zo’n afhankelijk vrouwtje dat haar man op zijn wenken bedient en lekker heeft gekookt als hij na zijn werkdag thuiskomt?’

‘Doe niet onnozel.’

‘Afhankelijkheid is het ergste wat er is, dat druist in tegen alles waar ik als vrouw voor sta.’

‘Als we nu met zijn allen eens konden toegeven dat die zogenaamde vrijgevochten onafhankelijkheid relatief is, zowel voor vrouwen als voor mannen. Dat liefde, als het goed gedaan wordt tenminste, naast vanzelfsprekendheden als vrijheid en autonomie, onontkoombaar ook een bepaalde mate van afhankelijkheid impliceert, al was het maar omdat het geluk van de ander u even dierbaar is als dat van u, en het uwe dus meebepaalt, dan zouden we er beter aan toe zijn allemaal.’

‘O snel, pen en papier, ik heb het gevoel dat ik dit moet opschrijven.’

‘Awel, ge zoudt het beter doen.’ Lucas had er echt over nagedacht en hij was blij dat hij het in omstandigheden als deze tenminste wel gezegd kon krijgen als hij het voluit meende. Hij speelde nerveus met zijn glas, hij had nog altijd geen slok van de wijn gedronken. ‘Altijd dat cynisme, ik heb daar geen wapens tegen.’

‘Ocharme gij.’

‘Wat wil dat nu zeggen, Isabelle?’

Hij zuchtte. Nu al een tweede keer, hij wist dat ze daar allergisch voor was, hijzelf trouwens ook.

‘Wat, dat?’

‘Dat ge zo doet tegen mij?’

‘Hoe bedoelt ge: zo?’ Ze keek erbij alsof ze echt niet wist wat hij nu precies bedoelde, dat kon hij zien.

‘Wat voelt gij nu echt voor mij?’ Lucas rechtte zijn rug.

‘Niet doen alsof het hier over mij gaat.’

‘Het gaat over ons. Ik heb zo lang willen geloven dat wat wij hadden bijzonder was, maar bijzonder, dat kan veel betekenen. Soms denk ik...’ Lucas maakte een machteloos gebaar met zijn hand.

‘Als ge een antwoord wilt, moet ge wel duidelijker zijn, Lucky.’

Hij had ooit plagerig beweerd dat ze die koosnaam voor hem had bedacht omdat hij zich gelukkig mocht prijzen dat hij door haar was uitverkoren, ze had het lachend bevestigd.

'Zeg het nu maar gewoon, in mijn gezicht, wat ge echt van mij vindt.' Lucas probeerde zo neutraal mogelijk te kijken.

'Ik heb voor u gekozen, dat zegt toch genoeg?'

'Achttien jaar geleden, en er zijn zo veel redenen waarom iemand voor een ander kiest, en vaker niet dan wel de goeie, dat weet gij ook.'

Isabelle nam haar glas, rook eraan en zette het weer terug.

'Ge durft niet eens te zeggen wat gij van mij vindt.' Lucas keek naar zijn handen, hij vond ze klein en lelijk. Anderen hadden dat in het verleden wel tegengesproken, maar hij bleef dat denken. Hij legde ze op zijn benen, onder de tafel. 'Wie is er nu laf?'

'Wat wilt ge horen? Hè? Wat?' Ze verhief haar stem niet, ze keek alleen maar.

'Alles wat ge denkt en nooit hebt gezegd, zelfs gij niet, degene die op zich altijd alles zegt wat ze denkt, omdat ze zo in het leven wil staan.' Dat laatste klonk verwijtend, dat besefte hij wel.

Isabelle maakte haar ogen kleiner. 'Meent ge dat? Dat is wat gij nu wilt? Zijt ge daar wel zo zeker van?'

'Ja, daar ben ik zeker van. Ik ben een grote jongen, dat hebt ge zelf juist nog gezegd.'

Isabelle nam een slok, fronste.

'Komaan, ik geef u de kans om het er allemaal eens uit te gooien, grijp die.' Er sloop iets van groeiend venijn in Lucas' stem, wat hem zelf verbaasde.

'Wat wilt ge horen?' Ze leunde naar achter. 'Dat ge een kind zijt, omdat ge altijd wegloopt als ge het niet meer weet? Omdat ge zomaar alles achterlaat om hier in een godvergeten gat te komen zitten, domweg vluchtend van al uw verantwoordelijkheden. Wilt ge dat ik dat zeg?' Ze liet haar wijsvinger even onbestemd in de lucht hangen. 'Wilt ge horen dat ge mij op mijn zenuwen werkt als ge weer eens ligt door te emmeren over alles wat er niet deugt aan het penitentiaire systeem? Dat het mij teleurstelt dat ge uw mond vol hebt over wat er mis is met het justitiële apparaat, maar er eigenlijk niks aan doet om dat te veranderen? Dat ik zit te wachten op de dag dat ik nog eens echt trots op u kan zijn?' Haar hoofd bewoog zacht naar voor en weer naar achter, een onhoorbaar ritme volgend. 'Dat ik al uw zogenaamde geestigheden en uw verhalen over vroeger al zo dikwijls heb gehoord dat ik ze mee kan lippen? Dat ik mij voor u geneer als ge u op feestjes staat uit te sloven om wat aandacht te krijgen van vrouwen met grote tieten? Dat het mij ergert als ge na God beware tien minuten beuken nog altijd niet zijt klaargekomen, en dat uw lul soms echt naar pis kan stinken en dat dat verklaart waarom ik er niet op zit te wachten om u te pijpen? Dat ik dat heerlijke vegetarische stoofschoteltje dat ge uw specialiteit noemt eigenlijk niet te vreten vind? Dat het lastig is om te leven met een mens die zijn melancholie cultiveert als was het een deugd, en zo op de rand van fatalistisch naar de wereld kijkt dat de hele omgeving er depressief van zou worden? Dat ik er zot van werd als ik zag hoe ge u door Pippa liet inpakken waar ge bij stond, zodat ik weer mocht proberen om dat kind alsnog opgevoed te krijgen? Dat ik dat begin van dat jazznummer echt niet nog een keer opnieuw wil horen omdat Miles Davis daar iets ongelooflijks doet? Dat ik dat geborduurde ding van Rita hoegenaamd niet in de woonkamer wil hebben, ook niet in de hoek waar het niet opvalt? Dat alleen slappe lullen zich zo uitsloven om altijd maar bij iedereen in de gratie te komen, zelfs bij de sukkelaars die moeten voorkomen?' Ze hapte naar adem. 'Dat er godverdomme iets tegenover mag staan, tegenover alles wat ik voor u heb gedaan? En dat ik het, na alles wat ik van u heb verdragen, niet verdien om gedumpt te worden op het moment dat alle goeie mannen al ingenomen zijn?'

Isabelle nam een grote slok en zette het glas met een knal weer op de tafel. Ze schraapte haar keel. Lucas klemde zijn hand om de rand van de tafel en zette beide voeten stevig op de grond. Hij probeerde diep in en uit te ademen, zijn blik op zijn handen gericht. Naar haar durfde hij niet te kijken, niet nu. Ze had hem gewaarschuwd. Je mag nooit een spel spelen als je niet bereid bent om het te verliezen, dat wist hij toch allang?

Hij stond op, de stoel schuurde langs de tegels, hij ging bij het raam staan. Buiten was alles donker. Alleen de lantaarns op de brug trokken een spoor van licht, als kiezels om de weg naar huis terug te vinden. Hij drukte zijn neus tegen het glas, dat had hij in geen eeuwen meer gedaan. Het voelde nattig, en koud, en even bevond hij zich niet meer in deze keuken maar in zijn kamer van vroeger, waar hij vaak zo stond, zich afvragend hoe de dingen elders waren, wat andere mensen dachten en deden. Zoals toen wou hij dat hij niet hier maar daar was, in die lauwe nacht, de wind suizend langs zijn oren, ogen gericht op de witgrijze wolken in de zwarte hemel. Zou het nog gaan regenen? Misschien wel, dacht hij, misschien wel.

Hij voelde haar aanwezigheid, al zat ze dan doodstil aan tafel. Hij wist wel dat hij iets moest zeggen nu. Maar zijn woorden waren op. Dat had hij soms. Zij eigenlijk nooit. Behalve nu misschien.

Net voor ze bij haar auto was, keek ze om, dat verwonderde Lucas. Hij zwaaide. Zij bleef nog even kijken, haar gezicht bleker dan bij het binnenkomen, dacht hij, zeker wist hij het niet. Toen stapte ze in, startte de motor en de auto draaide de weg op.

Wat was er nu gebeurd? Hij keek langs de trap naar boven. Het was nog veel te vroeg om te gaan slapen. Maar nu nog rondes lopen, dat kostte hem energie die hij op dit moment niet had. Hij stond te twijfelen in het halletje, liep uiteindelijk naar de woonkamer en liet zich tussen de kussens in de sofa zakken, zijn voeten op de salontafel. Hij staarde naar het onhandig geschilderde landschap aan de muur. Hij vroeg zich af of Francine en haar man dat allebei mooi hadden gevonden of dat een van de twee die aankoop had geforceerd. Hij vroeg zich af wat Isabelle nu in haar auto zat te denken. En wat hij er nu eigenlijk allemaal van dacht. Maar antwoorden lieten zich niet zomaar vinden, in zijn hoofd had niemand opgeruimd voor hij kwam.

VIJF

De eerste keer dat hij Isabelle zag, zat ze op een barkruk, het soort stoel waarop geen mens elegant kan zitten, behalve zij. Net toen hij keek, draaide ze haar hoofd, haar hoogblonde haar wipte mee. Hij had opgemerkt hoe licht haar ogen waren, hoe scherp haar blik. Dat ze een geprononceerd voorhoofd had, een kleine kin en een wat forsere neus, dat zag hij allemaal pas later.

Voor hij naar het café was vertrokken, had hij nog hardop voorgelezen wat er op de fles van de wc-reiniger stond om nog eens een stem te horen. Hij had voor de televisie een stuk koude pizza gegeten en zich nadien afgetrokken, de derde keer die dag. Na elk orgasme leek hij triester. Het was een maand of vier na de breuk met Leila, maar het voelde alsof ze er gisteren nog was.

Hij dronk van zijn pint en bestudeerde de vrouw op de barkruk. Hoe ze haar ene been over haar andere legde. Hoe ze praatte met haar handen, dat vond hij altijd mooi aan mensen, het vuur dat zoiets verraadde. Hoe luid ze lachte toen de vrouw met wie ze daar zat iets zei, zij deed niet aan discreet, zoveel werd hem wel duidelijk. Slank was ze, iets breder bij de heupen, kleine borsten. Hij dronk zijn pint te snel leeg en liep naar de bar om een nieuwe te bestellen. De oneliner die hij had gebruikt om hen beiden aan te spreken had hij verdrongen, hij wist alleen nog dat haar antwoord eindeloos veel geestiger was. Toen al besefte hij dat hij haar nooit de baas zou kunnen.

Ze wilden niks van hem drinken, en ze hadden veel te bespreken, samen, zei Isabelle. Ze deed iets met haar mond wat hij nu nog zo voor zich zag. Of hij haar mailadres mocht hebben, en dat hij dan tenminste met enige waardigheid af zou druipen, hij zei het lacherig. Haar vriendin dicteerde het, en hij kon het niet zien, maar Isabelle moest haar een vermanende blik hebben gegeven, want de vriendin reageerde met schouderophalen: 'Hij ziet er niet uit als een *serial killer*, en het is tenminste niet uw telefoonnummer, waar hij naar vraagt. Toch alvast een paar punten voor originaliteit.' Isabelle draaide zich niet meer om.

De vierde dag na zijn brief checkte hij zo'n beetje om de twintig minuten zijn mail, al hoopte hij er toen eigenlijk niet meer op. Maar nog twee dagen later kreeg hij vier regels terug. In haar mailtje stond niks waaruit af te leiden viel dat ze graag reactie zou krijgen. Evengoed, ze had geantwoord, wat ze niet had hoeven doen, dat zei toch iets. Mensen in hoge nood maken hun eigen verhaal, hij wist het en hij deed het toch. Hij weerstond de verleiding om te reageren, ook al kostte hem dat moeite.

Hij ging vaker naar dat café dan vroeger. Zesentwintig dagen na die avond walste ze er opeens weer binnen, met diezelfde vriendin. Weer geen man in de buurt, dacht hij, omdat hij zich optimisme had voorgenomen. Het was de vriendin die de tafel naast de zijne koos, en pas toen ze gingen zitten, zag zij hem. Ze herkende hem meteen, van Isabelles gezicht viel dat alvast moeilijker af te lezen.

'Dat drankje, dat willen we nu wel, toch, Isabelle? Het is een teken van de goden dat we hem hier weer tegenkomen.'

Isabelle keek haar vriendin aan, niet hem. 'Een teken waarvan? Dat we wel eens in hetzelfde café komen? Zoals honderden anderen?' Ze lachte. 'Maar oké voor mij, als dat is wat gij wilt.'

Hij kwam terug met drie cava's, hij paste zich aan, al wist hij niet goed waarom. Hij haalde alles uit de kast wat hij aan charme en vragen en verhalen voorradig had. De vriendin leek enthousiaster dan Isabelle, maar dat was misschien een kwestie van temperament. Isabelle was toch de eerste die was opgestaan om het volgende rondje te halen. Hij had haar kuiten gezien, sportieve kuiten, en dat wippende haar waar hij zijn neus in wilde steken.

Toen de vriendin een uur of drie later opstond omdat ze moe was, ook al was het nog maar een uur of elf, vond Lucas dat hij het minstens moest proberen. 'Wij nog een laatste?'

Isabelle keek hem vaagweg glimlachend aan, stond op, trok haar jas aan, en antwoordde: 'Ik moet morgen belachelijk vroeg op.'

Hij probeerde een waardige glimlach, ging aan de toog zitten en bedronk zich die nacht tot kotsens toe. De ochtend nadien scheerde hij zijn haar kort en ging twintig kilometer hardlopen.

Het was drie maanden later, zoiets. Een vriend had hem meegetroond naar een feest waar hij eigenlijk niet naartoe wilde. Na een halfuur wou zijn maat gaan roken, ze sloten aan bij wat mensen die ze kenden, en daar zag hij haar zitten, druk pratend, met die felle blik en die scherpe kaaklijn. Even overwoog hij om te vertrekken, maar ze waren er nog maar net, dus bleef hij toch maar staan, met zijn rug naar haar toe.

Hij kwam terug van de wc, de zoveelste keer die avond, van bier moest hij altijd pissen als een rund, en in die smalle gang zag hij haar zijn kant op komen. Ze keek hem aan, onverschrokken. Intuïtief wilde hij wegkijken, maar hij durfde niet. Toen ze elkaar kruisten, duwde zij hem zonder iets te zeggen tegen de muur aan, en met een lange tong likte ze zijn nek. Met haar rechterhand gleed ze schijnbaar achteloos langs zijn broek terwijl ze hem aankeek, neutraal bijna, alsof zij dit wel vaker deed.

Hij had haar nooit gevraagd wat er ondertussen was gebeurd, waarom ze eerst niet wou en toen wel, maar die nacht neukten ze tot het licht werd. Wild, twee lijven die niet vergeten waren dat ze afstamden van de beesten. Zij bereed hem, zwetend, kneep in zijn tepels tot het pijn deed. Hij likte haar, telkens weer, gillend en kreunend kwam ze klaar. Elke keer was zij degene die zei: 'Kom, nog een keer.'

'S Ochtends lag ze naar hem te kijken toen hij uit de badkamer kwam en zijn onderbroek zocht. Ze lag op haar zij, een hand onder haar hoofd, het dekbed tot aan haar middel, haar borsten uitdagend wijzend in zijn richting. 'Ge zijt beter in bed dan ik had gedacht. En ge hebt schoon ogen en een lekker lijf. Gij moogt blijven.' Ze grijnsde. Ze trok hem naar zich toe, kuste hem en duwde zijn hoofd tussen haar benen.

Toen ze veertig minuten later op hun rug lagen, starend naar het plafond, verspreid over het bed als de twee laatste mikadostokjes van het spel, en zij haar voeten nonchalant op zijn been legde, voelde het alsof het balletje van de roulette op het getal viel waar hij al zijn geld op had ingezet.

ZES

'Gewoon. Kijken.' De jongen kroop nog wat verder weg onder de klep van zijn pet, hij stampte met zijn linkersneaker tegen de reling, almaar opnieuw, ritmisch.

Lucas vroeg zich af hoe oud hij was, moeilijk in te schatten, vond hij.

'Waarom? Denkt ge dat ik ben gekomen om te springen?' Zijn stem klonk jong.

'Is dat zo?'

Hij schudde zijn hoofd.

'Gij komt gewoon kijken.'

De jongen knikte, keek Lucas even aan. Kleine donkere ogen, in spleetjes getrokken, in een aandoenlijk rond hoofd met brutaal blozende wangen. Zwart haar dat warrig onder de pet uit stak.

'Zijt ge zeker?'

Hij knikte weer, aarzelender dit keer.

'Misschien niet gewoon, maar wel om te kijken.'

Lucas vond zijn adem weer. De paniek toen hij de jongen had zien staan, de spontane gedachte dat dit toch niet de eerste mocht zijn, zo'n kleine mens nog, verdween. Hij probeerde te peilen hoever hij door mocht vragen.

'Niet gewoon?'

De jongen hield zijn voet opeens stil, legde zijn handen op de reling en strekte zijn armen, misschien omdat hij probeerde ouder te lijken dan hij was.

'Zijt gíj gekomen om te springen?' De jongen liet de vraag droog klinken, alsof hij informeerde of Lucas iets wilde drinken.

'Nee. Ik woon daar,' Lucas wees.

'O.'

Ze stonden naast elkaar, ze zwegen. Lucas wist niet wat het was, maar zijn hart brak als hij deze jongen bezig zag. Het zat hem in zijn houding, in dat onhandig weggespeelde wankele van jongens die al begrepen hebben dat stoer doen een manier van overleven is. Of in dat teveel aan vlees waarin hij zich probeerde te verstoppen. Die blik van een kind met eindeloos veel vragen, die niet paste bij dat lijf dat van een flinke dertien- of veertienjarige kon zijn. Niet zozeer omdat hij groot was, maar om die wat uitwaaierende breedte, straks ging hij misschien weer in de verticale richting groeien. Hij deed Lucas aan Suzanne denken, ook al konden die twee niet minder op elkaar lijken. Toen zijn zus zo'n beetje die leeftijd had was ze bijna doorzichtig, zo frêle.

'Geen zin in school vandaag?' Lucas glimlachte erbij om te vermijden dat het als een aanval zou klinken.

De jongen haalde zijn schouders op, snoof zijn neus. 'Moet gij niet werken?'

Lucas moest lachen, één-nul.

'Ik ben nu even een soort vakantie aan het nemen. Aan het nadenken of ik die job nog wel wil. En gij? Vervelende toets in aantocht?'

'Nee.'

'Sportdag? Daar had ik altijd zo'n hekel aan. Eén keer gingen we met school paardrijden. Ze zetten mij op zo'n immens beest en nog geen drie minuten later sloeg dat dier op hol. Ik had nog nooit in een zadel gezeten, en opeens moest ik galopperen.'

'En toen?'

‘Toen moest een van de begeleiders mij komen redden. Goed voor uw imago als ge dertien zijt.’

‘Hebben ze u dan uitgelachen?’

‘Geplaagd wel, ja.’

‘Maar niet gepest?’

‘Nee, ik denk het niet.’

Lucas wou iets liefs voor hem doen, maar hij wist niet hoe dat werkte in een context als deze. De jongen stak zijn handen in de zakken van zijn jack.

‘Hebt ge het niet te koud hier?’

‘Niet echt. Gij?’ De jongen keek naar de thermoskan in Lucas’ linkerhand. ‘Wat zit daarin?’

‘Koffie. Ik zou u een kop aanbieden, maar ja, koffie.’

‘Ik drink wel koffie.’

‘Ah zo. Wilt ge er eentje?’

‘Als ge genoeg hebt.’

Lucas schroefde de beker van de kan en schonk hem goed halfvol. De jongen blies eerst en nam een zuinig slokje.

‘Een bakje troost,’ zei Lucas.

Het kind keek hem vragend aan.

‘Dat zeggen ze toch zo, van koffie. Of misschien doen alleen oude mensen dat.’ Lucas stelde zich de blik van Isabelle voor als ze hem hier nu dat laatste zinnetje hoorde uitspreken.

‘Hoe oud zijt gij misschien?’ De jongen bekeek hem van top tot teen, hij leek op basis van wat hij zag zelfs geen vage gok te kunnen maken.

‘Drieënveertig.’

‘Ja, dat is heel oud. Mijn papa is tweeëndertig, dat is tussenin-oud.’

‘En uw mama?’

De jongen steunde met zijn ellebogen op de reling en staarde naar beneden, hij nam nog een slok.

‘Goeie koffie,’ zei hij. Hij trok er een ernstig gezicht bij.

‘En hoe oud zijt gij eigenlijk?’

'Achtentwintig december word ik elf.' De jongen draaide zijn rode pet achterstevoren, de klep zat in zijn nek nu.

'Elf.' Lucas legde een passend gewicht in het uitspreken van dat getal.

'Toen ik tien werd heb ik een Xbox gekregen, want dat was een rond getal.'

'En weet ge al wat ge dit jaar gaat vragen?'

De jongen schudde zijn hoofd, dronk de beker leeg en gaf hem terug aan Lucas.

'Nu is het anders.'

'Anders?'

Hij knikte alleen maar. 'Hebt gij een Xbox?'

Lucas schudde lachend van nee.

'FIFA is de max, dat is ook voor oude mensen leuk, denk ik. Dat is met voetballen.'

'Ik heb ervan gehoord,' antwoordde Lucas.

De jongen leunde over de reling en staarde naar beneden. Zijn blik verdonkerde.

'Diep hè,' zei hij, stil, alsof het hem alsnog verraste. 'Vindt gij het hier niet griezelig?'

Lucas knikte. 'Ik kijk zelden zo naar beneden.' Hij peilde de blik van de jongen. 'En het is natuurlijk een vreemde gedachte dat er hier mensen gesprongen zijn.'

'Ja.' Hij beet op zijn lip. Er viel een lange stilte. De wind was gaan liggen, de wolken werden paarszwart. De jongen leek iets te willen gaan zeggen, maar deed het niet. Hij begon weer met zijn schoen tegen het beton te stampen, zacht.

'Hebt gij nog een mama?' Hij keek naar zijn voeten.

Lucas slikte. Die bui had hij wel voelen hangen, maar hij had gehoopt dat hij zich vergiste. Hij keek de jongen aan, koos voor eerlijk. 'Ja, maar ik zie haar niet meer.'

De jongen wierp hem een ontzette blik toe.

'Dat is stom.'

'Ik snap dat ge dat vindt, maar het is een ingewikkeld verhaal.'

'Ik zou er alles voor doen om mijn mama te kunnen zien.' Het tikken ging ritmisch door. 'Zelfs naast Wesley zitten in de klas, of een maand geen Doritos eten of vier maanden, of dat ik nooit meer nieuwe sneakers krijg, of ja, van alles.'

'En uw mama is...' Lucas twijfelde, 'weg?'

'Dood. Mensen zeggen dikwijls "weg", maar het is gewoon dood.'

'Wat vind ik dat erg voor u.'

De jongen keek naar zijn schoenen. 'Hier. Op twee oktober. Gesprongen.' Dat was de datum van vandaag. 'Twee jaar geleden.'

Zo veel weerloosheid in een blik, het viel amper te verdragen. Lucas stond onhandig naast hem. Hij overwoog een arm rond de schouder van de jongen maar deed het toch maar niet.

'Papa is vanmorgen niet opgestaan. Maar sommige andere dagen duurt het ook lang voor hij beneden is.' Hij stopte met stampen. 'Ik kan bijna alles zelf, dus dat is niet erg.'

'Ge moet niet alles kunnen, hè, ge zijt nog geen elf, het is belangrijk –'

De jongen onderbrak hem: 'Ik heb een foto van mama, wilt ge die zien?'

Lucas knikte, de jongen haalde een portefeuille uit zijn achterzak. Hij nam er een pasfoto uit en draaide die naar Lucas. Een vrouw met een lang, hoekig gezicht, volle wenkbrauwen en smalle ogen, pikzwart haar en een diepe denkrimpel tussen haar wenkbrauwen die haar iets verbetens gaf.

'Mooi,' zei Lucas nadat hij goed had gekeken. 'Wat was ze voor iemand?'

De jongen haalde zijn schouders op. 'Lief en zo.' Hij stak de foto zorgvuldig weer weg. 'Ik denk niet dat ik ga trouwen later, want dan moet ik misschien opeens ook alleen voor mijn kinderen zorgen.' De jongen richtte zijn blik weer op Lucas. 'Hebt gij kinderen?'

'Een dochter, of ja, soort van.'

De jongen keek hem vragend aan.

'Zij is mijn stiefdochter, maar ik ken haar al van toen ze nog heel klein was. Pippa.'

'Rare naam. Maar ja, gij hebt die niet gekozen.'

Het begon te regenen, voorzichtig nog, maar met dikke druppels. De jongen keek omhoog en vloekte.

'Schuilen anders?' Lucas wees naar zijn huis.

'Mijn fiets heeft geen slot.'

'We kunnen hem binnen zetten.'

De jongen twijfelde: 'Maar hij is vuil.'

'Maakt niks uit.'

De regen kletterde voluit naar beneden nu. De jongen antwoordde niet, hij rende naar zijn fiets, sprong erop en reed in de richting van Lucas' huis, nu en dan achteromkijkend, om te controleren of hij wel volgde. Lucas holde erachteraan.

'Met een e en een y op het eind, Riley.'

'Oké Riley, ik hoop dat ge honger hebt.'

Riley stond bij het raam en droogde zijn haar met een handdoek.

'Maar het is al bijna gedaan met regenen, denk ik. Ik zal wel vertrekken.'

Lucas roerde in de pan, keek hem over zijn schouder aan. 'Ge moet niks, maar ge doet mij er een plezier mee. Het is alleen vandaag nog goed en ik krijg dat alleen toch niet op, kijk.' Lucas trok een gespeeld hulpeloos gezicht.

'Ik heb wel een beetje honger.' Hij hing de handdoek over een stoel. 'Kan ik helpen?'

Lucas wees hem de kast en de besteklade. 'Daar, en daar, als ge zin hebt om de tafel te dekken.'

De jongen pakte vorken, lepels, messen en borden, trok nog wat kastdeuren open en vond twee glazen.

'Ik heb wel alleen water. Afijn, en bier en wijn en zo.'

'Ik drink al bier.'

'Echt?' Lucas liet het plagerig klinken. 'Koffie en bier, sterk, maar wij gaan toch voor water.'

'Ik proef soms een klein slokje als niemand kijkt. Wesley van mijn klas zegt dat hij dikwijls pinten drinkt.'

'Van Wesley gaat er niet veel terechtkomen als hij zo doorgaat, zeg dat ik het gezegd heb.'

De jongen vulde een glas. 'Gij ook?'

Lucas knikte, draaide het vuur uit, nam onderzetters, gooide die naar Riley, die er een ving en op tafel zwierde. Hij miste de andere, zei meteen sorry. Riley bleef dralen in de kleine keuken terwijl Lucas de pannen op tafel zette. Alsof hij zijn nut moest bewijzen om daar te mogen zijn.

'Ga maar zitten, hè.'

Riley nam plaats op de stoel, schoof die met kleine wipjes dichter bij de tafel. Het was ook echt een kind nog. Lucas schepte Rileys bord goed vol.

'Kon uw mama lekker koken?' Lucas had het gevoel dat hij graag over haar wou praten.

'Ja. Spaghetti bolognese en kip uit de oven met zo'n saus, en hamburgers met boontjes en puree met jus. En pannenkoeken. Ik vind van alle groente boontjes het lekkerst.'

Hij wachtte tot Lucas ook zat, nam toen een flinke hap, en werkte die in recordtempo weg.

'Lekker,' zei hij voor hij het echt geproefd kon hebben.

De jongen kauwde, slikte, en keek ondertussen de keuken rond.

'Gij hebt wel een beetje een, tja, speciaal huis.'

Lucas lachte: 'Speciaal?' Hij keek naar de pot met de houten lepels, er stond een varken op en de staart was het oor.

'Zo, ik weet niet, meer voor oma's.'

'Francine woonde hier, ik weet niet precies hoe oud ze was,

maar in de zeventig denk ik. Ik heb het huis gekocht en ik ben hier ingetrokken, maar het zijn nog bijna allemaal haar spullen.'

'Raar.'

'Ja, misschien wel. Zijt gij nooit eens raar?'

De jongen schraapte met zijn lepel over het bord en haalde zijn schouders op.

'Mogen alle kinderen hier 's middags komen eten bij u of alleen ik?'

Lucas lachte: 'Gij in ieder geval. Als ge wilt, moogt ge nog langskomen.'

'Zomaar?'

'Ja, zomaar.'

Riley prikte drie boontjes op zijn vork. 'Zijt gij hier alleen?'

'Hier woon ik alleen, ja.'

'En uw stiefdochter?'

'Die is al groot, ze studeert dit jaar in het buitenland.'

'En haar mama dan?' Hij wurmde de boontjes in één keer in zijn mond, zijn wangen bolden op.

'Wat wilt ge weten?'

Nog voor zijn mond leeg was, vroeg hij: 'Ze woont niet hier?'

'Nee.'

'Raar.'

Lucas lachte weer: 'Soms is raar goed.'

'Dat moet ge dan eens tegen Wesley zeggen.'

'Ik begin nu al een beetje een hekel te krijgen aan die Wesley, denk ik.' Lucas lachte er niet bij.

Riley bleef ook ernstig kijken. 'Hij vindt mij raar en stom en zo nog van alles.'

'Hij zal zelf problemen hebben, die jongen.'

Riley bewoog zijn hoofd heen en weer, alsof het een bordje was waar iemand mee zwaaide. 'De juf vindt mij ook stom.'

'Hoezo?'

'Of ja, niet leuk, of niet slim of zo.'

'Waarom denkt ge dat?'

'Gewoon.' Hij probeerde met zijn mes zo veel mogelijk saus op zijn pompoen te krijgen.

'Gij lijkt mij in ieder geval een slimme gast.'

'Er zit geen vlees in.' Hij fronste.

'Nee, ik eet geen vlees.'

'Omdat gij van dieren houdt?'

'En omdat dat beter is voor de planeet en voor uw gezondheid en van alles.'

'De juf zegt dat we beter voor onze planeet moeten zorgen.'

'Voor één keer heeft ze wel gelijk dan. Maar verder, als ze niet weet dat gij een verstandige jongen zijt, dan weet ze toch belangrijke dingen niet, vind ik.'

Riley keek aandachtig, maar antwoordde niet.

'En uw papa?'

'Hij slaapt veel.'

'Ja?'

'Maar ik zorg dan wel voor Amy, dus.'

'Hebt gij een zusje?'

Hij knikte.

'Hoe oud?'

'Zes.'

Lucas' hart sloeg een tel over. Hij moest aan Suzanne denken.

'Gij zijt nog geen elf, het is niet uw taak om voor mensen te zorgen en zo, hè, weet ge dat wel?'

De jongen nam een slok water, keek hem aan. 'Maar, als ik niet voor papa zorg, wie doet het dan?' Hij liet het volstrekt ondramatisch klinken. 'En het is niet altijd, hè... Hij is gewoon...' Hij maakte onbestemde bewegingen met zijn hoofd. 'Het is, ja, met mama en zo, denk ik.'

Lucas' telefoon trilde op het aanrecht, een sms. Hij keek ernaar, zoals je spontaan uit het raam kijkt als een auto piepend remt. Hij stond niet op.

'Doe maar,' zei Riley. Hij likte zijn lepel af, liet een boer, keek even verschrikt naar Lucas, maar deed mee toen hij grijnsde. Riley had kuiltjes in zijn wangen als hij lachte.

Lucas stond op. Isabelle: 'De poetsvrouw heeft laten weten dat ze niet meer komt. Zwaar kut. Moeten we weer een andere zoeken. Of ja: ik zeker?' Lucas legde de telefoon weer weg.

'Ik zit helemaal vol nu.' Riley duwde zich af tegen de tafel en balanceerde op de twee achterste poten van de stoel. 'Die stoelen vind ik nog wel redelijk cool, voor een oma.'

'Ja hè, dat is jaren zestig, in die tijd maakten ze mooie spullen.'

'In de klas moet uw stoel altijd op de grond blijven van de juf.' Hij hield zich maar met twee vingers vast aan de tafel.

'Pas op dat ge niet valt, hè.'

Lucas dacht terug aan zijn schooltijd, aan hoe het toen was, daar, en thuis. Hij keek naar Riley en wou dat hij alles over hem wist, dat hij iets voor hem kon doen. Hij wou dat hij rijstepap had gemaakt, zoals Rita vroeger deed, dat hielp altijd tegen alles.

'Toen, ik bedoel: voor ze hier kwam, om te springen, de dag daarvoor, toen legde ze haar handen op mijn schouders en ze keek naar mij en zei dat ik altijd heel goed mijn best moest doen op school, en dat ik flink moest zijn.' Riley liet zijn stoel met een knal weer op vier poten belanden.

Lucas dacht aan hoe dat moest opgeslagen zijn in Rileys hoofd. 'Goh, dat is…'

'En dat ze mij graag zag, dat ook nog.' Riley tilde het deksel van de kookpot op. 'Er is nog een beetje.'

'Wilt ge het nog hebben?'

Hij schudde van nee. 'Maar ik vond het lekker, zelfs zonder vlees.'

Hij doet flink, dacht Lucas, hij vond het onverdraaglijk.

'Als ge het de volgende keer vies vindt, gaat ge het mij dan ook zeggen alstublieft?'

Riley lachte, het zag eruit alsof hij pijn had.

‘Ik meen het. Altijd flink zijn, dat kan niemand, wilt ge dat niet vergeten?’

Riley knikte plechtig en legde zijn bestek op het bord, zoals Lucas dat had gedaan. Toen vroeg hij: ‘Gaat gij nog eens een Xbox kopen?’

ZEVEN

Eigenlijk was die fiets nog te groot voor hem, maar het kon best, vond zijn vader. Lucas gleed met zijn achterste telkens heen en weer over het zadel. Maar de zon scheen warm op zijn gezicht en hij hield van fietsen. Of in ieder geval van onderweg zijn, buiten. Hij probeerde te bedenken wat hij zijn moeder kon vertellen. Over school, dat had ze het liefst. Of dat hij vragen stelde, over haar gezondheid en die ene vervelende verpleegster en over vroeger, toen zij klein was, of over haar ouders die hij zelden zag omdat ze te ver woonden, zei zij.

Over school kon hij niks bedenken. Daar gebeurde eigenlijk nooit wat, of toch niks wat het navertellen waard was. Lucas vond het er saai, zeker dit jaar, bij meester Van Praet die nooit eens een grapje maakte en bij wie ze niet in de kring mochten zitten en praten over het weekend, zoals bij juf De Gelder. Niet dat hij zelf veel vertelde, maar hij vond het gezellig als anderen dat deden.

Toen hij het ziekenhuis naderde, nog twee straten en dan was het aan de linkerkant, vertraagde hij zijn tempo, want hij wist nog altijd niks en dat kon haar overstuur maken. Hij probeerde zich te concentreren. Hij zag zijn moeder voor zich zoals ze af en toe ook was, met uitgesproken make-up die haar ogen groot maakte. Als ze het niet in de gaten had, keek hij hoe ze zich zat op te maken voor de spiegel van de kaptafel. Hoe geconcentreerd ze dan naar zichzelf keek, met iets nerveuzigs in de blik. Ze bewoog dat kleine borsteltje horizontaal langs haar wimpers. En als ze haar lippen stiftte, opende ze haar mond een beetje. En op het eind draaide ze haar hoofd een tikje naar links en daarna naar rechts, frontaal kon ze het resultaat niet beoordelen blijkbaar. Meestal zuchtte ze als ze klaar was, als na een taak die veel van haar had gevergd. Op het laatst haalde ze de haarlak tevoorschijn, een grote goudkleurige bus, waar ze dan zo uitbundig mee om haar hoofd spoot dat het hem de adem benam. Zuur in de neus, prikkende ogen, zelfs al stond hij op een afstandje, om haar niet te storen. Soms lag ze ook op zulke dagen een uur of twee later alweer in bed, maar dat ochtendritueel was haar manier om goeie wil te tonen, zei ze, of om te ontsnappen aan het commentaar van zijn vader, dacht hij, dat kon ook. Zo had papa haar tijdens het ontbijt gezien als een vrouw met zelfrespect, zoals hij dat noemde, en daarna verdween hij toch naar zijn kantoor.

Lucas speelde met zijn stuur, het voorwiel wipte op en neer. Hij moest nu iets bedenken. Nú. En opeens herinnerde hij zich iets van vorig jaar, dat kon hij wel opnieuw gebruiken, zijn moeder had dat vast en zeker niet onthouden.

‘Gij zijt toch een voorbeeldige zoon, hè, elke dag zijn mama bezoeken, elke keer als ze hier ligt.’ Annemarie legde een hand op zijn schouder en liep met hem mee naar de kamer. Zij was de enige verpleegster die een broek droeg, en alleen al daarom vond hij haar het grappigst.

Lucas knikte en zei niet dat hij dat moest van zijn vader. Lucas had hem wel eens gevraagd waarom ze nooit met zijn drieën gingen, en toen was hij boos geworden, of toch zo’n beetje. Zijn vader ging elke ochtend, tenzij hij het te druk had, en na school moest hij bij Suzanne blijven, zij was nog veel te klein voor die dingen, had hij gezegd.

‘Het is zo’n mooi weer, probeer uw mama maar mee naar buiten te krijgen. We hebben een rolstoel staan. En zo'n sterke kerel als gij kan haar wel duwen, toch?'

Lucas knikte weer, maar hij hield niet van opdrachten. In het ziekenhuis was ze altijd te moe om wat ook te doen. Als ze het bed uit moest om naar het toilet te gaan kwam daar zo veel zuchten en kreunen bij kijken dat hij er ongerust van werd.

De verpleegster zwaaide de kamerdeur open: 'Ha Claudia, uw zoon is er!' Ze klonk even stralend als de zon daarbuiten.

Lucas liet de deur achter zich dichtvallen, liep naar zijn moeder. 'Dag mama.' Hij kuste haar voorzichtig op haar wang en ging op de stoel bij het voeteneinde zitten. 'Hoe gaat het vandaag?'

'Goh,' antwoordde ze, en ze probeerde zichzelf wat rechter te hijsen. 'Waarom gaat gij zo ver weg zitten?'

Lucas haalde zijn schouders op.

'Dan moet ik zo hard roepen, jongen.'

Lucas wou antwoorden dat hij haar perfect verstond terwijl ze nu toch niet aan het roepen was, maar hij zweeg en nam plaats in de ongemakkelijke fauteuil die tegen de muur stond, vlak naast haar.

'Annemarie zei dat we buiten een wandeling konden maken, in de tuin, ik kan de rolstoel halen, als ge wilt.'

Zijn moeder trok de lakens goed, zoals zij dat deed leek het een hele klus.

'De zon schijnt,' voegde hij er nog aan toe, omdat hij dan alvast zichzelf niet kon verwijten dat hij zijn best niet had gedaan.

'Nee, jongen, dat is nu niet... Nee.' Ze liet zich weer in de kussens zakken. 'Vertel eens over uw dag.'

Lucas zag het jolige licht op haar voeten vallen, twee witte heuvels in het laken die schaduw maakten, hij rook de geur die hij niet kon thuisbrengen maar die hier altijd hing, hij hoorde de uitputting in haar stem, en opeens kreeg hij zin om weg te lopen, om zelf met Annemarie te gaan wandelen, in de tuin, om bij Leonard te spelen, van de buren, hij had een leren voetbal en een goal. Zijn moeder reikte hem een hand en kneep even in de zijne, hij had nog niet geantwoord.

'Er valt niks te vertellen, het was supersaai vandaag.' Hij keek verschrikt haar kant uit, schrok van zijn eigen kordate woorden.

Zij keek verbaasd terug. Het was te laat nu, hij had het zo gezegd.

'En ge doet uw mama zo'n plezier als ge vertelt over wat ge meemaakt, uw mama die hier alweer vijf weken ligt.'

Ze ging niet huilen, dit keer, dat kon hij nu al inschatten, wat het nog zieliger maakte.

'Sorry.'

'Het is niks, jongen. Als ge goed nadenkt, komt ge straks misschien nog op iets.'

Lucas keek naar buiten, een vogel streek neer in een slordig nest.

'Ge weet hoe graag uw mama u ziet, hè.'

Hij knikte.

'Ziet gij uw mama nog graag?'

Hij knikte weer.

'Hè?'

'Ja,' antwoordde hij toen, luider dan nodig was. Hij trok zijn knieën op en legde zijn kin op zijn in elkaar gevouwen handen. Hij dacht aan het jongetje uit het boek dat hij aan het lezen was, dat woonde helemaal alleen, ook al was het nog een kind. Hij voelde de hand van zijn moeder aan zijn been, even, en toen vroeg hij of de dokter vandaag al was langsgekomen.

'De fysiotherapeut wel.'

Ze begon te praten en dat luchtte hem op, een beetje toch. Hij zorgde dat hij haar goed aan bleef kijken en dat hij echt luisterde, zodat hij straks nog iets kon vragen.

'En, hoe ging het met haar?'

'Hetzelfde.' Lucas tikte tegen de wijzer: 'Linkerhand, groen,' zei hij. Hij zag Suzanne twijfelen. 'De hand het dichtst bij uw knie.'

Ze probeerde haar hand te zetten waar die zijn moest en wankelde met haar hele lijfje. Nog voor hij voor zichzelf kon draaien viel ze om, zoals hij op de televisie wel eens een pasgeboren diertje zag doen dat nog moeite had met lopen.

'Ik heb nog niet verloren,' piepte ze.

'Nee,' antwoordde Lucas, 'dit was nog maar een half spel, en dan doen we nu het tweede halve, goed? Dat telt voor meer punten.'

Ze knikte dankbaar, ging naast het speelveld staan.

'Gij eerst,' riep ze.

Zijn vader kwam dichterbij. 'Hoezo hetzelfde? Even vermoeid als gisteren?'

Lucas knikte.

'Ze wou niet naar buiten, ook al vond de verpleegster dat een goed idee.'

Zijn vader knielde neer bij het Twister-bord, Suzanne tikte tegen de wijzer.

'Linkervoet,' ze spelde wat ze las per lettergreep, ze was nog maar zesenhalf, maar zij oefende al met hun vader sinds ze vijf was, 'op groen.'

Zijn vader aaide haar over de bol. 'Goed zo. Maar we gaan nu eten.'

'We moeten nog een half spel, ik heb het aan Suzanne beloofd,' zei Lucas.

'Niks van, eten nu.'

'Wat eten we dan?' Lucas legde klein verzet in zijn toon, hij wist niet of zijn vader dat op zou merken.

Vroeger maakte Rita vaak iets lekkers klaar voor 's avonds, een spiegelei, of verse fruitsla of haring met een saus, of gebakken makreel voor bij de boterham. Sinds zij er niet meer was, stonden er doorgaans alleen ham, oude kaas en choco op tafel.

'Gewoon, boterhammen, dat weet ge toch.'

Hij klonk geïrriteerd, dacht Lucas, maar hij miste het punt. Boterhammen waren koud, die kon je ook over tien minuten eten.

‘Alleen dit halve spel?’ vroeg Suzanne met een klein stemmetje.

Zijn vader keek haar aan. ‘Hoelang duurt dat dan?’

‘Niet lang,’ zei Suzanne terwijl ze heel even samenzweerderig naar Lucas lachte.

‘Vooruit dan, maar snel hè.’

Lucas zette zijn linkervoet op groen. Zijn vader liep naar de keuken. Hij keek hem na, die brede rug, de roos op zijn jas, sneeuw die bleef liggen. Hij had geen honger. Hij miste Rita.

ACHT

Hij schrok er zelf wel wat van, maar hij had het moeilijk gevonden om de brug voor zo veel uren te verlaten. Evengoed, als hij Suzanne lang niet zag, werd hij onrustig. Het was de hoogste tijd. Zij hield begrijpelijkerwijs niet van bellen en mailen was toch niet hetzelfde. Dus het was de hoogste tijd.

Eigenlijk kwam Lucas hier niet graag, dat had niks met haar en alles met de omgeving te maken. De architect verantwoordelijk voor de renovatie had geprobeerd om vrolijkheid en vrede te suggereren met groenste grasvelden, keurig aangeplant ondoordringbaar struikgewas, vrolijke banken en kleurige deuren bij elke ingang, maar Lucas zag het allemaal: de jonge vrouw die almaar knipperde en tegelijk een neusvleugel optrok, de dode blik van de jongen die vastgeschroefd leek te zitten aan zijn stoel, de knullige flyers op het prikbord ter promotie van de dansavond, het droeve patroon in de bruin gespikkelde tegelvloer.

Suzanne verbleef in een tweepersoonskamer. Tussen de bedden was aan een soort droogrekje een laken opgehangen dat dienstdeed als geïmproviseerd gordijn. Haar kamergenote Marissa was op uitgaansverlof, zei ze, het woord deed hem aan gevangenissen denken. Ze zag er moe uit, vond hij, zoals ze daar zat, kauwend op haar pen, ook al droeg ze een trui in fel oranje en glimlachte ze uitbundig toen ze hem zag. Hij kuste haar niet, want daar hield ze niet van. Hij glimlachte breed terug en nam een stoel, vlak bij het bed waar zij op zat. Ze rook naar sigaretten, zoals meestal.

'Ge, ge, nee, ja, ge zijt daar.'

Het tempo van Suzannes praten was moeilijk met iets te vergelijken. Het leek wel of ze elk woord telkens opnieuw weer helemaal moest uitvinden, tevoorschijn moest hijsen uit vergeten diepten, behalve dan misschien 'nee' en 'ja', dat duo dat zich samen overal tussen wist te wringen, ook als daar verder geen semantische noodzaak voor was. Zij zat vast in dat vagevuur van wel en niet te willen: spreken, vergeten, geloven, vertrouwen, durven, leven. Ze bleef ook haken aan letters, vaak wel vier, vijf tellen lang, ze liet secondelange pauzes vallen tussen woorden, in al haar zinnen stonden minstens zeven komma's. Het was een gevecht voor haar. Zo lang zwijgen, dat kruipt soms tot in de zenuwbanen.

'Ge ziet er goed uit,' loog hij. Hij wist niet waarom. Hij zou zo veel andere lieve dingen kunnen zeggen die hij wel meende. Maar dit flapte eruit.

'Gij, gij ook. Die, baard.'

'Ja, vindt ge hem goed? Ik dacht, ik laat hem eens staan. Zie ik er niet ouder uit zo?' Hij nam een belachelijke fotoshootpose aan.

'Ouder, wel, maar, nee, ja, maar, toch.' Ze grijnsde naar hem.

'Allee merci, van uw familie moet ge 't hebben.'

'Ja,' schaterde ze, en haar hele verhaal echode mee in die bevestiging en dat lachen. 'Ge zijt altijd een knappe man geweest, met uw donker haar en uw lichte ogen en –'

'Ja, ja, het is u vergeven.' Lucas trok een gek gezicht.

'De, de, de, ja, nee, gaan we, naar, naar, de cafetaria?'

'Ja, zo'n gezellige cafetaria, hoe valt daaraan te weerstaan?'

'Sorry,' zei ze.

Lucas haatte zichzelf om de overmoed van zijn dwaze opmerking die niet eens grappig was. 'Gij moogt nooit ofte nimmer sorry zeggen, wat is dat nu?' Hij wou haar omarmen, die wens ging ook na al die jaren maar niet over. Hij moest leren troosten met alleen maar woorden. 'Ik zeg dat toch maar om te zeveren, zus, dat weet ge toch?'

'Nee, ja, nee,' fluisterde ze terug.

Ze stond op, schoof de stoel onder het tafeltje, de orde moest bewaard, ook al was er in deze kamer simpelweg geen ruimte voor echte chaos, en eigenlijk ook niet voor twee mensen, vond hij.

Ze liepen door de gang, langs rimpelende gordijnen en behang dat niet kon kiezen tussen wit en grijs. Er rende een man voorbij op teenslippers, verbazingwekkend snel. Een verpleegster vroeg aan Suzanne of ze gezellig naar de cafetaria ging, ze liet het woord 'gezellig' extra gezellig klinken, en wachtte het antwoord niet af. Een meisje met donkere kringen om haar ogen en een voorzichtig gezicht zei goedendag tegen Suzanne en keek daarna meteen weer naar de vloer.

'Ik, ik, vind, we, we, nee, ja, moeten…' ze haperde aan alle w's en aan de m, 'een, een, een, pannenkoek met bruine, suiker, eten.' Ze keek naar hem met grote ogen, alsof zijn reactie van belang was. Of misschien omdat ze wist dat Lucas dat soort dingen eigenlijk niet at.

'Doen we,' antwoordde Lucas zonder nadenken.

'We moeten, moeten, lief zijn, voor, voor, onszelf,' zei ze.

Al kostte dat zinnetje haar makkelijk anderhalve minuut, hij was blij om het te horen uit haar mond, zij die zo vaak niet wist hoe dat dan moest.

'Ja,' antwoordde hij, 'kiest gij een tafeltje, ik vraag het hier wel.'

Hij liep naar de toog en deed zijn bestelling. Een vrouw met een besmeurde schort zette met veel bombarie een koffie en een kamillethee voor hem neer en schetterde dat ze de rest wel zou brengen. Hij draaide zich om en zag Suzanne zitten, bij het raam, zijn dierbare zus, met al dat verleden als een steen om haar nek. Het wende nooit, haar zo te zien, hier, zoals ze was, zoals ze was geworden. Terwijl hij naar haar toe ging, riep iemand uit een verte: 'Wie komt mij troosten?' en daarna nog eens. Hij kon niet zien wie het schreeuwde, of horen waar het precies vandaan kwam.

Hij ging niet tegenover maar naast Suzanne zitten, alsof hij hier alles goed wilde zien.

'Ik, ben blij, nee, ja, dat, dat, dat ge, hier zijt.' Ze trommelde met een paar vingers op het tafelblad. 'Ik ken, ken, al, nu zeven, triggers, ding-, dingen, die het kunnen, veroorzaken, dus ik, ik, ga vooruit. En de, de, de laatste keer, voelde ik dat hij, hij het ging, overnemen, nog voor, het gebeurde, dat, dat, was ook een nee, ja, belangrijk, moment.'

Lucas voelde haar trots bij elke millimeter vooruitgang, mooi om te zien.

'En wat doet ge dan, als ge dat voelt?'

'Ik, ik, heb ge-, gevraagd of ze, ze, mij in, isolatie, wilden steken.'

Lucas kende die kamer, hij hield niet van de gedachte aan haar daarbinnen.

'Ja, ja maar, nee, ja, ik zie u, u, kijken, maar, dat is goed, vei-, veilig.'

'Veilig is goed,' herhaalde Lucas om haar een plezier te doen.

'Veilig is, is alles,' zei ze, en ze sloeg haar ogen neer. 'Ik, ik...'

De vrouw met de schort bracht twee borden met pannenkoeken en bruine suiker in een glazen potje erbovenop. Hij hield nog meer van de geur van gekarameliseerde bloem dan van de smaak, die kon zo blijven hangen in de keuken, hij associeerde die geur nog altijd met Rita.

Suzanne rolde haar pannenkoek op, liet het bestek onaangeroerd, nam hem in haar handen en beet er een flink stuk vanaf.

'Gij...?' vroeg Lucas.

Ze keek hem niet-begrijpend aan.

'Ge begon iets te zeggen, een zin met "ik".'

Ze haalde haar schouders op. Ze was het vergeten, of had nu simpelweg iets beters te doen.

'Ik heb dat in geen jaren meer gegeten,' zei hij, 'het verderf waar gij mij in stort.'

'Lekker hè,' antwoordde ze, 'ik ben, ja, nee, graag, graag, de bron, van, uw, uw, uw verderf.'

'Slecht karakter,' zei hij, en hij glimlachte breed.

'Klootzak,' antwoordde ze, en het haperen bij de k en de z gaf het iets grappigs.

Ze giechelden samen, twee kinderen die hun ouders beet hebben genomen. Hij wou iets zeggen over vroeger, die keer toen Suzanne en hij zich samen in het tuinhuis hadden verstopt, omdat niemand hen dan ooit nog terug kon vinden, maar hij liet het toch maar. Hij moest opeens aan Riley denken, die dappere, stevige en evengoed broze jongen. Hij nam nog een hap. Die pannenkoek smaakte hem echt. Zoals ze daar zaten, etend, lachend, leek alles bijna normaal. Lucas wou als kind altijd dat hij momenten kon bevriezen, en dat dan alles zo bleef, precies zo, met alleen die mensen, in exact die sfeer. Dit was misschien wel zo'n moment. Omdat het nu even leek alsof het met haar toch nog helemaal goed kon komen.

'Ik, ik, heb het graag, dat, ge, ge hier zijt.'

Lucas keek haar aan. De drie laatste woorden vloeiden. 'Ik kan uw verdriet doen huppelen,' zei hij, 'dat is het.'

Al wist hij wel wat hij ermee bedoelde, toch was het iets onnozels om te zeggen.

'Nu, dat, dat, dat, van uzelf nog.' Ze trok speels een wenkbrauw op.

Met het laatste stukje pannenkoek veegde ze de korrels suiker van zijn bord. 'Echt, ja, nee, lekker,' ze zuchtte van plezier.

Ze nam haar papieren servet, likte haar vingers één voor één en veegde ze zorgvuldig schoon. De concentratie die zij kon leggen in de kleinste handelingen. Niks was vanzelfsprekend, elk goed moment een cadeau. Het kon hem eindeloos ontroeren en verbazen. Zo veel moed in zo'n kleine vrouw. Daarin leek ze op hun moeder, die had niet eens een meter zestig gehaald. Verder leek ze alleen maar op zichzelf, vond hij. Met dat lange, dikke, donkerblonde haar, die hoge jukbeenderen, die zachte blik, die volle lippen. Er was zoveel wat hij Suzanne zou willen zeggen en toch voor zichzelf hield. Hij wist niet of dat meer over hem zei dan over haar, over wat hij aankon, of zij, om te laten bestaan, zomaar in openlucht.

'Danny is, is, fan-, fantastisch, de beste die, ik nee, ja, al heb gehad.'

Danny was sinds een aantal maanden haar therapeut, hij verving de man die zich graag dokter liet noemen en zijn bril quasiconsequent halverwege zijn voorhoofd droeg, alsof het zijn hersenen waren die goed moesten zien. Het leek inderdaad een enorme verbetering. Danny was zo'n man die intelligentie, persoonlijkheid, warmte, betrokkenheid én assertiviteit wist te combineren. Hij was de eerste die Suzanne echt hoop had gegeven, niet zomaar, maar omdat hij echt geloofde dat ze nog veel verder kon komen. Alleen dat al had Lucas voor hem ingenomen.

'Het is, is al meer, dan, dan, dan dertien weken geleden.'

'Dat ge nog...'

'Een, een, een fugue had, ja.'

'En toen waart ge na een goeie halve dag ook alweer terug.'

'Een re-, record.'

Lucas had zich vaak proberen voor te stellen hoe dat moest zijn. Dat iets het van je overnam, je hoofd inpalmde en je kwaad wou doen, je wou straffen, pijnigen, je opdroeg om weg te lopen van de enige plek waar je veilig was, waar er altijd hulp te krijgen viel. In zijn studententijd had hij eens zoveel gedronken dat hij zich de volgende dag niks meer kon herinneren. Hij had tegen een aantal van zijn vrienden zitten schreeuwen, blijkbaar, wat hem niet door iedereen zomaar was vergeven. Zijn maag keerde nog om als hij eraan dacht.

Suzanne kon verdwijnen, want ze zat hier uit vrije wil en liep dus in en uit zoveel ze wou. Soms herinnerde ze zich na zo'n fugue korte flarden, maar nooit het hele verhaal, dus niemand kwam te weten waar ze was geweest of wat ze had gedaan. Dat ze niet in staat was om mensen aan te spreken, weerloos door de straten dwaalde, op banken in parken sliep, of onder bruggen, dat ze niet at, of misschien iets wat ze god weet waar vond; het was een onverdraaglijke gedachte. Er was maar één malafide figuur nodig die haar iets aan zou doen. Maar zij weigerde om zich dan maar op te laten sluiten, want dat zou elk herstel in de weg staan.

Lucas begreep het wel, maar hij maakte zich evengoed vreselijk zorgen. Hij had ooit een gps-systeem gesuggereerd, een soort enkelband waardoor ze makkelijk terug te vinden zou zijn, maar zoiets zou haar alleen maar confronteren met de bron van haar stress, dat vonden haar artsen ook. Zij wou gewoon gewoon, zei ze toen ze het er laatst over hadden, voor één keer met een bedoelde herhaling.

De diagnose dissociatieve identiteitsstoornis was al jaren geleden gesteld. Zeggen dat er geen verbetering was, zou overdreven zijn. Maar Suzanne die zo fanatiek bleef geloven dat ze ooit alleen zou kunnen leven, of begeleid wonen desnoods, maar wel in een eigen studio, hij vond het met de jaren alleen maar moeilijker te geloven, hoezeer hij ook hoopte dat hij ongelijk kreeg.

Lucas keek naar haar, hoe ze de borden op elkaar stapelde, het bestek op het bovenste exemplaar schikkend, de kruimels voorzichtig haar hand in vegend met haar servet. Was de wereld maar zo lief voor haar geweest als zij voor de wereld.

'Even, even, ja, nee, naar, naar, naar de tuin?'

'Niet te koud?'

Ze schudde van nee.

'Roken,' zei ze, 'dringend', en ze lachte weer.

Hij zette alles op het rek tussen de vaat die zich zo te zien al een tijdje had opgestapeld. Suzanne liep de gang door, hij keek haar na en dacht aan pannenkoeken, aan verdriet, geluk en gedane zaken. Hij hoorde iemand hevig hoesten en iemand anders iets roepen wat hij niet verstond. Hij probeerde niet te denken aan wat hij daarna dacht, en liep haar achterna.

'Prach-, prachtig juist.' Suzanne trok hevig aan haar sigaret, blies de rook uit, langzaam, zij hield de dingen graag bij zich zolang dat kon.

Lucas was blij dat zij zo goed reageerde op zijn vreemde nieuws.

'Isabelle noemt het een laffe vlucht.' Dat zinnetje was blijven hangen, het viel moeilijk helemaal tegen te spreken, vond hij.

'Isa-, Isabelle heeft, nee, ja, al-, altijd een, oordeel klaar, ver-, vermoeiend, lijkt, lijkt me dat.'

Die twee hadden elkaar nooit gemogen, daar moest Lucas rekening mee houden.

'Maar wat als ze gelijk heeft?'

'Zij, zij, neemt, al-, alle, ruimte in.'

Lucas keek haar vragend aan, wachtend op het vervolg dat niet leek te komen.

'Hoezo? Wat bedoelt ge?'

'Denk, denk, daar, maar, nee, ja, eens over, over na, over, wat dat dan, be-, betekent, in, in, het licht, van, van wat ge, zei.' Ze grijnsde zoals ze dat wel vaker deed als ze het over zijn leven hadden.

Ze liepen langs het paadje dat een overzichtelijke lus rondom de gebouwen van de instelling vormde, hier werd niks aan het toeval overgelaten. Verderop speelden twee jonge meisjes een ingewikkeld spel.

'Zij, zij, ook,' zei Suzanne en ze wees naar het meisje met golvend rood haar.

'Een dissociatieve –'

'Ja, ja,' zei Suzanne, 'vre-, vreselijk, verhaal, dat, dat van haar.'

Zij leek altijd te denken dat de verhalen van anderen erger waren dan het hare. Al die toegetakelde levens, hij kon er intriest van worden. Suzanne voelde zich gesteund door die anderen, met een amalgaam van uiteenlopende problematieken. Hij vroeg zich wel eens af of dat opbod van groot leed het niet erger maakte. Maar als hij dan al die verzamelde moed zag die daartegenover stond, begreep hij het ook wel weer.

'Maar, maar, gij, zijt, nee, ja, een, een, weldoener nu.'

'Onnozel kieken,' lachte hij. 'Ik heb nog altijd niemand gezien op die brug, hè. En wat als er straks iemand komt?' Hij dacht: of wat als er nu iemand staat, maar dat zei hij niet hardop. 'Wie weet verpruts ik het wel helemaal. Ik heb er veel over gelezen, maar ik ben ook maar –'

Suzanne stak haar hand op. 'Gij, gij, gaat, dat, dat, dat, schit-, schitterend, doen.' Ze trok nog een laatste keer aan de sigaret die amper nog zo genoemd kon worden, niet meer dan een stukje filter. 'Men-, mensen willen, zo, zo, zo, graag ge-, gehoord worden.'

Dat was waar, wist Lucas. Als hij dacht aan de mannen en vrouwen die hij als rechter voor zich had gekregen al die jaren, bleek wel vaker dat velen eigenlijk bovenal zaten te wachten op de juiste vraag. In het begin had hij zichzelf nog wijsgemaakt dat hij mensen tot inzichten kon brengen, dat hij daarom dit werk deed, maar zeker sinds hij correctioneel rechter was geworden lukte dat zo zelden in de weinige tijd die hij maar kreeg.

Suzanne staarde naar een meisje dat op haar nagels stond te bijten, ze leek op iets ergs te anticiperen waarbij zij zou moeten ingrijpen. Hij werd er zelf zenuwachtig van.

'Wat is er?' vroeg Lucas

Het meisje stak haar handen in de zakken van haar broek. Suzannes schouders ontspanden weer.

'Niks.'

Ze liepen verder.

'Ze willen ge-, gehoord, en, en, nee, ja, ge-, gezien worden. En, en, en, gij, kunt, wél, wél kij-, kijken en, luisteren.'

'Wél?'

Suzanne maakte geen aanstalten om te antwoorden op zijn vraag. Ze hield de peuk in haar hand, wees op twee vogels die schaamteloos vrolijk zaten te fluiten op de onderste tak van een jonge berk. 'Lief, zo, zo, samen.'

Lucas knikte. Hij vond het woord 'samen' om meer dan één reden pijnlijk uit haar mond.

Isabelle had al een halve dag niks van zich laten horen, wat niet haar gewoonte was. Hij dacht na over wat Suzanne net had gezegd.

'En, en, en, nee, ja Pippa?'

'Ze is op rondreis nu, en we hebben mekaar nog niet via Skype te pakken gekregen. Een paar lieve berichtjes wel. Maar ja, ik ben natuurlijk ook bezorgd om haar.'

'Ze, ze, is slim, en, en, ge-, gevoelig, en ze leeft, haar, haar, ei-, eigen leven, nu, dus.'

'Tja, dan nog.'

'Dan-, Danny zegt dat, dat er alleen, slacht-, slachtoffers bestaan, nee ja, van vecht-, vechtscheidingen, niet, niet van, nee, ja, echtscheidingen.'

'Waarom heeft Danny het met u over echtscheidingen?' Hij lachte, verdacht Suzanne ervan om Danny zomaar iets in de mond te leggen zodat haar broer zich er dan makkelijker door gerust zou laten stellen.

'Met, met, Marissa.' Haar kamergenote, een moeder van drie, was recent gescheiden, dat had Suzanne inderdaad verteld.

'Durf, durf, nee, ja, nu, nu, nu, maar eens aan, aan, uzelf te, denken, gij.' Ze zwaaide naar een jongen die op een bankje zat, de jongen zwaaide niet terug. 'Wij, wij, moet-, moeten dat, leren.'

'Zegt Danny dat ook?'

Ze haalde haar schouders op. 'Ik, ik, alvast.'

NEGEN

Er zat een flinke vertraging op het beeld dat Pippa ook nog eens reduceerde tot een grofkorrelige abstractie van zichzelf. Altijd op momenten dat het ertoe doet, dacht Lucas.

Pippa had de uitgesproken neus van haar moeder. Maar met dat donkere haar, die grote bruine ogen en die zachte trekken in haar gezicht leek ze toch echt meer op haar vader, dat bewezen de twee foto's die ze van hem bezat. De man was niet zoveel ouder dan zij nu toen hij vader werd.

Hij had wel gezien hoe ze keek toen ze zei dat ze het spijtig vond dat hij niet haar vader was, dat ze dat zo had moeten denken toen ze hoorde wat er aan de hand was, al kon ze dat verder niet uitleggen. Dat ze niet kwaad was, omdat zij het zag als een verhaal van twee mensen. En dat ze sowieso nooit had begrepen hoe een zachtmoedige natuur als hij het voor elkaar kreeg om dag in dag uit in een rechtbank oordelen te vellen over anderen, hoe hij het volhield om voortdurend in de stront van anderen rond te waden, dat zij dat nooit zou willen of kunnen doen.

Hij drong toch nog wat aan, omdat hij wou weten hoe ze zich echt voelde, wars van elke vorm van wenselijk gedrag.

Pippa dacht even na en zei toen: 'Het is niet omdat ik nu in Pretoria zit dat ik niet thuis wou komen en jullie daar allebei vinden, onder datzelfde dak. Zoals het was: lekker makkelijk, alles zijn gang, iedereen blij, of ja, zogenaamd toch.'

'Zogenaamd toch?'

'Wacht.' Ze klonk vanuit de verte. Ze verdween helemaal uit beeld.

Hij hoorde gepraat, maar kon het niet verstaan.

Opeens was ze terug. 'Zeg, Jack is hier aangekomen, dus...'

'Ja, tuurlijk, ga u in godsnaam dringend amuseren met uw lief.'

'Lucas! Niet mijn lief, hoe dikwijls moet ik dat nu nog zeggen?' Ze keek op, naar Jack waarschijnlijk.

Zij was altijd de eerste om te roepen dat het niks was, niks mocht heten, niks betekende.

'Ik skype morgen of overmorgen nog wel eens, oké? Ik ben weer thuis, dus nu gaat het makkelijk. Ik ben blij dat ik u eindelijk live heb gesproken.' Pippa lachte naar Lucas.

Toen keek ze weer naar Jack, wat hem plezier deed.

'Ja, we zien wel, allemaal goed. Het belangrijkste is: amuseert u daar, en niet te braaf, hè.' Lucas zwaaide grijnzend naar dat kleine gaatje in zijn laptop waar Pippa in verstopt zat.

'En gij, zorg goed voor uzelf. Dat moet van mij.' Ze zwaaide terug. 'En gooi dat schuldgevoel daar maar van die brug naar beneden. Daar is nog nooit iemand beter van geworden, heeft ooit eens een wijs man tegen mij gezegd.'

Het geluidje van de verbinding die werd verbroken, het scherm sprong terug op de screensaver: een foto van hen beiden toen hij haar naar de luchthaven bracht, een maand of vijf geleden. Haar hoofd schuin tegen zijn schouder. Toen was zijn schouder nog in de buurt.

Lucas keek om zich heen, hoorde de stilte die geen echte stilte was. Vijfentwintig voor één volgens het kleine klokje dat wat achterliep, amper middag, maar de dag voelde al vergevorderd. Hij vond dat hij naar buiten moest, nog een snelle ronde maken voor hij iets zou eten, maar opstaan uit deze trieste aanfluiting van een sofa was een opdracht.

Hij had haar inderdaad gezegd dat ze zich nooit schuldig mocht voelen, want dat daar niemand bij gebaat was, die keer toen zij opnieuw contact wou zoeken met haar vader en hem dat schoorvoetend kwam vertellen. Stellig geruststellen is een van de belangrijkere dingen die je voor een ander kunt doen, wist hij. Had zij dat nu ook voor hem gedaan? Of was het gewoon eerlijk wat zij dacht?

Lucas legde zijn voeten op de salontafel. Ze was drie toen hij haar leerde kennen. De relatie met Isabelle was een maand of vier aan de gang en het was kerstavond. Ze had een vriendin uitgenodigd met twee dochters van Pippa's leeftijd, en haar broer zou er zijn, zei ze, maar ze had beslist dat Lucas ook mocht komen. Niet te formeel als de nieuwe liefde van mama, maar als een van de gasten op een feestje.

Lucas had een ingewikkelde knikkerbaan voor haar gekocht. Hij was zenuwachtig toen de deur openging en hij drie kleine meisjes op het tapijt zag spelen. Hij had gegokt dat het blonde kind de dochter van Isabelle was, maar dat bleek mis, zij had de haarkleur van haar vader. Isabelle had hem nooit echt goed willen uitleggen wat er zich precies had afgespeeld met die man, ze herhaalde altijd dat het een opluchting was dat Pippa hem niet meer zag.

Pippa had Lucas eerst zo'n beetje van een afstandje zitten bestuderen. En toen alle kinderen rond de tafel kwamen drentelen omdat er aperitiefhapjes werden geserveerd, had zij de stoel naast hem gekozen. Hij had haar vragen gesteld, over de cadeautjes, de vriendinnetjes, de tekeningen die ze had gemaakt. Ze keek naar hem met de grootst mogelijke aandacht, alsof hij nu eenmaal het interessantste stuk speelgoed in de kamer was. Ze was almaar dichterbij gekomen. Eerst door op het puntje van haar stoel te gaan zitten, daarna door half op de tafel hangend met hem te komen praten, en uiteindelijk was ze zomaar op schoot geklommen. Na een tijdje had ze zelfs zijn hand vastgepakt en op haar rug gelegd, een pion op een speelbord die op de juiste plek moest worden gezet.

Het had Lucas geraakt. Hij had met haar een dierentuin gemaakt van klei. Zij had op zijn schoot haar bord spaghetti verorberd terwijl hij oesters had. Of ze er ook zo eentje mocht. Lucas had haar geleerd dat er citroen en peper op moest. Met toegeknepen oogjes en een getuit mondje had ze de oester opgegeten. Ze legde de schelp op het bord, keek hem aan en vroeg er nog een. Een kind naar zijn hart, had hij gezegd en hij had Isabelles blik gezocht.

Lucas had naar haar geglimlacht, en zijn schouders opgehaald, elke keer als Isabelle vroeg of ze niet nog een beetje met Zoë en Noa wilde spelen. Pippa schudde telkens beslist het hoofd, zij bleef zitten waar ze zat.

Toen Isabelle aankondigde dat ze naar bed moest, had Pippa met haar vingertje naar Lucas gewezen en gezegd: ‘Hij moet het doen.’ Isabelle had gelogen dat hij hier de weg niet wist, en dat ze nu afscheid moest nemen. Pippa had met groot aplomb geantwoord dat zij toch alles wist, zij die niet kon begrijpen dat haar domme moeder daar zelf nog niet op was gekomen. Maar Isabelle bleef bij haar standpunt. Daarna had Pippa hem omarmd alsof ze elkaar nooit meer terug zouden zien. Toen ze met haar moeder verdween, had Isabelles broer gezegd dat ze normaal gesproken verlegen was bij mensen die ze niet kende.

Hans vroeg zich destijds af of hij het zou zien zitten, een kind van een ander helpen grootbrengen, op hun leeftijd dan nog, maar voor Lucas was het een opluchting geweest. Niet écht de vader zijn gaf hem de ruimte om te proberen zo’n rol zo goed mogelijk op zich te nemen, hij die vreesde genetisch voorbestemd te zijn om het te verprutsen. Isabelle ging vaak op zakenreis en veronderstelde zonder daar veel woorden aan vuil te maken dat hij dan wel alles zou beredderen. Ook daar hadden anderen zich vragen bij gesteld, maar hij eigenlijk niet echt.

Later had hij Pippa eens horen beweren, terwijl ze samen met een vriendinnetje een tekening maakte: 'Mijn papa is op reis, maar dat is niet zo erg, want ik heb een Lucas.' Het vriendinnetje had gezegd dat zij toch liever een papa had die thuis was, waarop Pippa lang nadacht en uiteindelijk zei: 'Maar Lucas is ook thuis en met hem zing ik samen liedjes, en hij heeft mij vorige week leren fietsen, dus.' Die dus had ze veel klemtoon gegeven, als om te zeggen dat de zaak daarmee wat haar betrof wel afgerond was. Het was zo makkelijk geweest om van Pippa te houden.

Lucas kwam niet in actie, ook al maande hij zichzelf om de paar minuten aan. Maar opeens hoorde hij iets, een zacht soort gebons, het leek uit de keuken te komen. Lucas stond op en liep ernaartoe, er werd op het raam geklopt. Door het glas zag hij een rode pet en daaronder een zwaaiende jongen. Lucas wees naar de deur, Riley glimlachte.

'Ik dacht, het is woensdag en Amy is bij de buren en ik had wel zin om te fietsen en ik, ja, ik wist niet of –'

'Ik ben blij dat ik u zie.' Lucas zwaaide de deur helemaal open, maakte een uitnodigend gebaar. Riley stapte over de drempel, Lucas liet de deur zacht in het slot vallen. Het verraste hem dat de jongen langskwam, maar het deed hem oprecht plezier. Riley trok zijn jas uit en hing die spontaan aan de kapstok in de gang, alsof hij dat nu eenmaal zo gewend was.

'Ge komt ideaal getimed. Ik moet nog iets eten. En gij? Honger?'

Riley knikte.

Lucas trok de ijskast open en keek in de groentebakken. Hij voelde Riley dralen.

'We kunnen bijvoorbeeld een pasta maken, met paddenstoelen en prei, wat denkt ge?'

'Ja, oké.'

'Ziet ge 't zitten om samen te koken?'

Riley knikte, draaide zijn pet om, met de klep in zijn nek. 'Vroeger hielp ik mama ook vaak.'

Lucas legde alle ingrediënten op het aanrecht en op de tafel.

Riley keek naar zijn handen. 'Mag ik ze hier wassen?'

'Goh, uw moeder heeft u goed opgevoed.'

'Ja.' Hij liep naar de gootsteen.

Er viel een stilte. De jongen keek van de spullen naar Lucas met een vragende blik.

'Gij de prei?'

'Ja, dat is goed.' Riley zocht de zeep, liet het water lopen tot het warmer was en waste toen omstandig zijn handen. Hij droogde ze aan de handdoek die hij van het haakje haalde, nam de preistengels en legde ze op de snijplank.

'Hebt ge een mes?'

Lucas rommelde in de lade, gaf hem een vrij groot exemplaar. 'Dit oké?'

Riley knikte, legde het aan de kant. 'Eerst dat vuilste groen eraf, hè?'

'Ja.'

Lucas nam een kom, een mes en een borsteltje en ging in de weer met de paddenstoelen. Francine was van alles voorzien. Hij weerstond de drang om Riley te zeggen dat hij voorzichtig moest zijn met dat mes. Hij ging ook met merkwaardig grote precisie te werk voor een jongen van zijn leeftijd.

'Uw moeder...'

Riley keek meteen op.

'...had ze het eigenlijk al lang moeilijk, of was ze –'

'Ja,' onderbrak Riley hem.

Lucas hoorde de spanning in zijn stem.

Riley trok kasten open, vond de groenbak, gooide het afval erin en ging weer naar zijn snijplank.

'Heftig,' zei Lucas, omdat hij niet meteen weer een vraag wilde stellen.

Riley knikte, hij concentreerde zich op het snijwerk. Alleen het geluid van het lemmet dat traag maar ritmisch het hout raakte.

'Wesley zegt dat hij in de kerstvakantie naar een eiland gaat om onder water te zwemmen met vissen en misschien ook met dolfijnen en zo.'

'Hmm,' antwoordde Lucas. 'Zoudt gij dat ook willen?'

Hij schudde zijn hoofd. 'Als die vissen dan aanvallen of zo.'

'Ik denk niet dat ze dat doen, maar zwemmen met vissen is ook niet mijn grote droom of zo.'

Riley sneed de preistengels in fijne ringen, heel geconcentreerd.

'Ik droom soms over mama.'

'Ja?'

Lucas wilde niet aan zijn eigen dromen over zijn moeder denken.

'Mooie dromen?' Lucas rommelde in de la op zoek naar een klein mes, voor de steeltjes. 'Ik droom dikwijls akelig, ook over mijn ouders.'

'Zo erg,' zei Riley.

Lucas voelde wat dat betekende. 'En wat gebeurt er dan in uw dromen?'

'Ze heeft eens gezegd: "Gij zijt een nagel aan mijn doodskist." Ik wist eerst niet wat dat betekende, maar nu wel.'

Lucas voelde een rilling over zijn rug lopen. 'Uw mama?'

Riley knikte. 'Dat was maar één keer, maar niet in een droom, dat was in het echt.'

Lucas legde zijn mesje even neer. 'Lieve jongen. Mensen zeggen zo veel dingen die ze niet menen. Gewoon omdat ze dan bijvoorbeeld kwaad zijn op zichzelf, of gefrustreerd door iets totaal anders.'

'Ja.' Hij plooide zijn lippen naar binnen.

'Ik begrijp wel dat zoiets heel vervelend is om aan terug te denken.'

'Ja,' zei hij weer, droog, alsof hij bevestigde dat het fris was buiten. 'Op tv hebben ze gezegd dat het niet klopt dat vissen geen geheugen hebben. Vroeger dachten ze dat een klein aquarium niet erg was, omdat zo'n vis bij het volgende rondje toch al vergeten is dat hij dat daarnet ook al eens deed, maar nu blijkt dat ze, als ze bijvoorbeeld in de zee aangevallen worden door een grote vis, dat ze zich dat dan perfect herinneren.' Hij liet water in de spoelbak lopen. 'Zielig hè, voor die vissen in zo'n kleine kom?'

'Ja.'

Vanuit de gang hoorde Lucas het geluid van de tikkende klok, die moest hij echt eens stilleggen, het deed hem aan de klok bij zijn ouders in de hal denken. Het bleef een tijd lang stil. Soms is zwijgen beter dan overdonderen met vragen, dacht hij.

'In het begin was ik bang dat papa ook dood zou gaan, bijvoorbeeld door kanker, zoals de man van juf Eline, of dat hij ook kwam springen hier. Maar dat was toen ik acht was, dat is over nu.' Hij toonde de gesneden prei aan Lucas. 'Is het goed zo?'

'Super.'

Hij glimlachte en gooide de preiringen zo'n beetje één voor één in de spoelbak.

'Bij mij is het over, maar bij Amy niet.'

Lucas verkrampte opnieuw bij die woorden.

'Zoiets hoeft niet echt over te –'

'Amy plast nog altijd in haar bed.' Hij woelde met zijn handen door de prei in het water. 'En ze komt dikwijls met haar armen rond mijn nek hangen, en dan wil ze niet meer loslaten.' Hij nam een theedoek en begon de prei erop te leggen. 'Of hebt ge een vergiet?'

'Ja, daar, onderaan, rechts.'

Riley droogde zijn handen, kroop bijna in de kast en kwam met een roze vergiet tevoorschijn.

'Roze?' Hij giechelde.

'Francine,' zei Lucas terwijl hij zijn schouders ophaalde.

Riley schepte de prei uit de spoelbak. 'Dat iemand in bed plast, daar moogt ge niet mee lachen. Maar het is wel vies.' Hij liet het water weer weglopen. De afvoer maakte overdreven veel lawaai. 'Ze heeft ook eens aan mij gevraagd of mama nu grond moest eten.' Riley keek naar Lucas. 'Toen wist ik niet wat ik moest zeggen.'

'Nee, dat snap ik. Dat zijn eigenlijk ook meer vragen voor uw papa.'

Hij liet het vergiet zien, vol nu. 'Zijn ze niet te dik zo?'

Lucas schudde zijn hoofd. 'Helemaal goed.'

Hij wou de jongen omarmen en zeggen dat hij helemaal geweldig was, hij en alles wat hij deed, en had gedaan en nog zou doen. Hij kon het zo gebruiken, vermoedde Lucas. Hij deed het toch maar niet.

'En nu?' Het klonk opgewekt opeens, blijkbaar had Riley echt zin om nog iets te doen.

'Water koken voor de pasta? Of de platte peterselie fijnhakken? Die paddenstoelen, dat is een ellendig klusje, dat duurt lang, maar het is bijna klaar nu.'

'Het zijn geen witte paddenstoelen,' zei hij weer.

'Nee, dit zijn wilde.'

'O.'

Het werd weer stil. Lucas vond het vreemd dat ze die stiltes geen van beiden vervelend leken te vinden. Hij wikte en woog zijn woorden. 'Allemaal niet makkelijk voor u, Riley.'

Riley antwoordde niet, rommelde in een kastje, op zoek naar een pan.

'Waarom ziet gij uw mama niet meer?' Riley keek hem aan, streng bijna. Het verwonderde Lucas dat hij dat had onthouden, en ook weer niet, natuurlijk. Lucas aarzelde, hij wilde hem ook niet zomaar afschepen.

'Goh, hoe moet ik dat nu kort… Omdat ze niks gedaan heeft.'

'Mensen moeten íets gedaan hebben, waarom zijt ge anders boos?' Hij hield zijn blik strak op Lucas gericht.

'Vindt gij niet dat niks doen soms ook slecht is?'

Riley vulde de pan met water en dacht lang na.

'Zoals dat ik mama niet heb tegengehouden, bedoelt ge?'

'O nee, dat bedoel ik helemaal niet, Riley.' Lucas besefte nog maar eens hoe nauw het allemaal luisterde. 'Er was niks wat gij hadt kunnen doen. Niks.'

Riley draaide de kraan dicht.

'Papa misschien wel?' Hij ging met die zin demonstratief de hoogte in.

'Ik denk van niet.' Lucas monsterde Riley. 'Nee, ik weet het wel zeker: echt niet.' Lucas nam zichzelf zijn eerste antwoord kwalijk, maar het was moeilijk om te lezen wat Riley er zelf precies van dacht.

'Wat wordt de saus eigenlijk?'

'Ik dacht gewoon wat olijfolie te gebruiken.'

Riley fronste en haalde zijn neus op.

'Niet lekker?'

'Spaghetti is toch met saus. Mijn mama maakte altijd rode saus.'

Lucas vond het niet meteen een spannende combinatie, maar hij zei: 'Dan maken we rode saus.'

'Ja,' zei Riley, en hij glimlachte met één mondhoek omhoog.

TIEN

'Sinds ze die schotten hebben geplaatst, is dat gestopt. Godzijdank, mag ik wel zeggen. Nu stuiken ze tenminste niet meer tegen mijn asfalt. Ja, maar meneer, ik zie u kijken, maar ik kan niet meer tellen hoeveel het er door de jaren heen zijn geweest, en ik vraag mij af wat gij zoudt zeggen als ge voor de zoveelste keer een reinigingsdienst mocht betalen om de stukjes vel van uw parking te komen krabben. Dat zijn beelden die ge niet vergeet, die ge blijft associëren met die parking, mijn parking, waar ge over het weggewassen bloed moet lopen om mijn zaak te kunnen betreden.'

De vrouw, groot voorhoofd, dunne lippen, kortgeknipt haar, indringend rood geverfd, keek er wat vermoeid bij. Lucas was te verbouwereerd om iets te zeggen.

Hij had echt geen zin in koken vanavond, en hij wou na een maand al die uren op de brug wat mensen zien. Hij mocht zichzelf nu en dan eens belonen, vond hij, daarom was hij hiernaartoe gekomen.

'Ik heb echt iets van de zaak proberen te maken, geïnvesteerd in het interieur, met trendy banken en sfeerverlichting,' ze gebaarde naar de wandlampen aan elke muur, een gids die de pronkstukken aanwees, 'goedkoop is dat allemaal niet geweest. En we serveren, al zeg ik het zelf, correcte snacks en we bakken de beste wafels van de hele streek. Mensen weten dat, die komen speciaal naar hier voor een wafel van Jenny, het is een recept van wijlen mijn grootmoeder. Maar zoudt gij nog goesting hebben in een wafel, meneer, als ge spontaan weer het lijk voor u ziet dat er eergisteren nog lag? Want zo zijn de mensen, die mogen nog beter weten, die leggen toch de link, die redeneren vanuit de onderbuik. Ik zeg het u: die springers, dat was een pest voor de commerce.'

Lucas bleef haar bedremmeld aankijken.

'Sinds ze die schotten hebben gezet waar we voor geijverd hebben, komen de meesten toch alvast in het water terecht. Ook niet plezant voor de mannen die ze er later uit moeten vissen. Als ze al worden teruggevonden, want soms voert de stroming die lijken mee en verdwijnen ze gewoon. Maar bon, zij hebben er uiteindelijk nog zelf voor gekozen, voor die job.'

Jenny haalde een potlood tevoorschijn en viste een klein notablokje uit de zak van haar schort. Lucas maakte dankbaar gebruik van de adempauze en bestelde paling in 't groen en een pint.

'Paling in 't groen, pint.' Ze sprak het woord voor woord uit, een juf die dicteert, zette een felle punt achter dat laatste woord, en stak alles weer weg.

Lucas reikte in zijn fietstas naar de krant die hij had gekocht, maar nog voor hij weer rechtop zat, hoorde hij Jenny heropstarten, als de playtoets eenmaal ingedrukt was, moest het bandje ook spelen tot het eind blijkbaar.

'Ja, maar ja, aan al die dingen denken ze niet hè, diegenen die speciaal naar hier komen om er een eind aan te maken. Egoïsten zijn het, laat het mij gezegd hebben.'

Lucas liet dat woord rondtollen in zijn hoofd, 'egoïsten'.

'Ge wilt niet weten wat onze kinderen aan nachtmerries hebben gehad al, hier, in het dorp. Vraag maar aan dokter De Greef, die weet er alles van. Er zijn er die pillen moeten nemen en alles. Kinderen hè, aan de pillen, om te kalmeren of te slapen. En die kleine van Brenda van de post, altijd goeie punten op school, en toen zag hij er een uit de lucht vallen, hij heeft niet eens dat lijk van dichtbij gezien, daar heeft Brenda wel voor gezorgd, maar evengoed: het was gedaan hè, met de goeie rapporten. Concentratieproblemen, zeggen ze dan. Ja, maar ja. En dan spreek ik nog niet eens over de mensen die degenen die springen zelf achterlaten, die zullen er in de meeste gevallen ook nog zijn. Ik wil het wel proberen te begrijpen, maar toch, al die miserie, dat moogt ge toch niet zomaar veroorzaken. Als ge nu een minuut nadenkt, dan snapt ge dat toch?'

'Het feit dat mensen het toch doen wil misschien zeggen dat ze –'

Op dat moment ging de deur van de taverne open, een man die uit een boom gehouwen leek en een bijpassende vrouw kwamen binnen. Ze trokken hun jassen uit en drapeerden die over twee stoelen, keken uitgebreid rond, gingen zitten en wreven hun handen warm.

'Ha Jacques, Emma, ik kom eraan, ik kom eraan.' Jenny brulde alsof ze zich tot op de brug verstaanbaar moest maken.

Lucas' telefoon begon te trillen. Isabelle. De eigenares wekte de indruk dat het zoemen haar totaal ontging.

'Maar goed, u wou een pint en paling in 't groen, goeie keuze, dan hebt u misschien nog plaats voor een wafel nadien?'

Lucas glimlachte terug, omdat dat was wat hij dan deed. 'Ik ga proberen niet te zwichten.' Na deze woorden nam hij meteen zijn telefoon op: 'Dag Isabelle.'

Jenny verdween naar de andere tafel. Hij volgde haar met zijn blik en vroeg zich af of ze zich nu beledigd voelde. Opeens realiseerde hij zich dat hij niet had gehoord wat Isabelle had gezegd. 'Sorry, slechte verbinding, herhaal dat nog eens alstublieft.'

'Tja, op zo'n brug.'

'Wel eh…' Hij hoorde alle cafégeluiden opeens veel nadrukkelijker en hield spontaan een hand om het toestel. 'Maar waarvoor belt ge?'

'Moet uw wettige echtgenote tegenwoordig een reden hebben om te bellen, of wat?'

'Nee, nee, niet per se, maar ik zit hier...'

'Loopt gij niet heen en weer te paraderen op uw brug?'

'Ja, ik ben hier nu juist even...'

'Ziezo, een pint voor meneer.' Jenny zette het glas voor hem neer. Haar stem klonk als een klok.

'Ah, tot zover het grote engagement, gij zit op café.'

'Goh, kort even. Ik had daarstraks vijf uur aan een...'

'Ge moet u niet verantwoorden, Lucas, dat spreekt voor zich.'

Lucas viel stil.

Op de radio zong iemand een liedje dat hij niet kende, in het Frans, de man van de andere tafel riep iets tegen de barvrouw, die net de espressomachine lawaaierig bonen liet malen. Een andere man kwam uit de keuken, hij kreeg iets hulpeloos over zich toen hij naar Jenny keek. Lucas hield de telefoon zo dicht tegen zijn hoofd aan geklemd dat zijn oor er pijn van deed. Zeg dan iets, dacht hij, maakt niet uit wat. Vraag hoe het met haar gaat, ja, vraag dat. Lucas ademde in, klaar om de simpele klus te klaren, maar hij blokkeerde, liet zijn telefoon zakken en drukte Isabelle weg. Nog nooit had hij opgehangen tijdens een gesprek met haar, zelfs niet als ze ruziemaakten. Beduusd legde hij zijn telefoon op tafel, nam zijn pint in de hand en dronk het glas halfleeg. Iets had het van hem overgenomen, maar wat?

Hij moest haar terugbellen, doen of er een technische storing was, dat zou ze wel geloven, gezien zijn eerdere smoes. Hij nam nog een slok. Hij hoorde de man zeggen: 'Ja, ja, zeker zoeteke.' Op dat moment rinkelde de telefoon en verscheen Isabelles foto weer op het scherm. Hij aarzelde een seconde of drie, en nam toen op.

'Ik kreeg geen verbinding,' loog hij, 'we waren misschien naar mekaar aan het bellen.'

'Ik alvast niet naar u, ik veronderstelde dat gij het zou proberen omdat het bij u uitgevallen was.'

'Ah, vreemd.'

‘Ja, inderdaad.’
‘Maar hoe gaat het met u?’
Isabelle begon te vertellen. Dat luchtte hem op.

ELF

Er hing een voorzichtige mist, alsof de straten minzaam aan het verdampen waren. Lucas vond het prachtig om te zien. Het verbaasde hem dat hij van een brug was gaan houden die voor zo veel mensen het einde had betekend, een lelijk bouwsel bovendien. Maar hij kon het ook niet helpen. Bruggen maken tenslotte de doorreis mogelijk, dat bleef een mooie gedachte, vooruit was toch de weg.

Hij was aan de linkerkant begonnen en maakte nu rechtsomkeer. Hij hoorde vogels lichtzinnig zingen. Hij dacht aan zijn afspraak met Isabelle over drie dagen en oefende zinnen die hij wou zeggen, wat hij zelf beschamend vond, maar toch deed, om sterker te staan. Hij dacht aan zijn moeder en zijn vader, maar kon dat niet lang volhouden.

Lucas hield van de herfst. Van de verdorde en gevallen bladeren op het grijsgroene gras, van het vroege donker, van de hanteerbare kou. Hij keek naar beneden, naar het rommelige dorp waar mensen woonden met levens waarin ze keuzes maakten, of juist niet.

Hij maakte een vuistje van zijn handen en blies ze warm. Nog één keer de overkant en terug, en dan ging hij even naar binnen. Hij draaide zich om en opeens zag hij het, in de verte, aan de overkant. Een schim, bij de reling. Een moment dreigde Lucas te verstijven, toen spurtte hij ernaartoe. 'Ik kom eraan,' brulde hij, alsof er iemand om hulp had geroepen. Hij hoopte maar dat zijn schreeuw geen averechts effect had. Hij rende zo snel hij kon. Een vrouw in een dikke winterjas zat op de reling, met de rug tegen de buis aan. Ze probeerde haar benen over de rand te zwaaien. Het was een kleine, schriele tachtiger, schatte hij, in een onhandig gevecht met al haar ledematen.

'Excuseer,' zei hij, aarzelend, 'dat ik u...' Hij positioneerde zich zo tegen de reling dat ze er met haar benen niet meer langs kon. De vrouw keek hem geschrokken aan.

'Kan ik u...' Wat moest hij in godsnaam zeggen tegen deze vrouw? '...ergens mee helpen?'

'Ik wou...' Ze hijgde, gaf de zin al op nog voor ze hem begonnen was. Ze had een rond gezicht met alleen maar zachte trekken, een bos spierwit pluizig haar, een vinnige blik, kleine ogen door het opgestapelde dunne vel boven haar oogleden.

'Is het niet prettiger om wat verderop te praten? Ik woon daar.' Lucas wees naar zijn huis, het was vaag zichtbaar in de mist. 'Ik heb koffie.' Wat heeft koffie ermee te maken? dacht Lucas, boos om zijn eigen gestuntel. 'Of whisky.' Hij maakte het alleen maar erger.

'Dat is heel vriendelijk meneer, maar ik heb al, in de auto... Ik had geparkeerd, en om mezelf moed in te drinken, een groot glas port, zo vol...' ze strekte haar duim en wijsvinger om de hoeveelheid aan te geven, 'hop, naar binnen. Ik drink normaal alleen in het weekend een petieterig glaasje, voor de gezelligheid, maar nu dacht ik dat...' Ze viel stil en staarde langs hem heen, alsof daar iets om haar aandacht vroeg. 'Pas op, meneer, ik ben niet dronken, gewoon een beetje...' Ze zwaaide onduidelijk met één hand in de ijle lucht.

'Lucas, niet meneer, ik heet Lucas.'

'Georgette. Maar ik moet... Eh, ja.'

Ze helde een tikje opzij, gluurde schuin naar beneden. Ze knikte, om zichzelf te overtuigen van dat 'ja', dacht Lucas.

'Het moet voor hem.'

Hij zag haar onwennig proberen te glimlachen. Een vrouw na een lang leven, hier, in deze omstandigheden, die glimlachte zoals meisjes doen die vrezen op hun kop te krijgen, zoals Suzanne ook zo vaak deed, hij kon het niet aanzien. Hij vroeg zich af of ze in staat zou zijn om zich zo achterover te laten vallen.

Lucas overwoog om de vrouw gewoon op te tillen en mee te nemen naar zijn huis. Ze woog vast niet veel meer dan vijftig kilo, dat kon hij makkelijk. Maar brutaliteit en deze dame gingen niet samen, dus stelde hij toch maar een beschaafde vraag.

'Voor wie dan?'

'Ik ben ziek, meneer. Ik ben gewoon gekomen om...' Ze keek naar hem, weer met die glimlach die niet-afgemaakte zinnen alsnog tot een soort van einde bracht. Misschien was het de port, dat kon natuurlijk ook. 'Het lijf is nog goed, maar het zit in de kop.' Ze wees naar haar hoofd, als om misverstanden uit te sluiten. 'Op een dag legde ik mijn bril in de ijskast, en ik liep er nadien uren naar te zoeken. Ik vergat de namen van de dochters van de buurvrouw die ik al een half leven ken. Ik kon op sommige dagen mijn favoriete tv-serie niet meer goed volgen. Ze hebben vorige week testen gedaan, het is officieel nu. Het prille begin, maar ja, begonnen is begonnen.'

'Dat moet hard zijn.' Hij kon geen betere woorden bedenken en haatte zichzelf erom.

'Ik heb gezien hoe dat bij mijn zuster ging. Dat is niet hard, dat is alle menselijke waardigheid voorbij. En mijn zuster zat in een tehuis en wist op den duur zelf nergens meer van. Zij heeft haar ganse leven voor onze ouders gezorgd, nooit getrouwd, geen vrienden, dat is nog anders. Maar ik wil niet dat Etienne...'

'Uw man?'

'Ja.' Heel even verscheen er een andere glimlach, eentje die ze niet kon laten. 'Wij wonen nog altijd met zijn tweeën thuis. We hebben iemand die komt poetsen, maar de rest doen we zelf, we hebben…' Haar blik werd glazig, haar woorden losten op in de lucht. Er viel een kleine stilte. 'Dat is zoals we het gedroomd hadden, meneer. We hebben dat dikwijls tegen mekaar gezegd: in zo'n rusthuis krijgen ze ons niet binnen. Daar gaan zitten knutselen op dinsdag en bingo spelen op vrijdag zeker? Ons gat laten afvegen door een meisje van twintig dat daar te weinig voor betaald krijgt? We worden al zot bij de gedachte.' Ze etaleerde het maximale afgrijzen dat zich in één gezicht liet samenbrengen. 'Maar nu, meneer, word ik écht zot. En ik ken hem, hij gaat mij willen verzorgen. En dat zal hem kapotmaken. Ik heb bij mijn zuster gemerkt hoe afschuwelijk het is, om dat gestaag achteruit te zien gaan. Om een conversatie proberen te voeren met iemand die u met holle ogen aankijkt. Meneer, dat is… dat gaat door merg en been.'

Lucas knikte, heel voorzichtig.

Even volgde ze met haar blik een vogel, alsof ze wilde vergeten waar ze zat, waar ze het over had. Toen keek ze weer naar Lucas, met iets vragends in de blik.

'En zou Etienne –' probeerde hij.

'Etienne is mijn hart, wij zijn negenenvijftig jaar samen, negen-en-vijf-tig jaar, en dat is op zich geen verdienste. Zo zijn er wel meer. Maar hóe wij al die tijd samen zijn, hoe moet ik dat nu uitleggen dat ge niet gaat denken: ze overdrijft? Kijk hè, ze zeggen: op elk potje past een deksel. Ik heb nochtans dikwijls gezien dat dat dekseltje eigenlijk niet echt zo op dat potje paste. Maar die waren getrouwd, of niet getrouwd, dat kan ook tegenwoordig, en die bleven gewoon bij mekaar. Mensen die elkaar in het beste geval redelijk graag hadden, niet al te veel ruziemaakten, en dat dan maar liefde noemden, omdat dat is wat mensen willen geloven. Ze leven zo'n beetje hun eigen leven en kunnen het op die manier volhouden. Maar die zijn, hoe moet ik dat nu uitleggen, niet echt samen, niet echt bezig met wat de ander bezighoudt, niet echt in staat of bereid om de ander helemaal te begrijpen. Die geven wat ze toevallig nog hebben liggen, en niet alles wat ze kunnen, gewoon omdat ze dat zo willen. En die noemen dat dan: "Zoals het nu eenmaal gaat na zo veel jaren." Verstaat ge?'

Lucas keek naar haar, knikkend.

'Wel, Etienne en ik doen dat allemaal wél.' Georgettes ogen glansden, dat kon hij zien. 'Ge gelooft mij misschien niet als ik dat zo vertel, maar ik kan het alleen maar zeggen zoals het is.'

'Ik geloof u wel,' zei Lucas.

'Ik praat zoveel, dat komt door de port, denk ik. Sorry meneer.'

'Maar nee, toch, ge moet geen –'

'En nu zou ik hem door die hel moeten jagen? Ge moet weten: Etienne is nog heel goed, het lijf én de hersenen, hij kan nog jaren mee. Dus de gedachte dat hij halve dagen naar mijn bril moet lopen zoeken, dat hij niet meer normaal met mij zou kunnen praten, of nog erger, dat hij… Nee, die gedachte, dat gaat niet, ik meen het.'

Georgette schoof geagiteerd haar achterste verder de reling op. Als ze zich nu opeens achterover liet vallen zou Lucas haar niet kunnen tegenhouden. Hij draaide zich naar haar toe, greep de buis vast, onderaan, en maakte zo van zijn arm een veiligheidsgordel, een barrière tussen Georgette en de afgrond. Een licht dronken vrouw van tachtig kon daar niet tegenop.

Ze keek hem aan, verwonderd eerder, stelde geen vragen over wat hij aan het doen was.

'Het was lang genoeg, mijn tijd hier, ik heb veel geluk gehad, ik…' Ze wiebelde met haar hoofd, haar stem ging een tikje de hoogte in.

'Als ik Etienne was, zou ik u nu niet graag missen, denk ik.'

Minutenlang bleef het stil.

'Maar zou u willen toekijken hoe ik seniel word? Wij praten nog zoveel, over alles, dat is…' Ze zweeg weer, zocht zijn blik. Of die van Etienne misschien.

'U hebt nog zoveel te vertellen.' Lucas probeerde het even warm als beslist te laten klinken.

'Nu nog,' ze aarzelde even, 'misschien.' Ze likte haar lippen en smakte. 'Maar nu ben ik nog heel vaak helder, het is pas het begin, dus ik moet... En dan hier. Ik zou niet willen dat hij mij zou vinden.'

Er reed een fietser voorbij, zijn bel klingelde heel zachtjes.

'Ik begrijp hoe moeilijk het moet zijn. En toch, ik zie een prachtige vrouw die nog zoveel te bieden heeft.'

'Meneer toch, u bent vriendelijk, maar ik ben een verschrompelde bes van eenentachtig. Het is goed geweest. Ik heb mijn Etienne niet de kinderen kunnen geven die hij graag wou, en hier en daar was er wat tegenslag, zoals bij iedereen, maar wij hadden mekaar, en dus was het leven al met al een cadeau. En hij kan nu nog... Het stikt van de weduwen die hem heel graag zouden binnenhalen. Ik wil dat hij het geluk nog pakt dat er is. Ik weiger degene te zijn die dat in de weg staat.' Georgette slikte. 'Ik praat te veel.'

Lucas greep de buis nog wat steviger vast.

'Maar kunnen die hem even graag zien als gij? En hij een van hen?'

Een plotse storm stak op in haar blik. Lucas dacht: nu moet ik durven doorgaan. 'Niet alles wat zich zomaar liefde noemt, mag ook zo heten, u zei het zelf.'

Ze hapte naar adem, het leek een beetje op snikken.

'Maar juist wij, zoiets mag toch niet lelijk eindigen?'

'Lelijk?'

Georgette viel stil. Hij wist niet of ze na stond te denken of iets probeerde weg te slikken.

'U weet, veronderstel ik, dat er mogelijkheden zijn, en dan kunnen jullie het samen –'

'Euthanasie bedoelt u? Naar dokters lopen en moeten bewijzen dat ge nog niet zo weg als een wortel zijt? En dat is tot daaraantoe, maar Etienne die ermee akkoord moet gaan dat het op een welbepaalde, zelfgekozen dag zover is? Op een dag dat ik nog fris genoeg ben hierboven om over mijn eigen wil te beschikken, zoudt gij het kunnen? Dat is toch… Dat moogt ge toch niet vragen van de man die ge zo graag ziet.'

'Als ge dat van iemand moogt vragen is het misschien juist van de man van wie ge zoveel houdt, of niet?'

Georgette keek hem verbouwereerd aan. Hij voelde haar zachtjes drukken tegen zijn arm die bij gebrek aan beter nog altijd dienstdeed als slagboom.

'En dit, abrupte, zo zonder afscheid, dat –'

'Ik heb hem in mijn schoonste handschrift een brief geschreven, die heb ik op de post gedaan, vanmorgen, voor ik naar hier vertrok.'

'Is dat hetzelfde, denkt u?'

'Nee, niet hetzelfde, maar…' Ze verdween weer even in haar eigen nevelen.

'Als u Etienne zou zijn, wat zou u dan…?'

'Dat is anders.'

'Anders?'

'Ja, ik zou hem natuurlijk bij mij willen.'

Ze verstarde even. Ze gleed met een hand langs haar jas, teder bijna, alsof hij het was die ze aan kon raken. Georgette draaide haar hoofd weg en opeens begon ze te snikken, fel, zonder tranen. Die had ze thuisgelaten, bij haar Etienne. Lucas wachtte, legde een omzichtige hand op haar schouder. Hij bleef bij haar, daar op die brug, zijn andere hand stevig aan de buis. Ze keek eerst in de verte, lang, toen weer naar hem, zeggen deed ze niks meer.

'Wilt u nu niet even meekomen naar mijn huis, een kopje koffie drinken?'

'Ik ben zo moe, opeens.'

'Ja,' antwoordde Lucas.

Ze staarde in de richting waarnaar hij had gewezen, vertwijfeld. Ze schokte en snoof een beetje na.

'Even daarheen.'

'Maar meneer, ik wil geen –'

'Lucas, gewoon Lucas.'

Georgette keek Lucas aan, ademde diep in en uit, richtte haar blik weer op het huis.

'Zo moe.'

Een paar minuten zwegen ze nog samen. Toen begon ze te schuifelen, tot ze van de reling af kon, beide voeten op de grond. Ze keek hem onderzoekend aan, alsof ze hem nu pas voor de allereerste keer echt zag.

'Uw moeder is vast trots op een zoon als u,' zei ze zacht, en ze stak haar linkerarm uit, gebogen, klaar om in te haken.

Lucas nam haar arm, slikte, en daarna nog een keer, en hoopte dat ze dat niet zag.

Er kwamen weilanden voorbij, greppels, achterkanten van lelijke huizen die hem aan het zijne deden denken. De trein rolde over de sporen, hij hield van dat geluid, die hypnotiserende regelmaat. Zijn hoofd bonsde, van vermoeidheid, dacht hij. Hij had Georgette met haar auto weer naar huis gebracht.

Ze waren nog niet geparkeerd of Etienne kwam de straat al op gerend. Hij rukte het portier open en kon niet wachten tot ze was uitgestapt. Zo veel innig omarmen in zo'n onhandige houding, Lucas wist niet of hij daar al eens eerder getuige van was geweest. Hij werd nadien ook omhelsd, de oude man had een verbazingwekkend krachtige grip. Daarna kon hij weer alleen maar naar zijn vrouw kijken, verrukt en ontzet tegelijk. Lucas had aan Etienne en Georgette moeten beloven dat hij nog eens langs zou komen. Hij was snel weer vertrokken.

De trein vertraagde, kwam piepend tot stilstand en tegenover hem ging een man zitten met een groene loden jas, zoals zijn vader er vroeger ook altijd een droeg in deze tijd van het jaar. Lucas wou het liefst van plaats veranderen, maar dat was onbeleefd. Hij vroeg zich af of de jas zou ruiken zoals die van zijn vader. De man zette een aktetas tussen zijn voeten, liet zijn hoofd rusten tegen de leuning en sloot zijn ogen. Ze vertrokken weer en de overbuur wiegde zachtjes mee op de bewegingen van de trein. Hij zag er volstrekt onschuldig uit, wat verder niks hoefde te betekenen. Er is zoveel dat niet wordt gezien.

Het landschap gleed langs hem heen en hij moest terugdenken aan de eerste reis die Isabelle en hij samen maakten, zonder Pippa. Vijf dagen Berlijn, een van haar favoriete steden, en vandaaruit met de trein naar Keulen waar ze het Ludwig Museum bezochten, en de lelijkste kathedraal die hij ooit zag.

Hij was niet meer in de Duitse hoofdstad geweest sinds de schoolreis op zijn zeventiende. Isabelle leidde hem rond met de vanzelfsprekende zelfverzekerdheid waarmee zijn vader mensen advies gaf over vastgoed en testamenten, langs de Reichstag, de Brandenburger Tor, de stenen van het Holocaust Monument. Ze zagen de collecties van de Neue Nationalgalerie, de Berlinische Galerie, het Joodse museum en van dat ene museum over de Stasi dat wat was tegengevallen, dat wist hij nog. Ze aten in slechte *Biergärten* en maalden er niet om. Zij neukten erop los in die te kleine hotelkamer. En hij liet zich zelfs in een hippe boetiek in de Friedrichstrasse door Isabelle in het nieuw steken. Zij vond dat zulke kleren hem veel beter stonden, hem sexyer maakten. Hij was het met haar eens. Nadien had hij nooit meer in zijn eentje gewinkeld. Het was het soort trip waarover je later aan de hand van lollige foto's kon vertellen hoe leuk het was geweest.

Toen ze in het vliegtuig zaten, net helemaal klaar voor vertrek, die ellendige koffer had hij toch nog in het bagagecompartiment gepropt gekregen, de gordel was keurig vastgemaakt, keek ze hem aan, heel even maar, en ze zei iets, hij wist niet meer wat, en daarna nam ze haar tijdschrift en begon te lezen. En op dat moment dacht hij: ik wil hier niet zijn, niet zo, niet met haar, dit is een vergissing, dit voelt niet goed. Hij legde een hand in zijn hals en voelde zijn hart kloppen, alsof dat het ook wist, alsof zijn hart het beter wist. Hij ging twee keer verzitten, in een stoel waar een mens eigenlijk maar op één manier in kon zitten. Hij hield zijn ogen gesloten en droeg zichzelf kalmte op, hij moest zich gewoon niet aanstellen. Zij merkte er niks van, waar hij blij om was. Pas hoog in de lucht kon hij zich concentreren op zijn boek. Eenmaal thuis klasseerde hij die gedachte als het product van de stem in zijn hoofd die hem het geluk niet gunde. En zo was ze weggedeemsterd, verdwenen in de plooien van het gemanipuleerde geheugen.

Blazend kwam de trein tot stilstand. Dit was zijn halte. Lucas dacht terug aan de overgave van Etienne, en die nanoseconde totale ontregeling toen hij haar zag zitten, naast hem, een hem totaal onbekende man, dat moment voor hij zich helemaal gerustgesteld durfde te weten. Georgette had inderdaad niet overdreven toen ze over hen tweeën sprak.

Lucas wandelde de straat uit. Een vrouw met een te zware tas wisselde voortdurend van hand. Een meisje met een paardenstaart stond vloekend te prutsen aan het slot van haar fiets dat weigerde open te gaan. Een vijftiger met een sigaret in zijn mond keek voortdurend om zich heen, als was hij twaalf en bang om betrapt te worden.

Lucas liep verder langs het verlaten wandelpad dat opklom tot zijn brug. Hij keek goed om zich heen. Geen mens te zien, hier was alles lucht en bomen en stenen en zand. Eeuwigheid, wachtend. Het waren de mensen die sporen achterlieten en er zo tijd aan gaven, en vergankelijkheid.

Eenmaal bovengekomen tuurde hij de hele brug af, alles was rustig. Hij wandelde naar zijn huis. Achter hem racete een auto veel te snel voorbij. Hij maakte zijn deur open. De lege gang gaapte hem aan. Alleen zijn bestaat in zo veel soorten, dacht hij. De ondraaglijkste is eenzaamheid die voortkomt uit groot gemis. Of misschien de eenzaamheid die niet eens zo mag heten omdat ze te zwaar voelt om te dragen.

Hij probeerde zich de zinnen voor Isabelle te herinneren, maar die leken verdwenen, achtergebleven op de brug misschien, daar waar Georgette had gestaan, of op de stoep voor hun huis, waar zij en Etienne elkaar omarmden alsof ze dat na jaren eindelijk weer mochten.

TWAALF

Heel vaak gebeurde het niet dat ze zelf vroeg om de stad in te gaan. Het waren de mensen die Suzanne maar moeilijk kon vertrouwen, het was de wereld die ze niet kon beheersen. 'Het ligt aan mij,' zei ze er dan bij, wat Lucas moeilijk vond om juist uit haar mond te horen. Maar ze was gefascineerd door kunst, en deze tentoonstelling wou ze niet missen.

Lucas hield de deur voor haar open. Suzanne glimlachte, wat voor haar makkelijker was dan het grapje te maken over dit uitzonderlijke gentlemangedrag dat aan haar ogen te zien op haar lippen lag. Hij had een dinsdagochtend uitgekozen, dan was het doorgaans rustig. Hij kocht twee tickets, het hare stak ze weg. Zij hield van bewaren, de goeie dingen toch.

Toen Lucas er eenmaal rondliep, begreep hij niet waarom hij niet vaker kwam, hij hield van musea. Dat perfect gedoseerde licht, die hoge plafonds, dat stille staren van vredelievende toeschouwers, en de werken die daar zomaar waren, soms bestonden ze al veel langer dan hij, en zij mochten ernaar kijken.

'Mer-, merci om mij, ja, nee, mee, te nemen,' zei ze. Schuw keek ze om zich heen. Een man van een jaar of zeventig schuifelde aan de arm van zijn kwieke vrouw rond een sculptuur. Een suppoost met immense bovenarmen en een zachtaardig gezicht liep op het echtpaar af en begon enthousiast iets te vertellen. In de hoek zat een jong meisje met springerig haar in kleermakerszit te schetsen. Verder was er niemand. Lucas merkte hoe Suzanne ontspande.

Ze zag een werk aan de overkant van de zaal waar ze meteen naartoe wou. Het was een figuur op een hoge kruk. Zijn hoofd was zo diep weggestopt als maar kon tussen twee knieën, hij probeerde onbereikbaar te zijn voor wie hem zou kunnen bevragen of belagen, zijn voeten tastend naar verdwenen grond. Suzanne ging er gehurkt voor zitten, alsof ze echt contact wou maken. Ze keek ernaar in opperste concentratie.

'Sterk,' zei ze toen ze weer bij Lucas kwam.

Hij vroeg zich af wat ze op dit moment zou vertellen als haar woorden vloeiden. Veel meer, vermoedde hij. Of misschien had zij juist hier geen woorden nodig, dat kon ook.

'Marissa, die, die, die ging vroeger, met haar, haar, haar, ja, nee, moeder, vaak naar, musea.' Suzanne legde haar kin tegen haar borstkas, alsof ze de woorden die bleven steken stil fluisterend wilde aanmoedigen. 'Daar-, daar-, daarom wil, wil, wil ze niet meer, gaan. Een, een, een, geluk dat ze, ze, ze, met ons zel-, zelden uit-, uitstapjes, maakten.'

Suzanne grijnsde. Lucas lachte mee, omdat gedeelde ellende ook mensen bij elkaar brengt.

Ze liepen de tweede ruimte in, die klein was, schemerig, Hij wou iets zeggen, maar Suzannes aandacht lag totaal bij wat ze zag. Een vrouw tegen de muur, te hoog om erbij te kunnen, ze verstopte zich achter waanzinnig veel rood haar, vuur en bloed en waterval ineen. De figuur hield haar handen voor haar lijf, de schouders samengetrokken, de rug weerloos gekromd, de rechtervoet met iets van kramp in de tenen, gewoon blijven staan leek haar moeite te kosten.

Suzanne legde haar hoofd in haar nek, ze keek en bleef kijken, een hand om haar hals. Lucas zag de emotie in haar ogen, met alle wit dat rozig kleurde. Toen ze klaar was voor de volgende ruimte, fluisterde ze: 'Sch-, schaamte, dat, dat... die sculptuur, dat, is, is, is, de in-, incarnatie van schaam-, schaamte.'

Lucas knikte. Hij voelde het tot in zijn ruggenmerg, hoe ze dat woord uitsprak. Wat was er moeilijker dan het altijddurende lijden te zien van iemand van wie je veel hield?

In de laatste ruimte probeerden vier gehavende wassen lichamen in elkaar te kruipen, twee aan twee, in glazen kisten. Lucas zag de onmogelijke wens tot versmelting, maar ook de schoonheid van volgehouden moed en hoopvol zoeken, hij vond het troostend. Pas toen hij merkte dat Suzanne meteen weer weg was, begreep hij dat het voor haar heel anders voelde. Hij bleef nog even staan, en ging toen zijn zus zoeken.

Ze stond in de hal, bladerend in de catalogus die ter inzage op een tafel lag.

'Gij hebt een cadeau verdiend,' zei Lucas, en hij nam een exemplaar in folie en liep ermee naar de kassa.

'Maar, maar, nee, ge...'

'Heel af en toe is het handig dat ik sneller ben dan gij kunt spreken,' hij glimlachte naar haar.

'Schurk,' zei ze, de sch duurde heel lang.

'En nu ook nog koffie of zoiets?'

Hij wees naar het café. Er waren maar weinig mensen, twee duo's die gemoedelijk zaten te praten, dat moest overzichtelijk genoeg zijn. Suzanne speurde eerst de omgeving af, knikte, nam toen het boek aan.

'Blij mee.'

Ze stopte het onder haar arm.

Ze dronk van haar gemberthee en maakte met haar hoofd een gebaar naar het meisje dat net met een leeg dienblad weer was vertrokken.

'Die ser-, serveerster draagt, draagt, nee, ja, het parfum, van, van onze moeder.'

Suzanne zei nooit mama, maar altijd onze moeder, dat had meer afstand, vermoedde Lucas, en zo was het tenminste niet alleen de hare, maar die van twee mensen die wisten wie zij was. Hij trok zijn mond scheef en een wenkbrauw omhoog, als teken van medeleven. Geuren konden bij haar allerlei onaangenaams triggeren, wist hij.

'Hadt gij als kind eigenlijk een afkeer van haar?'

Ze maakte een diffuus gebaar met een wiebelende hand, op deze vraag bestond geen eenduidig antwoord.

'Ik, ik, ik had mees-, meestal een hekel, aan, haar, en ik, ja, nee, ik, ik, voelde, me daar, schuldig, over.' Ze maakte het papiertje van haar chocolaatje open en nam een zuinig hapje. 'Danny vindt, dat, dat, ik, daarmee, moet, moet, moet stoppen.'

'Met een hekel aan haar te hebben?'

'Met, met, mij schul-, schuldig te, voelen.'

Lucas knikte.

'Het, het, zegt nee, ja, iets, iets, iets over u.'

'Wat?'

'Dat, dat, ge dat nu...'

Lucas knikte, hij begreep het al. Hij wist niet of hij het ermee eens was.

Suzanne prutste het cellofaan van de catalogus, heel voorzichtig, met de meticuleuze aandacht van een monnik voor zijn manuscript.

Lucas dacht terug aan de vakantie aan zee, die keer dat hij mee mocht met Leonard en zijn ouders. Samen maakten ze een vlieger die ze met zijn allen op gingen laten, ze reden met een vierpersoonsgocart op de dijk. Op het strand liep Leonard gewoon de zee in, met zijn schoenen nog aan, en zijn ouders werden niet eens boos. Lucas vond het erg dat ze weer terug moesten. De buren vertelden zijn vader dat hij heel lief was geweest. Lucas hoopte dat ze hem nog eens mee zouden nemen. Dat was nooit meer gebeurd. Hij vroeg zich jaren later nog af wat hij verkeerd had gedaan.

Toen hij thuiskwam na zijn reisje riep zijn moeder hem bij zich. Ze zat aan haar kaptafel in de slaapkamer. Ze vroeg hem om binnen te komen, hij bleef bij de deur staan. Dat hij het had gedaan om haar verdrietig te maken, zei ze. Ze keek hem niet aan, ze reorganiseerde make-upspullen en juwelen die voor haar lagen. Jongens die tevreden waren moesten niet wegvluchten met vreemde mensen naar God weet waar. Jongens die wisten dat hun mama in het ziekenhuis lag wilden haar niet in de steek laten.

Lucas antwoordde dat ze maar twee dagen in het ziekenhuis moest blijven nog, dat hij niet was gegaan als ze er de hele tijd had gelegen. Hij loog dat Leonard per se wou dat hij meekwam, dat hij zich anders altijd zo verveelde daar. Toen dat geen indruk maakte, beweerde Lucas zelfs dat het helemaal niet leuk was geweest en dat hij nooit meer mee wilde. Zijn moeder zuchtte, noemde hem een egoïst en zei dat ze het erg vond dat ze hem niet tot een betere jongen had opgevoed. Hij aarzelde, vroeg zich af of haar omhelzen het beter of erger zou maken. Uiteindelijk koos hij ervoor om gewoon te blijven staan, wachtend tot ze lang genoeg had gezwegen om discreet te kunnen verdwijnen.

Suzanne bestudeerde geconcentreerd de afbeelding van de sculptuur met het rode haar.

'Ze was echt onmogelijk, hè? Ma.' Lucas zei het afgemeten.

Suzanne keek heel even op, knikte, sloeg een bladzijde om, keek naar de volgende afbeelding en hield haar blik daarop gericht.

'Ze, ze, had, had, echt, een hekel, aan, ja, nee, mij ook. Dat, dat...' Suzanne haalde haar schouders op, sommige dingen wist je ook zonder harde bewijzen. 'Gij,' zei ze toen, en ze keek naar Lucas. 'Goed, goed, dat gij, er waart. Kijk eens, eens, naar foto's, van, van vroeger. Al-, altijd, draagt gij, mij.'

'Is dat zo?'

Ze knikte.

'Bij-, bijna. Dan-, Danny, had dat, het, nee, ja, eerst gezien.' Ze glimlachte er breed bij.

Hij vond een broer die je nu en dan optilde te weinig tegengewicht voor een moeder die een hekel aan je had. Hij begreep de symboolwaarde waarop ze doelde, maar hij kon dat zo niet zien. Dat zeggen zou alleen maar klinken als hengelen naar extra bevestiging, dus begon hij over iets anders.

'Gij herinnert u Rita echt niet meer, hè?'

Suzanne schudde haar hoofd.

'Ik vraag me soms af of haar dood ook op papa gewogen heeft. Ik denk eigenlijk van wel. Dat er toen iets is veranderd, dat het een aanleiding was voor hem om… Ik weet niet. Dat zij voor hem toch een soort moederfiguur was, en dat het hem veel meer parten speelde dan hij toe wilde geven destijds.'

Suzanne hield haar blik op haar boek gericht.

'Niet dat ik daarmee bedoel dat het een –'

Suzanne tilde een arm op. 'Weet, weet ik, toch.'

Ze draaide het boek om en tikte met een vinger op de rechterbladzijde, zij wou een ander onderwerp aansnijden. Hij zag twee figuren die zich hulpeloos klauwend probeerden te redden van alle ondergang door vast te blijven houden aan palen zonder grip. Een van de twee figuren leek de totale uitputting nabij.

'Wie, wie, wie, blijft kijken, maakt het nog mee, denk, denk ik, dat hij los-, loslaat en, en, en, verliest,' zei Suzanne.

Ze nam nog een muizenhapje chocola. Lucas keek haar vragend aan.

'Ik, ik, niet hè, híj,' zei ze toen, lachend bijna.

Lucas voelde zich toch niet helemaal gerustgesteld.

'Mooi, dit,' zei ze, en ze draaide het boek weer naar zich toe.

Lucas zag de serveerster hun kant uit komen, hij hoopte dat ze genoeg afstand van zijn zus zou houden. De vrouw nam het grote glas dat voor Suzanne stond en bukte zich om een gevallen servet van een andere tafel op te rapen. Zelfs Lucas kon het ruiken nu.

'Willen jullie nog iets? Of breng ik de rekening?' Haar leek het allemaal geen bal te kunnen schelen, zij telde gewoon af naar het moment dat ze hier weg kon.

Lucas keek naar Suzanne. Ze knikte, wat van alles kon betekenen.

'Nog eentje dan?'

Ze knikte weer. Lucas bestelde een Westmalle, Suzanne wees naar haar glas, zij wou nog eens hetzelfde.

Zijn telefoon trilde. Een bericht van Isabelle: 'Telefoon van de schilder die jij had ingehuurd om het hele huis onder handen te nemen. Gezegd dat hij niet volgende week kan starten. Geen zin om alleen in de rommel te zitten.'

'Oei,' zei Suzanne spontaan, 'wat?'

'Niks, ik was iets vergeten.'

'Ik, ik, wou, wou, dat ik dat, ja, nee, kon,' zei Suzanne en ze lachte.

Zij kon altijd lachen, zo was zij wel.

DERTIEN

'Ha, gij zijt er al.'

Lucas sprong van zijn fiets nog voor die helemaal tot stilstand was gekomen, een trapper schuurde langs zijn scheenbeen. Isabelle stak een zuinig zwaaiende hand op, het gebaar verzachtte de woorden die niet werden uitgesproken: natuurlijk, ik ben áltijd op tijd, wat klopte.

Lucas haalde de wijn uit Francines gebloemde fietstassen. Hij was speciaal naar het stadje verderop gereden om wat goeie drank in te slaan, maar de rit duurde langer dan hij op voorhand had ingeschat. Hij was dik tien minuten later dan ze hadden afgesproken. En nu stond hij hier, zo veel ondeelbare gedachten later. Hij probeerde een glimlach.

'Sorry, ik had u een berichtje gestuurd, hebt ge...'

'Toen was ik al bijna aangekomen, dus dat maakte weinig uit. Maar nu heb ik hier ook eens wat op uw brug kunnen staan.'

'Eh, ja.' Lucas gaf haar een zoen, ze rook naar recent opgespoten parfum. Wilde ze haar best doen voor hem? 'Ik heb ondertussen iemand die wou springen kunnen tegenhouden.'

Hij liep door, maakte de deur open en stak licht aan.

'Wijn?'

Ze knikte, legde haar jas over de stoel.

'Georgette heette ze. Een geweldig lieve vrouw van eenentachtig.'

Lucas zocht twee identieke glazen die zich niet zomaar lieten vinden.

'Dat stokoude mensen ook al van bruggen willen springen...' Isabelle liet het vragend klinken.

'Tja, ik weet niet zeker of ze het echt gedurfd zou –'

'Slecht huwelijk? Mislukte kinderen? Financieel aan de grond? Gewoon het leven zat na al die jaren?'

'Nee, dementerend, en dat wilde ze haar...' Lucas zag Isabelle op haar telefoon kijken, hij viel stil, zette twee verschillende glazen op het aanrecht. 'Afijn, lang verhaal. Rood of wit? De witte komt niet uit de ijskast, maar na een halfuur in mijn fietstas bij dit weer zal hij wel te doen zijn, denk ik.'

'Hij is vast niet koud genoeg, doe maar rood.' Ze legde haar telefoon weg. 'Allee, dan zijt ge nu officieel een held, zeker?' Ze lachte, uit vage vertedering of met iets van ironie, dat durfde hij niet te zeggen.

Hij dacht na over dat woord 'held'. Hij wist niet precies hoe hij zich voelde, maar zo alvast geenszins.

'Goh,' zei hij alleen maar.

Hij ontkurkte de wijn, hij hield van dat plopgeluid, schonk in.

Zij stond om zich heen kijkend in zijn keuken als op een saaie receptie waar de leuke gasten nog op zich lieten wachten. Hij overwoog heel even om haar mee te nemen naar de woonkamer, maar toen dacht hij aan die doorgezakte sofa en hij ging aan tafel zitten, terwijl hij haar op een stoel aan de overkant wees. Lucas zocht naar zijn eerste zin, kon die niet meteen vinden. Een voorspelbare vraag dan maar.

'En zeg eens, hoe gaat het met u?'

'Wat zoudt ge willen dat ik antwoord?'

'Eh, wat waar is.'

'Kijk, ik heb er nog eens over nagedacht, en ik vind het eigenlijk allemaal een beetje flauwekul. Gij hier en niet thuis. Dat hele gedoe over dat gij uzelf moet heruitvinden. Het problematiseren van onze relatie. Ge hebt uw goede daad gedaan, een oud mens gered. Iedereen heeft recht op een kleine crisis rond deze leeftijd. Maar maak het niet groter dan het is. Kom nu gewoon terug, en dan zal ik het u vergeven.' Ze keek hem indringend aan.

Lucas wreef met een hand over zijn gezicht en betreurde het dat hij niet toch een kleine toespraak had ingestudeerd.

'Zijt ge vergeten wat ge de vorige keer hier in deze zelfde keuken tegen mij hebt gezegd?' Lucas hoedde zich ervoor om verwijtend te klinken.

'We waren kwaad. Wat zegt ge dan al?' Ze maakte een wegwerpgebaar.

'Ik had de indruk: precies datgene wat al jaren klaarzat.'

Isabelle reageerde niet, keek naar haar glas.

'En wat ge misschien ook tegenover uzelf voordien niet durfde toe te geven.' Hij maakte er net geen vraag van.

'Ik heb toch ook geen notities bijgehouden over wat gij al eens op een onbewaakt moment naar mijn hoofd hebt geslingerd? Om dat nu tegen mij te blijven gebruiken lijkt me weinig constructief, toch?' Ze klonk beheerst.

'Het gaat over ons, niet over strategieën.'

'Gaat ge nu de gekrenkte spelen?'

'Vindt gij het dan niet belangrijk om...' Hij dacht na over het vervolg van zijn zin.

Zij trommelde met haar lange donkerrode nagels op de tafel, dat deed ze vaak zonder zich daarvan bewust te zijn. 'Om?' Isabelle rekte haar nek.

'Om te durven stilstaan bij wat we hebben,' hij aarzelde even, 'en wat we niet hebben.'

'Moet het nu echt allemaal zo moeilijk gemaakt?'

Lucas keek haar aan, zuchtte.

Isabelle herpakte zich: 'Bon, ja dus. Wel, we hebben een goed leven, toch?'

'Definieer goed leven.'

Lucas speelde met een vinger langs de voet van zijn glas. Isabelle hoefde er niet over na te denken.

'We hebben mijn dochter groot gekregen, we doen professioneel wat we graag willen, of ja, deden, in uw geval, we wonen in een mooi huis, hebben leuke vrienden, we verdienen genoeg om de dingen te doen die we prettig vinden, we zijn gezond, we kunnen mekaar uitstaan, meestal toch.' Ze lachte kakelend.

Lucas moest aan het betoog van Georgette denken, aan de blik van Etienne.

'Maar, er zijn ook dingen… We hebben ook dingen niet, hè.' Hij liet zijn volume zakken.

'Nu gaan we het krijgen.' Isabelle leunde naar achter op haar stoel.

'Ik hoorde Georgette –'

'Ha, ja, wat suïcidale oude vrouwen beweren, daar moeten we naar luisteren. Ge zoudt beter iets doen met wat onze vrienden zeggen. Afijn, ik weet niet hoe ze tegen u praten als ze u opbellen, maar ik hoop alvast hetzelfde als tegen mij.'

Hij keek haar aan, eerder gekwetst dan verongelijkt. Het hing er maar van af welke vrienden aan het woord waren, dacht hij. Tegelijk werd hij er toch onzeker van.

Isabelle schraapte haar keel.

'Oké, te snel, ik mag u niet onderbreken.'

'Georgette vertelde gewoon over haar man, en ik zag wat ze voor hem overhad en –'

'Ah, we zijn terug bij het onderdanige vrouwtje…'

Lucas zuchtte weer en deed niet de minste moeite om dat te verbergen.

'Ja, oké, ik moet u laten uitspreken, maar ik weet al wat ge wilt zeggen. En het is toch een beetje zo?'

Ze walste de wijn rond in haar glas en keek daarnaar.

'Nee. Het ging niet over dienstbaarheid, bij die twee, het ging juist over gelijkwaardigheid, over hoe graag zij bij mekaar waren, niet omdat ze dat nu eenmaal zo gewend waren, niet om niet alleen te zijn, niet omdat dat is wat een echtpaar doet, maar omdat ze dat écht wilden. Toen ik hen samen zag... Ja, wat zal ik zeggen? Het pakte mij.'

'Ge mist romantiek, is dat het?'

'Ook misschien. Maar daar heb ik het nog niet eens over. Als wij op vakantie gaan zonder Pippa vragen we vrienden mee, als we op feestjes zijn uitgenodigd staan we ongeveer de hele avond meters van elkaar met anderen te praten, als...'

'Dat laatste ligt meer aan u dan aan mij...'

'Ik leg de schuld ook niet bij u. Maar het lijkt me symptomatisch. De vraag voor mij is hoe...' Lucas zocht naar een woord dat ze niet zou classificeren als melig, vond er geen, 'geconnecteerd we zijn.'

Isabelle rolde met haar ogen. Hij probeerde zich niet van de wijs te laten brengen.

'Hoeveel delen we echt met elkaar? Hoe lief zijn we voor mekaar, echt lief, bedoel ik, ik...'

'Even voor als ge dat vergeten zoudt zijn: we zijn nu achttien jaar samen. Ik weet niet welke romantische komedies gij hier al die weken hebt zitten bekijken, maar ik zou zeggen: welkom in de echte wereld.'

'Het gaat niet over samen naar de zonsondergang staren.' Lucas nam een grote slok. 'Als ge het niet wilt begrijpen, dan zegt dat ook van alles.'

'Zo wint ge altijd.'

'Hopla, we zijn weer terug bij winnen.'

'Wat wilt ge dan? Leg het mij uit, want ik begrijp het niet.' Haar stem sloeg over, een tel maar, op de 'niet'.

Lucas legde zijn hoofd in zijn handen. Hij wilde dit gesprek niet voeren.

'Gij kunt hier nu wel tijdelijk de held zitten spelen om uw midlife te bestieren, maar hebt ge er al eens bij stilgestaan wat het zou betekenen als ge mij echt zou kwijtraken?' Isabelle hield haar hoofd schuin, afwachtend.

Lucas masseerde zijn slapen, wist niet wat te zeggen.

'Ge zoudt een wrak zijn, gij. Nog los van het bestaan dat we samen hebben opgebouwd, dat ge... Gij zijt iemand die niet kan leven met zijn eigen falen. Gij zoudt ten onder gaan aan schuldgevoel om wat ge Pippa aandoet, en misschien zelfs mij, gij zoudt –'

'Dus alles is mijn schuld?'

'Ik ben niet degene die zonder boe of bah is opgestapt.'

Ze dronk voor het eerst van haar glas wijn. Er viel een stilte. In de gang tikte de irritante klok.

'Gij ziet geen probleem, tussen ons?' Lucas trok zijn schouders naar achter.

'Alles kan altijd beter, hè. Het zou beter zijn als seks niet saai werd na al die jaren. Het zou leuker zijn als we ongebreideld andere relaties konden hebben en daar niet stiekem over moesten doen. Het zou spannender zijn als we niet al ongeveer alles van mekaars verleden wisten. Het zou lolliger zijn als we van elke irritatie tegenover de ander wonderbaarlijk verlost raakten. Het ware geweldig als we mekaar konden kneden tot het ideaal waar we van droomden. Maar gij en ik, zoals wij in ons huis leefden, dat is hoe het gaat, in het echt.'

'Ik weet niet of er in de echte wereld niet iets anders bestaat dan de manier waarop wij...'

'Hoe...? Wat gaat ge nu weer beweren?'

'Etienne en Georgette...'

'Het klinkt echt alsof ge die twee hebt verzonnen.'

Ze moest opeens hartelijk lachen. Lucas zag haar melkwitte tanden, haar kin die licht de hoogte in ging, hij hoorde die toon van haar en hij sloeg met zijn vuist op tafel. Het zag er eerder bespottelijk uit dan kwaad.

'Voor u is alles een mop. Zo kunnen we ook niet praten, hè.' Hij veerde overeind. 'Godverdomme. Gij altijd met uw superieure...'

Hij gromde, keek naar buiten, weg van haar.

'Dat is ook proper. Ik kom hiernaartoe, ik toon mij van mijn welwillendste kant, terwijl gij het aan het uithangen zijt, al meer dan een maand nu, en dan begint gij mij verwijten te maken? Omdat ik spontaan moet lachen om de namen van die mensen die klinken als een komisch duo? Omdat ik twee minuten uw heilige ernst doorbreek, wijst gij mij met de vinger? Ik die zoveel voor u heb gedaan, al achttien jaar lang? Awel, merci.' Isabelles stem trilde.

Lucas voelde zijn adem stokken. 'Sorry, ik wil niet hard zijn, ik –'

'Als ge iets niet wilt, moet ge het ook niet doen.'

'Ja, sorry, ik... Het was niet mijn bedoeling om...'

'Ja, maar ja.' Isabelle liet haar hoofd zakken. 'Ge gaat met niemand nog hebben wat ge met mij hebt, onthoud dat maar goed.' Ze schraapte haar keel weer. 'Verdomme, het is toch best oké allemaal. Al die flauwekul.' Ze nam een grote slok, staarde naar haar glas.

Lucas keek naar die gebogen schouders van haar en wist niet wat hij moest doen. Hij schuifelde heen en weer op zijn stoel, schonk haar glas nog eens bij, ging uiteindelijk achter haar staan en wreef haar over de rug, waarop Isabelle zijn hand beetpakte en die net boven haar borst vasthield. Lucas wist niet wat hij dacht, hij was al zo lang niet meer aangeraakt. Ze liet weer los en nam het glas wijn in haar hand.

'Dit had ik nu nooit gedacht.'

'Wat niet?'

'Dat gij degene zou zijn die zou gaan twijfelen aan ons. Ik was er altijd zeker van dat als dat zou gebeuren, dat ik het dan zou zijn die... Tja.' Ze maakte de gedachte niet af.

Lucas bleef wat dommig achter haar staan, waar ze zijn gezicht niet kon zien.

Opeens hoorde hij iemand tegen het raam tikken. Riley stond stralend te zwaaien.

‘Wie is dat?’

Lucas zwaaide terug.

‘Eh, ja, dat is Riley.’

De jongen gebaarde of hij langs de voordeur kon komen.

Lucas aarzelde. ‘Vindt ge het erg als ik hem even binnenlaat? Lang verhaal, maar de moeder van die jongen is hier van de brug gesprongen en hij heeft het nogal moeilijk thuis en zo. Ik wil niet dat hij zich niet welkom voelt. Zulke kinderen…’

‘Doe dan maar.’

Lucas gaf een teken van: kom maar.

‘Ik laat hem gewoon kort even binnen.’

De bel ging. Lucas draalde wat rond de tafel, Isabelle zei niks meer.

‘Ik ga de deur opendoen.’

Lucas zag hoe Isabelle haar rug rechtte. Hij had Riley natuurlijk moeten wegsturen, maar dat vond hij echt moeilijk. Of koos hij gewoon weer de makkelijke uitweg? Hij zwaaide de deur open.

‘Ik dacht: ik ga nog eens fietsen.’ Riley glimlachte breed, stapte naar binnen, trok meteen zijn jas uit, en hing hem aan de kapstok. Hij hield van rituelen.

‘Ik heb wel bezoek nu, ge…’

De jongen snelde meteen naar de keuken, bleef staan en staarde naar Isabelle.

‘Dit is…’ hij twijfelde even, ‘Isabelle.’

‘Ik ben zijn vrouw.’

‘Ik ben Lucas’ vriend.’ Riley zei het met een grote vanzelfsprekendheid.

Isabelle keek naar Lucas.

‘Da’s mooi. En hoe oud zijt gij?’

‘Tien, bijna elf.’

Riley nam de stoel naast die van Lucas en ging zitten. Hij monsterde Isabelle van kop tot teen. ‘Wat komt gij hier doen?’ Alsof het huis van hem was en hij nog moest beslissen of hij haar die audi-entie wel zou verlenen.

'Eh, zoals ik al zei: ik ben zijn vrouw.'

'Maar gij woont hier toch niet. Of nu wel?' Hij keek omhoog, naar Lucas.

'Nee, nee, niet,' antwoordde hij.

'Jullie zijn gescheiden dan.' Riley poneerde het meer als een feit dan dat hij het als een vraag liet klinken, en richtte zijn blik weer op Isabelle met een zelfvertrouwen dat Lucas nog niet eerder bij Riley had gezien.

'Toch niet.' Isabelle keek naar Lucas.

'Ik had u toch verteld dat ik even met alles was gestopt.' Dat klonk ongelukkig, wist hij. 'Of ja, dat ik een soort kleine vakantie had om over de dingen na te denken.'

Riley liet zijn benen onder de tafel bungelen.

'Vinden jullie mekaar niet lief meer? De ouders van Gianni uit mijn klas vinden mekaar sinds vorige week niet lief meer, zei hij. Ze gaan scheiden.'

Isabelle bleef Lucas aankijken.

'Zij is heel lief,' zei Lucas.

'O,' Riley bleef zich op Isabelle concentreren. 'Lucas is ook lief. Liever dan mijn juf en dan Wesley en dan Pierre, da's de buurman, die laat heel harde scheten ook, maar dat komt omdat hij heel oud is.'

'Relaties tussen volwassenen zijn ingewikkeld.' Isabelle liet het klinken als een slotzin.

Riley keek naar Lucas, en toen weer naar haar. Hij had een hekel aan afgescheept worden, dat stond op zijn gezicht te lezen.

'Ik ben het probleem,' zei Lucas, 'dat is de kortste samenvatting.' Hij keek Isabelle aan. Zij leek aangenaam verrast.

Riley legde zijn hoofd op zijn handen. 'Blijft zij ook eten?'

'Nee, ik zal jullie laten. Ik kies mijn momenten blijkbaar nogal ongelukkig de laatste tijd.' Isabelle glimlachte.

Lucas wist niet hoe hij dat moest lezen.

'Maar nee, Isabelle, ge moet nu niet...'

Isabelle liet hem niet uitspreken, stond op. 'Ik heb sowieso nog een afspraak, dus.'

Ze zocht haar handtas, trok haar jas aan, mouw voor mouw. Ze nam de tijd. Niemand zei iets.

'Bon, heren, ik eh, ben ermee weg.'

'Ik zal u uitlaten,' mompelde Lucas.

'Dag Isabelle,' zei Riley, het klonk bijna parmantig.

Lucas begeleidde haar naar de gang.

'Ja, dat is nu misschien wat ongelukkig van mij, ik had eigenlijk moeten zeggen dat hij een andere keer moest terugkomen. Maar die jongen heeft volgens mij nood aan –'

'Ja, het is belangrijk dat ge mensen geeft waar ze nood aan hebben.'

Isabelle keek hem aan, met een wankele blik, dacht hij, maar helemaal zeker wist hij dat niet.

'Sorry, ik –'

'Ik bedoel het niet zoals gij het blijkbaar hoort,' ze maakte haar stem zacht, knoopte haar jas dicht. 'Raar toch allemaal,' zei ze.

Ze kuste hem, trok zelf de deur open en liep naar haar auto. Lucas keek haar na, ze keek niet om.

VEERTIEN

De zon scheen somber. Rafelige wolken dreven voorbij. Een fikse wind maakte de rivier onrustig. Een vogel bleef ter plekke hangen, af en toe intensief klapwiekend, en plots dook hij met ware doodsverachting recht naar beneden. Lucas volgde het beestje, zag het uiteindelijk toch weer opstijgen. Soms waren de dingen niet wat je vreesde.

Lucas was blij met de jas die hij had gekocht, een lelijk ding maar warm. Hij stak zijn handen in zijn zakken, begon aan zijn eerste keer op en neer. Hij liet langzame gedachten toe. Hij had er veel dezer dagen.

Hij was niet eens halverwege toen zijn telefoon zoemde in zijn binnenzak. Hij keek op het scherm: een anonieme beller. Hij aarzelde even, nam toch op. Nieuwsgierigheid die het won van argwaan.

'Hallo, met Lucas.'

Gekraak. De wind blies onstuimig, hij kon niet horen wie het was of wat er werd gezegd.

Hij riep in de microfoon: 'Ik kan u niet verstaan, momentje, ik loop even naar binnen.'

Hij drukte de telefoon tegen zijn jas aan en holde naar huis, maakte de deur open en liep door naar de keuken.

'Ja, excuseer, ik ben binnen nu, met wie spreek ik, alstublieft?'

'Ik ben het, jongen.'

Die stem. Haar stem. Eerder diep, vrij hees, zoals van iemand met aanslepende kwalen verwacht kon worden. Hij keek naar het toestel, alsof hij zo kon verifiëren of hij het wel goed had begrepen. Hij wilde het liefst ophangen. Hij bracht het toestel toch weer naar zijn oor.

'Ja.'

'Uw moeder,' zei ze.

Zij die niet zeker leek te durven weten dat hij dat wel in de gaten had.

'Ja.'

Hij trok zijn jas uit en hield hem bij de capuchon vast, zoals iemand die op bezoek komt en niet weet waar jassen mogen worden opgehangen. Meteen ontheemd hij, meer dan haar stem was daar niet voor nodig. Lucas vroeg zich af waarom ze belde. Was zijn vader dood?

'Ik begreep van Suzanne dat ge verhuisd zijt, of ja, toch tijdelijk of zoiets.'

'Ja.'

Hij voelde zich belaagd door haar zinnen en wist niks beters te verzinnen dan dekking te zoeken achter een muur van lege woorden. Het verwonderde hem dat dit nieuwsbulletin haar had bereikt. Hun moeder ging af en toe langs bij Suzanne, dat wist hij, maar hij veronderstelde dat er over hem niet werd gesproken, zoals er over zoveel niet werd gesproken.

'Ja, ik dacht: misschien, dat ja, nu uw vrouw niet meer in de buurt is, ik dacht: misschien wil hij wel graag dat ik toch nog eens iets van mij laat horen.'

Zo maken mensen ongemakkelijke werkelijkheden hanteerbaar kennelijk: de vrouw had het allemaal op haar geweten, zij was de duivel die hem had verleid, had weggeleid van hen.

'Isabelle heeft en had er niks mee te maken, het was mijn eigen beslissing om –'

'Ja, dat zal wel, ik dacht gewoon... Afijn.'

Hij moest oppassen of hij werd weer negen, en Lucas wist wat die jongen zou doen, nu. Maar hij hield zijn lippen op elkaar. Hij overwoog nog steeds om gewoon op te hangen.

'En ge zijt dus met alles gestopt, jongen?' Haar stem klonk dun.

'Goh, gestopt, ik zou het zo niet noemen.'

'Nu ja. Ik hoorde dat ge bij een brug woont of zoiets, en dat ge daar goede werken probeert te doen, en dus niet meer naar het gerechtsgebouw gaat? En uw vrouw, die woont nog thuis?' Zijn moeder liet het klinken als één levensgrote vraag. 'Tenminste, dat zei Suzanne. Misschien klopt dat niet, hè, wie weet begreep zij het verkeerd.'

'Suzanne begrijpt de dingen niet zo snel verkeerd.' Hij liet alle irritatie heel even de vrije loop. Als het over zijn zus ging dan was hij weekdier en leeuw ineen. Hij luisterde naar het zachte kraken van de telefoon. De stilte sleepte.

'Het is al achttien jaar geleden, dat ik u heb gezien, of zelfs gehoord.'

Hij stelde zich haar gezicht voor terwijl ze dat zei.

'Ja, dat weet ik, ja.'

'Dat is lang.'

'Ja.'

'Beseft ge wat dat is voor een moeder? Ik die zo... Of ja. Ik heb toch mijn best gedaan.'

Lucas stond daar, roerloos op dezelfde tegel, nog altijd met die jas in zijn hand. Deze laatste zin bleef halverwege zijn gehoorgang steken. Zijn trommelvliezen weigerden dienst.

'En gij? Vraagt gij u wel eens af hoe het was voor haar?' Hij beet op zijn lip. En dan stiller: 'Hoe het was voor ons?' Hij schrok ervan dat hij dat had uitgesproken, die 'ons'.

'Kunnen we het verleden niet in het verleden laten?' Ze klonk gekwetst, daar oefende zij al jaren op.

Lucas zag haar voor zich, languit in de lederen fauteuil waarschijnlijk, de plek waar ze zoveel van haar wakkere uren doorbracht. Die stond op een van de dikke tapijten die het parket bijna integraal bedekten, vlak bij het haardvuur met wat decoratieve houtblokken die nooit werden aangestoken. Naast haar op het antieke bijzettafeltje een kop kamillethee die ze koud had laten worden. Hij wilde nog steeds ophangen, eigenlijk.

'Ik weet niet of… God ja, Suzanne heeft ernstige problemen, hè, dat weten we allebei. Dus, ja.' Ze zuchtte, zij die weer met een vinger naar een ander wees, haar vinger leek tot weinig anders in staat.

Lucas probeerde zijn stem niet te verheffen: 'Begrijp ik u nu goed?'

'Ik kies geen partij. Dat heb ik altijd al gezegd. Dat gaat niet, jongen.'

De telefoon kraakte. Hij liet de stilte duren.

'Dat verstaat ge toch?'

'Of ik dat versta? Is dat nu wat ge mij vraagt?'

'Och gij, gij… ge wilt gewoon niet luisteren. Nog altijd niet. Na al die jaren. Ik snap niet dat een man die rechter is, iemand met uw intelligentie, niet… Ik weet niet waar ik dat aan verdiend heb.'

Ze ademde zwaar in de telefoon. Zij, dacht hij, altijd weer zij. Hij maakte rondjes met zijn schouders, alles zat vast. Gedachten wrongen zich in bochten, ze uitspreken had geen zin, dat wist hij allang. Lucas keek naar zijn jas die onbestemd in zijn hand hing, een standbeeld voor zijn eigen gehate besluiteloosheid.

'Kijk, als ik volgens u niet kan luisteren, dan moeten we dit gesprek misschien maar afronden, toch?' Er kwam verdriet mee, met die woorden, dat kon hij voelen ter hoogte van zijn strottenhoofd.

Zijn moeder piepte: 'Ge weet heel goed dat ik dat zo niet bedoel, ik heb –'

'Ja, maar ik bedoel het wel zo.' Lucas trilde op zijn benen. Nu moest hij ook maar doorzetten, vond hij.

'Ah zo, ah bon, dat is dan duidelijk,' ze liet haar stem wankelen, ‘maar vergeet niet, hè: een boom zonder wortels, dat is alleen maar een stuk hout.’

Die zin had ze Lucas achttien jaar geleden ook al in de maag gesplitst.

‘Kijk, ik wens u al het beste, dat meen ik echt. En misschien kom ik wel…’ Hij maakte die zin niet af. ‘Zorg goed voor uzelf,’ zei hij.

Toen ze niet meteen reageerde, hing hij op.

Lucas gooide zijn jas over de stoel en moest gaan zitten. Hij wist niet of dit nu flauw of juist echt sterk was. Misschien een borrel inschenken, dacht hij. Hij liep naar de ijskast, twijfelde even, hield zich vast aan het aanrecht en liet zijn hoofd hangen. Hij vroeg zich af hoe een buitenstaander naar dit gesprek zou kijken. Waarschijnlijk leek hij dan de harteloze, kille zoon die zijn moeder niet eens een kans gaf. Misschien was hij dat ook. ‘Het is nog te vroeg om te drinken,’ zei hij tegen zichzelf. Hij liet zich op een stoel zakken.

Het was makkelijker als hij niets van haar hoorde. Als hij er niet aan werd herinnerd dat er wel mensen bestonden die bedoeld waren om voor zijn zus en hem een nest te maken. Als hij zijn eigen pijnlijke gelijk niet onder ogen hoefde te zien. Als hij zich geen houding aan hoefde te meten tegenover haar en hen en al waar zij voor stonden.

Die eerste jaren belde ze nog, zo nu en dan. Ze liet een bericht achter op zijn antwoordapparaat, of ze stuurde een mailtje. De ingesproken boodschappen waren kort, de verzonden berichten lang. Verhalen over haar gezondheid, over de financiële successen van zijn vader, over akkefietjes van mensen uit de buurt, en op het einde kwam er steevast een alinea over haar ontroostbare verdriet nu hij haar in de steek had gelaten.

Zijn vader kwam alleen nog voor als naam op de jaarlijkse verjaardagskaart, elke keer weer ondertekend met: ‘Fijne dag gewenst, papa en mama’, in die volgorde, in haar handschrift. En daar was ze na zijn vijfendertigste ook mee gestopt, met die te sturen.

Lucas keek naar nergens. Buiten floot de wind, alsof de brug hem riep. Hij miste de moed om op te staan en zijn jas aan te trekken, hij kon hier alleen maar wat uitgewaaierd op een stoel hangen. Zijn telefoon piepte. Had zijn moeder inmiddels leren sms'en? Hij wou niet kijken, deed het toch. 'Julien kwam langs. Ik ga uit eten met hem en Gerard en Alec. Het restaurant is een verrassing. Zo zijn zij dan.' Er stond een smiley achter. Spontaan ging zijn duim naar de letter 'h', van 'heb plezier', maar hij bedacht zich, en legde de telefoon weer weg. Hij wilde even helemaal niks moeten doen.

Lucas plantte zijn vuisten tegen zijn slapen. De lucht was leeg, zijn bloed stond stil. Hij zag Julien voor zich, met dat haar van hem, glad naar achter. En zijn moeder, zoals ze aan haar nagels kon zitten prutsen. Zijn vader, hoe hij naar Lucas keek vroeger, van achter zijn leesbril, hoe hij soep at, met iets van zacht geslurp, hoe hij tegen mensen uit het dorp lachte, zijn gele tanden bloot, anders dan hij binnenskamers deed. Lucas schudde zijn hoofd, alsof hij het wilde resetten. Buiten zongen de vogels, die kon het allemaal niks schelen.

VIJFTIEN

'Kom maar mee,' zei ze, 'snel.' Zijn moeder ging zelden of nooit de tuin in, daar was het haar gauw te warm, maar nu leek ze haast te hebben. Lucas liep achter haar aan, op zijn blote voeten. Eigenlijk was hij nog bezig met zijn huiswerk. Rekenen en begrijpend lezen. En hij moest ook nog hoofdsteden oefenen. Dat leerden ze nog niet op school, maar zijn papa vond het onbegrijpelijk dat hij zelfs die van de belangrijkste landen blijkbaar niet kende, dus had Lucas met behulp van een atlas uit de boekenkast een lijstje gemaakt, hij probeerde er elke dag vijf nieuwe te onthouden. Soms tien, als hij weinig huiswerk had.

'Waar gaan we naartoe?'

Zijn mama antwoordde niet, ze banjerde in een flink tempo door. Haar slippers klepten met elke stap tegen haar hielen aan. Haar jurk waaierde mee met de wind, het was een heel lichte stof met zwart en bloemen. Voor het hok van de twee witte konijnen bleef ze staan. Die had Suzanne van hun vader gekregen, ook al was hun moeder er van het begin af aan tegen geweest. Dat herhaalde ze regelmatig. Als Rita er nog was, ja, dan misschien, dan kon *zíj* eraan denken dat de dieren eten nodig hadden, en het hok uitmesten, elke week, maar nu... Zo zei ze dat, en die 'nu' liet ze onheilspellend klinken.

Zijn moeder wees naar de konijnen en droeg Lucas op om te

kijken. Hij zag hoe het ene het andere achternazat. Tikkertje in het konijnenhok. Dat ging een tijdje door. Maar toen klom het tweede opeens op het eerste, dat niet meer kon ontsnappen. Ze zat in het hoekje gedrumd en dat andere konijn bewoog als een bezetene op en neer. Zijn staartje trilde als een gek, en dan weer niet, en dan weer wel. Lucas vroeg zich af of het pijn deed bij dat konijntje, en of het bang was, maar zijn mama liet het gebeuren, dus.

'Zo maken mensen kindjes,' zei ze, 'kijk maar eens goed, dan leert ge hoe dat gaat.' Ze kneep hem in zijn nek, draaide zich om en liet hem daar achter, bij de konijnen.

Lucas keek en keek weer weg, hij werd wat wee in de maag. Hij wou dit helemaal niet zien, laat staan nadenken over waarom zijn mama hem hiertoe dwong, maar hij durfde niet anders dan nog even buiten te blijven. Ze hield hem vast in de gaten. Na een tijdje was hij er zeker van dat minstens één konijntje het niet leuk vond, want het maakte een soort piepgeluid.

Hij richtte zijn blik net boven het hok, vroeg zich af hoeveel zeven maal acht ook alweer was. Hij dacht aan Ottawa, Oslo, Kingston, Warschau en Wenen, de steden van gisteren. Hij luisterde of hij Leonard niet hoorde in de tuin, maar daar was alles stil. En opeens maakten beide konijnen een of andere razendsnelle beweging, zo stoven ze uit elkaar, en toen bleven ze elk in hun eigen hoek zitten. Het ene konijn bewoog sneller met zijn neus dan het andere, dacht hij, maar zeker wist hij het niet. Hij vroeg zich af waarom ze dat deden, dat met die neus. Hij was opgelucht dat het voorbij was. Nu mocht hij officieel weer naar binnen.

Hij maakte de schuifdeur open en liep langs de keuken. Hij ging nog gauw een glas melk nemen. Hij probeerde de konijnen niet voor zich te zien.

'Moet gij geen huiswerk maken?' zijn vader gleed de keuken binnen. Lucas had hem niet gehoord. Zijn papa kon sluipen, alsof hij geen voeten had maar kattenpoten, zo stil.

‘Ik was bezig, maar mama...’ Lucas aarzelde, ‘ik werk meteen verder.’

Zijn vader kon altijd elk moment opduiken, want hij ging niet uit werken, zoals de vaders van de meeste kinderen in zijn klas. Zijn vader had een kantoor beneden en een bureau boven. Beneden was voor de klanten die op bezoek kwamen, en boven gewoon voor ander werk. Hij was notaris, en dat kon je ook thuis zijn, of toch in ruimtes van het huis waar kinderen eigenlijk niet mochten komen.

‘Waar is mama?’ Zijn vader vroeg het alsof hij dat echt wilde weten.

Lucas haalde zijn schouders op. ‘Boven? Of in de fauteuil?’

‘En Suzanne?’

‘Ze was een huisje aan het maken in haar kamer, daarnet.’

Zijn vader liep naar de deur zonder verder iets in de keuken te hebben gedaan.

‘Gij huiswerk nu, ja?’

Lucas knikte.

‘Ottawa is de hoofdstad van Canada,’ zei hij nog snel, maar zijn papa was al weg.

Lucas zette het lege glas in de gootsteen en liep naar de tafel. Hij vond het verstandig dat hij niet had uitgelegd waarom hij niet aan zijn huiswerk bezig was. Leonard vertelde altijd alles aan zijn ouders, of zo zag dat er toch uit. ‘Kijk papa, ik heb een worm gevonden.’ ‘Mama, ik heb gewonnen, maar eerst had ik iets doms gedaan, want...’ In Lucas kwam het niet op. In hun huis waren er dingen die je nooit mocht zeggen, en dingen die je wel tegen papa maar niet tegen mama mocht zeggen en omgekeerd. Zwijgen was dus altijd het zekerste. En kleine signalen leren lezen.

Als zijn mama meer dan twee keer zuchtte in een kwartier wilde ze doorgaans dat hij naar haar toe kwam. Als er een tijdschrift op haar schoot lag, zelfs als ze er niet in bladerde, wilde ze met rust worden gelaten. Meestal toch, soms werd ze ongelukkig omdat blijkbaar niemand om haar gaf. Bij zijn moeder waren er altijd uitzonderingen. Bij zijn papa was het nog belangrijker om goed te kijken en te luisteren. Er viel veel af te leiden uit het tempo waarin hij de trap op en af liep, de toon waarop hij praatte aan de telefoon, of hij veel of weinig at en hoe snel, hoelang het duurde voor hij de woonkamer binnenkwam nadat hij thuis gearriveerd was, hoe hard de voordeur werd dichtgegooid. En Lucas leerde nog altijd bij.

Die nacht droomde hij over reuzegrote konijnen, groter nog dan mensen, en over zijn ouders die niet kwamen toen hij hen riep, terwijl ze eigenlijk toch moesten komen, want hij wist zeker dat die beesten hem dood gingen maken. En hij die maar bleef roepen, tot hij opeens geen stem meer had. Hij liep zo snel hij kon, maar die konijnen zaten hem achterna, ze zouden hem gauw te pakken krijgen.

Drie weken later lag een van de twee konijnen dood in het hok, de kop afgebeten. Suzanne was ontroostbaar, zelfs nadat Lucas haar de jojo had gegeven die hij op een verjaardagsfeestje had gekregen. Zijn moeder zei dat zij het altijd had gezegd, dat het geen goed idee was om die beesten in huis te halen. Zijn vader kocht de dag erop een nieuw konijn voor haar.

ZESTIEN

'Denkt gij dat ik bindingsangst heb?' Pippa loenste er speels bij.

'Hoezo?' Lucas dronk van zijn koffie, hij omklemde de kop met beide handen, hij hield van de warmte.

'Jack zegt dat.'

'Wat denkt ge zelf?'

'Ik moet toegeven dat er een patroon is: Hamza, Gijs, Arthur.'

'Inderdaad, allemaal géén lieven van u.' Lucas lachte.

Het waren op hun manier allemaal geschikte jongens geweest. Ze liepen in en uit, bleven slapen, maar namen mochten er niet op worden geplakt. Ook toen al had Lucas zich afgevraagd wat de beste reactie was. Isabelle vond het gezond dat Pippa zich niet zomaar vastzette. Zo formuleerde ze het, dat wist hij nog.

Pippa keek in de kleine camera. 'Jack zegt dat het een gevolg is van hoe ik ben opgegroeid.'

'Ge bedoelt: met uw biologische vader die…'

'Ook, ja.'

'Ook?'

'En door hoe het thuis was.'

Lucas ging rechtop zitten. 'Namelijk?'

'Gewoon, zo, ieder op zijn eigen eiland.' Alsof het in haar wereld een simpele vaststelling van een algemeen bekend feit was. 'Niet gij en ik, hè. Wij waren altijd al anders, maar –'

Lucas dacht na over wat ze zei, maar voor hij de kans kreeg om te reageren, ging Pippa al verder. Zij was even snel als haar moeder.

'Misschien is bindingsangst niet erg.'

Pippa liet het als een statement klinken, maar Lucas hoorde de vraag erdoorheen schemeren.

'Wie bindingsangst heeft loopt alvast van alles mis, toch?' zei Lucas voorzichtig.

'Hmm.' Pippa speelde met een pen tussen haar vingers.

'Als ge...'

'Misschien hebt gij dat ook. Of mama eerder. En dan gij verlatingsangst. Of toch allebei dezelfde soort. Maar iets in ieder geval.' Ze grijnsde.

'Allee hopla.' Lucas vroeg zich af of ze dit echt kwijt wilde of gewoon van onderwerp wou veranderen.

'Maar gij zoudt dat nooit toegeven.' Pippa tikte ritmisch met de pen tegen haar kin, alsof ze zo meteen tot conclusies zou komen die ze moest noteren. 'Hé, maar als ik dat nu zou hebben, vindt gij dan dat ik daar van af moet proberen te geraken?' Haar blik verdonkerde.

'Ik heb vooral de indruk dat ge er dan zelf vanaf zou willen.'

'Ik weet niet. Voor hetzelfde geld is er niks mis, hè. Ik ben twintig. Hoe groot is de kans dat ik nu al iemand tegenkom bij wie ik echt wil blijven?'

'En daarom houdt ge de deur dicht? En gebruikt ge geen grote woorden? Terwijl ik zie hoe druk ge doet met uw handen als ge over Jack spreekt, dat doet ge alleen als –'

'Lucas!' Ze lachte omdat ze dat niet kon laten.

'Het mág hè, keihard vallen voor iemand en daar totaal voor gaan.'

Pippa maakte warrige bewegingen met haar armen in de lucht. 'Ik weet het allemaal ook niet. Ik wil gewoon, tja, gelukkig zijn.'

'De liefde kan daar al eens toe bijdragen.'

'Dat hangt er toch maar van af.'

Ze vielen stil. Ze dachten na, zochten sporen.

'Zijt gij nu gelukkig, daar?' vroeg Pippa.

Lucas wreef langs zijn baard. 'Misschien is intensiteit belangrijker dan geluk, loop ik dezer dagen te denken.' Hij zette zijn kop neer. 'Ik denk dat ik altijd te veel schrik heb gehad van vervelende emoties.'

Pippa leunde naar voren. 'Hoe bedoelt ge?'

'Als ge u daar almaar tegen loopt te beschermen, dan mist ge ook alle goeie, mooie dingen, alle echte dingen. Eigenlijk is dat emotionele oppervlakkigheid.'

'Doe ik dat ook niet?' Ze trok haar mond scheef.

Lucas wou antwoorden, maar hij hoorde een beltoon en zweeg.

Pippa pakte haar telefoon: 'Het is mama.'

'O, neem maar gauw op dan. Wij zullen wel een andere keer...'

'Nee, ik bel haar wel terug.'

De telefoon stopte met rinkelen, maar het begon meteen opnieuw.

'Bon, ik zal dan heel effe...' Pippa zette de luidspreker aan, keek naar het kleine scherm waarop haar moeder te zien was.

'Ja, mama, ik ging u wel terugbellen, maar ik ben aan het skypen.' Ze draaide even weg van de telefoon en lachte in de camera naar hem. 'Gewoon, met Lucas.'

Ze draaide de telefoon naar het scherm, Isabelle keek van Pippa's telefoon naar Lucas. Er viel een ingewikkelde stilte.

'Hé,' zei Lucas met een dwaze glimlach, hij zwaaide.

'Lucas,' zei Isabelle.

Pippa bleef de telefoon zijn kant op houden. 'Ik had hem juist gevraagd of hij niet eenzaam is,' loog ze, zij die had gezegd dat ze onder geen beding voor bemiddelaar ging spelen.

'Ah, en wat antwoordde hij?' vroeg Isabelle, terwijl ze hem nochtans recht aankeek.

'Hij moest nog reageren.' Pippa grijnsde uitdagend naar Lucas.

Er viel opnieuw een stilte.

Lucas wikte en woog. 'Een mens moet dat al eens durven, alleen zijn.'

'Of blijven, dat is anders ook iets om al eens te durven, misschien.' Een miniatuur-Isabelle keek er bedremmeld bij, dacht hij, maar op die grootte kon hij het ook niet zeker weten. 'Maar hij heeft daar gezelschap van oude madammen en jonge jongens, dus.' Ze lachte erachteraan.

'Ja, schattig toch, die oude vrouw die hij gered heeft, en dat jongetje dat maar langs blijft komen.'

'Schattig, ja.'

Pippa bleef het scherm naar Lucas gericht houden. Hij probeerde er zo neutraal mogelijk bij te blijven kijken. Onder de tafel frunnikte hij aan de zitting van zijn stoel.

'Ik snap dat ze allemaal zot zijn van Lucas,' zei Pippa vrolijk.

'Ja, daar leeft hij voor, hè,' zei Isabelle, en ze lachte weer.

Er klonk iets vermoeids in door. Hij vroeg zich af of ze gelijk had.

'Lucas was aan het proberen om ervoor te zorgen dat ik in de liefde blijf geloven.'

'Was dat nodig dan?' vroeg Isabelle.

Lucas keek naar Pippa. 'Ik pleitte ervoor om te stoppen met zelf de onmogelijkheid te organiseren,' hij sprak behoedzaam.

'Ah, dat zijt gij haar anders al vijf weken aan het voordoen, niet?'

Nu haalt Isabelle oorzaak en gevolg door elkaar, moest hij denken, maar hij zei: 'Eén-nul voor u,' en vroeg zich meteen af waarom hij haar dan toch gelijk gaf.

'Een mens mag er toch al eens mee lachen, hè.'

Isabelle keek naar iets buiten beeld, dat kon Lucas zien, haar telefoon kon het niet zijn.

'Ermee lachen is een vorm van emotionele oppervlakkigheid, toch Lucas?' Pippa keek naar hem met een blik die hij niet kon lezen.

'Ha, is het grotewijshedendag?'

Isabelle keek geamuseerd of geïrriteerd, hij wist het niet.

Niemand zei iets, ze waren telefonische stilterecords aan het breken.

'Zeg, meisje, bel mij gewoon terug als jullie klaar zijn, oké?'

'Of nee, wij zullen gewoon afronden, hè Pippa, dan kunnen jullie –' Lucas liet het warm klinken.

'Maar nee. Ik hoor u wel als ik u hoor, schat.' Isabelle was haar zakelijke zelf opeens.

Pippa draaide de telefoon weer naar zich toe. 'Mama, doe nu niet zo…'

'Maar nee, ik bedoel het gewoon vriendelijk. Goeie gesprekken moeten niet worden afgebroken.'

Pippa hapte naar adem, wekte de indruk dat ze nog iets belangrijks ging zeggen, maar antwoordde toen kort: 'Oké dan, tot zo.'

Ze legde haar telefoon weg. Lucas en zij keken naar elkaar zoals zij dat al vele jaren deden.

'Bel uw moeder nu maar gauw, wij zijn ondertussen al, eh,' Lucas keek naar de rechterbovenhoek van zijn scherm, 'zevenenveertig minuten goed bezig geweest, dus.'

'Ook waar.'

Ze zwaaiden ten afscheid.

Hij zette de televisie uit. Beelden van een modderstroom die drie dorpen had verwoest. Tientallen doden.

Hij wist niet hoe het kwam, maar sinds het gesprek met Pippa en Isabelle raasde er tomeloze onrust door zijn lijf. Hij was van pure ellende zelfs zijn huis gaan poetsen, wat het ook niet had opgelost.

Misschien snijdt eenzaamheid als je bij mensen bent dieper dan alleen zijn waar geen misverstand over bestaat, dát was het eerlijke antwoord geweest op Pippa's slinks binnengesmokkelde vraag, bedacht hij. Hij legde een hand in zijn hals en voelde zijn hart tekeergaan.

Als rechter had hij zich ook vaak eenzaam gevoeld. Hij kon wel eens overleggen met een collega, maar in zijn milieu deden de meesten zo hun best om de façade hoog te houden. En uiteindelijk zat hij daar alleen als hij zijn dossier bestudeerde, als hij de knoop doorhakte, als hij het vonnis uitsprak en de man in de ogen keek die hij de rekening presenteerde voor wat er was gebeurd. Hij volgde de wet, maar iedereen wist dat de ene rechter de andere niet is, dat een uitspraak in een rechtszaak onvermijdelijk gekleurd wordt door degene die beslist. En hoe sterker het besef was geworden dat hij met zijn straf zo vaak níet bijdroeg tot een oplossing voor die verloren gelopen mens, hoe lastiger hij het ermee had gekregen. Moest hij juist wel meedraaien in een systeem dat tekortschiet, in de hoop om het zo dat beetje beter te maken? Of moest hij zich er definitief uit terugtrekken? Hij wist alleen dat hij nu nergens anders kon zijn dan hier.

Hij ijsbeerde van de keuken naar de woonkamer en terug. Hij vroeg zich af hoe Pippa terugkeek op het gesprek. Of hij niet de foute dingen had gezegd toen Isabelle erbij kwam. Zij had het moeilijk met hem, zoveel was duidelijk. Al die jaren samen had hij zo zijn best gedaan om dat te vermijden. Om haar er elke dag weer van te overtuigen dat hij, ondanks alles, de moeite waard was, of dat hij het voor haar tenminste de moeite waard kon maken. En nu? Nu dwong hij zichzelf om op een stoel te gaan zitten. 'Kalmeer nu toch eens!' Toen hij tegen zichzelf sprak, hoorde hij weer hoe stil het was in zijn huis.

ZEVENTIEN

‘Wil uw zus dan ook van een brug springen?’

Riley tikte zacht met zijn voet tegen de tafelpoot, dat deed hij vaak, Lucas had nog niet ontdekt wat het precies vertelde over Rileys gemoed. Lucas weifelde. De jongen opperde de vraag die hij zichzelf vroeger ook had gesteld. Hem leek Suzannes leven soms over de rand van wat nog draaglijk mocht heten.

‘Nee, ze wil beter worden.’

Riley wou op zijn leeftijd alles al begrijpen, Lucas vroeg zich af of dat wel een cadeau was.

‘Ik wil nog altijd graag mee met u.’

Waarom vond Lucas het zo moeilijk om hem iets te weigeren? Wat zou zijn zus ervan vinden als hij met een jongen aan kwam zetten die ze nog nooit had gezien? Ze hield van kinderen, maar toch.

‘Ik zal me heel goed gedragen en stil zijn en luisteren en alles.’

Lucas wou dat hij wist wat Riley bij hem zocht, en of het wel klopte dat hij hem dat probeerde te geven.

‘Maar het is woensdagmiddag, het is toch veel toffer voor u om met wat vrienden te gaan basketten of zo?’

Riley keek hem aan, zijn ogen tot spleetjes geknepen. Hij draaide de klep van zijn pet weer naar voor. ‘Ik wil graag mee.’

Er zat iets van zachtaardige verontwaardiging onder. Hij monsterde de jongen. Riley praatte eigenlijk nooit over vrienden, alleen over de pestkop van de klas en over zijn zusje dat vandaag bij een vriendinnetje was gaan spelen.

'Maar wat vindt uw vader daar eigenlijk van? En u nu zomaar meenemen, het is een flink eind hiervandaan.'

Riley haalde zijn schouders op, er zat herfst in zijn blik. Hij hield zijn voet stil.

Lucas herinnerde zich al die keren dat hij als kind niet mee mocht, niet binnen mocht, niet mocht horen waar het over ging, weg moest, uit het zicht. Hij wist nog hoe hij zich dan voelde.

'Bel hem anders op om te checken of het mag, en dan vraag ik wat mijn zus zegt, is dat een plan?'

Riley ging geenszins vrolijker kijken. 'Als hij slaapt, zet hij zijn telefoon meestal uit, of die ligt dan nog in de badkamer of zo.'

Lucas keek hem fronsend aan.

'Niet boos zijn,' zei Riley met zijn kin tegen zijn borstkas.

'Ik ben niet boos. En al zeker niet op u. Maar...'

Riley zei niks meer, hij keek weg van hem, met een glazige blik. Als je vier kinderen had, was hij degene die je zou vergeten omdat hij gewoon altijd meeliep met de rest. Misschien was het ook dat wat Lucas zo trof.

'Oké dan, ik bel mijn zus. En als het voor haar kan, moogt ge mee, maar ik kom binnenkort kennismaken met uw vader. Ik wil niet dat hij niet weet waar zijn zoon uithangt.'

Riley klemde zijn kaken op elkaar, zijn blik verhardde. 'Ik heb liever niet dat ge naar mijn huis komt.'

'Waarom niet?'

Hij haalde zijn schouders op.

'Ik zal hem toch minstens eens bellen dan.'

Riley bleef wegkijken.

'Riley?'

'Als dat moet.'

‘Dat snapt ge nu toch wel, dat ik dat uit de weg wil hebben? Ik zou het vroeger ook niet fijn hebben gevonden als Pippa bij iemand op bezoek ging die ik totaal niet kende.’

Riley zweeg. De stilte knisperde.

‘Dat snapt ge toch?’

‘Mijn papa vindt dat niet erg,’ zei Riley met iets van ongeduld in zijn stem. Weer een volwassene die hem niet begreep.

‘Zoveel te beter, dan zal het ook wel geen probleem zijn.’

Lucas wist dat hij Riley niet geruststelde, maar hij wilde eerlijk zijn. Tegelijk kreeg hij het ongemakkelijke gevoel dat hij zichzelf belangrijker maakte dan hij was. Riley prutste aan de nagel van zijn duim. Lucas zag alleen de klep van zijn pet.

‘Ik wil niet niet meer mogen komen,’ hij zei het heel zachtjes, binnensmonds, een soort zwijgen met geluid was het.

Lucas staarde naar hem. Hier had hij geen verweer tegen. Alweer niet.

‘Zit er maar niet mee in, we vinden er wel iets op. En ik zal eens informeren bij Suzanne, nu meteen, wat denkt ge?’

Lucas tikte tegen de klep. Riley keek hem aan, knikte, met iets wat voorzichtig richting vage glimlach ging.

‘Zijt gij hier graag?’

Riley sneed een flink stuk van zijn wafel en stak het in zijn mond. Zijn ronde wangen bolden op. Suzanne bekeek de jongen met de concentratie waarmee iemand een machine bestudeert die hij later zelf weer in elkaar zal moeten zetten.

‘Het is, het is, beter, voor mij om hier, te zijn.’

‘Maar zíjt ge hier graag?’

‘Ja, ja, mijn antwoord, in-, inderdaad was geen, geen, echt antwoord.’ Suzanne lachte. De plooien in haar gezicht maakten haar zachter. Toen ze zeven was had zij al donkere kringen onder haar ogen. Een dunne huid, noemde ze dat. Een leven lang slapeloos zijn, dacht Lucas er dan altijd bij.

'Ik zou nog, nog, nog liever, op me-, mezelf wonen, maar, ik moet, eerst nog wat, beter worden.'

'Kunt gij beter worden?'

Lucas hield zijn adem in.

'Ja, dat, dat, denk ik, ik echt wel, ja.' Ze liet het strijdvaardig klinken. 'Ge, ge, moet in de dingen, geloven, dat, dat is belangrijk.'

Lucas hoorde met lichte verbazing hoe ze tegen Riley praatte.

'Hoe dan?' Riley slikte een groot stuk wafel weg. 'Ik bedoel: beter worden?'

'Door ther-, therapie te volgen, en, en, de juiste me-, medicijnen te vinden, en zo.'

Riley keek verward.

'Ther-, therapie, dat is, als een dokter, of, of, eigenlijk een, psy-, psycholoog, met u praat, om, om zo de problemen, van vroeger, beter, te begrijpen, en te, te, zoeken naar manieren, om, om er-, ervoor te zorgen, dat ze, niet meer zo'n, gro-, grote gevolgen hebben, vandaag.'

Riley leek niet in het minst ontregeld door haar manier van praten, die misschien beter was dan gewoonlijk, maar verre van gangbaar.

'Gij of de dokter?'

Ze lachte weer. 'Al-, allebei, maar, vooral gijzelf.'

'O.'

Riley zweeg, dacht na, dat kon Lucas zien. Hij griste met zijn mes een schepje slagroom uit een ruitje en likte het af. Suzanne legde haar bestek op het bord, ze liet een van de twee pannenkoeken onaangeroerd. Riley nam het laatste stuk wafel en veegde met een vinger het restje slagroom van zijn bord.

'Mag ik die?' vroeg Lucas en hij wees naar Suzannes bord.

'Ja, ja, ze-, zeker.'

Lucas strooide suiker over de pannenkoek, hij ging voor maximaal plezier.

'We kunnen misschien een wandeling gaan maken in dat bos

hier vlakbij, wat denken jullie?' Hij hield een paar vingers voor zijn mond die nog niet leeg was. Lucas kreeg altijd behoefte aan meer zuurstof als hij hier was.

'Ja, ja, ik, ik, hou van de, geur, van het bos.'

'Wat denkt ge, Riley?' vroeg Lucas.

Hij knikte. Alsof er haast was bij de dingen stond hij op, pakte zijn jas, deed hem aan en probeerde snel zijn rits dicht te trekken, maar die bleef halverwege steken. Hij prutste eraan, trok, en daarna nog eens, maar hij kreeg er geen beweging in. Hij staarde ernaar, blies in de richting van zijn eigen voorhoofd, een pluk haar wipte omhoog, hij gaf het op.

'Sorry. Uw pannenkoek is nog niet op.'

'Bijna,' antwoordde Lucas.

Riley staarde naar Suzanne. 'Mijn mama is niet beter geworden.'

Zijn zus leunde naar voren.

'Ze is dood.' Riley zei het feitelijk, liet haar blik niet los. 'Ze is bij Lucas van de brug gesprongen.'

Suzanne keek naar haar broer, geschrokken. Lucas werkte discreet het laatste grote stuk pannenkoek weg. Riley ging weer zitten.

'Twee jaar geleden,' voegde Lucas toe, omdat Suzanne leek te denken dat hij die moeder niet had kunnen redden.

'Dat, dat...' Suzanne stokte.

Ze ging nu helemaal vooraan op haar stoel zitten, keek Riley lang in de ogen, ze haalde diep adem, en opeens nam ze het flesje water dat voor haar stond en goot het uit over haar hoofd. Water stroomde over haar gezicht, haar haar, haar grijze blouse, en drupte zo op de grond. Riley zat verbouwereerd naar haar te kijken, verroerde geen vin. Met zijn drieën werden ze minutenlang een tableau. Een man met een bril scheef op zijn neus bleef twee tafels verderop staan en staarde naar hen.

'Hui-, huilen kan op, op veel, manieren,' zei Suzanne.

Toen Suzanne breed naar hem glimlachte, schoot Riley in de lach.

'Gij zijt zot, gij,' hij proestte.

'Ja,' zei Suzanne en ze lachte mee.

En terwijl Riley almaar harder gierde, bungelde er over zijn wang een dikke traan. Hij veegde die gauw weg. Daarop liep Suzanne naar hem toe, liet zich op haar hurken zakken. Ze bestudeerde de rits, prutste geduldig het reepje stof ertussenuit en trok hem dicht. Dichter bij omarmen zou Suzanne niet gauw komen, dacht Lucas.

Er liep een oudere vrouw voorbij, lange grijze haren verveeld langs het hoofd. Een knoopje van haar bloesje stond open, je zag een stuk van haar vleeskleurige bh, dat had Riley ook opgemerkt, kon Lucas zien. Verderop zat een man naar buiten te staren, zijn handen op zijn monumentale buik. In de verte kletterde een vrouw met een haarnetje met dienbladen en borden.

'Ik moet nog naar de wc.'

Lucas wees Riley de weg, de jongen verdween op een drafje.

'Gaat gij wat droge kleren aantrekken, of hebt ge geen zin meer om naar buiten te gaan?'

'Toch, toch, toch, wel,' Suzanne stond op, 'bij-, bijzonder, nee, ja, kind.'

'Ja, er is iets met hem, ik weet niet. Ik begrijp ook niet waarom hij telkens terugkomt. Ik denk niet dat hij veel vrienden heeft. En ik heb de indruk dat zijn vader het ook allemaal niet zo goed weet na de dood van zijn vrouw, en niet altijd even beschikbaar is, maar dan nog, ik...'

'Hij, hij, hij, komt, komt, ú, troosten, natuurlijk.' Ze zei het achteloos, alsof ze het vreemd vond dat hij daar zelf nog niet was opgekomen. 'Kin-, kinderen, voelen, alles.'

Fel licht dat werd aangestoken na uren in het donker. Hij wist niet wat hij moest denken. Hij keek Suzanne ontregeld na terwijl ze naar haar kamer verdween.

Een waterige zon stond hoog, de hemel was helder, een vogel trippelde het struikgewas in, alsof hij vliegen nog moest leren. Riley liep een meter of twee voor hen uit, stampte de gevallen bladeren weg en bleef naar de grond staren. Hij hield er rekening mee dat er schatten lagen te wachten om ontdekt te worden. Nu en dan stopte hij om iets op te rapen. Een blad in opvallende kleuren, een gladde steen, een raar gevormde tak waar volgens hem een katapult van te maken viel.

Lucas observeerde de jongen en moest aan vroeger denken. Hij kon zich niet herinneren dat ze ooit met het gezin een wandeling in een bos hadden gemaakt. Wel nog dat hij in de tuin speelde terwijl Rita de was ophing, en dat hij dan kastanjes voor haar raapte en onkruid plukte dat zij in een vaasje zette als een boeketje waar iemand voor had gespaard. Wat als Rita langer was blijven leven?

'Is dit een hol van een vos?' Riley wees naar een klein gat, vlak bij de wirwar van wortels van een boom.

'Of, of, of, van een, haas misschien?' Suzanne hurkte neer. 'Heet dat, dat, van een vos niet, burcht?'

'Ja, ja, ge hebt gelijk,' bevestigde Riley, omdat hij hield van samenhorigheid, vermoedde Lucas. 'Kijk, een honingraat.' Riley liet het stukje zien dat hij daar had gevonden. 'Dat bewijst toch dat het een vos is, niet?'

Riley draaide zijn hoofd naar Lucas. Suzanne hield het stukje tussen twee vingers en richtte het naar de hemel om het beter te kunnen bekijken. Lucas wou dat hij kon uitleggen hoe dat zat, zoals echte vaders zouden kunnen, maar hij had geen idee.

'Ik denk het wel, ja, lijkt me wel,' mompelde hij, omdat dat hem het leukste antwoord leek.

In zijn broekzak trilde zijn telefoon. Isabelle: 'Bel je me ASAP?' Lucas aarzelde, stak 'm weer weg. Hij voelde zich meteen ongemakkelijk omdat hij niet terugbelde.

Riley bleef samen met Suzanne geduldig zoeken naar nog meer

bewijsmateriaal, dat hij niet leek te vinden. Hij wist al wat volhouden was. Lucas keek naar hen, en greep toen weer naar zijn telefoon.

'Zullen, zullen we nog een, beetje verder wandelen?' Suzanne liet haar vragen altijd klinken alsof elk antwoord het juiste zou zijn.

Riley stond meteen op en nam haar hand. Suzanne liet het gebeuren. Lucas wist niet dat jongens van bijna elf dat nog deden, het raakte hem dat het blijkbaar wel zo was.

'Oké, maar wie een dier ziet, moet het stil fluisteren, goed?' De jongen probeerde te klinken als een reisleider die de situatie onder controle had.

Hij kon nu echt niet bellen, dacht Lucas. 'Ja,' antwoordde hij.

'O-, oké,' fezelde Suzanne, zij was altijd al goed in bijna onzichtbaar en onhoorbaar zijn.

Lucas zag een grote vogel, maar voor hij het kon zeggen, was het beest al uit het zicht verdwenen. Ze liepen verder. Gekraak van takjes onder hun voeten, geritsel van droge bladeren, getsjirp. Riley keek speurend om zich heen, en opeens riep hij: 'Daar', en toen hield hij meteen een hand voor zijn mond, zijn enthousiasme was te groot om te kunnen denken voor hij iets deed. Door die spontane beweging had hij Suzannes hand losgelaten. Toen pas.

'Een eekhoorn,' fluisterde hij.

Ze zagen hem zitten, op een hoge, dikke tak, zijn kop heen en weer bewegend.

'Grap-, grappig beestje,' zei Suzanne, 'en dat staartje, kijk.'

Riley knikte, gewichtig, alsof er net een wetenschappelijk weetje gedebiteerd was dat hij vanuit zijn expertise kon beamen. Toen schoot het dier weer weg.

'Ik denk dat we er nog meer gaan zien,' zei Riley, 'wilde dieren.'

'Zeker,' zei Suzanne.

Ze keek naar Riley, en toen achterom naar Lucas, nadrukkelijk, ze meende iets niet meer te hoeven zeggen omdat hij het vast al wist, die blik kende hij van haar, maar in dit geval wist hij niet wat zij bedoelde. Hij moest aan Isabelles 'ASAP' denken.

Lucas hoorde Isabelles verhaal over een financiële transactie. Hij moest meebeslissen, maar hij kon er niet over nadenken, merkte hij.

'Ja,' zei hij toen de stilte aan de andere kant even bleef duren.

'Hoe ja?'

'Gewoon, wat gij zei lijkt me goed.'

'Is dat nu uw manier om te zeggen: trek er uw plan mee? Want ja, het is toch niet onbelangrijk dat –'

Lucas probeerde niet betrapt te klinken: 'Maar nee, ik ben het er gewoon echt mee eens.'

Hij vond het altijd moeilijk om na te denken over geld en de lange termijn. Wie wist hoe de wereld er straks uit zou zien, en waar dan je prioriteiten zouden liggen?

'Oké, nee, goed dan, ik wist niet...'

Lucas probeerde te blijven luisteren. Maar hij werd afgeleid door wat hij zag. Suzanne en Riley hadden een bank uitgekozen, vlak voor de instelling, niet ver van de parking. Riley zat in kleermakerszit naar haar toe gedraaid en maakte grootse gebaren terwijl hij aan het vertellen was.

'Maar dan regel ik het op die manier,' zei Isabelle, en ze legde haar zin zo neer dat Lucas voelde dat hij nu moest reageren. Hij kon doorgaans heel goed naar mensen luisteren. Vreemd dat hij zichzelf zo tot de orde moest roepen.

'En hoe gaat het verder nog met u?' Lucas glimlachte om het schateren waartoe Riley Suzanne wist te bewegen. Hij wou dat hij wist waar zij het over hadden.

'Met mij gaat het altijd goed. *Mind over matter*,' ze koos een toon die in het midden liet of ze ironisch of bloedernstig was.

Riley was bij hem komen staan, hij gebaarde of hij iets mocht vragen. Lucas knikte.

‘Hebt gij een balpen en een papiertje?’

‘Wie is dat?’

‘Dat is Riley.’

‘Ah, is die kleine weer bij u?’

Lucas overwoog om te vertellen dat ze bij Suzanne waren, maar liet dat toch maar. Hij haalde een pen en een factuur van het een of ander uit zijn binnenzak en toonde vragend de witte achterkant. Riley stak zijn duim op en liep weer naar de bank.

‘Ja, ja, hij was langsgekomen en…’

‘Hij staat daar vlak bij u nu, en hij hoort wat wij zeggen?’

‘Ja, nee, hij is bezig.’ Lucas lichtte de dingen niet verder toe, dat zou alleen maar tot ingewikkelder gesprekken leiden. Hij kon ook niet meteen een volgende vraag bedenken, wat hem irriteerde.

‘Ik zal u best laten dan misschien?’ Isabelle klonk aarzelender dan hij van haar gewend was.

‘Eh, ja, misschien, als het niet erg is, gezien…’

Isabelle reageerde niet.

‘Maar tot gauw, en hou u goed.’

Lucas liep naar de bank.

‘Hou u goed?’

‘Ja?’ Hij bleef weer staan, liet het extra vragend klinken.

‘Dat zegt ge toch tegen verre kennissen en zo, niet tegen…’

‘Ah, zo. Nee, ik bedoelde het niet… Ik zeg dat tegen iedereen voor wie ik…’

‘Precies, iedereen.’

‘Nee, ik bedoel –’

‘Laat maar, het is niet belangrijk.’

Lucas wist niet zeker of ze dat meende. Hij kreeg het warm. Maar als hij er nu over doorging, klonk het allemaal nog fouter.

‘Oké, tot gauw.’ Hij kuste in de telefoon, dat maakte misschien iets goed. Hij zag Riley opkijken bij dat geluid. Die jongen hoorde en zag alles.

‘Ja, dag hè.’ Toen werd er opgehangen.

Lucas overwoog even om terug te bellen, deed het niet. Hij bleef staan. Als onbestemde jeuk over zijn hele lijf, zo voelde het om die beslissing te nemen.

'Lucas, dit is mijn handtekening, samen met Suzanne gevonden.'

Suzanne keek erbij alsof er net een staatsgeheim was onthuld.

'Ja, broer, wat vindt gij?'

'Ziet er heel artistiek uit, mooi.'

'Wesley heeft nog geen handtekening.'

'Wie, wie is...'

Riley draaide zich weer naar Suzanne. 'Wesley is de jongen van de klas die iedereen leuk vindt, maar ook omdat ze geen ruzie met hem willen, denk ik, want hij kan goed pesten.'

'Jong-, jongens die dat, doen hè, die, die, zijn eigenlijk, heel, heel onzeker, wist ge dat?'

'Onzeker?'

'Bang dat ze niet goed genoeg zijn, of niet tof worden gevonden.'

Riley schudde beslist met zijn hoofd. 'Niet Wesley, die durft zelfs brutaal te zijn tegen de juf en alles.'

'Ziet ge, wel? Hij, hij moet zich groot ma-, maken.' Ze stak een vinger in de lucht: 'Gij, gij, zijt groots, van-, vanbinnen.' Suzanne legde een hand op zijn borstkas, heel even.

Riley keek naar Lucas, als om bij hem te verifiëren wat hij ervan dacht.

'Mijn zus heeft altijd gelijk, Riley. En nu zeker.'

Er viel een stilte. Riley keek tevreden naar de stok in zijn hand.

'Dat wordt echt een goeie katapult denk ik, ik zal hem dan meebrengen om aan u te laten zien.'

'We, we, we, hebben beslist, Lucas, dat, Riley, nog vaak te-, terugkomt.'

'Ha, goed plan,' zei Lucas. Hij hield ervan om zijn zus zo ontspannen te zien. 'Ik zou het alvast niet kunnen, daar een katapult van maken.'

‘Ik zal het u wel leren,’ zei Riley met enig aplomb, als hij erbij was hoefde niemand zich ergens zorgen over te maken.

‘En, en, mij dan?’ Suzanne lachte.

‘U ook.’

Riley taterde verder.

Lucas wist niet wat het was. De vanzelfsprekendheid misschien. Het gevoel dat niks hoefde, of dat alle schermen omhoog mochten, dat kon ook. Vogels vlogen over. Het licht nam langzaam af. In de verte startte een auto. Ergens riep er iemand: ‘Ik ben hier!’ Iedereen wil zo graag gevonden worden, dacht Lucas, en hij ging bij hen op de bank zitten.

ACHTTIEN

Na vier dagen bijna onafgebroken op de brug had hij nog eens iets verdiend, vond hij, al zou Suzanne zeggen dat hij dringend moest stoppen met die logica. Hij had geen zin om naar het stadje te fietsen. En die paling in 't groen vorige keer was lang niet slecht geweest.

Jenny tapte met zwier drie pinten en commandeerde ondertussen achteloos de man met het rokersgezicht en de vage berusting in de blik die hij vorige keer ook al had gezien. Ze schepte met een glazen schaaltje in een bak vol nootjes, zette het goedgevuld op een dienblad en bracht de pinten naar een tafel in de hoek. Daar moesten ze uitbundig lachen om wat ze zei vlak voor ze zich omdraaide en op Lucas afkwam.

'Meneer is alleen?' vroeg ze.

Lucas knikte. Het tweede setje bestek, opgerold in een servet, en de papieren placemat met in wat onsmakelijk paars BON APPÉTIT erop nam ze in één vloeiende beweging weg. Zij wilde over dat alleen eten geen misverstand laten bestaan. Een man aan de toog staarde naar Lucas met een vreemde concentratie. Lucas keek achterom, hij wilde controleren of die blik niet voor iemand anders was bedoeld.

Er klonk gestommel, Jenny draaide die kant op.

De man met het lusteloze voorkomen stak een stapel schalen door de klapdeuren van de keuken.

‘Deze?’

‘Maar néé, die op het hoogste rek, links!’ Jenny brulde alsof het haar niks kon schelen wat de klanten dachten, wat wellicht ook zo was. ‘Al ga ik erbij staan om ernaar te wijzen, hij zou nog met de verkeerde komen aanzetten.’ Ze lachte.

Lucas glimlachte meelevend om de sfeer niet te verpesten.

‘Mensen zeggen dikwijls: goed personeel is moeilijk te vinden, maar probeer eens een goede man te vinden.’ Ze keek gekweld omhoog, zij nam het God zelf nog altijd kwalijk dat Hij hem op haar pad had gebracht. ‘Al eenentwintig jaar ondertussen, Bernard en ik, dus ja.’ Die twee laatste woorden vatten wat haar betrof het hele verhaal wel samen. Lucas knikte, als een machine die van alles kan. Jenny nam haar notitieboekje en een pen uit haar schort. Lucas hield zich klaar om te bestellen, hij had honger.

‘Die twee mensen daar,’ Jenny wees zo discreet als zij dat kon met haar pen naar een tafeltje achterin, ‘ouders.’ Ze sprak het bijna fluisterend uit, alsof het gevaarlijke woorden waren.

Lucas bleef knikken, al begreep hij niet wat ze bedoelde.

Jenny ging meteen verder: ‘Van een jongen die hier gesprongen is.’ Ze maakte een gebaar in de richting van haar parking. ‘En sindsdien komen ze elk jaar hiernaartoe, nu al voor de zesde keer. Wandelen in de omgeving, en dan sluiten ze hier af, met een wafel.’ Ze keek even achterom, naar het echtpaar. ‘En dan vraag ik me toch af: als die zoon zijn ouders hier zo zou kunnen zien zitten, zou hij het dan nog hebben gedaan?’

Lucas trok een bezorgd gezicht, Jenny was niet het type dat antwoord wilde op haar retorische vragen.

‘Ge moet zelf maar eens kijken, van dichtbij, als ge ze ziet passeren, dat zit in hun wezen, dat is… Die kennen geen echt plezier meer. Hun leven is ook voorbij, eigenlijk.’ Ze snoof. ‘En echt vriendelijke mensen.’

Bernard kwam de keuken uit met drie dampende borden.

‘Voor de dértien,’ riep Jenny, ‘de dertien!’

Hij maakte zonder om te kijken een vlotte bocht en zette de borden op de tafel in de hoek.

De man aan de toog zat Lucas nog steeds aan te gapen. Lucas had een vaag gevoel van herkenning, zeker wist hij het niet.

'Maar meneer wou bestellen,' Jenny klonk beslist opeens, zij leek aan te willen geven dat Lucas haar nu lang genoeg van haar werk had gehouden.

'Voor mij het witlof in de oven, met zalm, en een Chimay, alstublieft.'

'Eenmaal witlof in de oven,' herhaalde Jenny, 'met zalm', en dan sneller: 'En daarna een wafel? U wilt het uzelf gunnen, ik zie het in uw ogen.' Ze zei het met het pruilmondje van het ondeugende meisje dat ze nog altijd een beetje meende te zijn. Van leed naar commercie in zes seconden.

'Vooruit dan,' hij liet het toegeeflijk klinken, maar eigenlijk had hij best zin in een wafel.

Isabelle zou hem nu aankijken met die blik van haar, dat wist hij bijna zeker. Jenny glimlachte triomfantelijk en verdween. Lucas bestudeerde de ouders, hij wou dat hij het hele verhaal kende. Opeens voelde hij beweging in zijn rug. Hij keek niet om, maar hoorde een barkruk schuren over de vloer.

De man van de toog kwam voor Lucas staan, hij staarde hem aan.

'Kent ge mij nog?'

Lucas bestudeerde zijn gezicht. Een jaar of dertig, kleine ogen, een ringbaard, gemillimeterd bruin haar, lichte flaporen. Als hij glimlachte had zijn gezicht bijna iets guitigs. Hij had hem inderdaad al eens gezien, maar waar?

'Nee, ge kent mij niet meer, hè.'

Misschien was hij ooit in zijn rechtbank verschenen, maar over zoiets wilde je je niet vergissen.

'Ik herken u wel, geloof ik, maar uw naam kan ik me niet herinneren, het spijt me.'

'Kevin. De Meulenaere. Vier jaar.'

Lucas deed zijn uiterste best om zich de zaak te herinneren.

'Goh, ja, da's dan een tijdje geleden natuurlijk.'

De man knikte.

'Hoe gaat het nu met u?' Lucas probeerde weg te blijven van de hulpverlenerstoon die deze vraag liet klinken alsof er alleen maar een mistroostig antwoord kon volgen.

'Ik had niet verwacht dat ge mij zou herkennen. Wie ben ik uiteindelijk? Een stront onder uw voeten.' Er klonk meer berusting dan boosheid in zijn stem, alsof hij het zelf niet eens zo'n foute typering vond.

Jenny bracht de Chimay, zette hem op tafel, keek naar de andere man, toen weer naar Lucas en verdween.

'Ik ben kapot. Vierendertig jaar, en kapot. Mijn leven is voorbij. De gevangenis, wat dat doet met een mens... Ik kan dat niet uitleggen.' De man leunde voluit met zijn handen op de zitting van een stoel, alsof hij zijn eigen gewicht niet meer kon dragen. 'Mijn vrouw, mijn kinderen, mijn maten, mijn ma... alles ben ik kwijt.' Hij keek Lucas aan met ogen die niks leken te vragen, die niet meer wisten hoe. Spontaan zou Lucas iets willen zeggen over de moed niet verliezen en volhouders die beloond worden, maar wat wist hij ervan?

'Vroeger, hè? Vroeger zou ik u op uw muil geslagen hebben.' Speeksel spatte tot op de tafel. 'Zo'n straf krijgen, terwijl, het is niet dat ik een meisje heb verkracht of een kerel halfdood geslagen of drugs verkocht aan kinderen of zo, hè. Ik ben in de fout gegaan, ik weet het, maar ik heb meer dan twee jaar uitgezeten, en nu: zo'n lijst voorwaarden.' Hij zwaaide met één hand omhoog, daarbij de eindeloosheid van die lijst aangevend. 'Het is door Esther, van de cursus agressiebeheersing, dat ik u met geen vinger ga aanraken. Ge moogt haar bedanken.' Hij leunde naar voren. 'Maar ik wil dat ge in mijn ogen kijkt en weet dat ge mijn leven naar de kloten hebt geholpen.'

Lucas hield spontaan zijn adem in.

‘Ik zelf ook, dat geef ik toe, en mijn pa. Maar gíj ook.’ De man bleef hem nog een paar seconden aankijken, draaide zich toen om en voor Lucas iets kon terugzeggen stormde hij het café uit.

Lucas nam een paar haastige slokken van zijn Chimay en likte het schuim van zijn lippen. Rationeel viel er natuurlijk een en ander tegen te werpen, maar hij begreep die man ook wel. De zelfmoordcijfers in Belgische gevangenissen lagen tot drie keer hoger dan het Europese gemiddelde, daar zijn redenen voor. Alle onderzoeken wezen uit dat er wel degelijk betere strafuitvoeringssystemen bestaan. Maar dat kost dan in eerste instantie geld, en electoraal is het gevangeniswezen geen interessant thema natuurlijk.

Hij keek weer naar de deur. Overdruk in zijn borstkas. Zou Kevins straf te streng zijn geweest? Lucas was menselijker in zijn aanpak dan veel van zijn collega’s, dat durfde hij wel te beweren. Eerst de man of vrouw, dan de context, daarna pas het recht, hij zwoor bij dat motto. Maar ja.

Het was hem al eens overkomen, gewoon op straat, dat een door hem veroordeelde ex-gedetineerde hem aansprak. Na een minuut of drie had Isabelle hem in zijn plaats weggestuurd. Hij herinnerde zich niet meer wat ze precies had gezegd, maar wel hoe de man gekeken had, en dat hij nog iets had geroepen, om tenminste te kunnen beweren dat hij het laatste woord had gehad. Daarna was hij daadwerkelijk afgedropen. Isabelle had altijd al een neus voor de zwaktes van mensen. Hij herinnerde zich de onbehaaglijkheid van dat moment haarscherp.

Bernard kwam aanzetten met een pruttelend ovenschaaltje. ‘Pas op, de kom zelf is heel heet.’ Hij zette het neer. ‘Smakelijk.’

Lucas rook de gesmolten kaas, zondige weldaad. Hij wou dat hij deze Kevin aan zijn tafel had uitgenodigd, dat hij had gezegd dat hij wel degelijk wist dat er veel gevraagd werd van voorwaardelijk in vrijheid gestelden. Hij wist niet of hij het zelf zou kunnen. Vaak ging het om geen alcohol of drugs gebruiken, niet op café gaan, niet omgaan met mensen met banden met het criminele milieu, wat vaak betekende: zo'n beetje iedereen die je dan kende.

Hij tikte met zijn vork door het krokante laagje van kaas en paneermeel en nam er een hapje van met wat bechamelsaus. Rita maakte dit gerecht met ham vroeger. Lucas wou dat zij nu bij hem zat. Hij vroeg zich af wat zij tegen Kevin zou hebben gezegd. Zij had misschien alleen maar even zijn handen in de hare genomen en gekeken zoals zij dan kon kijken. Dat had wellicht effect gehad. Hij schoffelde een hap op zijn vork en blies.

Lucas had voor de magistratuur gekozen uit idealisme. Alle zoveel lucratievere voorstellen van advocatenkantoren had hij afgeslagen. Macht is gevaarlijk, wist hij, maar als je haar aanwendt voor het goede, om onrecht te vermijden, om uitwegen te zoeken waar dat mogelijk is, dan kon het iets heel krachtigs zijn. Hij had genoeg incompetente rechters bezig gezien, beschermd door hun vaste benoeming, om het anders te willen doen. Maar hij had gaandeweg ontdekt dat justitie zelfs met de juiste instelling te vaak symptoombestrijding was. Steeds minder magistraten voor te veel werk, almaar minder middelen. Er was geen tijd om uitgebreide studies te maken van alle mogelijke oorzaken die iemand hadden gedreven tot een daad, terwijl daar de sleutels lagen om zo'n beklaagde te brengen tot echt herstel.

Lucas zag hoe Jenny voor haar doen gedempt stond te praten met de ouders. Hij vroeg zich af of het met Kevin toch nog goed kon komen.

'Alles naar wens?' vroeg Jenny toen ze langs zijn tafel liep.

Bepaald niet, moest hij denken, maar hij knikte: 'Ja,' zei hij glimlachend.

NEGENTIEN

De lucht was zwaar, de milde regen aanhoudend, alsof de zon nooit meer terug zou komen. En bij dit weer droeg hij geen jas, de man die langzaam aan kwam lopen en toen halt hield, dicht bij een van de schotten. Lucas holde ernaartoe en ging prompt tussen hem en de reling in staan, zwijgend, de grote paraplu boven hun beider hoofden, hij hield zijn adem in. De man bleef staan, zijn rug gekromd, zijn hoofd gebogen, hij leek te uitgeput om te reageren.

Lucas schatte hem een jaar of vijfenveertig. Geen al te grote kerel. Iemand die je op straat niet op zou merken. Hij was al een tijd aan het ronddolen, dat kon niet anders. Zijn grijze pak was nat, zijn witte hemd beige geworden omdat het tegen zijn huid aan zat geplakt, de glazen van zijn bril vensters zonder ruitenwissers. Hij rilde niet eens, hem kon niks nog deren.

Lucas ritste zijn jas open en probeerde hem met één hand uit te trekken en hem om de man heen te leggen. Die maakte een agressieve beweging met zijn schouder, de jas viel op de grond. Lucas durfde hem niet op te rapen. De regen drupte van de dikke paraplustof naar beneden, hij voelde de gure wind klam in zijn nek.

'Kan ik iets doen, voor u?' Lucas vroeg het zachtjes, als om de man niet te storen. Die richtte zijn hoofd op, maar reageerde niet. Zijn brillenglazen besloegen. Hij hoefde de wereld vast niet scherp te zien vandaag. Ze stonden op amper een halve meter van elkaar. Lucas durfde zich nauwelijks te verroeren, het gevoel dat er een bom zou ontploffen bij de minste verkeerde beweging. Een auto reed voorbij, traag, door de plassen, met bonkende speakers, een beat zwol aan en verdween weer. Lucas voelde zijn telefoon trillen in zijn broekzak, al de derde keer in een kwartier, dat kon alleen maar Isabelle zijn.

De man zette een klein stapje opzij, leek te wankelen. Hij wreef met één hand over zijn gezicht en met de andere zette hij zijn bril in zijn haar. Lucas keek hem voorzichtig aan. Tranen stroomden stil langs de natte wangen van de man. Lucas zag het nu pas, water is nu eenmaal water. Zijn ogen gezwollen, zijn gezicht bleek, de man staarde langs Lucas heen.

'Ik zou echt graag iets voor u willen doen,' zei Lucas, 'ik zie dat ge…' Hij zweeg. De onontkoombare banaliteit van woorden op deze brug zat hem in de weg. De man schraapte zijn keel. Lucas concentreerde zich op zijn gezicht, hij ging vast iets zeggen. De man hapte naar adem, maar er kwam eerst niks, en toen alsnog een luide snik.

Lucas wou een hand op zijn schouder leggen, of een bovenarm aanraken, maar na de afgeweerde jas dacht hij niet dat dat goed zou vallen. Hij haalde aarzelend zijn hand uit zijn zak, en op dat moment glipte de man plots onder de paraplu uit, stapte op het schot af, greep zich vast aan de buis, klaar om zich op de brede reling te trekken. Lucas' hart sloeg een tel over. Hij gooide de paraplu weg en greep de man bij zijn middel vast, zoals een kleuter zou doen die niet wil dat zijn moeder vertrekt.

'Laat me los.'

De man trok aan Lucas' armen, maar Lucas klemde zijn handen tussen de riem van de man, en hield zich zo goed als hij kon vast.

'Los, klootzak!' De man brulde nu. Lucas voelde de kracht waarmee hij zich probeerde op te trekken en ging met zijn volle gewicht aan dat lijf hangen. Daarop haalde de man uit en sloeg

Lucas met zijn vuist vol in het gezicht. Lucas voelde zijn neus bonzen, maar hij liet niet los. Hij zag de man met een vertrokken gezicht zijn hand schudden, en zonder nadenken beet Lucas hem, keihard, in die hand. Hij voelde haar en pezen tussen zijn tanden, proefde bloed.

'Aaaah, godverdomme!'

De man trok zijn hand weg, en op dat moment maakte Lucas op zijn beurt een vuist en mepte hem tegen zijn oogkas. De man liet machteloos los, en Lucas sleurde hem naar de grond en ging boven op hem zitten. Zijn knieën op zijn bovenarmen, zijn kont op de borstkas van de man. Die schreeuwde, stampte met zijn benen doelloos in de lucht en mepte met zijn handen hulpeloos tegen Lucas' onderrug aan, verder reikten zijn handen in deze houding niet. De regen ruiste zacht over hen heen. Hijgend wist Lucas zijn telefoon te pakken te krijgen, hij belde 112. Zijn handen trilden. Lucas voelde zijn hart tekeergaan, zijn keel was droog.

'Ik probeer gewoon te helpen. Ik weet niet in welke situatie u zit, maar er is hulp, meneer. Er is altijd hulp.'

De man keek hem aan, verloren. Het razende lijf sputterde.

'Klootzak.'

Zo ontredderd had Lucas dat scheldwoord nog nooit horen klinken. Toen zweeg de man. Hij sloot zijn ogen en draaide zijn hoofd weg, hij wou niks meer zien. Lucas overwoog om de man uit zijn houdgreep te bevrijden, maar durfde niet. Hij keek achterom, hopend dat hij de ambulance al zou zien. Het simpele besef dat hij die eerst zou horen kwam niet eens in hem op. Soms valt alle denken stil. Lucas hield zijn blik op de man gericht en voelde zich eindeloos somber.

'Maar u ziet er zelf ook niet zo fraai uit, die neus zou wel eens gebroken kunnen zijn.'

Lucas veegde het bloed van zijn bovenlip met het doekje dat hij van de ambulancebroeders had gekregen.

‘Rijdt u niet mee anders?’

Lucas maakte een afwerend gebaar.

‘Dan zou ik toch nog even langs de spoed gaan, voor foto’s.’ De oudere van de twee keek hem bezorgd aan.

Lucas knikte: ‘Merci mannen.’

De brancard werd de ambulance in geschoven. De man had geweigerd iets te zeggen, hij had geen paspoort of rijbewijs bij zich, ze zouden hem meenemen naar het ziekenhuis waar ze volgens hen een excellente afdeling psychiatrie hadden.

‘Die man heeft maar geluk dat u hier net voorbijkwam,’ de oudere man glimlachte.

Geluk, Lucas herhaalde het woord in zijn hoofd.

‘Ik woon daar,’ Lucas wees naar zijn huis, ‘ik probeer hier, nu ja, ik –’

Zijn collega kwam erbij. ‘Alles klaar. Zeker dat u niet met ons meewil?’

‘Ja, eerst droge kleren aantrekken en zo. Maar, nogmaals, bedankt.’

De ambulancebroeder keek hem aan, hij leek nog iets te willen zeggen, maar hij gaf Lucas twee vriendschappelijke klapjes op zijn rug. Lucas hoorde de deuren één voor één dichtslaan, de motor starten, en zo verdween de man van de brug. Lucas bleef staan, keek de ambulance na en voelde niks. Heel even helemaal niks.

Het zag er volstrekt belachelijk uit, vond hij. Een dik gaas over zijn neus, vastgemaakt met tape, het teken van een doodlopende straat over zijn gezicht geplakt. Het zou nog bont en blauw worden bij de ogen, had de spoedarts voorspeld. Hij leunde naar voren en bestudeerde zijn gezicht in de spiegel. Er stond een toegetakelde, ouder wordende man terug te staren. En hij moest dringend naar de kapper. Hij schoor zich nu één keer in de week, verder liet hij de dingen hun gang maar gaan. Niemand die hem zo zou zien en die, gevraagd naar het beroep van deze figuur, zou antwoorden:

rechter, daar was hij wel zeker van, nog los van die neus.

Hij zag voor zich hoe Isabelle kon kijken wanneer zij haar hoofd dicht bij de spiegel bracht en met een verbeten trek om de mond een studie leek te maken van wallen en kleine rimpels. Dat ze ouder moest worden wist zij ook wel, maar dat het in het openbaar gebeurde, dat vond ze maar oneerlijk van de wereld, zei ze dan. Hij moest haar nog terugbellen, dat mocht hij niet vergeten.

Lucas liep naar de keuken, vond in de kast een zak borrelnootjes, ritste die open en kieperde de inhoud integraal in een soepkom. Hij spoelde snel het glas om dat nog in de gootsteen stond, trok een biertje open en schonk in. Hij liep naar de woonkamer en met een zucht ging hij in de sofa zitten. Hij was doodmoe en stond tegelijkertijd nog altijd stijf van de adrenaline.

Hij zette de televisie aan. Een programma over de impact van oorlogsgeweld op kinderen. Hij zag bleke gezichtjes van dapper in de camera kijkende kleuters, een meisje dat zei dat zij niet bang was geweest, maar haar zusje wel, en een tiener die niet verder kon praten toen hij aan het uitleggen was hoe zijn vader om het leven was gekomen. Lucas drukte op de uitknop. 'Ik kan dit niet vandaag,' zei hij hardop. Nooit eigenlijk, dacht hij erachteraan.

Hij had in het ziekenhuis naar de man geïnformeerd, maar omdat hij geen familie was en zelfs geen naam kon noemen, hadden ze niks willen prijsgeven, behalve dat de patiënt was opgenomen op de geschikte afdeling, zo hadden ze het gezegd: de geschikte afdeling. Lucas probeerde het zich niet voor te stellen.

Hij graaide een hand nootjes uit de kom en gooide ze in één keer in zijn mond. Hij hoorde het kraken tussen zijn kiezen. De chili prikkelde zijn tong. Hij probeerde de smaak van bloed te vergeten, dat gevoel van een harige hand tussen zijn tanden. Had hij hier nu goed aan gedaan? Hij, de man die zelf jaren geleden al een negatieve wilsbeschikking had opgesteld. Hij die was weggevlucht van een leven waarin hij mensen van hun vrijheid beroofde.

Hij keek naar zijn hand, strekte zijn vingers een paar keer, hij voelde het nog. Zelfs als kleine jongen had hij nooit gevochten. Te veel een schijtluis. Als er op de speelplaats ook maar commotie dreigde, maakte hij zich uit de voeten. Hij nam een grote slok. Schijtluis, dat was een woord van zijn vader. Misschien zou die wel trots op hem zijn geweest, had hij gezien hoe deze arme man werd overmeesterd. Lucas rilde bij de gedachte.

Hij wou dat hij wist hoe de man heette. Het kon een Dirk zijn, of een Bart misschien. Hij wou dat hij wist wat hem naar de brug had gedreven. Misschien was hij zijn werk kwijt, zoals hij daar stond, in dat saaigrijze maatpak, op staande voet ontslagen omdat hij al jaren geld verduisterde, wat door een domme fout aan het licht was gekomen. Of omdat hij betrapt was met de vijftienjarige dochter van een collega. Misschien zat hij al jaren thuis met een joekel van een depressie die hem alle geloof in het licht dat ooit weer aan zou gaan benam. Misschien was hij in de steek gelaten door zijn vrouw die met de lerares Engels van zijn zoon vertrokken was naar Aruba, en de zoon had meegenomen. Misschien had hij zijn ouders iets aangedaan wat hij zichzelf niet kon vergeven. Misschien had hij nooit de liefde gevonden. Misschien was hij zo'n man die niemand onsympathiek vond, maar die ook niemand echt wou, tenzij een vrouw die niemand onsympathiek vond maar die ook niemand echt wou, maar zo iemand moest je dan maar net tegenkomen. Zo'n man die al van jongs af had geleerd dat hij niet moest denken dat hij iets voorstelde, en dat dus ook maar niet had geprobeerd.

Wordt iemand die zelfmoord pleegt een dader? Is een slachtoffer dat zich op dat eigenste moment verweert ook een dader? Waarom vrezen zo veel slachtoffers de dader te zijn geweest, of toch tenminste de schuldige? Waarom organiseren zo veel slachtoffers hun leven zo dat ze zichzelf als dader kunnen blijven beschouwen, terwijl het hun zo in de weg zit? Waarom werd er bij terreurdaden altijd zo zwaar gefocust op de daders, terwijl het de slachtoffers zijn die alle aandacht verdienen?

Het waren vragen waar hij zich met zijn bevriende collega-rechter graag over boog. Die had hem na dat ene telefoongesprek, goed een week nadat hij uit de rechtbank was weggelopen, niet meer teruggebeld. Dat vond Lucas ook wel normaal, of begrijpelijk alvast. Alleen Hans hoorde hij bijna wekelijks. Hij had al een paar keer gezegd dat hij eens langs zou komen, maar dat was blijkbaar nog niet gelukt.

Hij dronk van zijn glas, prutste met een vinger wat nattige borrelnoot uit zijn kiezen en keek peinzend uit het raam naar de zwarte nacht. Hij reconstrueerde wat er was gebeurd, van het moment dat hij besefte dat zonder jas door de regen lopen een signaal was tot het moment waarop hij de zolen van twee schoenen zag verdwijnen in de ambulance. Beeld voor beeld zag hij het weer voor zich. De haat in het gezicht van de man toen Lucas hem vastgreep, de verbazing in zijn blik toen Lucas hem een dreun verkocht, het wegvloeien van alle energie uit een lijf dat weet dat het kansloos is. Had hij dat brutale einde kunnen verhinderen? Had hij toch moeten blijven aansturen op een gesprek? Zou de man wanneer hij uit het ziekenhuis werd ontslagen gewoon een andere plek zoeken om te springen? Zou Lucas het willen weten als dat zo was? Hij nam een slok en liet een boer, een uitbundige, zo eentje die je alleen ten beste gaf als er niemand in de buurt was. Dat kon nu allemaal. Dat wel. Hij stak zijn glas in de lucht, riep: 'Op het leven', en lachte. Een mens lacht zo vaak niet uit plezier, dacht hij, en hij nam nog een slok.

TWINTIG

Hij werd wakker, deed zijn ogen open, dat voelde als iets ingewikkelds. Hij had gedroomd over Isabelle en dit huis en Kevin en de man en zijn vader, alsof ze bij elkaar hoorden. Hij kon zich de details niet meer herinneren, er was alleen die klamme koorts nu, en dat gevoel dat niet zomaar weer weg zou gaan, dat kende hij al. Zijn neus bonkte. Hij rook zichzelf. Opstaan, nu. Het moest. Hij strompelde de badkamer in, het was koud. Niet in de spiegel kijken. Gauw onder de douche.

De warme stralen liepen over zijn rug en hij nam dan toch maar zijn lul in zijn rechterhand. Hij trok eraan, eerst nog traag, dan steeds sneller. Hij stelde zich voor dat Myriam, de advocate met die mooie mond en die zachte blik, voor hem stond. Ze trok haar bh uit en haar grote borsten wipten mee. Ze staken bepaald niet pront vooruit, maar net dat vond hij wel geil. Naarmate hij harder trok werden de beelden abstracter. Borsten, billen, tepels, lippen rond zijn lul. Zijn lijf bevroor en hij spoot tegen de mosgroene tegels. Zeven minuten, acht misschien, en de klus was geklaard. Masturberen had iets droefs ook, iets bij-gebrek-aan-beters dat vooral het verlangen naar dat betere groter maakte. Hij was al zes weken niet meer aangeraakt, dat was lang. Met de douchekop spoelde hij de klodder weg. Hij merkte dat het water nu ook bijna koud was geworden.

Hij liep naar beneden, en ook daar beet de kou hem toe. Hij ging op zoek naar de gasketel, waar stond dat ding in godsnaam? Er waren maar drie mogelijkheden. De laatste bleek de juiste. Hij bestudeerde de ketel, waarop niks af te lezen viel wat hij kon begrijpen. Dat kwam verder niet als een verrassing, hij wist niks over gasketels. Hij liep weer naar de keuken, zocht nummers op van loodgieters in de buurt en begon te bellen. De vierde nam op en was bereid te komen, maar pas over twee dagen, sneller was onmogelijk. Lucas maakte een afspraak, hing op en besefte weer wat voor een hekel hij aan het praktische leven had.

Uit puur protest liep hij naar de woonkamer. Hij voelde aan zijn oogkassen, de zwelling was nog toegenomen. En net nu ook dit nog? Hij haatte zijn eigen aanstellerij, hij moest gewoon naar buiten, de brug op. 'Eerst nog snel iets eten en dan hop,' zei hij, en hij liet zich op datzelfde moment in de sofa zakken en maakte de kraag van zijn coltrui lang, tot die net onder zijn neus kwam. Hij trok de paarse fleecedeken van Francine over zijn schouders en stak zijn handen onder zijn billen.

Lucas haatte de kou, of beter: structurele kou. Als hij over de brug liep in de kille wind kon hij het hebben, die tintelende vingers en tenen, de lichte loopneus, de tranende ogen, omdat hij wist dat hij op elk moment naar binnen kon om op te warmen. Gezelligheid klonk wat muf misschien, maar werd absoluut onderschat. Nog twee hele dagen. Twee.

Lucas zat daar en bleef zitten. Hij moest aan de man denken, aan hoe hij keek toen Lucas op hem afstapte. Aan dat beeld van het jongetje dat hij had gezien toen hij op zijn telefoon de krant had gelezen vannacht, omdat hij niet kon slapen. Hij zag weer flarden van zijn droom voor zich. Hoorde zinnen die zijn moeder aan de telefoon had uitgesproken. Herinnerde zich de sms van Isabelle. Zag de pet van Riley op de lage kast liggen, bij de televisie. 'Iets achterlaten is ook een soort van blijven, moet hij hebben gedacht,' zei Lucas hardop.

Opeens bemerkte hij de stilte. Een stilte die hij in al zijn jaren met Isabelle en Pippa nooit had gekend. Er was altijd wel ergens iets wat bewoog. Het verre geluid van de haardroger in de badkamer. Een ijskast die dicht werd geklapt. Het tikken van hakken op de trap. Gierend lachen in een telefoon. Een liedje dat harder werd gezet. Het klateren van water in de douche. De voordeur die openging en het gedempte gemurmel van een begroeting.

Geluid van huisgenoten sorteert een ander effect dan dat wat je zelf maakt. Het brengt geruststelling, wou hij concluderen, en toen dacht hij aan vroeger, toen hij almaar met gespitste oren ronddwaalde in huis, toen hij zijn ogen altijd openhield.

Zijn moeder zat nu ook weer meer in zijn gedachten. Dat zij een menseneter was, dat hij dat niet mocht vergeten, had Hans gezegd toen hij hoorde dat ze contact had opgenomen. Zijn vriend had erbij gelachen. Wat hij het liefste wou, in dat verband, had hij daarna gevraagd. Dat we een andere moeder hadden, was Lucas' antwoord. Tegen Hans mocht hij altijd eerlijk zijn.

Met tegenzin kroop Lucas toch weer onder de deken uit. Zich hier schuilhouden sloeg helemaal nergens op. Hij liep naar de keuken, vulde de fluitketel en zette hem op het vuur. Voor hij de nog grotere kou in ging, moest hij ontbijten, onder de deken, met die kruik die hij hier ergens meende te hebben gezien. En hij moest geen aandacht schenken aan die neus en de zwelling bij zijn ogen, dat maakte het alleen maar erger.

Hij nam zijn telefoon en zocht een liedje op. Hij stuurde het naar de draagbare speaker die hij had gekocht. Kwaadheid had zelden zo juist geklonken, vond hij. Hij draaide het volume hoog en zong keihard mee, hij die nooit zong, in zijn beste West-Vlaams dan nog: 'Er wordt frequenter gefiest dan dat er wordt gerouwd. Der wordt nog altid min geskid, dan dat er wordt getrouwd. 't Es nog al nie naar de wuppe. 't Es nog al nie naar de wuppe. 't Es nog al nie naar de wuppe. Doe mo voert.'

Hij zakte door zijn knieën en rommelde kwaad meezingend in

de onderste kast op zoek naar de kruik. De kou van de tegels kroop langs zijn knieën omhoog, maar hij vond een vaalblauw rubberen ding dat naar alle waarschijnlijkheid nog tegen de voeten van Francine had gelegen, daar mocht hij verder niet te veel over nadenken. Hij wachtte en zong en zette het nummer op repeat.

Lucas smeerde een boterham. Als Isabelle hier ook was, zou hij gegarandeerd tegen haar over de kou en die neus beginnen te zeuren. Tegen jezelf zeggen dat je het nu al beu bent, was toch niet hetzelfde? Was dat gemis? Iemand ontberen om tegenaan te zagen? 'Er wordt frequenter ontweken dan dat er wordt gebotst. Der wordt nog altid mjir gedronken dan dat er wordt gekotst. 't Es nog al nie naar de wuppe. 't Es nog al nie naar de wuppe. 't Es nog al nie naar de wuppe. Doe mo voert.'

Als Isabelle hier echt was, zaten ze onder geen beding nog twee dagen zonder verwarming. Zij was het assertieve type dat simpelweg geen nee aanvaardde, wat nog bleek te werken ook. Zij had die loodgieter op andere gedachten gebracht, of desnoods de hele gouden gids afgebeld tot ze iemand bereid vond om alles te laten vallen en het probleem meteen te komen oplossen.

Hem was het niet gegeven, dat talent om, subtiel balancerend tussen charmant en dreigend, mensen te krijgen waar hij ze wilde hebben. Hij had haar er altijd om bewonderd. Om dat ongrijpbare, om dat directe offensief dat zonder aarzelen werd ingezet, om dat gevoel dat zij een oerkracht was, ontembaar. Hans merkte wel eens op dat hij iets wat Isabelle zei of deed raar vond, of zelfs onbehoorlijk. Lucas ging dan altijd in de verdediging. Nu vroeg hij zich af wie hij precies probeerde te beschermen, haar of zichzelf? Want als zijn vriend gelijk had, wat vertelde dat dan over hemzelf?

De ketel floot, een hoog en schril geluid dat bedoeld leek om groot en nakend onheil aan te kondigen. Hij draaide het vuur uit, nam de ketel in zijn linkerhand, hield met zijn rechter de kruik bij de opening vast, en goot. Kokend water gutste eerst nog in, maar snel ook naast de kruik en over zijn rechterhand. De kruik kwakte op de grond, de hele vloer nat, zijn huid brandde. Godverdomme, onhandige lul. Hij stampvoette, woede en pijn kwamen samen in één hulpeloos gebaar. Hij liet de kraan lopen en hield zijn hand onder het koude water.

Vertwijfeld stond hij bij de gootsteen naar zijn hand te staren. Het water ruiste, liep langs zijn huid weg naar de afvoer. Hij had het koud. De huid aan zijn hand krulde op, rauw vlees werd zichtbaar. Hij had zin om te gillen, weg te lopen, op te branden.

Hij keek om zich heen, zag de prutserige prullen op de kleine vensterbank, de kast met dat lelijke houtsnijwerk, de kattenkalender die openhing op de maand juli. Wat zat hij hier eigenlijk al dik zes weken te doen? Hij die een gerieflijk groot huis had met warm water. Met een respectabele job waar hij op zijn manier mensen op het rechte spoor probeerde te krijgen, die hij niet hoefde te bijten of te slaan. Met een vrouw die er was. Met een stiefdochter die terug zou keren, al duurde dat nog een tijd, een meisje dat gezegd had dat ze het liefst hen beiden onder datzelfde dak zou aantreffen, een meisje dat hij niet wou teleurstellen.

Hij zag het voor zich, dat leven dat had bestaan en nog bestond, als hij dat wou. Hij overzag de kleine ravage, hij hoorde de zanger zingen. 'Het is oeze plicht veur te genieten. Voor den tid dat hier nog duurt. Voorda w'ons laatste krut verskietn 'en 't onvermijdelijke is gebeurd. Et rum es lek. Den buot makt water. Ma de kapitein gif show. Ie zegt verdrinken is vo loater. J'is echt kluchtig lik ne clown. 't Is al wa da j' aan 't doen woart. Gelik wa da j' aan 't doen woart. Doe mo voert.'

En opeens versperde er iets brutaal de weg in zijn keel, drukte er iets nijdig tegen zijn slapen. Hij kneep zijn ogen samen, hij balde zijn ongehavende hand tot een vuist. Hij liet zich op de grond zakken en had zin om te huilen, zoals een kind dat kan, met overgave. De kraan liep, zijn hand brulde, zijn neus bonkte, maar er kwamen geen tranen. Hij boog zijn hoofd. Zijn schouders zaten vast, als in beton gegoten. Zijn gedachten stokten. Hij wou dat hij wist wat hij moest doen.

EENENTWINTIG

'Nu heb ik er al spijt van dat ik het heb gezegd.' Pippa trok haar mond bedenkelijk tuitend naar rechts.

'Maar nee, ik ben blij dat ik het weet. Echt. Ge hebt er goed aan gedaan.'

'Ik ging me er niet mee bemoeien, en nu zondig ik tegen mijn eigen heilige voornemen. Goed gedaan, Pippa. Kalf dat ik ben.'

'Hé, niet zo praten over uzelf als ik erbij ben. En anders ook niet.'

'Alsof ik u dat soort dingen zelf al geen duizend keer heb horen doen… Hé, ik moet over een kwartier…'

'Tuurlijk, ik moet ook…' Lucas probeerde niet eens om die zin af te maken.

'Zeg, verzorg uzelf, en wees voorzichtig, straks sleurt een of andere halvegare u nog mee over die brug.' Ze zette grote ogen op.

'Maak u geen zorgen.'

'En, nog eens: misschien klopt het helemaal niet, hè, ik dacht gewoon: als ge van niks weet en straks is het te laat…'

Lucas knikte en probeerde dat er sereen uit te laten zien.

'We horen mekaar gauw weer.'

Hij voelde een vage druk ter hoogte van zijn slapen. Hij keek naar zijn reflectie in de glaswand van de oven. Hij zag er inderdaad allerminst appetijtelijk uit. Hij raakte zijn neus heel even aan, en zijn oogkas, heel voorzichtig, met twee vingertoppen, het deed nog altijd pijn. Hij moest naar buiten. Zuurstof. De wereldvrede op deze vierkante kilometer bewaren. Hij trok zijn jas aan, zette een idiote muts op tegen de kou, en nam handschoenen mee.

De brug strekte zich bereidwillig voor hem uit, Lucas begon vandaag aan de linkerkant. Variëren, al is het maar op kleine schaal, dat was belangrijk.

'Julien.' Terwijl hij het eerste schot passeerde, sprak hij de naam hardop uit. Juist hij. Lucas probeerde zich te herinneren wanneer hij hen aan elkaar had voorgesteld. Dat moest jaren geleden zijn geweest. Hij pijnigde zijn geheugen. Op dat feest voor de vijfendertigste verjaardag van Jonathan waar het zo uit de hand was gelopen. Ja, Julien was een jeugdvriend van Jonathan, dat kon kloppen.

Tot zes uur 's ochtends waren ze gebleven. Jonathan zelf hadden ze toen al afgevoerd omdat hij te dronken was om nog op zijn benen te staan. Lucas had uren staan dansen, tot hij en een jonge kerel met zijn elastieken benen en een langharig koppel op blote voeten als enigen nog overbleven. Her en der zaten er aan de tafels nog kleine groepjes te praten, alleen Julien en Isabelle waren met zijn tweeën, duidelijk geanimeerd in gesprek, dat was wel zo. Pas helemaal op het eind had hij Isabelle kunnen overtuigen om toch één keer met hem te swingen, omdat de dj speciaal voor hen een laatste verzoeknummer wilde spelen. Toen dansten ze nog.

Hij meende dat ze nadien nog had gezegd dat Julien elke scherpzinnigheid miste, wat haar onhandig leek voor een man die deed wat hij dan deed. Hij had dat woordje 'onhandig' in deze context zo typerend voor haar gevonden. Maar misschien dacht hij dat nu maar. Soms probeerde een triest hoofd manhaftig zichzelf te sussen. Herinneringen zijn zo'n onzeker concept.

Lucas staarde naar het landschap. De zon weerkaatste op het water. Alsof er goud in verstopt zat. Koud was het evengoed. Hij stak zijn handen in zijn zakken. Wat was de objectieve informatie? Twee keer kort na elkaar belde Pippa Isabelle op en was Julien erbij, en één keer had Isabelle hem in een of ander verhaal vermeld, net zoals ze dat tegenover hem had gedaan trouwens, in een bericht. Wat wou dat uiteindelijk zeggen? Misschien helemaal niks, of toch niks spannends. En als ze een woest avontuur met hem aan het beleven was, viel haar hoegenaamd niks te verwijten. Hij liet het allemaal maar duren, hij wilde tijd, zei hij, hij dacht na. Wat betekende dat eigenlijk? Vaak wist hij het zelf ook niet precies.

Hij naderde zijn huis weer en keerde rechtsom voor de tweede ronde. Julien was de man die het allemaal wél wist. Hij was het type dat standaard niet aan aarzelen deed. Doortastend, succesvol, charismatisch, dat zeker. Hij stelde zich voor hoe Julien met zijn lippen naar de hare… Hij wilde er niet aan denken. Maar ging dat om haar of om niet degene te willen zijn die gedumpt wordt? Wat voelde hij nu eigenlijk precies? Lucas versnelde zijn pas. Hij wilde zijn hart sneller doen kloppen, voelen dat hij meedeed aan het leven, de man die in cirkels liep om anderen te behoeden voor eindes.

Lucas ademde diep in en uit, probeerde zich de dagen voor de geest te halen zoals ze waren. Hij zag de zittingszaal voor zich, met dat rode tapijt, de griffier met al dat haar, de mannen, af en toe de vrouwen, die werden voorgeleid, altijd andere gezichten, soms dezelfde, vaak gelijklopende verhalen. Hij zag het huis voor zich waar hij met Isabelle woonde, hij aan tafel, met een dossier of een krant, Isabelle in haar werkkamer, Pippa die hem nog een snelle zoen kwam geven voor ze weer vertrok. Hij zag de geanimeerde gesprekken tijdens het eten, over politiek, dat ene boek dat iedereen volgens Isabelle had gelezen behalve hij, over die ene vriendin van haar en wat die nu toch weer had uitgevreten, over Isabelles laatste triomf en die ene werknemer die ze maar niet gemotiveerd kreeg. Weekends met etentjes in goeie restaurants, feestjes tot de late uren waar het zelden tot echte nabijheid kwam tussen mensen, hij die ging kajakken met Hans, zij die nog op pad moest voor een klant, zij die samen naar de film gingen, soms met, meestal zonder kind, en daarna drinken met alle mensen die ze kenden in het café vlakbij. Anderen speelden altijd een grote rol.

Wat deelden ze echt? Behalve een leven? Wisten ze van elkaar wat ze ten diepste dachten, vreesden, wat hen uit de slaap hield, waar ze niet overheen raakten, waar ze zich over schaamden, wat ze hadden meegemaakt, lang geleden, en hoe dat nu voelde? Wanneer had ze hem nog eens een echte vraag gesteld waarop ze ook uitgebreid het ware antwoord wilde weten? Wanneer had hij haar nog eens echt met iets geholpen, wat zij dan ook toeliet? Was dat leven samen liefde? Of een soort broederschap? Of nog iets anders waar hij geen woord voor wilde bedenken?

Hij zag het gerieflijke bestaan voor zich, in kamers, momenten, uitstapjes. Het voelde allemaal als jaren geleden. De transitie naar dit leven was zo vlot gegaan, in zijn hoofd dan, het had zo onontkoombaar geleken. Was hij een saboteur van al wat goed leek? Of waren eilanden, Pippa's woord, nu eenmaal makkelijk te verplaatsen? Die gedachte deed hem schrikken.

Misschien moest hij gewoon nog eens terugkeren. Onaangekondigd. Naar haar, naar hun huis. Kijken wat dat zou geven, wat er dan zou gebeuren. Dat was misschien een plan.

TWEEËNTWINTIG

'Ja-, ja-, jammer,' zei Suzanne.

'Ja, ik bel hem niet op om te vragen of hij meegaat, hè. Riley komt zelf langs als hij zin heeft.'

'Hmm.' Suzannes blik verstarde, in haar ogen trage modderstromen, uitzinnige honden, rondspinnende draaideuren.

Lucas zat op de stoel bij de kleine schrijftafel. Hij hield er niet van om in haar kamer te blijven, maar zij had geen zin om naar buiten te gaan, zelfs niet naar de cafetaria. Soms zat het gevaar voor Suzanne overal. En haar kamergenoot had een therapiesessie en creamiddag, dus hadden ze het rijk alleen. Dat woord had Suzanne zelf gekozen, uit alle woorden die de Nederlandse taal ter beschikking stelde om deze ruimte te beschrijven ging zij voor 'rijk'.

'Een, een, ja, nee, bij-, bijzondere jongen, ge, ge, ge moet hem, mis-, misschien toch echt, gewoon, nog, nog eens uit-, uitnodigen.' Ze glimlachte er meteen achteraan. 'Als, als, gij, gij, dat ook, nee, ja, wilt hè.'

'Ja, tuurlijk, ja... Ik voel dat hij het lastig heeft, maar hij is heel summier in wat hij vertelt. En ja, wat zou ik vanuit mijn positie ook kunnen doen, concreet dan? Bovendien weet die vader, vrees ik, nog altijd niet –'

Suzanne zwaaide opgewonden met haar hand om hem te onderbreken. ‘Ge, ge, ge doet, a –’, ze bleef heel lang aan de a hangen.

Lucas moest zijn best doen om niet te proberen de zin voor haar af te maken, hij wist wat voor een hekel ze daaraan had. Alsof zij niet kon denken, zij die meer en dieper dacht dan de meesten.

‘...al, al veel, denk, ik.’

‘Ja?’

‘Stel, stel, ja, nee, dat wij, wij, wij iemand hadden gehad, die ons, echt zag, juist, juist, juist een volwassene, dat al-, alleen zou, zou, zou nogal...’ Ze maakte deze zin niet af. Ze wist dat dat niet hoef-de.

Er viel een stilte. Het raakte hem dat ze consequent over ‘wij’ sprak in dat verband. Omdat het zo lief was, maar ook omdat het zo onheus voelde, alsof hij rechten claimde op ellende en bijbehorend verdriet dat alleen van haar was en mocht zijn.

Suzanne hield er niet zo van om met hem over het verleden te praten, dat deed ze liever met haar therapeut, omdat hij het kon ‘containen’, zo noemde ze dat. Te groot zeer durft zich alleen te tonen als het helemaal zeker weet dat de omgeving tenminste veilig is, volgens Danny.

‘Gaat, gaat, ge, hem, als, als ge hem, ziet, veel groeten, ja, nee, doen, van, van mij?’

Lucas knikte.

‘Of nee, nee, vra-, vragen, nee, zeggen, dat...’ Ze keek weg, maakte een machteloos gebaar met haar hoofd en haar schouders.

‘Hij zal blij zijn dat ge naar hem hebt gevraagd. En ik breng hem zeker nog eens mee, hij was heel enthousiast de vorige keer, dus hij zal dat graag willen.’

De frustratie bleef aan haar gezicht kleven. Er waren dagen waarop ze het niet verdroeg, dat monster dat haar belemmerde om te zijn wie ze eigenlijk was, wie ze had kunnen zijn, als haar leven zijn gewone gang had mogen gaan.

Lucas wist nooit zo goed wat te doen in zo’n geval. Misschien eens over iets anders beginnen, dacht hij nu.

'Is ma nog langs geweest?'

'Eén, één keer, toe-, toevallig juist nog, twee dagen, geleden.' Suzanne knipperde almaar met haar ogen terwijl ze dat zei.

'En hoe was het?'

'Het-, hetzelfde.'

'Heeft ze verteld dat ze mij heeft opgebeld?'

'Ja, ja, ja, ze, ze, zei dat er, er met u, niet te, te, te praten viel.' Suzanne lachte. Mensen leren lachen met de dingen waar ze nooit over uitgehuild zullen geraken, had Lucas door haar geleerd.

'Wij zijn vréselijke kinderen,' Lucas lachte mee, 'en ik natuurlijk het meest van al. Gij zijt tenminste nog echt ziek.' Terwijl hij het zei, had hij al spijt. 'Ik bedoel... Ik wou het niet...'

'Ik, ik, ben dat, ja, nee, in-, inderdaad. Denkt, denkt ge, dat, dat ik, dat, dat, zelf niet, weet, of, of zo? Zie, mij hier, zitten.' Ze schaterde nu. 'Wij, wij, heb-, hebben, allebei het, het, recht ver-, verworven om ver-, vervelende kinderen, te zijn. Gij, gij, evenveel als, ik.'

Lucas glimlachte naar zijn zus, reageerde niet op wat ze zei.

Hij was altijd tekortgeschoten. Elke avond lag hij doodstil te luisteren onder de zware deken. Zijn wereldbol aangeknipt, ook al mocht dat niet. Die gaf toch maar een beetje licht, dus was het ook maar half ongehoorzaam. Hij concentreerde zich op elk geluid. Hoorde hij voetstappen, dichtslaande deuren, stemmen misschien? Was er nog iemand, of hadden ze hen alleen gelaten? Sommige nachten waren er geluiden, af en toe dichtbij zelfs, en toch kon hij ze niet plaatsen. En dan bleef hij gewoon in zijn bed. De jongen die waakte deed niks. Hij wist ook niet waar hij hen tegen probeerde te beschermen. En toch bleef hij die weinig zinvolle taak op zich nemen, elke nacht weer, zolang hij het vol kon houden, tot de slaap hem toch te pakken kreeg, en de dromen, de dromen waaruit hij zo vaak in paniek ontwaakte.

Plots zwaaide de deur open. Suzanne schrok op. In de deuropening stond een man in een rood T-shirt en een jeans verschrikt de kamer in te staren.

‘O, verkeerd,’ zei hij toen, en hij trok de deur gauw weer dicht.

‘Gerard,’ zei Suzanne, alsof dat alles verklaarde.

Lucas moest er niet aan denken dat hij zo zou moeten leven, zonder de minste privacy, maar hij glimlachte alleen maar. Wat benoemd wordt, bestaat in heftiger mate, vreesde hij.

‘Hebben jullie het dan eigenlijk ooit wel eens over vroeger, ma en gij?’

Suzanne schudde haar hoofd, beslist.

‘Ik heb me na dat telefoontje wel weer afgevraagd of ik dat toch niet moest proberen, of zij misschien niet…’ Hij vroeg zich af hoe die zin verder moest, hij wist het niet.

‘Hebt ge, ge, een, nee, ja, schuld-, schuldgevoel?’

Lucas wiebelde een beetje met zijn hoofd. ‘Nee, of ja, rationeel alvast niet. Gezien hun reactie toen, had ik geen andere keuze, vond ik. Maar…’

‘Dan, dan, zijt, ge, een, een, slechte, zoon?’

‘Ik weet dat ik dat ben.’

Al tijdens zijn zin wapperde ze met haar hand. ‘Niet.’ Groter kon ze haar ogen niet maken, verontwaardiging was haar domein van expertise, als het om een ander ging dan.

‘Zo zien anderen dat wel, hè, als ge breekt met uw ouders. Mensen hanteren de gangbare morele code en die gaat uit van dankbare dienstbaarheid tegenover uw moeder en vader.’

‘Dan, dan, moe-, moeten het, ook wel, ouders, zijn.’ Het raakte haar, niet alleen om hem, maar voor zichzelf, dat kon hij zien. Ze haalde wat schokkerig adem. ‘Men-, mensen, weten niks. Wil-, willen het ook, liever niet, weten.’

‘Maar gij ziet haar toch nog, ook al is het maar af en toe.’ Hij hoopte dat ze dat niet hoorde als een verwijt.

‘Sinds, ik, ik, ik, ja, nee, heb geleerd om, mijn, grenzen, te, te, be-, bewaken.’

‘Dus jullie praten nooit over vroeger of over iets wat ertoe doet?’

'Maar nee, dat, dat, dat, weet ge toch.'

Ze zwegen allebei even. Het was zo moeilijk te geloven, ook al wist je het al eeuwen, dat ouders niet alleen niet waren wie ze moesten zijn, maar dat ook nooit zouden worden, zelfs niet heel even, niet één moment in één gesprek.

'Juist, juist, omdat ze het, ja, nee, wéét.'

'Denkt ge? Of zegt uw therapeut dat?'

'Ook.'

Lucas keek naar haar, haar huid was eerder grauw dan rozig. Ze zat vast alweer dagen binnen, dat was zelden een goed teken.

'Maar wat hebt ge daar dan aan, aan die bezoekjes?'

Suzanne zuchtte. Dat deed ze niet vaak.

'Ik, ik, ik, weet precies, ja, nee, wat, wat ik van haar, mag, verwachten.'

'Ge bedoelt: niks?'

'Niks, dat aan, aan, aan, een moeder, doet denken, nee.'

'Maar wat blijft er dan nog over? Het is toch alleen maar confronterend, denk ik dan, waarom zoudt ge uzelf dat aandoen?'

Suzanne wreef met een paar vingers langs haar kin, haar mond. 'Gro-, gro-, grote eenzaamheid, maakt, maakt, veel mogelijk. Een, een mens, moet, moet, moet... Ik pro-, probeer...'

Ze viel stil, glimlachte naar Lucas. Die lach had niks te maken met wat ze wou zeggen, maar alles met hem. Zij stelde mensen gerust. De omgekeerde wereld, maar al zo lang de hare. Hij wou dat hij wist wat hij moest zeggen, nu. Suzanne stond op, liep naar het raam, zette het open en stak een sigaret op.

'Mag dat in de kamer?' Hij vroeg het met een grijns.

Ze schudde weer van nee.

'Stout zijn, is, is, is, ook wel eens, leuk.' Ze keek erbij als een meisje. Dat had ze soms, dat ze heel even de revolterende puber werd die ze nooit was geweest, nooit had kunnen zijn.

Lucas voelde de kou de kamer in kruipen.

'En, en, en, met, Isabelle?' Zij sprak de 'le' op het eind nooit uit.

Lucas had geen zin om de naam Julien ook maar te vermelden, merkte hij. 'Ze is het beu aan het worden, denk ik, wat ik haar bezwaarlijk kwalijk kan nemen, hè.'

'Het on-, onbestemde, dat, dat, dat, kunnen men-, mensen, niet verdragen.'

Dat was waar, moest Lucas denken. Beklaagden hebben het doorgaans lastiger in voorarrest dan wanneer ze hun vonnis horen, zelfs al is dat zwaarder dan wat ze hadden gevreesd.

'Ik weet het wel: duidelijkheid helpt tegen alles. Maar...'

'Veel, veel, mensen, nee, ja, lo-, lopen er nochtans al-, almaar van weg. Ze, ze, zijn, bang, van, van, van in-, inzicht.' Ze blies de rook naar buiten. 'Ze, ze ver-, verkiezen de ge-, geruststellende leugen, boven, boven, boven de on-, oncomfortabele, waarheid. Tot, tot, de waarheid zich, niet, niet, meer, laat, ver-, verstoppen.'

Lucas dacht na over wat ze zei.

'Doe ik dat ook, vindt gij? Zegt ge dat nu daarom?'

'Het, het, is, ook, ook, eng.'

'Is dat een ja?'

Suzanne glimlachte, heel even maar.

'Zegt gij het mij dan: waarom hak ik de knoop niet gewoon door?' Lucas wreef langs zijn baard. 'Ik stel vast dat ik niet terugga, dat ik zelfs niet altijd terugbel als ze mij probeert te bereiken, dat ik geen groot...' Lucas slikte de rest van die zin in. 'Maar tegelijk, alleen al het idee van afscheid te moeten nemen, van te breken, ik...'

'Ben, ben, bang,' vulde Suzanne aan, met die glimlach van daarnet.

Hij wilde niet leven in de waakstand, maar het klopte misschien wel, alleen al het woord 'breken' maakte hem onrustig.

'Maar ja, dat zegt dan toch ook iets, die angst is dan toch een bewijs van onze...'

'Mis-, misschien, zegt het meer, nee, ja, over, over, u, dan over, jullie.'

Suzanne drukte haar sigaret uit in een plastic bekertje en tikte een nieuwe uit het pakje.

'Gaat gij nu meteen nog een tweede roken?' Het flapte eruit. Het was alleen maar bezorgdheid, maar dan nog, het laatste wat hij wilde was de vermanende grote broer spelen.

'Niet, niet, de aandacht, nee, ja, af-, afleiden, gij.'

Lucas dacht na. Het zou wel kunnen. Hij zag zichzelf niet als de man die ergens mee brak, die iemand in de steek liet. Hij was niet degene die majestueus faalde. Niet de kerel die het alleen wel kon klaren. En hij hield toch van zijn vrouw?

'Ik hou van Isabelle,' zei hij.

Suzanne stak de sigaret op, inhaleerde.

'Ja,' zei ze. Verder niks. In haar ogen bleven de zeventien zinnen steken die ze ook nog zou kunnen zeggen.

Lucas liet haar roken. Suzanne keek schichtig naar de deur. Het bleef moeilijk voor hem om te zien, ook na al die jaren, hoe gehavend ze was, en in even grote mate: hoe slim ze uit de hoek kon komen, hoe scherp haar analyses waren, hoe gretig het optimisme waarin ze grossierde, terwijl hij daartoe, haar opties overschouwend, weinig redenen zag. Toegetakelden wisten vaak een extra reservoir te vinden waar moed opgeslagen ligt. Zij was verdomme dapperder dan hij.

Hij keek de kamer rond. Alles compacter dan de dingen doorgaans waren, en het stond te dicht bij elkaar ook. Hij zou het hier geen twee dagen vol kunnen houden. Lucas' telefoon trilde. Hij haalde hem tevoorschijn. Isabelle belde hem.

'Als, als, als ge moet… doe maar, hè.'

'Nee, nee, ik eh…'

Lucas stak het toestel weer in zijn binnenzak.

'Aan, aan, uw ge-, gezicht, ja, nee, te zien, is, zij het.'

Nu was hij degene die alleen maar lachte.

Suzanne liet de tweede peuk verdwijnen in het bekertje.

'En hoe, hoe, hoe gaat het, nu, nu, met die, man?'

Lucas keek haar vragend aan.

Zij wees naar Lucas' neus.

'Ah, ja tuurlijk, met hem. Geen idee. Ik kan me moeilijk voorstellen dat het beter met hem zou gaan, maar ik moet geloven van wel.'

'Triest.'

Suzannes blik dwaalde weer af naar de deur. Zij voelde zich makkelijk belaagd, vandaag. Dat had ze soms.

'Denkt gij dat het goed is geweest dat ik hem van die brug heb gesleurd?'

'Le-, leven, is, is, is, nog altijd, het, beste wat we, heb-, hebben.'

Lucas wilde niet zien hoe ze dat zei, maar het was al te laat.

'Ik heb van Georgette nog een postkaart gekregen,' zei hij om de sfeer te doen kantelen, en omdat het waar was. 'Ze schreef dat de medicijnen goed leken te werken, dat ze nog niet compleet zot was geworden, en dat Etienne elke ochtend zegt dat hij zo blij is dat hij naast haar wakker mag worden. Zo lief allemaal. Het een happy end noemen zou overdreven zijn, maar ik was toch echt blij toen ik het las.' Hij hield Suzanne in de gaten. 'En dat ik dringend eens een glas moest komen drinken.'

Suzanne knikte alleen maar. Ze keek rusteloos om zich heen.

'Wilt ge toch niet even naar buiten? Frisse lucht en zo, en dat dat goed is voor een mens?'

Ze schudde het hoofd.

'Ook niet om uw broer een plezier te doen?' Hij hield zijn hoofd schuin, trok een gespeeld smekend gezicht. Het leek hem zo bedrukkend, dat binnen zitten, en misschien moest er iemand gewoon even helpen om de stap te zetten, dacht hij. Hoopte hij.

Ze keek alleen maar, met iets van groot verdriet, nu hij haar ook nog tot degene bombardeerde die niks voor haar broer wilde doen.

'Ik bedoelde alleen maar...'

'Weet, weet, weet, ik wel.'

Haar blik ging opnieuw naar de deur. Waarschijnlijk was het beter als hij weer vertrok. Hij keek naar haar. Zij staarde naar nergens.

'Ik ben zo weg,' zei hij.

'Ja,' antwoordde zij.

DRIEËNTWINTIG

'Maar uw ander huis wil ik ook wel eens zien.' Riley zei het zachtjes. Hij keek met die blik waarvan hij inmiddels wel had begrepen dat Lucas het moeilijk vond om zich er niet door te laten vermurwen.

'Vandaag niet, Riley. Ik moet een ernstig gesprek voeren, en dat doet ge met zijn tweeën, snapt ge?'

Riley knikte ernstig.

'Met uw vrouw?'

'Ja.'

'Gaan jullie dan scheiden?'

'Waarom vraagt ge niet: maken jullie het dan weer goed?'

Riley trok zijn pet verder over zijn hoofd, beet op zijn lip, haalde zijn schouders op.

'Ik zie dat ge iets wilt zeggen, Riley, doe maar.'

Riley aarzelde, staarde naar buiten.

'Als jullie het goedmaken, dan gaat ge weer daar wonen, en dan zijt ge niet meer hier.'

Lucas keek naar de jongen, hoe hij daar stond, verloren in dat teveel aan vlees, met zijn eeuwige pet. Hij wilde hem omarmen, beloven dat alles altijd goed komt, hem zijn moeder teruggeven, en dat er nooit iets was gebeurd.

'Weet ge wat? Laten we anders eens echt iets afspreken. Dat we dan iets doen wat gij leuk vindt. Wat denkt ge?'

'Naar Aquamundia,' zei hij meteen, alsof hij al eeuwen op die vraag had zitten wachten, 'daar is Wesley ook geweest en hij vond dat de max.'

Lucas zag een massa voor zich met witte benen, harige ruggen en wapperende zwemshorts, wachtrijen aan glijbanen, jacuzzi's waar vreemde voeten de jouwe konden raken, en Riley en hij daarin? Hij betreurde meteen zijn al te open voorstel. Maar de jongen stond te stralen.

'Zelfs dat wil ik misschien overwegen, omdat gij het zijt,' lachte hij. Hij wou hem graag gelukkig maken. 'Maar nu moet ik vertrekken.'

Riley kwam niet meteen in beweging. Hij speelde met de rits van zijn openhangende jas, speurde om zich heen, aandachtig, alsof hij iets zocht wat hij was kwijtgeraakt.

'Is alles oké, Riley?'

Riley knikte.

'Ook thuis en zo?'

Hij knikte weer. Lucas zag zichzelf weer staan als kind van die leeftijd, opgesloten, opgeslokt door al wat hij niet begreep.

'Als er iets aan de hand is, als er dingen zijn waarover ge wilt praten, moogt ge dat tegen mij altijd doen, hè.'

Riley reageerde niet.

'Vroeger was het mijn job om naar mensen te luisteren, dus.'

'Hè, hoezo?'

'Ik was rechter.'

Hij dacht na, grijnsde. 'Hebt gij dan zo'n jurk?'

Lucas lachte. 'Een toga ja, en zo'n wit ding.' Hij tekende de vorm met zijn vingers. 'Een bef.'

Riley grinnikte. Dat was de eerste keer vandaag.

'Doe dat eens aan dan.'

'Wie weet, een keer. Maar het punt is dus: ge moogt altijd alles vertellen tegen mij.'

Riley keek hem nu pas echt aan. 'Ik wou gewoon graag hier zijn. Maar ik snap wel dat ge weg moet.'

Riley ritste zijn jas dicht, draaide zich om en liep in de richting van de voordeur. Lucas wist niet wat hij het onverdraaglijkst vond: dit soort dapperheid of juist de momenten waarop de jongen verslagen leek, een moegetergde soldaat die weer wordt opgeroepen naar het front. Hij liep hem achterna.

'Trouwens, ik heb nu al zeker een keer of zes, zeven dat nummer gebeld dat ge mij hebt gegeven, en er wordt nooit opgenomen, ge zijt toch zeker dat dat het juiste is?'

'Ja. Maar papa kan niet opnemen als hij slaapt of bezig is, of ja... Hij belt niet zoveel. Dus.'

'Vraag hem anders eens of hij mij contacteert?'

Riley antwoordde niet echt, mompelde iets onverstaanbaars, trok de voordeur open en liep naar buiten. Zonder nog om te kijken riep hij: 'Terugkomen, hè.' Hij liet het stoer klinken.

Riley tikte met zijn schoen tegen de standaard van zijn fiets.

'We moeten nog een dag afspreken,' Lucas brulde harder dan nodig.

Riley ging op het zadel zitten, maakte aanstalten om te vertrekken.

'Volgende week zaterdag?'

'Top.'

De jongen stak een duim omhoog. Op een te kleine fiets verdween hij langzaam uit Lucas' gezichtsveld. Zwemmen, dacht Lucas, in zo'n nepparadijs, het idee alleen al. Hij bleef hem nakijken tot hij hem niet meer kon zien.

Nog drie straten en hij was er. Lucas voelde weer hoeveel hij van de stad hield, al dat morsige leven overal, de assertieve fietser midden op de weg, de uitpuilende vuilnisbak op de hoek van die ene straat, de licht scheefgezakte muur van een gebouw dat al jaren stond te verkommeren, die spelfout in het menu op het krijtbord voor dat Vietnamese restaurant. Onvolkomenheden in de details maken de schoonheid van het geheel, vond hij.

Lucas reed zijn straat in, zijn hartslag verhoogde, alsof hij clandestien opereerde. Hij twijfelde heel even of hij de garage in zou rijden, de afstandsbediening lag nog in de bekerhouder. Er brandde licht beneden. Hij hoopte dat er nog deodorant in zijn handschoenenkastje lag. Hij reed langzaam hun huis voorbij en vond een parkeerplaats op het pleintje iets verderop.

Hij zette de motor af, bleef nog even zitten. Het was maar een paar honderd meter lopen, het voelde als een wereldzee die hij zwemmend ging proberen over te steken. Hij zocht en vond een deo, maakte een paar knoopjes van zijn hemd open om erbij te kunnen. Zo, dat was al beter.

Hij sloeg een paar keer op het stuur om zichzelf op te peppen, stapte uit, drukte het knopje van de transpondersleutel in, de lichten knipperden. Hij zette een paar stappen, draaide toen weer om. Had hij op het juiste knopje gedrukt? Hij trok aan een handvat. Wel degelijk dicht. Hij organiseerde zijn eigen vertragingsschade. Hij begon te lopen.

Waarom had hij Isabelle eigenlijk niets laten weten? Was het stiekem ook een controlebezoek? Vreesde hij nu Julien aan te treffen, het hemd gehaast in de broek proppend, het gezicht op schuldig of nog erger: triomfantelijk. Of hóópte hij juist Julien aan te treffen, die voor Lucas een wijnglas uit de kast nam, omdat hij al wist waar hij dat allemaal kon vinden. Was er iets slaps in hem wat ernaar verlangde dat Isabelle de beslissing zou nemen?

Hoe dichter hij hun huis naderde, hoe zenuwachtiger hij werd. Wat zou hij zeggen als de deur openging? En nadien, als hij binnen was? Hoe zou het voelen? Hij dacht terug aan al die keren dat hij moeilijke vonnissen had uitgesproken, advocaten had terechtgewezen, al die momenten waarop hij na harde verhoren had beslist dat mensen aangehouden bleven. Hij kon dit, komaan, hij moest dit kunnen. Hij rechtte zijn rug, liep door en opeens stond hij voor de deur van hun huis.

Hij snuffelde nog snel aan zijn oksels bij wijze van ultieme controle, en drukte toen op hun deurbel. Dat had hij nooit eerder gedaan. Hij gleed met twee vingers nerveus langs zijn baard. Hij hoorde stappen, geen stemmen. De deur zwaaide open. Verbazing op het gezicht van Isabelle. Had haar dode moeder hier gestaan, haar ogen waren niet groter geweest.

'Maar... gij hier? En hoe ziet gij eruit?' Haar stem klonk hoog, hoger dan normaal.

'Ja, ik dacht...' Hij kuste haar vluchtig. 'Die neus is gewoon gebroken, een ongelukje, niks eh, ergs...'

Ze liep door de gang de woonkamer in. Hij volgde, een hond drentelend achter zijn baasje. Lucas keek om zich heen. Ze was alvast alleen thuis, zo te zien. Op het eerste gezicht leek er niks veranderd. Alle foto's stonden en hingen er nog, ook die van hen samen. Hij zag de stervende plant die in zijn afwezigheid de dood nog iets dichter was genaderd, het tapijt met het gat erin gebrand van die keer dat Pippa het een goed idee vond om een kaars wiebelend op een bordje mee te nemen naar de keuken, dat Eames-bijzettafeltje dat hij van Isabelle had gekregen voor een verjaardag, hij wist niet meer welke, de jarenvijftiglamp die ze samen hadden gekocht op een rommelmarktje in Praag. Zo veel spullen, bewijzen van een geleefd leven. Er lag een plaat op de draaitafel van de pick-up, hij vroeg zich af welke.

'Eh, ja, wilt gij iets drinken? Of ja, neem u iets, als ge...'

Isabelle glimlachte opgelaten, ze draaide met haar rechtervoet op haar hak heen en weer.

'Ja, ik zal...' Hij liep in de richting van de keuken. 'Is er nog van die rode wijn die we uit Galicië hebben meegebracht?'

Toen hij al bij de deur van de kelder stond, hoorde hij Isabelle vanuit de woonkamer: 'Nee, die is op. Er staat een geopende fles rood op het aanrecht.'

De slowjuicer, de thermomix, de espressomachine, hij had het allemaal geen moment gemist. Het verbaasde hem bijna dat hij al die spullen had bezeten, of ja, bezat. Hij trok een kast open, nam een glas en schonk zichzelf bescheidener in dan hij thuis zou doen, in zijn huis zou doen, corrigeerde hij zichzelf.

Hij liep terug naar de woonkamer. Isabelle was in de eenpersoonsfauteuil gaan zitten, haar benen gekruist, een voet licht op en neer wippend. Hij koos de grote sofa. Die zat ontelbare keren beter dan het erfstuk van Francine, dat moest hij toegeven.

De radio stond aan, afgestemd op de klassieke zender zonder gepraat ertussendoor. Hij stond zo zacht dat het Lucas nu pas opviel. Schubert, vermoedde hij, maar geld zou hij er niet op durven inzetten. Isabelle was degene die hem ervan had overtuigd om toch weer naar klassiek te luisteren. Hem deed het altijd aan vroeger denken, aan zijn ouderlijk huis waar nooit iets anders werd gedraaid. Hij moest er gewoon nieuwe herinneringen bij creëren, beweerde Isabelle, en zij speelde het constant als ze beiden in huis waren. Hij gaf toe: dat had geholpen.

Lucas bleef maar om zich heen kijken, elk detail in zich opnemend, alsof hij alles voor het eerst zag, of voor het laatst en herinneringen moest opslaan, voor later.

'En waaraan heb ik deze verrassing te danken?'

Isabelle had nog geen glas, zag hij plots.

'O sorry, ik vergat te vragen of gij iets wou, ik dacht…'

'Nee, nee, geen probleem, ik hoef niks.'

Van bezoek zou hij het ongezellig vinden, maar dat was ze natuurlijk niet. Er viel een schuifelende stilte. Isabelle zat hem aan te staren, onderzoekend, de mond gespannen.

'Een man die wou springen,' zei hij, terwijl hij met zijn wijsvinger naar zijn neus wees en er schaapachtig bij glimlachte.

'Allee, dan weet ge weer waarvoor ge het allemaal doet,' zei Isabelle, haar toon zachter dan gewoonlijk.

'Tja.' Hij trok een mondhoek omhoog. 'En, hoe is het met u?'

'In vergelijking met wie?' Ze lachte.

Hij bleef haar gewoon aankijken.

'God ja, Lucas.' Niet haar eeuwige Lucky, maar Lucas. Het klonk vreemd steriel uit haar mond, zoals zijn vader hem vroeger met 'zoon' kon aanspreken, dan volgde er zelden iets prettigs. 'Ik heb hier niet voor gekozen, maar ik ben niet het type dat in een hoekje gaat zitten wegkwijnen. Ik werk hard, ik zie veel mensen.'

'Blij dat te horen.'

'Ja?'

'Natuurlijk, ik wil alleen maar goeie dingen voor u.'

Isabelle bestudeerde de hak van haar schoen, draaide hem alle kanten op, en toen keek ze weer naar hem. 'Weet ge, Lucas, ik word eigenlijk onnozel van dat bedaarde van u, dat sorry-maar-ja-ik-moet-nu-eenmaal-geneuzel, dat zogenaamde eeuwige begrip voor alle vervelende reacties op uw actie, dat eigenlijk uw egocentrisme moet camoufleren.' Ze legde haar handen op haar knie.

'Egocentrisme?' Er was veel wat mensen van hem konden zeggen, maar hij, egocentrisch?

'Egoïsme dan,' ze klonk geïrriteerd, alsof dit nu niet het moment was om aan kommaneuken te doen. 'Gij trekt eruit, zomaar, zonder de minste aanleiding of de minste uitleg...'

'Gij hadt niet gezien dat het eigenlijk al een tijdje niet goed met mij ging?' Lucas stelde de vraag open.

'Gij waart hetzelfde als altijd. Niet altijd een vrolijke frans, met uw gesomber over de teloorgaande wereld en zo, maar dat nam ik er gewoon bij.'

'Het klinkt weer als een feestje: met mij leven.'

'Nu niet de indruk wekken dat het hier over mij gaat, hè.'

'Het gaat over ons.'

'Nee, het gaat over u. Neem ten minste die verantwoordelijkheid. Gij hebt beslist om te vertrekken. Gij zit daar bij uw brug en gij weet niet wat ge wilt.' Ze wees bij elke gij naar hem. 'Ik weet niet waar we eigenlijk op zitten te wachten? Ge zit nu, wat is het, negen, tien weken daar? Ge hebt niks te doen.'

'Ik loop elke dag uren...'

'Ik bedoel: ge hebt hele dagen de tijd om alles te overpeinzen. Wat zou er nu nog duidelijker moeten of kunnen worden dan het al is? Ofwel mist ge iemand, of niet. Ofwel verlangt ge terug naar dit huis, naar uw leven, of niet. Ofwel zijt ge graag een lid van de samenleving dat zijn bijdrage levert, ofwel trekt ge u er als een heremiet uit terug.' Isabelle liet een stilte vallen.

Lucas zette een knoopje van zijn hemd open en trok zijn schouders naar achter. Hij zag zijn vader weer voor zich met een wiskundetoets in de hand waar Lucas een zesenhalf voor had gehaald. Hij had gezegd, zonder de minste stemverheffing: 'Het is aan u, ofwel gaat ge slagen in dit leven ofwel gaat ge mislukken. Uw verstand hebt ge van mij, dus het zal ervan afhangen of ge net zoals ik weet wat werken is of ervoor kiest om lui te zijn.' Lucas herinnerde zich nog dat hij het een compliment vond dat zijn vader hem zijn intelligentie toedichtte.

'Hoelang gaat gij de boel nog rekken?' Isabelle leunde naar voren. 'Ge hebt wonderwel onbetaald verlof gekregen, maar ge veroorzaakt voor al uw collega's flink wat ellende door deze kermis, hè, dat beseft ge toch? Hoe sneller ge terugkeert, hoe beter.'

Lucas rolde zijn mouwen op, het was hier warm.

'Ik kan me eigenlijk niet voorstellen dat gij daar zelf uw eigen toekomst ziet, op die brug, u buigend over de vijfentwintig sukkelaars per jaar die overwegen om te springen. Bon, dat is erg voor die mensen, maar...'

Lucas overwoog om dat foute getal te corrigeren, maar hij zag haar zitten, met haar felle blik, en zweeg toch maar.

'Als ge anderen wilt helpen, omdat ge zo graag een goed mens wilt zijn, wat ik nog ergens kan begrijpen, dan zijn er constructievere manieren, waar ge bovendien niet voor in dat niemandsland hoeft te gaan wonen.'

Hij dwaalde af naar de foto van Pippa op het tafeltje. Die was genomen toen ze terugkwam van haar reis naar Indonesië. Die avond waren ze met zijn drieën gaan eten in dat visrestaurantje waar Pippa zo dol op was, en daar had ze verteld dat ze het komende academiejaar in Zuid-Afrika haar studie zou voortzetten. Ze zei het beslist, wat haar betrof was daar verder geen debat over nodig.

Hij was niet het type dat haar zou beknellen, en Isabelle nog minder. Zij vond dat soort bewijs van zelfstandigheid een teken dat haar opvoeding geslaagd was. En toch had hij het gevoeld, hoe de sfeer gekanteld was toen Pippa naar het toilet ging en ze daar met zijn tweeën zaten. Een kleine voorafspiegeling van het bestaan dat wachtte. Een bestaan zonder de wilde energie die met Pippa binnen en buiten waaide, ze zouden op elkaar aangewezen zijn, alle dagen dat er geen vrienden en kennissen op bezoek waren. Het had maar die minuten geduurd dat ze van tafel was, en toch dacht hij dat hij zijn kleine radeloosheid in Isabelles rusteloze houding had teruggevonden. Misschien was het zijn verbeelding geweest. Of misschien typeerde het bovenal hem, hij als de man die eerder de onmogelijkheden dan de mogelijkheden zag, zoals zij altijd beweerde.

'Ge snapt toch wat ik bedoel?'

Lucas keek op, hij had niet alles meer gehoord van wat ze nog had gezegd, maar wilde dat niet toegeven. Hij nam zijn glas en zette het weer terug zonder ervan te hebben gedronken.

'Hebt gij iemand anders, Isabelle?'

Isabelle bleef onbewogen. Haar gezicht in de plooi, haar ene been beheerst over het andere, haar handen nog altijd stil op haar knie.

'Hoe komt ge daarbij?'

Zelf een vraag stellen, een bekend afweermechanisme.

'Ik hoorde zoiets.'

'Van wie?'

'Dat doet er nu toch niet toe. Is het waar of niet Isabelle?' Hij zei het kalm.

Het was niet aan hem om verwijten te maken, daar hoedde hij zich dus ook voor.

Isabelle plukte een stofje van haar rok en inspecteerde de mouwen van haar trui.

'En wat als het waar zou zijn?'

'Dan,' hij zocht naar woorden, 'zou dat in deze omstandigheden niet onbegrijpelijk zijn, maar het lijkt me dan wel onderdeel van het gesprek tussen ons, toch?'

'Het is nu niet meteen zo dat we dagelijks onze toekomst bespreken, hè. Als ik u bel klinkt ge doorgaans alsof er elders iets belangrijkers wacht.'

'Het spijt me als ik die indruk wek.' Hij nam nu toch een slok. 'Maar ge ontwijkt de vraag.'

'Wel dan,' ze pauzeerde even, 'ja.'

Lucas staarde naar het gat in het tapijt. Hij zag Julien voor zich die haar onstuimig kuste en iemand kneep met een hand in zijn hart.

'Is het Julien?'

Ze glimlachte.

Het raakte Lucas, zoveel was duidelijk, maar wat bracht het nu precies teweeg? Geïrriteerd, dat was hij misschien nog het meest van al, ontregeld over zijn snelle vervanging misschien, of was hij ontsteld door zijn eigen tekortschieten? Gekrenkt bij de gedachte dat Julien met zijn lul in... Die gedachte maakte hij niet af. Hij nam nog een slok. De wijn was geenszins even lekker als die uit Galicië. Zou ze die met hem hebben opgedronken?

'Bon. Gefeliciteerd.' Woorden die klonken als bijtende honden.

'Wat hadt ge gedacht? Dat ik als een schaap zou zitten wachten op uw blijde terugkeer? Dat ik mijn lot zomaar in uw handen zou leggen? Dat ik door gedwee gedrag zou bewijzen dat gij de enige echte zijt voor mij, zodat ge terug zou komen, uit medelijden desnoods? Klinkt dat als mijn manier om hiermee om te gaan?'

‘Nee, niet meteen, nee.’ Hij voelde zich een kind dat fout heeft geantwoord op een makkelijke vraag van de juf. Hij wreef met twee vingers langs de binnenkant van zijn hand.

‘Zeg nu eens iets.’ Ze klonk sec.

‘Wat moet ik zeggen?’

‘Ja, wat het met u doet.’

Lucas staarde naar de tuin. Er brandde licht op het terras. Hij was degene die altijd overal lichten uit liep te schakelen, Isabelle was eindeloos nonchalant in die dingen.

‘Ik weet het eigenlijk niet precies.’

‘Zijt ge nu te trots om toe te geven dat ge het pijnlijk vindt om te horen?’

‘Zou dat? Misschien.’

Lucas verdroeg het niet van zichzelf dat hij geen antwoorden klaar had, maar hij voelde alleen een dof soort ontbreken van plezier dat zich niet zomaar liet specifiëren.

‘Julien zou nooit op deze manier…’ Ze schudde het hoofd.

‘Wat?’

‘Laat maar.’

‘Nee, zeg het maar.’

‘Gij zijt degene die het moet zeggen,’ zei Isabelle nuchter.

‘Gij zijt degene met een affaire.’

‘Omdat gij mij de rug hebt toegekeerd.’

‘Ik zit hier toch.’

‘Ja, niet te weten wat ge ervan vindt dat ik elders de liefde heb gevonden.’

Hij slikte het woord ‘liefde’ door. Alle lichten waren aan, niet alleen dat ene bij de achterdeur. Hij overwoog om op te staan en het uit te gaan knippen.

‘Julien heeft me gevraagd of ik met hem naar de Dominicaanse Republiek wil, tijdens de kerstperiode.’ Ze kneep haar ogen een beetje dicht. ‘Ik hoorde niks over die skivakantie in maart, en ik wil zo graag weer eens het land uit, een keer niet voor het werk, bedoel ik. Gewoon, zalig niksdoen, zon, wandelen, lekker eten, plezier maken, ik kan het wel gebruiken.'

Hem had het nooit iets gezegd, een strandvakantie op een eiland waar er zo veel armoede vlakbij was, maar zij had het wel eens als een mogelijkheid geopperd, meende hij zich te herinneren.

'Ah zo.'

'Julien is ongelooflijk goed in staat om alles los te laten en zich totaal te ontspannen. Piekeren is iets voor mensen die te weinig omhanden hebben, zegt hij altijd. Zoals eenzaamheid, het vraagt tijd om die te kunnen voelen. Daar moet ge eens bij stilstaan, dat is juist, hè?'

Hij hoorde wat ze zei. 'Slimme kerel. Klinkt als een *catch*.'

'O, hij is toch jaloers.'

Het viel weer stil. Violen vervolgden zwierig hun weg. Zijn gedachten walsten alle kanten op. Isabelle zat hem als een havik te bestuderen.

'Hé, gij, geef het dan toe.'

'Wat?'

'Dat ge jaloers zijt,' ze rolde met haar ogen, glimlachte plagerig.

'Wel, ja, ongetwijfeld ja.'

Ze bleef hem aankijken, zij verwachtte nog meer, maar hij bleef stil. Hij wist amper wat er door hem heen ging, laat staan wat hij nog zou moeten zeggen. Hij richtte zijn blik weer naar buiten. Hij nam nog een slok. Zijn glas was bijna leeg. Zou ze hem vragen of hij nog wat wijn wou? Of zou ze liever hebben dat hij vertrok? Zou Julien nog komen? Of ging ze straks bij hem slapen? Hij keek naar haar. En toen begon ze te lachen. Een hoge giechellach, zenuwachtig bijna.

'Ge zoudt uw gezicht moeten zien.' De lach nog een verdieping hoger nu. 'Natuurlijk heb ik niks met Julien. Met Julien? Het idee alleen al!' Ze riep bijna, de lach klonk geforceerd. 'Ik heb hem een paar keer gezien, ja, de voorbije weken, en hij zou wel willen, denk ik, maar zo wanhopig ben ik niet.' Ze liet zich in de fauteuil zakken en blies demonstratief. 'U maakt ge toch ook alles wijs.'

Lucas wreef over het hoogste kootje van zijn linkerduim, dat voelde harder dan dat van de andere duim, hij wist niet hoe dat kwam. Hij bleef maar naar zijn handen staren. Hij moest terugdenken aan zijn vader, die keer in de auto. Ze waren zijn moeder naar haar zus gaan brengen, bij wie ze een week ging logeren, omdat ze er even uit wou, even weg moest van huis, zo had ze dat gezegd. Hij moest toen een jaar of zes zijn geweest, Suzanne was nog een peuter.

Het liefst was hij ook bij zijn tante gebleven, want zij had een hond, een teckel die Dickie heette. Hij had met hem gespeeld en hem geaaid en brokjes gegeven, en Dickie was rond hem blijven draaien. Meteen onafscheidelijk, aanhankelijk zoals honden dat kunnen zijn. Omdat hij heel goed wist dat blijven logeren geen optie was, had Lucas een ruil voorgesteld. Dat zijn moeder daar zou wonen even, maar dat Dickie met hen mee zou komen, dan kon hij het beestje aan Rita laten zien. Niemand had zelfs maar gereageerd op zijn voorstel.

Toen ze in moesten stappen, had hij tegengesputterd, en tijdens het rijden was hij gaan zeuren. Misschien was hij zelfs echt stout geweest, hij kon zich niet meer herinneren hoe het precies was gegaan. Op een bepaald moment had zijn vader gevraagd of hij dan liever níet mee terug naar huis wou misschien? Lucas had wel gehoord dat zijn vader boos was, maar toch had hij – misschien omdat ze in de auto zaten, zijn vader voorin en Suzanne en hij veilig op de achterbank – eerlijk geantwoord: 'Ja.' Daarop was zijn vader meteen op de rem gevlogen en aan de kant van de weg gaan staan. Een tweebaansweg waar auto's flink gas gaven. Hij had gezegd: 'Stap dan maar uit.'

Lucas had hem verbouwereerd aangekeken. Hij was blijven zitten waar hij zat natuurlijk. 'Eruit! Nu.' Hij riep het bijna, de man die zelden zijn stem verhief, omdat dat ook niet nodig was. Suzanne begon te huilen. 'Ik meen het.' Aarzelend was Lucas uitgestapt, hij hield het portier op een kier. 'Doe die deur dicht. Het is terug, hè.' Hij wees in de richting van waar ze kwamen. 'De straat heet "Meibloemweg", als ge het niet meer weet, kunt ge de weg vragen.' Lucas hield de greep vast, hij zocht zijn vaders blik, maar die had zich alweer omgedraaid, handen aan het stuur, klaar om te vertrekken. Suzanne bleef stil snikken. Hij hoorde auto's voorbijrazen, voelde de wind in zijn nek. Uiteindelijk had hij de deur dichtgeslagen en was zijn vader weggereden.

Onthutst had hij hem zien vertrekken. Het opwaaiende stof was weer gaan liggen, de auto verdween in de bocht. Hij had geen idee hoe hij moest lopen, en straks werd het donker. Hij had zichzelf erom gehaat dat hij niet beter had opgelet. Er vlogen vogels op uit de kruin van een grote boom, met tientallen tegelijk, alsof ze hem wilden laten weten dat hij niet alleen was. Hij begon te lopen in de richting van zijn vaders vinger. Hij had niet gehuild, hij kon zich niet herinneren of hem dat moeite had gekost. Hij had geprobeerd om aan Dickie te denken.

Misschien had het maar tien minuten geduurd, maar in zijn beleving leek er een eeuwigheid gepasseerd toen zijn vaders auto opeens weer naast hem stopte, op de splitsing waar hij stond te twijfelen tussen links of rechts, en zijn vader hem wenkte: kom. Lucas had bedremmeld weer plaatsgenomen op de achterbank. 'En gij begint dan echt te wandelen, gij geloofde dat ik u hier achter zou laten? Domme jongen.' Vanaf die dag lette Lucas tijdens elke rit heel goed op hoe ze precies reden.

Lucas wreef met zijn handen over zijn gezicht en ging rechtop zitten. 'Ik ga vertrekken.'

Hij dronk zijn glas leeg en zette het weer op het bijzettafeltje, het liet een kring achter.

'Allee, wat is dat nu voor zever?'

'Goh, Isabelle, ik ben gekomen... Ik meende het goed, maar...' Hij schudde zijn hoofd.

Hij liep naar de tafel, nam zijn jas van de stoel en trok hem aan.

'Doe nu niet zo flauw. Ik weet niet waar gij dat gerucht hebt gehoord, maar toen ge dat zei… Ik mag nu toch ook wel eens…'

'Natuurlijk moogt gij alles. Maar gewoon, we horen mekaar nog wel, ik ben nu…' Hij knoopte zijn jas dicht. 'Ik ga nu gewoon weg.'

Isabelle stond op en kwam voor hem staan. 'Begrijpt ge niet hoe vernederend het is dat ik blijkbaar moet bewijzen dat ik nog iets interessanters te bieden heb dan een fucking zelfmoordbrug? Gij begint dan over die onnozele Julien en dan is er een duiveltje in mij dat wil weten wat dat met u doet. Moet ge daar nu zo'n drama van maken?'

Lucas wou wel iets zeggen, maar hij kon niks anders dan daar staan. Hij wilde niet zitten, hij kon niet terugpraten, hij was op dit moment niet in staat om haar te geven wat zij van hem verlangde, dat was het enige wat hij wist.

'Realiseert gij u eigenlijk wel wat ge mij aandoet? Mij hier van de ene op de andere dag achterlaten? Juist op het moment dat de firma ook nog turbulente tijden beleeft? Waarin ik het nodig heb om thuis te kunnen komen en ook eens te ventileren. Baas zijn is gruwelijk eenzaam, dat wist ik altijd al, maar als ge nadien uw verhaal niet eens kwijt kunt… En gij staat daar minzaam de indruk te wekken dat ge niks méér weet dan toen ge vertrok, daar wordt toch ieder normaal mens zot van?' Ze kwam nog wat dichter bij hem staan. 'Zeg mij dan wat ik moet doen? Want ik weet het godverdomme niet meer.'

Isabelle keek hem aan. In Lucas' hoofd stond alles stil. Isabelle zette een paar stappen achteruit, liet zich in de fauteuil zakken en begon te huilen, heviger dan hij het zich van haar kon herinneren. Hij keek naar haar en voelde zich verschrikkelijk.

'Ge hebt gelijk,' mompelde hij, 'ik ben een vreselijke mens.'

Hij wist niet of ze hem gehoord had, ze reageerde niet.

'Ik doe u iets afschuwelijks aan, dat klopt.' Hij zei het harder nu.

Isabelle zat te snikken, voorovergebogen. Hij ging naar haar toe, legde een hand op haar schouder, wreef haar voorzichtig over de rug. Plots veerde ze op en omhelsde hem, twee armen klemden zich om zijn nek, een kind dat bang is van de afgrond.

'Niemand gaat u ooit nog zo graag zien als ik, ik hoop dat ge dat beseft.'

Hij voelde haar natte wang tegen zijn kin. Ze richtte haar hoofd op en kuste hem, voluit op de mond, haar tong zocht de zijne. Ze drukte haar borsten tegen zijn borstkas. Haar hand ging meteen in de richting van zijn kruis. Hij voelde zijn adem stokken. Het was allemaal zo lang geleden, dit. Ze knoopte zijn jas los, trok hem uit, maakte haastig zijn broek open, greep zijn slappe lul en trok eraan. Ze likte hem langs zijn nek, zijn linkeroor. Ze fluisterde: 'Ik wil dat ge mij neukt. Nu. Meteen.' Ze bleef met haar hand langs zijn lul op en neer gaan, hevig, alsof de tijd razend was. Maar stijf werd hij niet.

Ze ging op de sofa zitten, trok hem naar zich toe en nam zijn lul in haar mond. Ze speelde met haar tong langs zijn eikel en ging via de schacht tot bij zijn ballen. Lucas voelde hoe ze er een beetje in kneep. Normaal zou hij nu een joekel van een stijve hebben. In dat departement waren er nooit problemen geweest, maar nu gebeurde er niks. En hoe fanatieker zij tekeerging, hoe erger het zou worden, vreesde hij. Hij pakte haar bij de schouders beet en trok haar omhoog. Zij wilde hem kussen, maar hij hield haar hoofd tegen, zo zacht als hij kon, en hij zei sorry. Hij zag hoe ze naar hem keek, hij wou dat hij dat niet had gezien, hij wou dat hij die blik niet had veroorzaakt.

VIERENTWINTIG

Het rook er naar Rita, vond hij. Of het nu dezelfde Sunlight-zeep was, of het hout waarvan hun meubels waren gemaakt, hij wist het niet, maar het voerde hem terug naar haar. Als hij dacht aan zijn jeugd, trok hij daar de grens. Er was de tijd voor en na Rita.

Het was een buitengewoon charmant interieur. Ze zaten in de knusse salon die iets lager lag dan de ruimte met de elegante, lange tafel en de acht stoelen. Lucas vroeg zich af of ze vaak zes gasten tegelijk kregen.

Georgette schonk zijn kop nog eens vol en presenteerde hem het schaaltje met zandkoekjes.

'Zelf gebakken, ge doet er mij een plezier mee, anders eet ik ze allemaal zelf op.' Ze schaterde.

Dat had ze daarnet ook gezegd, precies zo. Ze nam twee koekjes, zette het bordje weg en gaf er een aan Etienne.

Hij stak het in één keer in zijn mond. 'Goed, hè.' Hij trok heel snel even zijn schouders op terwijl hij zijn ogen een paar seconden dichtkneep.

Zij legde een hand op zijn knie, en streelde die, achteloos bijna. Bevestigen kan op veel manieren, en zij koos voor de leukste.

Lucas beet in zijn koekje. Hij rook boter en vanille. Welbehagen heeft een geur, moest hij denken.

'Gij zit hier de hele tijd vragen te stellen aan ons, maar gij, Lucas, zijt gij getrouwd?'

'Ja.' Hij glimlachte. 'Achttien jaar nu. Isabelle heet ze. Ze is,' hij aarzelde even, 'bijzonder, ja, een bijzondere vrouw. Sterk ook.'

Georgette keek hem onderzoekend aan. 'Ik weet niet of ik dat zo mag zeggen, maar ik voel, tja, veel verdriet.' Ze liet het maar half als een vraag klinken.

Lucas schrok, hij slikte. 'Het is…' Hij zocht naar geschikte woorden.

'Ge hoeft het niet uit te leggen, ik wil niet nieuwsgierig vissen naar details. Ik zeg het maar zoals ik het denk. Ik heb geen tijd meer voor omwegen. Maar, denk ik dan ook: niemand heeft tijd te veel eigenlijk.'

Etienne raakte haar hand even aan. 'Goed kiezen is belangrijk.' Hij keek naar Georgette.

Zij kneep haar ogen dicht en legde haar voorhoofd even tegen zijn schouder.

Er viel een stilte. De kat sprong op de vensterbank, ze vond het buiten interessanter. Ze krabde met haar poten tegen het venster. Zij lieten het gebeuren.

Etienne leunde met zijn ellebogen op zijn knieën. 'Weet ge waar ge mij een plezier mee zou doen? Dat ge iets zou uitkiezen, om mee te nemen.' Hij wees met een snelle cirkelbeweging de kamer rond. 'Ik bedoel: van de meubels, hè.'

'Ze kwamen vanuit Nederland en overal, voor zijn meubels. Hij was toen zijn tijd vooruit en daardoor hebben ze iets tijdloos, vindt ge niet?' Georgette glimlachte vol trots.

'Ja, ze zijn prachtig. Maar ik kan toch niet…'

'Toch wel, het staat hier te vol, dat zeggen we al jaren, hè schat.'

Georgette knikte enthousiast.

'Bon, als ge het graag ziet, hè, ge moet u niet verplicht voelen natuurlijk, maar omdat ge zei…'

'Nee, nee, dat is het niet, ik vind het, zoals ik al zei, echt fenomenaal wat ge maakt, alleen, dat is te veel, en het zijn uw meubels. Ik kan toch niet…'

Georgette onderbrak hem: 'Laat ons nu alstublieft iets voor u doen, na al wat gij voor ons hebt gedaan. Ge beseft niet half wat gij betekent voor anderen, denk ik.'

Lucas voelde zich ongemakkelijk en ontroerd tegelijk. 'Menen jullie dat nu?'

Ze knikten allebei.

Lucas voelde dat blijven tegenpruttelen alleen maar vervelend zou worden. Hij keek om zich heen naar alle spullen en bleef hangen bij een bijzettafeltje dat ook iets van een klein kastje had, met lades in twee kleuren groenblauw en dunne, schuine pootjes.

'Goeie keuze,' zei Etienne die zijn blik gevolgd had, 'dat vind ik zelf ook een van mijn betere.'

'Ja, maar dan…'

'Het is voor u,' zei Georgette. 'Gij verdient het zo.' Ze lachte. Al haar rimpels deden mee. 'Om zo veel redenen.'

Lucas vroeg zich af of hij ooit al eens een cadeau had gekregen dat hem zo had getroffen.

'Ik weet niet wat ik moet zeggen, ik vind het echt… Dankuwel. Het is schitterend.' Lucas liep ernaartoe en ging er op zijn hurken voor zitten, voelde met een hand langs het hout. 'Ik ben er ontzettend blij mee.'

De kat kroop op de sofa, tussen hen in. Etienne krabde de kop van het beestje. Georgette stond op, pakte de koffiekan.

'Nog een kopje?'

Lucas zat hier al veel te lang, eigenlijk, hij moest terug naar zijn brug.

'Welja, nog eentje als dat mag.'

VIJFENTWINTIG

De buis spuwde Riley met een rotvaart het water in. Sputterend kwam hij boven, hij peddelde naar de rand en glimlachte breed naar Lucas terwijl hij via het trapje weer omhoogklom. Lucas had zich in tijden niet meer zo belachelijk gevoeld als in deze zwemshort. Fluokleuren in een regenboogpatroon dat uitwaaierde van zijn knieën tot zijn navel.

Hij had zich nog onder dit dagje zwemparadijs uit proberen te lullen door Riley te melden dat hij in zijn nieuwe huis geen zwembroek had. Maar Riley wist de weg naar een sportwinkel waar je alles kon vinden, en goedkoop ook nog. Hij had gezegd dat hij niks liever wou dan naar Aquamundia, en hij had er zo enthousiast bij gekeken dat Lucas zijn laatste verzet had gestaakt. In de winkel was Riley naar het rek gelopen en had spontaan deze uitgekozen. 'Voor u? Verkocht,' had Lucas gelachen. Maar nee, dat was de ultieme zwembroek voor hém, vond de jongen. En vandaag ging alles over hem blij maken.

'En nu samen,' zei Riley, helemaal het kind dat hij ook nog was. Hij nam Lucas bij de arm en sleurde hem mee in de richting van de hoge trap waar een meute mensen stond aan te schuiven voor de langste glijbaan.

'Als ge op het einde die grote bocht maakt, dat is echt vet volgens mij.'

Hij had Riley nog nooit zo gretig gezien. Lucas haatte omgevingen als deze, de geur van chloor en kaaschips bij de zwembadbar, de zogenaamd wild woekerende oerwoudplanten die zo nep waren als de glimlach van de vrouw aan de kassa, de plastic afsluiting die het buiten- van het binnenbad scheidde en die niet alleen tegen jouw hoofd flapte, maar ook tegen dat van alle andere zwemmers, inclusief diegenen met hoofdschimmel en luizen.

Lucas probeerde elke aanraking met lichaamsdelen van vreemden te vermijden. Maar Riley walste overal fluitend doorheen, alsof er geen plek ter wereld was waar hij liever wou zijn, en dat maakte veel goed. Zo'n zachtgekookt ei was hij dan ook wel weer.

Ze hadden zeker een kwartier in de rij gestaan, maar nu was het hun beurt.

'Ga maar, ik zal niet te snel na u vertrekken, dat ge u niet moet haasten om u uit de voeten te maken beneden.'

'Nee, kom, samen.' Riley pletste met een hand op het plekje achter hem. 'Dan gaan we nog veel harder, ge zult het zien.'

Lucas vond het ongemakkelijk om zijn benen om de stevige jongen heen te slaan, maar de vrouw achter hem stond al geïrriteerd te zuchten en een meisje met veel sproeten zei dat bang worden nu geen optie meer was, omdat hij echt niet terug kon via de trap. Riley keek Lucas vragend aan, dus stopte hij maar gewoon met nadenken en drapeerde zijn benen rond die van Riley. De jongen nam Lucas' rechterarm en sloeg die om zijn middel. Lucas duwde af en daar gingen ze, heen en weer zwiepend in de bochten. Hij voelde het mollige vlees van Riley tegen zijn arm, rook de geur van plastic. Zijn maag wiebelde mee met al dat tuimelen in die claustrofobische buis. Riley brulde: 'Jihaa!' en liet zich door de snelheid tegen Lucas' borstkas aandrukken. En toen knalden ze samen het zwembad in. Riley kwam proestend boven water.

'De max. Nog eens!'

'En uw zoon?'

De vrouw, niet in badpak, maar in een short en T-shirt en met een zonneklep in het haar die verder geen enkele functie had, keek met vage vertedering van Riley naar Lucas en weer terug.

'Voor mij een cola,' zei Riley nog voor Lucas de kans kreeg om haar te corrigeren.

De jongen keek stralend naar hem op. Hij wilde zich hoegenaamd niet distantiëren van een man met een verbouwde neus en twee inmiddels vuilgele vegen onder zijn ogen.

'En misschien ook een pakje chips?' Hij piepte het er met een voorzichtige grijns achteraan.

'Omdat gij het zijt.'

Lucas nam plaats op een plastic stoel. Zijn regenboogzwembroek plakte tegen zijn vel. Dat alle bezoekers van deze tropicanabar er min of meer hetzelfde uitzagen gaf hem geenszins een beter gevoel. Maar Riley keek gefascineerd om zich heen. Hij nam het flesje cola en tikte het tegen het appelsap van Lucas aan.

'Schol.'

Hij trok zijn zakje chips open, nam er een, en presenteerde het aan Lucas.

'Nee, merci, het is helemaal voor u.'

Hij speelde enthousiast de chips naar binnen en liet het kraken.

'Wat vond uw papa ervan dat we hiernaartoe kwamen?'

Riley at lustig verder, slikte.

'Oké.'

Hij keek Lucas niet aan en nam meteen een nieuwe chip.

'Ge hebt het hem toch gezegd, zoals we hadden afgesproken?'

Riley knikte.

'En vond hij niet dat we mekaar eens moesten ontmoeten?'

'Papa heeft niet zo graag bezoek.'

'Waarom niet?'

'Wilt ge er echt niet eentje proeven? Ze zijn megalekker, met peper en zout, en met ribbels.'

‘Oké, eentje dan.’

‘Chips met ribbels zijn de lekkerste. En Doritos met paprika, die ook.’

‘Ik wil jullie ook allemaal eens bij mij thuis uitnodigen, dan kook ik iets voor ons vieren? Of wij samen, voor iedereen?’

Riley keek naar de kleinsten in het kinderbad.

‘Zie dat jongetje daar.’ Hij wees naar een kleuter die zat te gieren van het lachen omdat zijn vader telkens kopje-onder ging en kiekeboeënd weer bovenkwam.

‘Of anders ga ik u straks thuis afzetten, en dan gewoon, heel kort goeiendag zeggen?’

‘Kan niet, mijn fiets staat bij u, en die heb ik nodig, dus.’

‘Riley?’

Hij keek Lucas niet aan.

‘Ik wil wel dat ge eerlijk zijt met mij.’

Riley nam het flesje cola en bleef drinken tot hij met het rietje alleen nog slurpende geluiden kon maken. Daarna zette hij het met een knal op de tafel en zwijgend at hij de rest van de chips op.

‘Zijt ge nu kwaad?’

Riley schudde van nee.

‘Wat is er dan, Riley?’

De jongen scheurde het chipszakje open, likte aan zijn wijsvinger en viste de laatste kruimels op.

‘Riley?’

‘Papa is gewoon blij als ik er niet ben, dus.’ Het klonk eerder kwaad dan triest.

‘Maar waarom denkt ge dat?’

‘Ik wéét dat.’

‘Hoe dan?’

Riley haalde opnieuw zijn schouders op. Hij vouwde het zakje weer in zijn oorspronkelijke vorm, legde het voor zich neer en liet zich languit in de stoel zakken, met zijn nek tegen de leuning, naar boven starend.

Lucas keek naar Riley, naar hoe hij zich terugtrok in zichzelf. Hij kon wel insisteren, maar zou dat helpen?

'Ik bedoel het alleen maar goed, hè.'

'Weet ik wel, maar...'

Hij richtte zijn blik weer op het plonsbad. Het jongetje van daarnet was inmiddels verdwenen. Lucas wou dat hij niks had gezegd.

'Ik denk dat ik dringend nog eens die wildwaterbaan wil doen.' Lucas porde hem zachtjes tussen de ribben.

Riley bleef naar een onbestemde verte staren, hij ging zich niet zomaar gewonnen geven.

'Wat denkt ge?'

Hij keek Lucas niet aan, hij wipte met een voet heen en weer.

'Ik wil liever in de jacuzzi nu.'

'Vooruit dan. Gij wint.' Lucas lachte erbij. Hij wou dat Riley zou geloven dat hij er ook echt zin in had.

Vier natte voeten pletsten op de vloer. Lucas probeerde het bandje van zijn pols te krijgen om met de sleutel die eraan hing het kastje open te maken. Riley zag hem onhandig bezig, nam zijn arm, trok aan het bandje, maakte het groter en haalde het eraf. Deze jongen was het gewend om het voortouw te nemen. Hij stak het sleuteltje in het slot. Aan twee vreemdsoortige kapstokken hingen hun kleren en schoenen. Lucas nam de handdoeken die onderin lagen, gaf er een aan Riley. Toen bekeek hij zijn telefoon.

'Shit.'

Twee gemiste oproepen van de instelling waar Suzanne verbleef. Die belden hem alleen als er problemen waren.

'Wat is er?'

'Ik moet terugbellen naar dit nummer, maar laten we alvast doorlopen naar de kleedhokjes.'

Riley ging voorop, Lucas volgde. Ze kozen twee hokjes naast elkaar. Lucas vergrendelde het deurtje, hij hoorde de telefoon overgaan.

'Met Danny.'

'Ja, het is Lucas hier, ge hadt mij gebeld?'

'Ja, Lucas, ze is weer verdwenen. We hebben haar vanmiddag nog gezien toen ze haar medicijnen moest komen halen. En om halfvier had ze een afspraak met mij, waarvoor ze niet kwam opdagen, en ze mist normaal nooit therapieafspraken. Toen we haar op het domein nergens konden vinden, hebben we meteen de fiche Opsporing vermiste personen ingevuld en gemaild, de 101 gebeld en ze staat geseind nu, afijn de normale procedure gevolgd.'

'Godverdomme, en ze zei dat het beter ging.'

'Ja, dat is ook zo, maar één trigger is genoeg om in een fugue te gaan. Dat blijft natuurlijk een groot probleem.'

'Soms denk ik echt dat het een vergissing is dat ze zomaar in en uit kan lopen.'

'Ik begrijp uw frustratie, maar voor haar herstel is het cruciaal dat ze zelf de controle neemt.' Danny klonk even begrijpend als beslist.

'Ze zou het ook niet anders willen, ik weet het wel. Het is gewoon...'

'Ja, op een moment als dit snap ik u wel, daar niet van.'

'Is er iets wat ik kan doen?'

Hij kende het antwoord op die vraag al.

'We zullen u op de hoogte houden. Zodra ze terecht is, bel ik u op. Laten we hopen dat ik gauw goed nieuws kan brengen. De vorige keer was ze na een halve dag weer terecht.'

'Ja. Merci.'

Lucas legde zijn telefoon op het bankje voor zich, bleef roerloos staan. Suzanne was weg. Voor de zoveelste keer, en elke keer was de spontane paniek dezelfde. Hij probeerde diep in en uit te ademen.

'Wat is er?' Riley riep vanuit zijn kleedhokje.

Lucas aarzelde even. Dit was iets vervelends om uit te leggen aan een kind. En Riley had zelf al een paar keer gevraagd wanneer ze Suzanne nog eens gingen bezoeken.

'Ik zal het zo meteen vertellen,' antwoordde Lucas. Hij trok aan zijn zwembroek die beslist leek te hebben dat ze aan wou blijven. Na enig gewriemel rolde ze op tot een treurig fluoworstje en gleed zo tot aan zijn enkels. Alleen al vanwege dat ellendige omkleden in die te kleine, dampige hokjes had hij een hekel aan zwemmen.

'Ik wil het nu weten,' zei Riley vanuit zijn hokje.

'Suzanne is, tja, weggelopen is dat niet echt, ze verdwijnt soms. Maar ze komt dan ook weer terug. Ge moet u geen zorgen maken.'

'Suzanne?'

Lucas hoorde gestommel in Rileys hokje.

'Waarnaartoe dan?'

Lucas droogde zijn haar met een handdoek.

'Geduld. Ik leg het u uit als we in de auto zitten.' Hij klonk geïrriteerder dan hij wou klinken.

Lucas trok zijn onderbroek aan, die zat binnenstebuiten, hij liet het zo. Ondertussen waren zijn rug en zijn buik alweer nat. Jezelf in vochtige omgevingen afdrogen was de rots telkens weer de berg op duwen. Hij wou met dingen gooien. Hij wou hier weg.

Plots werd er op het deurtje geklopt.

'Ik ben klaar.'

'Moment nog.' Ook dat klonk opgefokt. 'Godverdomme, hè,' mompelde hij, en hij hoopte dat Riley dat niet had gehoord.

Vechtend met hemden en sokken probeerde hij zich aan te kleden. Nog even en het was donker buiten. Waar zou ze dit keer uithangen? Had ze wel iets te eten? Waar zou ze slapen? Hij hoopte maar dat ze niet tegen akelige figuren aan zou lopen. Die eerste keren dat ze verdween was hij haar zelf gaan zoeken, eindeloos rondrijdend in de buurt. Uiteindelijk werd ze toen drie dagen later teruggevonden in een stad op vijftig kilometer van de instelling. Ze moest in een bus of een trein zijn gestapt, of ze had elke dag een flink stuk gelopen, ze konden er alleen maar naar raden.

Een andere keer had ze zich verstopt in een tuinhuis. Na al die jaren had hij geleerd dat het geen zin had om zelf iets te ondernemen. Hij kon alleen maar hopen dat ze snel weer zichzelf werd.

'Zijt ge klaar?' Er klonk bezorgdheid in Rileys stem.

Lucas hoopte maar dat het niet fout was geweest om het hem eerlijk te vertellen. Hij trok zijn trui aan, te warm voor hier, hij moest naar buiten, nu. Hij zwaaide het deurtje open.

Riley keek hem aan met grote ogen.

'Vertel dan.'

'Dus ze kan geen hulp vragen of zo?' Riley trok zijn jas uit en zwierde die op de achterbank.

'Pas als ze er weer uit komt, uit die fugue.' Lucas draaide de snelweg op. Hij zag Riley fronsen. Lucas moest zijn blik op de weg houden, maar hij was nu ook bezorgd om hem. Hij wist niet of hij het wel goed had uitgelegd. Hoe duidt een mens een dissociatieve identiteitsstoornis aan een tienjarige?

'En hoelang duurt dat dan?'

'Dat valt niet te voorspellen. De langste keer ooit was bijna vier dagen, de laatste maar een halve dag. Dus hopelijk is ze straks of morgen weer terecht. Het gaat de laatste tijd de goede kant op met haar. Die episodes lijken korter te worden.'

Riley zette zijn pet af en ging met zijn handen door zijn natte haar.

'Ik vind het raar.'

'Ja, dat is het ook, Riley.'

'Ik vind Suzanne leuk.' Hij trok zijn gordel weg van zijn lijf. 'Het moet goed komen. Mensen worden beter, dat heeft ze zelf gezegd.'

Lucas voelde dat er voor de jongen meer op het spel stond dan alleen Suzannes welzijn.

'Ja, het moet goed komen.'

'Maar zeker weet ge het niet dus.' Riley maakte er geen vraag van, maar een mededeling.

'Er is weinig zeker in dit leven, Riley, hoe jammer dat ook is.'

'Hmm,' antwoordde hij, wat van alles kon betekenen.

Uit de speakers klonk het oude hitje van Britney Spears, 'Hit Me Baby One More Time'. Lucas wou de radio uitzetten, maar hij deed het niet. Tegenwicht voor zijn eigen zwaarte, wie weet kon het Riley helpen.

Lucas stelde zich Suzanne voor op een bank onder een brug, op straat ronddolend met een lege blik, een half bakje koud geworden friet van een vensterbank plukkend. Had ze wel een jas aangetrokken, en een sjaal en handschoenen? Het was behoorlijk koud buiten.

Er zou haar niks overkomen. Hij herhaalde het een paar keer, in zijn hoofd, alsof die mantra zou helpen. Eigenlijk was het vreemd dat ze er tot nu altijd ongeschonden uit was gekomen, dacht hij meteen daarna. Hij draaide het volume van de radio hoger, daar wilde hij niet bij stilstaan nu.

Lucas dacht aan de kleine Suzanne, hoe ze zich kon verstoppen achter de grote fauteuil die in de hoek stond, uren aan een stuk soms, en hoe ze haar adem inhield als ze vreesde te worden gevonden. Hoe ze af en toe met haar voorhoofd tegen de deur ging staan, haar ogen gesloten, zij was niet daar, niet echt, en niemand kon haar raken, zij toverde zichzelf weg. Hoe ze in zijn herinnering bijna altijd buikpijn had. Hoe vlot ze praatte, de liedjes die ze zong als ze naar school liepen, zij ging altijd graag naar school.

'Gaan we haar gauw nog eens bezoeken als ze terug is?' Rileys stem klonk schor.

'Zeker,' antwoordde Lucas, 'vorige keer was ze teleurgesteld dat ge er niet bij waart. Aan mij alleen heeft ze niet genoeg meer.' Hij trok een domme pruillip, onnozel doen leek hem wenselijk nu.

Riley bleef hangen in zijn ernst.

De stilte mocht bestaan, want ze wisten allebei wel zo'n beetje wat ze zouden zeggen als ze zin hadden in praten. Hij vond het niet goed dat Riley straks nog naar huis moest fietsen. Hij wist dat

Riley het vervelend zou vinden als hij daar iets van zou zeggen. Hij wist dat hij dat toch zou doen. Hij zou voorstellen om hem te brengen, de fiets in de kofferbak, en de jongen zou vervolgens geergerd weigeren. Lucas wist al dat hij hem zou laten vertrekken, en dat een vaag gevoel van ongerustheid bij hem zou blijven, zoals vroeger als Pippa later thuiskwam dan ze had beloofd, zij die zich doorgaans keurig aan gemaakte afspraken hield.

Die ene keer toen ze pas om kwart over vijf naar binnen sloop, dronken, en hij haar zat op te wachten terwijl Isabelle al uren sliep, keek ze zo schuldbewust dat het onmogelijk was om boos op haar te zijn, maar de schrik was nog uren bij hem gebleven. Pas toen de hanen al kraaiden had hij de slaap kunnen vatten, dat wist hij nog.

Lucas keek naar Riley, zoals hij daar zat, met een hoofd vol nachtgedachten. Hij wou dat hij iets voor hem kon doen. Hij wou dat er een manier bestond om zijn eigen lijf tot bedaren te brengen. Hij wou dat hij voor alles oplossingen had.

ZESENTWINTIG

'Ze komt wel terug. Dat doet ze toch elke keer. Zij is zo iemand die altijd op haar poten terechtkomt.'

Lucas hoorde Isabelles richtingaanwijzer tikken.

'Hmm.' Hij verwisselde de telefoon van hand. 'Het is gewoon, als ge erbij stilstaat wat er op eenentwintig uur allemaal kan gebeuren, dan...'

'Daarom moet ge dat ook niet doen. Ge moet nu sterk zijn, Lucky. Ook mee voor haar.'

Ja, dáár zou Suzanne iets mee opschieten. Hij had dat sterk zijn voor een ander nooit begrepen. Het werd zo vaak gebruikt in contexten waar het voor die mens geen hol uitmaakte of je nu in stukken uit elkaar zat te vallen of dapper op je lip te bijten.

'Trouwens, Pippa heeft iets met die jongen, eh, hoe heette hij nu weer...?'

'Jack?' Lucas betrapte zichzelf op breed glimlachen.

'Ja, ik weet niet hoe serieus het allemaal is, maar ze ging er gisteren maar over door, en ze gebruikte voor het eerst het woord "verliefd".'

'Goed van haar.'

'Ja. Tenminste, als die gast een beetje oké is, dat kunnen we van hieruit moeilijk beoordelen.'

'Laten we vertrouwen op haar goede smaak.'

Nu was het Isabelle die 'hmm' zei. 'Maar zeg, waar ik eigenlijk voor belde: hebt ge anders geen zin om samen nog eens iets te gaan eten? Gewoon, een lange avond het goeie leven. Dat kunnen we toch wel eens gebruiken, niet?'

Meestal waren ze in gezelschap als ze uit gingen eten. Hij probeerde hen samen aan een tafeltje te denken, bij Guillaume bijvoorbeeld.

'Zeg, mij mezelf zo laten verkopen. Kan ik niet op tegen het bloemenbehang in uw keuken misschien?' Ze lachte erachteraan.

Er hing helemaal geen bloemenbehang in zijn keuken, nergens in zijn huis trouwens.

'Nee, ja, sorry, het is gewoon een wat rare tijd en dan… Maar een etentje, dat is een goed idee, ja.'

'Oké, voor mij kan komende zaterdagavond, ik regel het. Goed?'

Hij hoorde parkeersensoren piepen.

'Ja, top.'

'Oké, ik ben aangekomen ondertussen. Dag Lucky.'

Lucas had meer dan drie uur heen en weer gelopen sinds zijn laatste koffiepauze. Hij was blij dat het niet regende. Nergens in het land, had hij vanmorgen op de radio gehoord. Suzanne liep in ieder geval niet doorweekt rond te dolen, dat was al iets. Lucas leunde tegen de reling, en tuurde in de verte. Een feeërieke hemel, onwerkelijke kleuren, hier en daar een wolk als een roze suikerspin in een paarsblauwe lucht. Op goeie dagen kon Suzanne uren naar de luchten zitten te staren. Wat de wereld toch allemaal kon, zei ze dan, zij was goed in verwondering als de wurgende onrust haar geen parten speelde.

Hij draaide zich in de richting van zijn huis. Even zitten, dacht hij. Het nieuws checken, want hij wou weten hoe het met dat referendum afgelopen was. Want de wereld stopte niet met draaien omdat de zijne weer eens op zijn kop stond. Hij ging uit van het ergste, maar probeerde te hopen op het beste. Toen zag hij Riley aan komen fietsen. Lucas liep zijn kant op, zwaaiend. Hij had hem nog nooit twee dagen achter elkaar gezien. De jongen ging op zijn trappers staan om sneller te zijn.

'Is Suzanne al terug?'

Hij stapte af, hijgend, en liep met zijn fiets in de hand naast Lucas mee naar zijn huis, hij wachtte niet meer op een uitnodiging, wat Lucas prettig vond.

'Geen nieuws nog.' Lucas wou geruststellend klinken. 'Maar het is ook nog maar één dag, ik had niet echt verwacht dat ze al boven water zou zijn gekomen.'

Riley keek over de reling naar beneden.

'Boven water komen is iets raars om te zeggen, sorry.' Lucas probeerde Rileys blik te peilen. 'Vindt ge 't eigenlijk niet moeilijk, dat ge, als ge hier komt, altijd geconfronteerd wordt met wat er hier gebeurd is?'

Riley schudde van nee. 'Het is niet dat ik vergeet dat ze dood is, hè.' Hij zei het feitelijk, terwijl hij zijn fiets op de standaard zette, vlak bij de voordeur. 'En hier was ze nog… Of ja.' Riley haalde zijn schouders op. 'Het is goed dat gij hier nu zijt, voor de mensen.'

Ze hadden het nooit over Lucas' zelfopgelegde missie gehad, het was naïef om te denken dat Riley dat niet in de gaten had. Lucas deed open, de jongen hing zijn jas aan de kapstok, Lucas volgde zijn voorbeeld. Ze liepen naar de keuken.

'Kunnen we echt niks voor Suzanne doen?'

Hij liet het klinken alsof hij bereid was om in zijn eentje een reddingsactie te coördineren, het vertederde Lucas.

'Ze kan overal zijn, dat is onbegonnen werk.'

Lucas zette zijn ijskast open en maakte een uitnodigend gebaar. De jongen ging op zijn hurken zitten, rommelde een beetje. Lucas checkte snel even het nieuws. Ze hadden 'ja' gestemd, verdomme, onbegrijpelijk wat er allemaal gebeurde terwijl de wereld toekeek. Er viel vandaag op geen enkel vlak goed nieuws te rapen.

Riley kwam omhoog met een blok kaas in de hand. 'Mag dat?'

‘Tuurlijk.’

Lucas nam een plankje en een mes, sneed de kaas tot blokjes, pakte een bord, legde alles erop en zette het midden op tafel. Hij schonk voor zichzelf een glas rode wijn in, voor Riley een glas water.

Zonder iets te zeggen ging Riley op zijn tenen staan om in de hoogste kast bij de pot mosterd te kunnen. Hij schepte een flinke lepel op een bordje. Hij at als een kerel. Toen nam hij een stoel voor zichzelf. Lucas drukte de nieuwssite weg en legde zijn telefoon op tafel. Riley wiebelde met zijn benen op de stoel.

‘Amy had vanmorgen weer in haar bed geplast. Het was ondertussen bijna drie weken geleden, ik dacht dat het eindelijk over was.’ Hij nam alvast een nieuw stukje tussen twee vingers. ‘Niet dus.’

‘Misschien is het een goed idee om eens met haar naar een dokter te gaan?’

‘Die kan niet helpen volgens papa.’ Hij leunde met zijn hoofd op zijn hand.

‘Of naar een psycholoog.’

‘Zoals Suzanne?’

‘Ze kunnen ook helpen bij kleinere problemen.’

‘Kleinere? Het stinkt heel erg, hè. En Amy durft nooit ergens te gaan logeren.’

Lucas nam een slok. ‘Ja, vandaar ook mijn suggestie.’

‘Ik weet niet of papa dat zal willen.’ Hij trok zijn neus op. ‘Hij is niet degene naar wie ze toe komt ’s nachts, en dus ook niet degene die de lakens naar de wasmachine moet brengen.’ Hij kneep met twee vingers zijn neus dicht, uitvergrote afkeer op zijn gezicht.

‘En hebt ge haar al eens naar uw vader gestuurd op zo’n moment? Dat is eigenlijk zijn taak.’

‘Ja. Maar ze wil mij dan.’ Riley at nog een blokje kaas. ‘Zijn psychologen er ook voor kinderen?’

‘Ja.’ Lucas probeerde te peilen waarom Riley die vraag stelde.

'Als gij naar zo iemand zou willen gaan, dan kan ik...'

'Nee, ik plas niet in mijn bed.'

Lucas lachte. 'Ge hoeft niet in uw –'

'Neemt gij geen kaasje?' Riley schoof het bord wat dichter naar hem toe.

Lucas nam een blokje. 'Lekker.'

Riley keek naar de kattenkalender. Er stond een meisje met een vlechtje op dat tamelijk onhygiënisch een soort zoen gaf aan de kat van de maand juli.

'Wilt ge Suzanne eens zien toen ze klein was?' Lucas had een paar foto's uit een oude doos opnieuw gefotografeerd.

Riley knikte.

Lucas nam zijn telefoon. Hij gleed met een vinger langs zijn afbeeldingen. Een avond met vrienden bij Julien thuis, een selfie met die domme muts, die had hij voor Pippa gemaakt, tastbaar klein bewijs van de hoop om niet door haar te worden vergeten, een screenshot van een reservering voor een vakantiehuis in de zomer. Uiteindelijk vond hij ze: drie van Suzanne in haar eentje, en twee van hen samen. Hij liet ze aan Riley zien. Die bestudeerde ze aandachtig, flipte ze terug.

'Hoeveel jaar zijt gij hier?'

'Eh, tien? Of elf misschien.'

'Zoals ik?'

'Ja, maar gij zijt al veel stoerder nu.'

Hij ging weer naar de foto van Suzanne, maakte haar gezicht groter, en toen weer kleiner.

'Ze ziet er heel gewoon uit.'

'Ja, mooi meisje, toch?'

'Misschien een beetje droevig wel.'

'Ja,' zei Lucas.

Hij dacht aan al wat niet op te lossen viel, of toch niet zo meteen. Aan hoe vervelend hopen is, omdat het zo passief blijft. Aan hoe blij dat hij was dat Riley hier zat, omdat hij echt geen zin had in alleen zijn, omdat hij niet naar het nieuws wilde kijken, wat hij anders toch zou hebben gedaan, rusteloosheid richtte zich op alle domeinen van het leven, omdat hij niet elke vijf minuten zijn telefoon kon controleren om te kijken of hij toch echt geen oproep van de instelling had gemist.

Hij dacht aan het etentje met Isabelle dat eraan zat te komen, aan de geanimeerde verhalen die ze op zulke avonden vertelde, aan hoe het voelde toen ze vergeefs aan zijn lul zat, aan de blik op haar gezicht toen hij zijn broek weer optrok. Hij dacht aan Francine die niet eens zo lang geleden nog aan deze tafel had gezeten, zij die toen vast niet had gedacht dat het de laatste keer was, die laatste keer, Francine van wie hij alleen een foto op het doodsprentje had gezien.

Hij keek naar Suzanne, naar hoe bleek ze was, toen al, kartonwitte huid. Hij dacht aan de manier waarop ze rookte, toen hij haar onlangs bezocht, aan alles wat ze niet tegen elkaar hadden gezegd, wéér niet. Hij dacht aan Pippa die had gedurfd, en aan Jack die van geluk mocht spreken. Aan keuzes, aan wachten, aan soorten samen die vanzelfsprekend waren, en andere niet. Aan hemels bij valavond. Aan het geluid van een neus die breekt. Aan Georgette en Etienne en die hand van haar op zijn knie. Aan de ogen van de man toen hij hem in bedwang hield. Aan het gevoel van een behaarde hand tussen zijn tanden. Aan zijn vader, aan zijn moeder, en dan weer aan zijn vader. Aan dat hij niet aan hen wilde denken.

'Een foto van ons samen?' vroeg Riley.

'Ja, die hebben we nog niet.'

Lucas stond op, Riley trok domme gezichten, hij drukte een keer of tien af en gaf zijn toestel aan de jongen.

'Kijk eens of daar iets tussen zit.'

Riley schoot in de lach. 'Deze is erg!'

Hij liet de foto aan Lucas zien.

Lucas glimlachte.

‘Iets koken samen, of moet gij gauw weer weg?’

‘Uw gezicht ziet er echt al beter uit,’ zei Riley die foto’s bleef kijken, ‘ik bedoel, minder gewond.’

‘Ja, hè?’

‘Spaghetti carbonara,’ zei Riley. Hij liet het klinken als een mededeling. ‘Maar dan met erwtjes in plaats van spekjes.’ Hij legde het toestel op tafel, keek uit het raam.

Lucas volgde zijn blik.

‘Het is bijna helemaal donker. Suzanne is vast niet bang in het donker, of wel?’ Riley liet het achteloos klinken.

Lucas bleef naar buiten staren. ‘Er is nog maar weinig echt donker in dit land, overal is er wel ergens licht, van straatlampen, winkels, neonletters...’

‘Auto’s, fietsen, huizen zonder dikke gordijnen, de maan... Ja, dat is waar.’ Hij leek blij met dat antwoord.

Lucas nam een slok, Riley at nog een blokje kaas. De jongen wiebelde nog wat uitbundiger met zijn benen.

ZEVENENTWINTIG

Het was nu zesenzestig uur. Lucas staarde naar zijn favoriete foto van Suzanne, zes was ze toen. Ze duimde en had de poten van haar pluchen aapje om zich heen geslagen, onafscheidelijk was ze met dat beest. In haar ogen zat voor een keer niet die onverdraaglijke weemoed van een kind dat daar eigenlijk nog te jong voor is. Hij moest proberen om kalm te blijven. Hij hoorde zijn telefoon piepen, een sms van Isabelle: 'Die klant binnengehaald. Olé.' Hij antwoordde: 'Gefeliciteerd!', aarzelde even, voegde 'kus' toe, wiste dat weer, en zette een 'x' in de plaats. Hij drukte op verzenden.

Hij trok zijn jas aan en deed zijn sjaal om terwijl hij verstrooid door het raam keek. Hij zag het meteen, aan de houding van de vrouw, zoals ze daar stond, met haar handen in de zakken van haar leren jack, haar hoofd tussen de schouders, aarzelend. Ze probeerde zich kleiner te maken dan ze was, alsof ze hoopte dat de wind haar zo misschien wel mee zou nemen en haar de sprong besparen.

Lucas holde de deur uit, vertraagde toen hij de brug betrad om haar niet af te schrikken. Ze was nog jong, misschien dertig, een open gezicht, een klein litteken boven haar rechterwenkbrauw, het lichtbruine haar slordig opgestoken. Mooi was ze, op een niet-nadrukkelijke manier. Lucas ging naast haar staan, iets dichterbij dan hij normaal zou doen, ze mocht weten dat hij daar was voor haar. Ze keek hem kort aan, schichtig, glimlachte even, het soort glimlach dat bedienden aan loketten ook vaak weg te geven hebben omdat ze nu eenmaal professioneel zijn. Ze richtte haar blik meteen weer naar beneden.

Lucas hoopte dat ze zelf iets zou zeggen. Het bleef stil. Dan moest hij toch maar iets proberen.

'Gaat het, met u?'

De jonge vrouw trok haar schouders naar achter, zoals hij dat soms ook deed als er te veel spanning in zat.

'Niet echt, nee.'

Daarop greep ze plots met haar linkerhand de buis beet.

Lucas brulde: 'Ho, nee, wacht, laten we...'

Ze hees zich rechtop. Hij weerstond de aandrang om haar vast te grijpen, met een vrouw werkte dat toch anders.

'Alstublieft, kom er weer af, ik kan...'

Maar ze ging zelf op de reling zitten voor hij zijn zin had afgemaakt. Lucas zweeg weer. Ze keek voor zich uit nu, niet meer naar beneden.

'Ik ben Lucas. Ik woon daar.' Hij wees, ze volgde zijn vinger niet.

'Amber,' zei ze toen toch.

Ze had een diepe stem, een beetje hees ook. Hij vroeg zich af of haar stem altijd zo klonk of alleen op donkere dagen na veel roken of schreeuwen of huilen.

'Ik zou het graag horen...' Lucas probeerde minder paniekerig te klinken dan hij zich voelde.

Ze antwoordde niet, maar ze keek hem wel voor het eerst echt aan. Lucas vatte moed.

'Wat u bezighoudt.'

Ze bleef kijken.

'Dat zou ik dus graag horen.'

Amber volgde met haar ogen de trein die zorgeloos voorbijgleed in het verre landschap beneden.

'Ik kan niet meer.' Het klonk als een droge mededeling. 'Ik heb alles geprobeerd, en niks lukt.'

Hij liet de stilte even duren, maar ook niet te lang, dat leek hem niet verstandig.

'Wat hebt ge dan geprobeerd?'

'Dokters, psychiaters, zweverige helers, pillen, homeopathische pillen, mediteren, sporten, anders eten, drinken om te vergeten, blowen, ik heb zelfs geprobeerd om in God te geloven, toen ik tien was of zo.'

'Tien? Toen al.'

Ze knikte en bleef knikken, langzaam, met een getroebleerde blik, het leek wel of ze de film van haar jeugd op dat moment weer zo voor zich zag.

'Mijn ma is vertrokken, heel lang geleden. Mijn pa zei dat ze dat had gedaan omdat ik zo'n lastig kind was.' Ze knipperde een paar keer met haar ogen. 'Ik heb geen idee waar ze is.'

'Vreselijk.'

'Ik was ook best een lastig kind, daar niet van.'

'Kan ik me moeilijk voorstellen.'

'Dat kunt gij niet weten.'

'Als het al zo zou zijn, weet ik wel dat kinderen lastig wórden als er niet goed met hen wordt omgegaan.'

Amber keek bedenkelijk naar Lucas. 'Als ik terugdenk aan hoe... nee... Ik was gewoon geen tof kind.'

Ze sprak met een verwarrende afstandelijkheid, vond Lucas, er schemerde niet de minste emotie in haar toon.

'Dat klinkt hard.'

Amber haalde haar schouders op, heel kort even, zij leek het onmogelijk belangrijk te kunnen vinden.

'En uw vader, hij –'

Ze onderbrak hem. 'Die angsten, dat is...' ze blies, 'ik kan ze niet meer verdragen.'

Er cirkelden meeuwen bij de brug, ze krijsten alsof ook zij zich zorgen maakten.

Ze keek hem recht in de ogen. 'Kent gij dat, angst?'

Lucas nam de tijd om na te denken. Hij wou niet de indruk wekken degene te zijn die eender wat zou zeggen om haar van die reling af te krijgen.

'Ik denk het wel, al hou ik er niet van om het voor mezelf zo te noemen, geloof ik.'

Ze hield haar handen in de zakken van haar jack. Het verontrustte hem dat ze zich niet vasthield.

'Angst, dat is willen huilen maar niet kunnen huilen en dat het vast blijft zitten.' Ze legde een hand om haar hals. 'Te veel bloed voor te weinig aders, te veel zenuwbanen voor een hoofd dat niet weet...' Ze rilde, met dichtgeknepen ogen en iets van weerzin om de mond, zoals iemand zou doen die in een citroen bijt.

'Hebt ge daar vaak last van?'

'Het houdt niet op, dat is het hem nu juist...' Ze kreeg een starende blik. 'Ik probeer het wel, om te stoppen met denken, om te snappen wat het dan is wat ik voel, of wat het veroorzaakt. Ik probeer om niet bij alles wat ik doe te denken dat ik het vast en zeker ga verknallen, om niet te flippen als iemand toenadering zoekt. En ik probeer er geen conclusies uit te trekken als er een tijd lang juist niemand toenadering zoekt. Maar... niks lukt nog.'

Het gutste eruit. Dit gesprek had ze al tientallen keren met zichzelf gevoerd, vermoedde Lucas.

'Dat klinkt,' hij aarzelde, 'als veel om te dragen.'

Ze keek hem aan, even, en dan weer weg.

'Ik ben godsgruwelijk alleen.' Ze rechtte haar rug. 'En dat klinkt nu ook aanstellerig.'

'Maar nee.'

'Het is gewoon allemaal mijn eigen schuld.'

'Ik ga het toch nog eens zeggen: ge zijt zo hard voor uzelf.'

'Het is... Alles wat ik wil, heb ik niet.' Ze aarzelde even. 'En alles wat er is, betekent niks, of toch echt niet genoeg.' Ze wreef met haar vingers langs haar voorhoofd heen en weer, als om de donkere gedachten weg te jagen. 'Dat zal ook wel iets willen zeggen. "Uw leven is wat ge er zelf van maakt," zei mijn vader altijd, dus.'

Lucas liet de stilte even duren. Haar simpelweg tegenspreken zou tot niks leiden, dat voelde hij wel.

'En wat voor een man is uw vader?'

'Vindt gij dat genoeg? Dat ge werk hebt, en geld, of ja, ik niet eens zoveel, maar zeker genoeg om van te leven. Dat ge collega's hebt tegen wie ge vriendelijk zijt zonder meer? Dat ge elke middag een broodje eet met kaas en groenten? Dat ge twee keer in de week gaat zwemmen, wat ge niet echt goed kunt, en niet echt graag doet, maar ge vindt toch dat ge moet bewegen? Dat ge uw kamerplant na twee jaar nog altijd niet dood hebt gekregen, wat een record is? Dat ge wel eens mensen ziet, vrienden, waar ge dan mee naar de film gaat, of naar een restaurant, en toch keert ge meestal terug naar huis zonder van elkaar te weten wat de ander echt bezighoudt. Vindt gij dat genoeg?'

Lucas begreep de vraag als geen ander. 'Goh,' antwoordde hij, om tijd te winnen.

Wat was nu een constructieve reactie? Twee meeuwen kwamen pikken in iets onbestemds op de grond, vlak bij hen. Hij durfde ze niet weg te jagen, hij die even roerloos wou zijn als hij hoopte dat zij zou blijven.

'Daarvoor kunt ge het toch niet volhouden.' Het klonk meer als een vaststelling dan als een vraag. Ze keek weer de afgrond in.

'Ik vind bijvoorbeeld nabijheid toch...'

'Wie heeft het over nabijheid?'

'Ge spreekt over vrienden.'

'Dat zijn toffe mensen, ik ben blij dat ik ze heb leren kennen, het zijn... Maar ze hebben hun eigen leven. Ik bedoel: ze hebben wel betere dingen te doen dan mij te moeten komen redden.' Ze manipuleerde haar onderlip met twee vingers, dat zag er gek uit.

'Waarom denkt ge dat?'

'Het zal gewoon beter zijn als ik er niet meer ben.' Ze knikte. 'Ja, echt beter.'

'Ik ga mijn vraag gewoon herhalen: waarom denkt ge dat?'

'Trieste planten, daar kan toch niemand tegen. En terecht. Mensen weten niet wat gezegd als ge komt aankakken met verhalen over angst of uw ellendige verleden. En de paar mensen die al eens doorvragen, die kunnen ook niks zeggen of doen wat dan echt helpt. Iedereen is, als het erop aankomt, met zichzelf bezig, wat ik ook totaal begrijp, of ja: terecht vind.'

'Zou het kunnen dat zij dat allemaal wél graag willen horen? Waar baseert ge u op om –'

Amber schudde heftig haar hoofd. 'Ik bedoel: echte gesprekken, dat is zoiets moeilijks, dat is...' Ze bleef haar hoofd schudden. 'Ik heb de laatste maanden meer en meer afstand genomen van mensen, ze hebben dat zelfs niet gemerkt. Prima zo. Ik wil gewoon geen last zijn voor anderen.'

'Vindt gij iemand een last als hij eerlijk vertelt waar hij het moeilijk mee heeft?'

'Dat is niet...' Ze staarde weer voor zich uit.

Mensen die staren, zien niks. Lucas had liever niet dat ze dat deed.

'Ik heb altijd het gevoel dat ik mijn best moet doen. Doodvermoeiend is dat.'

'Stop daar dan mee.'

'Kan ik niet.' Ze wreef langs haar slapen. 'Dan blijft er zeker niemand meer over.'

'Dat zegt gij.'

'Ik ben aan het zagen, laat zitten.'

Lucas wou niet dat het stilviel, ze had behoefte aan praten, en dat leek hem iets positiefs.

'Waarom legt gij alles bij uzelf?'

Lucas kende deze vrouw niet, en toch vond hij het totaal onverdraaglijk hoe ze over zichzelf sprak. Alleen al hoe ze praatte, beter dan heel wat advocaten die hij bezig zag.

'Omdat de waarheid ook haar rechten heeft zeker.' Weer die schouders. De wind waaide alsof er onweer van zou komen. Haar

haar fladderde voor haar gezicht. 'Ik zie mijn vader heel af en toe eens. Hij zet de televisie niet uit als ik binnenkom. In onze serie: veelzeggend.'

'Mensen kunnen zo onhandig zijn. Misschien is hij –'

'Mijn ouders, dat is... Of ja, mijn vader, het is niet wat gij denkt, het is... Afijn, dat valt allemaal niet uit te leggen.' Ze draaide haar hoofd, weg van hem. 'Sommige dingen gaan nooit over.'

'Nee?'

'Of ik kan ze niet doen ophouden, dat kan het ook zijn.'

'Of nóg niet?'

'Pff.' Ze keek weer naar beneden.

'En hebt ge geen broers of zussen?'

'Een oudere broer. Heel anders dan ik, woont al bijna tien jaar in Los Angeles, is zeer succesvol in wat hij doet naar het schijnt, en hij heeft een vrouw en een dochtertje. Hij stuurt wel eens een mailtje, of een foto, maar we zijn nooit close geweest.'

Lucas verwenste de vrachtwagen die voorbij kwam gestoven.

'Maarten, die was geweldig, maar...' Ze snoof haar neus, alsof dat een punt achter de zin zette.

'Maarten?'

'Hij was, of ja is een zalige man, én hij zag mij graag, zei hij. En toch kon ik hem nog geloven ook, denk ik.' Ze lachte smalend. 'Maar het maakt niks uit.' Ambers mond trok in een streep. 'Er heeft nog nooit iemand voor mij gekozen.' Ze sloot haar ogen heel even. 'Het zal beter zijn als...'

Lucas verzon in ijltempo mogelijke strategieën.

'Zou het kunnen dat gij niet durft te geloven dat iemand voor u zou kiezen? En dat ge zo onbewust mee de dingen bepaalt?'

'Als het onbewust gebeurt, kunt ge er ook niks aan doen, hè.'

'Toch wel.' Lucas moest denken aan wat Suzanne zou antwoorden. 'Als ge snapt wat er precies aan de hand is geweest in uw verleden, dan kunt ge patronen ontdekken en die doorbreken. Ge kunt wat u in de weg zit vastpakken en veranderen.'

'Gij zijt een optimist.'

'Daar zouden veel mensen om moeten lachen, dat ge dat zegt over mij.' Hij schakelde weer naar ernstig: 'Stel nu dat het wel beter zou kunnen worden, wat zou dat voor u betekenen?'

Amber reageerde meteen, beslist: 'Het zal hier beter zijn als ik er niet meer ben.'

'Maar stel dat het beter...'

'Het wordt alleen maar erger. De voorbije maanden, die angsten... Ge kunt niet begrijpen hoe...' Ze schudde het hoofd. 'Het is zo... Als het erop aankomt heb ik eigenlijk alleen mezelf, en dat is echt... Nee.'

'Maar beter, wat zou dat voor u zijn?'

Amber keek hem aan, verwonderd of ontregeld door zijn hardnekkigheid, dat viel moeilijk uit te maken. Ze antwoordde toch.

'Graag gezien worden, echt dan, de belangrijkste mens voor iemand zijn.' Ze bleef even hangen bij die gedachte. 'Leven zonder die kloteangsten, en plezier vinden in onnozele dingen, omdat ge grond onder uw voeten voelt, anders lukt dat niet. Iets kunnen betekenen voor een ander omdat ge iets te bieden hebt. Iets doen in deze rare wereld wat op welke manier ook een verschil maakt en dat het zo, tja, zin krijgt, allemaal, of toch een beetje? Samen met anderen...' Ze keek omhoog, alsof er daar iets van belang gebeurde, 'Tja, ik weet niet. Zoiets.' Ze keek hem aan alsof ze wou verifiëren of ze in de quiz het juiste antwoord had gegeven.

Lucas glimlachte naar haar, zo bemoedigend en hartelijk als hij maar kon.

Amber keek uitdrukkingsloos zijn kant op. 'Ik ben niet van het juiste materiaal gemaakt om te dromen.'

'Ge lijkt me iemand die veel is en veel kan. En ik wil met u meezoeken naar juiste hulp. Niemand heeft alles geprobeerd, hè.'

Hij hoopte dat een mens die haar zag en de moeite waard vond genoeg kon zijn, nu, heel even.

'Gij lijkt mij een fijne kerel, maar het is, ik bedoel, niemand gaat mij missen als ik er niet meer ben.'

'Ik weet zeker dat dat niet waar kan zijn.'

Amber glimlachte, keek naar Lucas met iets zachts in de blik.

'Weet ge?' Ze stak een hand naar hem uit.

Lucas hield zijn adem in. Hij nam haar hand aan, zij schudde de zijne, hij voelde een ontspanning die er daarnet nog niet was. Toen liet ze zijn hand los en zei: 'Ik moet echt...' en prompt liet ze zich voorovervallen. Zomaar, een kei die argeloos werd weggestampt door een voorbijganger. Lucas keek naar beneden, zag iets in het water vallen, alsof het geen mens was, niet eens een lichaam was.

Hij keek om zich heen, en weer naar beneden en daarna in het rond. Dit was niet echt gebeurd. Dit kon niet waar zijn. De wind bleef maar waaien. Alles aan hem beefde. Ze had niet eens geschreeuwd, en hij al evenmin. Het was gewoon te snel gegaan, te achteloos. Hij keek opnieuw over de rand, waar niks meer te zien viel. Hij monsterde de omgeving, draaide zijn hoofd onbestemd naar links en naar rechts. Alles was nog precies hetzelfde als daarnet. Wat nu? Wat moest hij doen? Hulpdiensten bellen, ja, dat moest gebeuren. Hij bleef maar rondcirkelen, er moest iets bewaakt worden, de plek waar ze had gestaan toen hij haar hier vond.

'Bellen, nu, komaan, lul.' Hij zei het hardop, zocht in zijn binnenzak naar zijn telefoon. Terwijl hij 112 intikte, keek hij nog een keer over de rand. Hij zette een stap achteruit, bleef even stilstaan en zakte door zijn knieën. De telefoon ging over. Hij zag Amber voor zich, hoe ze had gekeken vlak voor dat moment waarop ze zich voorover liet vallen, had ze geglimlacht? Of dacht hij dat maar?

'Noodcentrale.'

Lucas noemde het adres.

'Ah, een springer?'

'Nee,' zei Lucas, 'Amber.'

ACHTENTWINTIG

Hij trok het dekbed tot over zijn oor. Lucas wist niet hoe laat het was, en hij wilde het ook niet weten. In elk geval nog geen avond. Er gloorde fel licht tussen alle spleten naast en onder de gordijnen. Hij hoorde duiven koeren, vlakbij, alsof ze binnen zaten. De voorbije nacht was hij, na te snel een fles rode wijn te hebben leeggedronken, als een blok in slaap gevallen. Een paar uur later schrok hij brutaal wakker uit een nachtmerrie. Sindsdien lag hij daar maar. Diagonaal in het bed, op zijn zij, blootgewoeld, met een dubbelgeplooid kussen onder zijn nek, starend naar het streepjesbehang. Eerst had hij nog geprobeerd om zijn ogen dicht te houden, dat had hij inmiddels opgegeven. Een eindeloze stroom gedachten walste over hem heen, als deuren die in zijn gezicht dicht werden gesmeten. Hij vroeg zich af of wat hij voelde hartritmestoornissen waren. Vast niet, suste hij zichzelf.

De telefoon trilde. Suzanne? Hij schoot rechtop. Waar lag zijn toestel? Voor hij het vasthad, stopte het met bellen. Op het schermpje zag hij de naam van de instelling. Hij belde terug. Danny nam op.

'Ja, excuus, ik was net te laat. Is ze terug?'

Lucas was nog nooit zo klaar geweest voor goed nieuws.

'Nee, helaas. Maar omdat we de vierde dag in zijn gegaan, zouden we in overleg met de politie volgende opties willen bekijken.'

'Wat bedoelt ge? Dat klinkt onheilspellend.'

'Nee, nee, het is niet mijn bedoeling om u ongerust te maken. We zouden in deze fase toch willen proberen om mensen actief te attenderen op haar verdwijning, zodat we niet alleen afhankelijk zijn van het moment waarop zij weer uit haar fugue komt.'

'Alles wat kan helpen, natuurlijk. Maar vrezen jullie dan dat het dit keer...'

'We hopen natuurlijk gewoon dat ze snel terugkomt. Het is eerder gebeurd dat de fugue vier dagen duurde, dat herinnert ge u nog wel, maar ook niet langer. Daarom willen we toch alle mogelijkheden benutten om haar terug te vinden. Verstaat ge?'

'Ja, vanzelfsprekend.'

'Ziet ge het zitten om langs te komen tegen vijf uur, zodat we het kunnen bespreken?'

Lucas keek snel naar het scherm, het was bijna tien voor één.

'Ja, dat is goed, ja, ik zal er zijn.'

'Oké. Bedankt. Tot dan.'

Lucas hing op en liet zich achterovervallen. Hij moest opstaan, douchen, iets eten. Hij riep het tegen de muren die niks bemoedigends terug brulden. Gisteren had hij geen hap door zijn keel gekregen, dat kwam de zaak vast ook niet ten goede. Komaan, zei hij geërgerd tegen zichzelf, opstaan. Simpelweg te zwaar om zichzelf omhoog te hijsen, zo voelde hij zich. Hij vond het aanstellerij waar hij geen recht op had, maar dat veranderde er verder niks aan.

Hij bleef het vreemd vinden dat Danny hem had gebeld, dat was in situaties als deze nooit eerder gebeurd. En hij had zijn vragen toch enigszins ontweken, vond Lucas. Ze was al meer dan negentig uur weg. Lucas wreef over zijn gezicht, alsof hij zo alle demonen zou kunnen verjagen, en rekte zich uit. Kreunend stond hij op.

Hij trok de gordijnen niet open, liet het raam gewoon dicht. Straks zou hij het haten dat in deze kamer de nacht was blijven hangen. Hij aarzelde nog even in de deuropening, draaide zich toch gewoon om. Hij strompelde naar de badkamer. Verdriet liep voor hem uit als een hond die zelf de weg weet. Het licht, uitbundig, alsof het een mooie dag was, deed pijn aan zijn ogen. Zijn hemdje was doorweekt. Hij draaide de douchekraan open. Het duurde nog steeds een eeuwigheid voor het water eindelijk warm werd.

Hij gooide zijn ondergoed in de hoek, leunde op de wastafel en keek in de spiegel. Alsof iemand hem had laten slingeren, zo zag hij eruit. De huid rond zijn ogen had bijna weer de oorspronkelijke kleur, dat wel, maar zijn baard groeide tot in de plooien van zijn hals, zijn haar was te lang, er zaten kloven in zijn lippen, en zijn hoofd kraakte, wat je ook kon zien, vond hij. Het was van de ene op de andere dag plots later geworden.

Met één hand testte hij de temperatuur. Nog even wachten. Hij trok een handdoek van het rek, legde die klaar, keek lusteloos naar zijn tandenborstel. Dat moest ook nog, zo meteen. De banaliteit van de routine die de ochtend telkens weer bepaalde, viel vandaag amper te verdragen.

Hij kroop onder de warme stralen en gromde een beetje. Hij kneep te veel douchegel in zijn hand. Per ongeluk had hij een flacon gekozen die naar goedkope bloemen rook. Hij zeepte zich in. Zijn behaarde borst, het kleine buikje dat hij een paar maanden geleden nog niet had, zijn lange benen, zijn kont, zijn lul. Hij keek naar zijn pik, zoals die wat verdwaald in zijn hand lag. Even overwoog hij om te masturberen, maar zelfs daartoe ontbrak hem de moed.

Hij sloot zijn ogen en liet het water over zijn gezicht stromen. Hij zag Amber weer voor zich, zoals ze keek toen ze hem een hand had gegeven. Waarom had hij die kans niet gegrepen om haar gewoon van de reling af te sleuren? Hoe kon ze zich gewoon zomaar laten vallen? Hoe kon juist zij zo eenzaam zijn geworden?

Haar lichaam was niet gevonden, had hij via de hulpdiensten vernomen. Soms gebeurde het dat de stroming slachtoffers meevoerde. Een vreselijke gedachte vond hij dat, zomaar verdwijnen, zonder afscheid, zonder slotakkoord. Hij had alleen een voornaam kunnen opgeven. Hoelang zou het duren voor haar identiteit werd achterhaald? Voordat iemand haar verdwijning op zou merken? Haar moeder zou misschien nooit te weten komen dat haar dochter er niet meer was. Lucas wou dat hij wist wat Amber precies was overkomen, en welke rol die ouders hadden gespeeld, en wat er met die Maarten was gebeurd. Ook al wist hij dat begrijpen de ontzetting niet weg zou kunnen nemen.

Hij draaide de kraan dicht en ging op de roze badmat staan. Hij kreeg het meteen weer koud. De radiator werd nooit meer dan lauw in deze ruimte, dat had ook de loodgieter niet kunnen verhelpen. Hij droogde zich af, trok lukraak wat kleren aan die nog over de stoel hingen, poetste zijn tanden.

Hij trok de badkamerdeur achter zich dicht, denderde de trap af. In de keuken wierp hij een blik in de ijskast. Hij zag niks wat hem beviel. Op het aanrecht een broodzak met nog vier sneden. Hij kneep erin, rook eraan, op het randje waren ze. Het geluid van een inkomend Skype-gesprek. Eigenlijk had hij in niemand zin, maar Pippa wilde hij altijd wel spreken.

'Hé, ge ziet er al veel beter uit.'

Pippa wees naar de plaats waar zijn gezicht in haar scherm te zien was. Lucas glimlachte om haar een plezier te doen.

'En zie u daar in dat Zuid-Afrika zitten te stralen. Wat de liefde al vermag.'

Pippa lachte, ze trok haar neus samen en haar ogen tot spleetjes.

'Ja, het is wel echt geweldig eigenlijk. We zijn vorig weekend samen naar het Kruger Park geweest. Ik die nu nooit droomde van een safari of zo, moet echt zeggen: als ge dan impala's ziet lopen, en zebra's en giraffen, dan weet ge niet wat ge meemaakt. En nadien hebben we ook nog een paar leeuwen gespot, die laten zich naar het schijnt doorgaans niet zo gemakkelijk zien. En op het einde konden we zelfs een neushoorn fotograferen, wat helemaal uitzonderlijk is. De foto lijkt nergens naar, want hij stond veel te ver, maar toch magisch. Een klef woord misschien, maar… En Jack was ook totaal onder de indruk. Hij is zeker niet alleen maar de knappe machojongen, hij is echt zo'n gevoeligaard. Zalig gewoon.'

Als meisjes licht konden geven, dan liet Pippa het schijnen van Pretoria tot hier.

'Ik ben zo content voor u, daar hebt ge geen idee van.'

'Ja, ook een béétje dankzij u, hè. Het meisje heeft gedurfd.' Ze richtte haar blik naar de hemel, zij wilde haar eigen voormalige hopeloosheid in die dingen nog even onderstrepen. 'En hoe is het met u?'

Op dat moment kreeg ze een berichtje.

'Doe maar.'

'Ja?'

Pippa las, lachte hardop en begon driftig te tikken.

Blijkbaar had Isabelle niks tegen Pippa verteld over Suzanne. Misschien maar beter ook. Anderzijds, als er iets zou gebeuren met Suzanne zou Pippa het hem vast kwalijk nemen. En misschien zou het hem wel goeddoen om het toch eens te kunnen vertellen?

'Zo,' zei ze, en ze legde het toestel voor zich neer.

Lucas hapte naar adem en haar telefoon piepte vrijwel meteen opnieuw.

'Nee, zeg maar,' drong Pippa aan. Ze liet haar blik even naar haar kleine scherm dwalen, maar herpakte zich en keek toen met een nadrukkelijke concentratie naar Lucas' hoofd.

'Niks van, de liefde gaat voor.'

'Ja?'

Ze trok haar wenkbrauwen hoog, lachte en opende het berichtje.

'Goh, ja, hij wil eigenlijk dat ik nu vertrek. Hij heeft een verrassing, en blijkbaar kan het om een of andere reden niet wachten.' Ze keek er lacherig verontwaardigd bij.

'Haast u, laat die kerel niet op zijn honger zitten.'

'Ha. Oké. Ik skype gauw weer, goed?'

'Helemaal goed. Dag meisje, geniet van alle dingen.'

En weg was ze. Hij voelde hoe hij glimlachte, even. Het deed echt goed om haar zo vrolijk te zien. Toen besefte hij weer dat hij in zijn leven zat.

Brood, dacht hij, eten. Hij had nog een goed uur voor hij moest vertrekken. Hij nam een stuk camembert, gezouten boter en een bord. Zijn telefoon ging weer. Misschien Danny. Het was Isabelle. Hij wist wat voor hekel ze eraan had als hij niet opnam, en wat dat betreft had hij al een slecht rapport. Hij aarzelde even, nam toch maar op.

'Hé,' zei hij en hij probeerde dat luchtig te doen klinken.

Hij ging aan de tafel zitten, legde een boterham op het bord.

'Ja, Lucky, ik ben het. Zeg, ik wou reserveren bij Guillaume, maar daar viel geen tafel meer te versieren, zelfs voor mij kon hij niks doen, zei hij.' Ze lachte. 'Dus nu heb ik voor Central gekozen, maar dat kon alleen nog maar om negen uur, niet vroeger, dat moest ik u even laten weten.'

'Ah ja, prima.'

'Ge klinkt weer enthousiast, gij.' Ook dat zei ze grinnikend.

'Ik ben enthousiast, ik ben enthousiast.' Alsof herhaling zou helpen.

'Central is ook echt goed, hè. Ik ben er onlangs nog geweest, en hij had een voorgerecht met octopus, echt...' Hij hoorde autogeluiden op de achtergrond. 'O ja, en Jacques heeft vanmorgen laten weten dat zij hun contract ook verlengen. Ge weet wel, ik had nog verteld dat er daar een kaper op de kust was...'

Lucas' gedachten dwaalden af.

'Ge weet toch nog dat ik dat vertelde, of niet?'

Hij schrok op.

'Ja, ja, Jacques. Ja.'

'Wel, het is dus toch in orde gekomen. Ik was echt content.'

'Snap ik. Dat is heel goed nieuws.'

Lucas sneed een stuk kaas af, en legde dat ook op het bord.

'En wat zijt gij aan het doen?'

'Ik vertrek straks naar de instelling. Omdat Suzanne nu al bijna vier dagen vermist is, willen ze actie ondernemen.'

'Waarom doen ze dat dan niet meteen?' Zij kon niet tegen prutsers, en daar ging ze prat op.

'Goeie vraag eigenlijk. Ze verdwijnt natuurlijk met enige regelmaat, hè. Ik denk dat er in overleg met de politie beslist wordt wanneer ze een volgende stap zetten. Ik weet het ook niet.'

'Gij vraagt zoiets niet meteen? Ik vind dat toch allemaal inefficiënt klinken, gij niet?'

'Die mensen zullen toch wel weten wat ze doen.'

'Als ik het was, ik zou me daarmee bemoeien. Met te zitten wachten gebeurt er nooit iets.'

'Ze zeggen daar dat ge niks kunt –'

'Tja, als dat nu blijkbaar wel kan, kon dat toen toch ook al?'

Lucas vreesde even dat ze gelijk had.

'Ik hoop gewoon dat ik haar heelhuids terug zal zien.'

'Ja. Maar zorg dat ge uzelf hoe dan ook niks te verwijten hebt, hè. Afijn, dat zou ik doen.'

Lucas rilde bij dat 'hoe dan ook'.

'Ja, wel, ik ga er nu toch alvast langs, dus.'

Lucas sneed een centimeter camembert af, legde dat stukje op zijn boterham en nam zonder nadenken een hap.

'Wat zijt gij nu aan het doen?'

'Eh, niks.'

'Ge klinkt raar.'

'Sorry, ik nam hier een hapje.'

'Gij dacht: wat smakgeluiden, dat gaat ze appreciëren.'

'Ik dacht niet na.'

'Maar dat bedoelde ik eigenlijk niet. Het was gewoon iets in uw stem of zo...'

‘Wel, ik moet zeggen, ik heb gisteren ook iets meegema –’ Lucas hoorde luid geroezemoes op de achtergrond, en zweeg even, voor het geval dat ze daar nodig was.

‘Nu ja, gij klinkt altijd wel wat raar, de laatste tijd, dus.’ Isabelle lachte weer. ‘Zeg, ik ben aangekomen bij het restaurant. Als mijn klanten arriveren moet ik meteen ophangen.’

‘Ja, doe maar gewoon dan, ik heb –’

‘Maar ge ging nog iets zeggen, nee?’

‘Eh, wel, ja, ik heb gisteren –’

‘O, daar zijn ze, ik zie ze binnenkomen. Dus zaterdag, negen uur, Central, oké?’

‘Oké,’ zei Lucas nog, maar ze had al opgehangen.

Tijdens hun telefoontje had Hans een bericht gestuurd om te horen of er al nieuws was. ‘Nee,’ stuurde hij terug. Hij kon niet meer woorden bedenken.

Hij nam nog een hap van het brood. Dat was eigenlijk niet meer te vreten. Hij vroeg zich af of eens flink schreeuwen zou helpen. Of iets kapotgooien, zoals ze in films altijd deden als ze boos waren, of ten einde raad. Of keihard in zijn vinger bijten, zoals hij als kleine jongen soms probeerde. Hij deed niks van dat alles, hij nam braaf nog een hap.

Hij ging bij het raam staan en staarde naar de brug, de brug die van niks wist.

Dat Amber zichzelf met haar eigen ontdane hoofd moest troosten, dat was misschien wel haar grootste probleem geweest. Hij zei het hardop. Hij wou dat zij hem kon horen.

NEGENENTWINTIG

Hij klopte aan, hoorde niks. Hij klopte een tweede keer. Het was precies vijf uur, dus Danny zou hem wel verwachten. Lucas maakte de deur voorzichtig open. Hij keek het kantoor rond en alles in hem viel stil. Tot zijn ontzetting zag hij niet Danny, maar zijn moeder zitten. Bewegingloos bleef hij staan, de klink in zijn handen. Ze keek over haar schouder zijn kant op en glimlachte vermoeid. Het was de vermoeidheid die bij haar hoorde, zoals gejengel bij verwende kleuters. Heel even overwoog Lucas om meteen weer te vertrekken, maar het ging hier niet om hem, het ging om Suzanne.

'Danny is koffie gaan halen,' zei zijn moeder dof.

'Ah zo.'

Hij liep naar binnen.

'Ja, ik had hem zelf opgebeld omdat het al vier dagen was en toen ik hoorde dat ze toch iets wilden ondernemen, heb ik gezegd dat ik ook naar die bespreking zou komen. Gij zult dat wel niet aangenaam vinden, maar ik ben nog altijd haar moeder.' Ze veegde schichtig met een zakdoekje langs haar neus, een gebaar dat verder geen duidelijk doel had.

'Haar moeder,' herhaalde Lucas.

'Jullie moeder.'

Alsof het hem over dat woordje ging. De titel 'moeder' zou een ereteken moeten zijn dat kinderen in jaren van volwassenheid wel of niet toekenden, dat had hij van Suzanne geleerd. Hij rechtte zijn rug en droeg zijn ergernis op om buiten te wachten, hij had de moed niet voor conflict.

'Komt ge niet zitten?' Ze schoof de tweede stoel die bij Danny's bureau stond iets naar achter.

Ik sta hier goed, wou hij zeggen, maar hij nam toch maar gewoon plaats. Zijn moeder bekeek hem van top tot teen, zoals een preventieadviseur naar een huis zou kijken, spontaan een risicoanalyse makend.

'Wat er al moet gebeuren voor een moeder haar zoon nog eens te zien krijgt.' Ze snoof en zuchtte.

Ze zag er oud uit, vond hij, ouder dan ze was. Haar gezicht was bleek als altijd, maar flink gegroefd nu, de jurk ouwelijk, met een druk bloemenpatroon in terneerdrukkende kleuren, het haar zilvergrijs en lusteloos kortgeknipt, het had elke strijd om opgemerkt te worden definitief gestaakt. En ze was knokig geworden, schriel zelfs, met geprononceerde sleutelbeenderen die door de stof van haar jurk priemden. Hij vond het ongemakkelijk om naast haar te zitten. Onbehagen dat er meteen weer was, zoals vliegangst die nooit overgaat.

'Hebt gij nu iets aan uw ogen, jongen of wat zie ik nu aan u?'

'Tegen een deur gelopen.'

'Oei.' Ze bestudeerde hem met een zorgelijk gezicht. 'Ik vraag mij altijd af hoe ge dat kunt doen eigenlijk, tegen een deur lopen.'

Lucas maakte geen aanstalten om er een tekening bij te gaan maken. Er klonk een milde fluittoon, ergens in dit kantoor, hij vroeg zich af waar die vandaan kwam.

'Ik denk dan: ge ziet zo'n deur toch?'

De verwarming maakte ook een vreemd geluid, water dat door een snelle beek ruist. Misschien kwam dat gefluit ook daarvandaan.

'Voor de rest ziet ge er wel goed uit.'

Dat kon zeker op een dag als deze onmogelijk iets anders dan een leugen zijn, wist Lucas.

'En een baard en uw haar langer, en wat grijs zo daar,' ze wees naar haar eigen oren, 'en wat dikker en zo, het is wel schrikken, zo... anders, maar wat wilt ge, na achttien jaar.' Ze raakte heel even zijn onderarm aan. Lucas voelde de spanning tot in zijn kuitspieren schieten. Toen keek ze achterom, als om te checken of Danny echt nog altijd niet terug was. Ja, het hád gekund, dat hij zonder het minste geluid te maken zijn eigen kantoor was in geslopen om zich vervolgens níet kenbaar te maken.

'Ja, ik had graag gewild dat uw vader ook meekwam, maar zover heb ik hem niet kunnen krijgen.'

Lucas klemde zijn tanden op elkaar. Zijn moeder frunnikte aan het zakdoekje.

'Ik snap dat ook wel van papa. Uiteindelijk, ja, na alles. Dat is voor hem ook niet...' Ze maakte haar zin niet af, wat Lucas een meevaller vond.

Totaal bevreemdend was het, om hier nu plots met haar te zijn, in dezelfde kamer, in een soort officiële hoedanigheid, zoals ouders en kinderen in gevallen van onheil dat doen, met vereende krachten de crisis het hoofd bieden.

Hij droomde vaak van zijn moeder. Dat is de wraak van diegenen die je probeert te vergeten, die wurmen zich via omwegen opnieuw je hoofd in. Onlangs nog, hij zag het weer zo voor zich: hoe ze hem in zijn nachtmerrie aankeek, een velletje van een vinger beet en wegdraaide, terwijl ze had gezien wat er aan het gebeuren was. De ontreddering van die nacht had hem de rest van de dag achtervolgd.

'Hij blijft nu wel echt lang weg.'

Ze trok haar jurk tot over haar knieën, een treurige zijden orchidee plooide om. In de verte schreeuwde een patiënt. Vreemd hoe iets wat niet hard klonk toch onmiskenbaar schreeuwen bleef, al had het maar een fractie van het volume.

'Hebt gij altijd zo weinig te vertellen, eigenlijk, of is dat alleen als ge uw moeder na jaren terugziet?' Ze klonk niet pissig terwijl ze het vroeg, eerder feitelijk.

'Tja, wat kan ik zeggen? Ik ben ongerust over Suzanne.'

'En ge denkt dat ge daar alleen in zijt?'

'Ik denk dat ge wat laat zijt met uw ongerustheid.'

'Moet ge nu direct weer op die toer gaan?'

'Gij wou een gesprek.'

De deur zwaaide open.

'Ziezo, koffie. Ik werd nog even weggeroepen, iets dringends, maar hier ben ik.' Hij zette twee koppen zonder schoteltjes voor hen neer. In een derde kop melkcupjes, suikerklontjes en roerstokjes.

'Lucas, ik had u nog willen bellen om aan te kondigen dat Claudia ons ook wou vervoegen, maar het was hier een heksenketel vandaag, het is me niet meer gelukt, sorry man.'

Hij keek hen beurtelings aan, met de zachtmoedige, open blik die hem zo typeerde. Hij was nog jong, en toch had hij alleen nog wat haar boven zijn oren en aan de achterkant van zijn hoofd. Hippe vogels van zijn leeftijd zouden het gegarandeerd wegscheren. Dat hij het liet staan, als een soort eerbetoon aan betere tijden, vond Suzanne schattig, wist Lucas.

'Is er nog iemand die eerst iets wil zeggen? Ik begrijp dat dit een mogelijk confronterende ontmoeting is.'

'Laten we maar ter zake komen, als dat goed is voor u,' zei Lucas.

Zowel hij als zijn moeder bleef strak naar Danny kijken. Lucas deed zijn uiterste best om zich te concentreren op Danny's uiteenzetting, maar hij vond het moeilijk, met zijn knie geen halve meter verwijderd van die van zijn moeder. Danny vertelde dat er in samenspraak met de politie en het parket nu toch een opsporingsbericht verspreid zou worden via de gebruikelijke kanalen, en dat er een actie zou komen via sociale media. Zijn moeder had geopperd dat ze een foto konden kopiëren en A4'tjes ophangen in straten en winkels. Waarop Danny vriendelijk had geantwoord dat elke hulp goed was, en dat ze alles mocht doen wat zij wenselijk achtte, maar dat het misschien niet zo veel zin had aangezien er geen indicatie was van de omgeving waar Suzanne zich zou kunnen bevinden, en dat de impact via sociale media dan toch vaak een stuk groter bleek. Het is in een woordje als 'vaak' dat de ware diplomaat zich toont, had Lucas gedacht. Ze had licht verongelijkt gezegd dat ze ook maar probeerde te helpen, alsof een andere intentie evenzeer mogelijk was.

Lucas wou alleen maar weten hoe dramatisch ze hier, met hun ervaring, de situatie inschatten, hoe erg het was dat ze haar medicijnen nu al vier dagen niet had ingenomen, maar de geruststelling waar hij stiekem op hoopte, kreeg hij niet. Danny was eerlijk en direct, eigenschappen waar Suzanne hem om prees. Hij had een aantal mogelijke scenario's geschetst, het ene nog verontrustender dan het andere. Danny had gezegd dat ze alles in werking zouden stellen, zoals afgesproken en dat hij hoopte hen gauw te kunnen bellen met goed nieuws. Toen was hij opgestaan om hun een hand te geven.

Het liefst had Lucas zijn moeder gedag gezegd en Danny nog even verteld over Amber, maar hij had nu vast geen tijd.

'Het is die kant op.' Zijn moeder zei het beslist, zij die leek te willen bewijzen dat ze hier de weg kende.

Nu moest hij wel met haar naar de uitgang lopen.

'Bon, laten we hopen dat dit snel iets oplevert.' Lucas zei het om iets te zeggen.

'Ja.' Ze hapte naar adem. 'En, eh...' Ze bleef staan, praten in zinnen en lopen leek zij niet te willen combineren. 'Nog iets: kunt gij mij een lift geven?'

Lucas keek haar verbaasd aan. 'Hoezo?'

Hij liep door. Ze volgde even, hield weer halt.

'Ik durf niet goed meer met de auto te rijden, het is me overal te druk op de wegen…'

'Maar ge zijt toch hier geraakt?'

'Ja, papa heeft mij gebracht.'

'En die heeft niet op u gewacht, voor dat halfuur?'

Ze leek tevreden met deze input en zocht meteen een bijpassende gezichtsuitdrukking. 'Ik had u toch verteld dat ik hem nog probeerde te overtuigen om met mij mee binnen te komen? Maar dat trok hij niet. Ik had ook geen idee hoelang het ging duren, en ge weet hoe vervelend uw vader het vindt om te wachten en niet te weten wat of hoe.' Ze zuchtte er de zucht bij van het-is-altijd-wat-met-hem.

'En die mens rijdt dan gewoon door, die laat u hier zomaar staan?'

Ze keek gekwetst naar de grond en hield dat een tijdje vol, zij die inderdaad ook maar de gedupeerde was. Lucas liep door. Ze beende hem achterna. Ze naderden de automatische deur die zich spontaan beloftevol opende. En zij bleef gewoon weer staan, net op dat punt waar die deur veronderstelde dat ze open moest blijven.

'Ik wist ook wel dat gij kwam.'

Zijn moeder was de trein waar ze zichzelf onder gooide. Lucas keek geagiteerd om zich heen. Wars van alle logica hoopte hij iemand te zien die in zijn plaats taxichauffeur zou willen spelen.

'Na al die jaren kunt ge nu toch wel eens íets doen voor uw moeder?'

Het was een rit van anderhalf uur, schatte hij. Negentig minuten met haar in een auto. Hij ging zich niet laten vermurwen.

'Is er geen station in de buurt? Dan zet ik u daar wel af.'

'Ja, in het centrum, maar in die tijd zijt ge ook bijna tot bij ons thuis gereden. Dat is hier overal maar dertig kilometer per uur en…'

'Ge overdrijft.'

'En ik rijd nooit met de trein, ik weet niet eens...'

'Laat al maar.'

Lucas dacht even na.

'Als hij u is komen brengen, kan hij u ook wel komen ophalen, hij heeft toch niks anders te doen. Bel hem op. Er is een cafetaria, ge kunt daar iets eten of drinken terwijl ge op hem wacht, en hij kan rechtsomkeer maken, hij zal nog niet thuis zijn.'

'Papa weigert nog altijd om de gsm te gebruiken, ge kent hem toch.'

Ze klonk verslagen, depte weer met het zakdoekje langs haar neus, een kleine vooruitwijzing naar de huilbui die elk moment kon losbarsten, dat voelde hij wel aan.

In een houdgreep, daar waar ze hem altijd wist te krijgen, daar zat hij weer verdomme. Hij wilde naar buiten. De deuren schoven almaar open en dicht, solidair nerveus. Hij voelde de bijtende wind, ritste van de weeromstuit zijn jas dicht, en dan weer open, het was te warm hier in die gangen. Hij haatte het om zo gemanipuleerd te worden. Hij haatte het om de slechte zoon te zijn. Hij haatte dit leven van hem waarin de dingen nu eenmaal waren zoals ze waren. Zijn moeder had dat een leven lang zo gezegd: dat de dingen nu eenmaal waren zoals ze waren. Hij voelde nu weer scherp aan hoe weerzinwekkend die zin was. Hij moest hier weg. Weg.

DERTIG

Lucas zette de radio aan. Barry White zong 'Just The Way You Are'. Een overstekende voetganger zwaaide naar iemand in de auto naast hen. Ze leek op Amber, vond hij. Misschien dacht hij dat alleen maar door dat leren jack.

'Vertel nu eens iets over uzelf, jongen, het is zo onmogelijk lang geleden.'

Zijn moeder leunde zijn kant op, zodat hij haar beter zou verstaan. Ze rook naar slecht geluchte kamers. *I would not leave you in times of trouble.* Het werd groen, Lucas duwde flink op het gaspedaal, goedkoop machogedrag dat hij anders nooit aan de dag legde. De auto schoot vooruit. Zijn moeder klemde vier vingers om de handgreep boven het raampje.

'Wat is dat nu dat gij dan doet, zo met uw dagen? Is dat een soort sabbatical die gij aan het nemen zijt?'

Hij antwoordde niet, ze bleef hem geduldig aankijken, zij leek ervan uit te gaan dat hij gewoon nog even aan het nadenken was. Lucas probeerde te focussen op de weg en de gps en de muziek en de wereld daarbuiten. *What will it take till you believe in me.* Barry White leek al niet echt meer te hopen dat er ooit nog eens in hem zou worden geloofd.

'De zoon van Jet, weet ge nog, van die villa met dat overdekte zwembad, met dat rare haar, die op het einde van de straat woont?

Hij heeft dat ook gedaan, maar hij is toen gaan reizen. Naar verre landen. In Azië denk ik, of in Afrika, ik heb het niet onthouden. Helemaal alleen, hè. Dat moet ge toch maar doen. Herboren teruggekomen, zei Jet.'

Lucas zag Amber weer die reling op kruipen en gaan zitten. Onbevreesd. Toen had hij al beter moeten weten.

'En op uw werk vonden ze dat oké?'

Lucas voelde haar blik priemen.

'Hè?'

Ze boog wat voorover, een poging om ostentatiever in zijn gezichtsveld te gaan zitten.

'Ja, dat zal wel, want ge zijt het aan het doen, dus. Ook dom van mij.' Ze lachte ongemakkelijk, snoof een paar keer, bleef strak naar hem kijken. 'En uw vrouw, die woont nog thuis dan? Ging dat misschien ook allemaal niet zo goed?' Ze schudde haar hoofd, zij wist alle antwoorden al.

Lucas moest weer denken aan hoe Isabelle keek toen hij vertrok, laatst.

'Zeg, ik ga die radio wat stiller zetten want het is moeilijk om mekaar te verstaan.' Zijn moeder draaide de volumeknop van drieëntwintig naar elf. 'Ja, ik moet zeggen, ik heb de kans niet gekregen om haar goed te leren kennen, maar op mij kwam ze over als... Ik vond haar nu niet, hoe moet ik dat zeggen, de vriendelijkste. Of ja, ze had graag de touwtjes in handen toch, bon, die indruk kreeg ik althans.' Ze trok aan haar jurk. 'Ik bedoel maar: ik zou er wel kunnen inkomen als zij het toch niet bleek te zijn.'

Lucas herinnerde zich opeens die single vriendin van Isabelle die zei dat ze zin had in een citytrip, maar niemand had om samen mee te gaan, waarop Isabelle een klapje tegen zijn borstkas had gegeven en gezegd: 'Neem hem mee, op zich geen slecht gezelschap.' Hij had dat geklasseerd als een compliment. Toen hij het vermeldde in een of ander verhaal dat hij tegen Hans aan het vertellen was, had die een vreemd gezicht getrokken.

'Ik sta sowieso aan de kant van mijn kinderen, zoals een moeder dat dan doet, ik vraag me gewoon af…'

'Gij weet niet waar ge het over hebt.' Hij hoorde hoe geïrriteerd dat klonk en voelde zich niet schuldig.

'Sorry jongen, ik wil u niet…' Zijn moeder raakte zijn onderarm aan. 'Ik bedoel dat positief, hè, ik zeg dat om u te steunen, en omdat ik dat echt dacht, toen, en misschien doet het dan wel eens goed om dat te horen… Maar vertel dan zelf iets.' Haar toon ging de hoogte in. 'We zitten hier nu samen, en gij zijt uw tong verloren. Ik zou zo graag –'

Lucas liet haar niet uitspreken: 'Wel, ik zou graag hebben dat het goed komt met Suzanne. Ik versta niet hoe gij hier nu wat gezellig wilt keuvelen, nog los van alles, terwijl Suzanne spoorloos is, al vier dagen.'

'Ja, natuurlijk wil ik dat ook, dat het goed komt, en natuurlijk ben ik daarmee bezig, dat spreekt toch voor zich. Het was maar omdat we mekaar al zo lang niet meer gezien hebben. Afijn, dat verstaat ge nu toch?'

Ze keek uit het zijraam naar buiten. Er begon een nummer met een beat te spelen.

'Denkt gij dat het goed zal aflopen?'

Lucas haalde zijn schouders op.

'Ja, ik zie het deze keer, ik weet niet, toch ook somber in.'

Lucas stoorde zich aan de geprojecteerde overeenstemming die haar 'ook' impliceerde.

'Eigenlijk is het een wonder dat er al die vorige keren niks is gebeurd. Als ge erbij stilstaat wat er allemaal kan misgaan.' Er kraakte iets in haar stem. Ze keek weer naar hem.

Hij keek naar de timer van zijn gps, nog een uur en twaalf minuten. Als ze ook nog onrustbarende dingen begon te zeggen die hij zelf al had gedacht, vond hij het nog vervelender om naar haar te luisteren.

'Nu ja, een ongeluk, dat kan het al niet zijn, want dan zouden we het inmiddels wel geweten hebben. En als ze haar beroofd hadden en ze was daarbij gewond geraakt of iets in die sfeer, dan ook, want daar komt politie bij.'

Ging ze nu werkelijk alle mogelijke horrorscenario's overlopen? Lucas perste zijn lippen op elkaar.

'Maar ja, wat is het dan wél? Vier dagen, dat is toch echt lang, hè.'

Lucas wilde schakelen naar de vijfde versnelling, maar hij reed al in vijfde.

'Ik moet zeggen dat ik dat nog altijd niet zo goed versta, zo'n fugue, wat dat dan is, hoe dat precies werkt. Of ja, ik kan er mij niks bij voorstellen. Gij wel?' Ze liet het handvat los en draaide de radio uit zonder er iets over te zeggen. 'Een andere identiteit neemt het van haar over, zegt ze zelf,' ze sprak elke klank van die eerste zin nadrukkelijk mooi uit, en liet Suzanne zo klinken als een lerares dictie in een plaatselijke academie, 'maar hoe werkt dat dan, concreet bedoel ik? Vraagt gij u dat niet af?'

Lucas tikte in de bocht zacht op de rem.

'Een mens is iets raars, maar dat is toch héél raar?'

Zijn moeder joeg haar toon op het eind telkens manifest de hoogte in, alsof ze bang was dat Lucas niet zou begrijpen dat het wel degelijk vragen waren.

Hij keek opnieuw naar zijn gps, er waren maar vier minuten voorbij sinds daarnet. Hij reed op een slecht verlichte, smalle tweebaansweg met bomen aan weerskanten. Onaangenaam parcours, zo in het donker, hier waren al veel ongelukken gebeurd, dat kon niet anders. Er was ook een route via de snelweg, maar dit bleek de snelste, en elke seconde was er een gewonnen.

'Na vier dagen vraagt ge u toch af of ze niet met iemand is meegegaan, of – ik mag er niet aan denken – werd meegenomen. Er hoeft maar één kerel met slechte intenties te zijn die…'

'Moeder! In godsnaam!'

'Ja, nee, sorry. Dat zal wel niet gebeuren, maar –'

'Daar gaat het mij niet om, en dat weet ge heel goed.' Lucas stak een betweterige vinger op, een gebaar dat hij van anderen haatte. In de rechtbank lette hij er altijd op dat hij dat zeker nooit deed.

Zijn moeder nam de gordel en stak die onder haar oksel. 'Dat snijdt in mijn nek zo, ik heb 'm liever daar, als dat goed is.' Zij was altijd al sterk in toestemming vragen na gedane zaken.

'Nu ja, het positieve is: nadien weet ze nooit wat er is gebeurd, of amper, dus.'

Lucas kneep in het stuur, zijn knokkels wit. Hij zag de bomen in sneltempo voorbijglijden. Donkere tralies in de nacht.

'Als ge het niet meer weet, is het op zich ook niet erg, eigenlijk. Of ja, hoeveel kwaad kan...'

Lucas' adem stokte, hij vloog met zijn voet op de rem. Zijn moeder gilde. De auto slipte en kwam bruusk tot stilstand. Ze knalden weer met hun achterhoofden tegen de steunen aan.

'Godverdomme. Moeder. Méént ge dat nu?'

'Wat, godverdomme moeder? Ik ben niet degene die als een idioot rijdt en onze levens riskeert, hè.' Haar stem schoot alle kanten op. Ze ging rechtop zitten en trok haar jurk recht.

Zijn auto stond schuin geparkeerd op het midden van de weg, de motor draaiend.

'Rijd verder, straks komt er een andere auto aan.'

'Ik denk dat ik ervoor ga kiezen om niet te snappen wat gij nu zegt, om de realiteit te negeren, juist zoals gij.'

'Doe niet onnozel, jongen.'

Ze raakte zijn arm aan, hij trok hem meteen weer naar zich toe. Zijn moeder keek geagiteerd om zich heen, een hand aan de klink.

'Een verlaten weg door een bos, amper verlicht, nog een kilometer of tachtig van huis. Als ge vanaf hier wilt lopen, mij goed.'

'Zijt gij nu ook zot geworden, of hoe zit dat?'

'Ja, Suzanne en ik, wij zijn de zotten.'

'Komaan, jongen,' zei ze zachtjes, lieflijk bijna, 'ik ben gewoon geschrokken. Maar ge doet wel raar. Ik zou nu echt graag doorrijden.'

‘Als gij uitspreekt wat ge weet, eindelijk eens, na al die jaren, en dat uitlegt zodat ik het misschien zou kunnen verstaan, op een of andere vreemde manier, dán zal ik doorrijden.’

Zijn moeder trok de gordel weer onder haar oksel uit en drapeerde hem voor haar borst.

‘Ze zien ons hier van ver staan, ge stelt u aan.’ Haar stem ging evengoed in de richting van beverig.

‘Van daaruit wel ja, dat is een lang recht stuk. Hoewel, ik heb een donkere auto.’ Hij knipte zijn lichten uit. ‘Maar van daaruit?’ Hij draaide zich half om en wees naar achter. Een meter of dertig verderop maakte de weg een scherpe bocht.

‘Ik wil de waarheid. Uit uw mond. Nu.’

Zijn moeder keek nerveus achterom en dan weer voor zich.

‘De waarheid, de waarheid, hoe zou ik die moeten kennen?’

‘Misschien omdat ge erbij waart?’

‘Ik was nergens bij.’

‘Ge snapt heel goed wat ik bedoel.’

Ze keek verhit om zich heen.

‘Wat wilt ge in godsnaam dat ik zeg?’

‘Al wat ge weet, godverdomme. En hoe dat is kunnen gebeuren!’ Lucas brulde, in een kleine ruimte als deze maakte dat verbazend veel lawaai.

Ze reikte naar de schakelaar aan het stuur, draaide aan een hendel om de lichten weer aan te zetten, de ruitenwissers schoten in gang. Hij keek haar aan, zo onbewogen als hij kon, en zette ze weer af.

‘Kijk,’ ze sprak heel stil, ‘ik weet wat zogenaamd de oorzaak is van de aandoening van Suzanne, natuurlijk. Ik weet dat het zou komen door papa en wat die zou hebben gedaan.’

‘Geen vage woorden, zeg gewoon: dat hij haar misbruikt heeft. En naar alle waarschijnlijkheid al vanaf haar vierde zelfs, haar vierde. Weet ge hoe klein meisjes van vier zijn? Hoe klein hun lijfjes?’

‘Ja, ja, ik weet het ja.’ Ze strekte opnieuw een arm uit, maar hij schermde zijn stuur af. ‘Komaan, we zijn nu aan het praten, rijd ondertussen alstublieft verder.’

Lucas keek alleen maar, verroerde zich niet.

‘Maar, jongen, gij doet nu alsof er één waarheid bestaat die ik dan moet onderschrijven of zo, maar zo simpel is het niet.’ Ze draaide zich naar hem toe. ‘Papa heeft daarover gelezen, over haar ziekte,’ ze klonk bijna enthousiast opeens, ‘en hij zegt dat dat mensen zijn die de boel bij elkaar fantaseren, dat het aangepraat wordt door therapeuten, dat er incest in het spel is. Hij heeft dat allemaal gevonden in wetenschappelijke bladen, essays van gerespecteerde dokters of psychiaters. Dus ja, wat moet ik dan geloven?’

Lucas voelde de ontreddering op zijn borstkas drukken.

‘Gij ziet haar daar ook bezig, in de instelling, al zo veel jaren. Gaat gij hier nu lopen beweren dat gij echt gelooft dat zij zomaar iets zit te verzinnen? Hebt ge haar al eens goed bekeken, al eens echt geluisterd, al eens gezien hoe dapper zij probeert terug te vechten en hoe godsgruwelijk moeilijk dat wel niet is?’ Lucas keek weg van haar. ‘Ingebeeld? Zelf verzonnen? Komaan, zeg!’

Zijn moeder ging rechtop zitten. ‘We kunnen verder praten terwijl ge doorrijdt, jongen. Echt. Ik zal… Ik doe toch mijn best nu?’

‘Gij uw best? Gij weet niet eens wat dat is.’ Lucas keek niet op of om.

‘Kijk, ik kan met mijn hand op mijn hart zeggen,’ ze maakte er dat gebaar bij, ‘dat ik er niks van wist.’

‘Met uw hand op uw moederhart?’

Ze keek achterom en weer terug.

‘En zelfs als ik het had geweten, wat had ik kunnen doen?’

Lucas keek haar in de ogen. ‘Dat is een rare uitspraak voor iemand die haar onschuld hoog zit te houden.’

‘Hoe bedoelt ge? Het is toch waar?’ Ze sprak in een raar staccato. ‘Ik sukkelde toen al met mijn gezondheid. Ik was er niet bij, hè? Hoe had ik haar bij hem weg moeten houden? Hoe had ik uw vader kunnen stoppen? Ge kent hem ook. Wat valt er tegen hem te beginnen? Ik bedoel: áls hij al...'

'Gij waart de moeder! Ze was vier!'

In de verte verschenen twee koplampen, gloeiende speldenkopjes in de zwarte nacht.

'Jongen, daar is een tegenligger, we staan midden op de weg, komaan.'

'Is dat nu echt alles wat gij te zeggen hebt?'

De koplampen groeiden.

'Allee, geef gas!' Nu was zij het die schreeuwde.

Lucas keek naar haar met een raar soort ijzige kalmte. Zijn moeder maakte haar gordel los, keek hem vol afschuw aan en sprong de auto uit.

'Geschift. Totaal geschift zijt gij.'

De koplampen kwamen dichterbij, maar de Range Rover vertraagde keurig en remde voor Lucas' auto. Met de bomen aan de zijkanten kon hij er niet langs. De chauffeur stak zijn armen in de lucht, maakte zijn deur open. Een dreinende bas gonsde de nacht in.

'Wat is uw probleem?' vroeg de man.

Lucas wees naar zijn moeder, maakte een verontschuldigend gebaar.

'Madam, kunt ge alstublieft eens instappen? Ik moet nog ergens zijn.'

Geërgerd trok de man zijn portier weer dicht. Zijn moeder trippelde naar de auto en ging zitten zonder Lucas aan te kijken.

'Allee, laat die mens door.'

Lucas reed een stukje achteruit, zijn eigen baanvak op. De tegenligger kwam voorbij, Lucas vertrok. Na een paar meter klonk er een luide pieptoon.

'Uw gordel.'

Ze wriemelde onhandig met de sluiting, de pieptoon krijste door de auto.

'Ja, ja, ik probeer dat ding erin te krijgen. Jezus.' Haar stem brak.

Hij hoorde een klik. Het piepen stopte.

'"Is dat alles wat ge te zeggen hebt?" Dat vraagt gij aan mij. Wat zou ik nog moeten zeggen?'

'Als er iets gebeurt dat met geen woorden te beschrijven valt, dan wordt dat nog perverser als er getuigen zijn, vindt ge niet?' Lucas deed geenszins zijn best om dat zacht te laten klinken.

'Ah ja. En gij? Gij zijt ergens anders opgegroeid dan in dat huis waar al dat onzegbaars gebeurde, volgens u dan?'

Lucas viel even stil.

'Ik was een kind.'

Zijn moeder bleef consequent uit het zijraam kijken.

'Weet gij wel wat ik allemaal heb moeten verdragen? Al die jaren. Wat kon ik doen? Ik kon toch niks doen. Tegen hem. Hij...' Ze begon te snikken.

Lucas had haar in die eerste vijfentwintig jaar genoeg zien huilen voor een heel leven.

'Ik zou echt graag hebben dat het voor één keer eens niet over u moet gaan, en over uw ellendige leven.' Lucas schraapte zijn keel. 'Ge zijt toch maar fijn gebleven waar ge waart, zelfs toen de beerput openging, na de opname van Suzanne.'

'Waar kon ik naartoe? Ik, zonder geld, met mijn gezondheid?'

'Gij, geen geld, met uw familie? Komaan.'

'Mijn ouders, dat waren fantastische mensen, over hen ga ik geen kwaad woord zeggen, maar ze waren niet alleen gierig, ze zouden het zeker ook afgekeurd hebben dat ik van hem was weggegaan. Scheiden, dat doen mensen van stand niet, want dat is een schande. En dat alleen al zou een reden zijn geweest om mij financieel niet te willen helpen, dat weet ik zeker. Zij konden echt hard zijn, dat herinnert gij u blijkbaar niet meer, maar ik wel. En nu is het sowieso te laat, papa heeft het geld van mijn erfenis gebruikt om die huizen te renoveren.'

'Als gij hadt verteld wat er thuis gebeurde, dan zouden ze wel gewilliger zijn geweest. En als gij morgen naar een goeie advocaat gaat, maakt ge mij niet wijs dat er niks uit te slepen valt.'

'Onderschat papa niet in die dingen. Dat is waar hij goed in is, hè.'

'Gij gelooft wat ge wilt geloven, of wat u goed uitkomt.'

Ze sloeg op het dashboard met haar vlakke hand. 'Voor de honderdste keer,' het snikken werd weer luider nu, 'ik wist van niks.'

Zijn moeder snoot haar neus met onaangenaam veel geluid.

'Ge wóu het niet weten. Als ik nu terugdenk aan hoeveel signalen er eigenlijk waren, dat kan toch niet dat gij u als moeder nooit hebt afgevraagd...'

'Ik had zo veel zorgen, jongen, ik deed niks anders dan mij van alles afvragen.'

'Over uzelf, ja.'

'Nee, niet alleen over mijzelf. Waar haalt ge het?'

'Tja, waar zou ik dat nu halen?'

Ze frunnikte met het zakdoekje in haar ooghoeken en langs haar neus.

'Als ge per se kwaad wilt zijn, zijt het dan op hem. Ik versta niet waarom ik degene ben die deze bak ellende over mij heen moet krijgen. Ik heb niks gedaan.'

Lucas gromde. 'Precies. Mijn punt helemaal: niks gedaan.'

'Ik moet betalen voor zijn zonden, is dat eerlijk? Of ja, zijn veronderstelde zonden.'

Ze haalde een pakje met zakdoeken uit haar handtas, en nam er nog een.

'Hij, dat is nog een ander verhaal. Maar snapt gij nu niet hoe gruwelijk dat allemaal is? Niet beschermd te worden door uw eigen moeder? Merken hoe ze haar kop in het zand steekt, en dat blijft doen, haar verdere leven, ook als ge als dochter komt uitleggen wat de basis is van al uw problemen, ook als dat ondersteund wordt door een batterij psychiaters?'

'Nog iets.' Ze slikte, probeerde krachtiger te klinken. 'Ik móćht haar niet helpen. Ze moest van mij niks weten. Dat kind was van kleins af, ik moet het zeggen zoals het is: dat was een papa's kindje. Die twee waren altijd samen tégen mij. Da's ook een realiteit, hè.'

Lucas was verbluft.

'En daar heeft zij voor gekozen? Gij snapt niet dat zulke kerels precies dat soort dynamiek creëren om hun gang te kunnen gaan? Ze sluiten anderen buiten om ervoor te zorgen dat zo'n kind zo geïsoleerd mogelijk raakt, en afhankelijk van hem. En zo'n meisje wil natuurlijk de liefde van haar vader, en ze wil natuurlijk voor hem zorgen als hij zegt dat hij dat zo nodig heeft, en lief voor hem zijn, lief zoals papa dat dan graag wil. Zo'n klein meisje laat gebeuren wat moet gebeuren omdat ze geen verweer heeft. Zo'n kind kan daar toch allemaal niks aan doen.'

'Bwa.' Ze wiebelde met haar hoofd heen en weer.

'Hoezo, bwa!'

'Gij wilt dat we eerlijk zijn. Wel, ik zal eens eerlijk zijn: ik heb al dikwijls gedacht: áls het gebeurd is hè, en ik zeg wel degelijk áls, dan is dat toch allemaal niet zo simpel. Dat kind gedroeg zich altijd provocerend naar haar vader toe.'

'Pardon? Ze was een kleuter!'

'Ge moet kinderen niet onderschatten. Ze was zich er misschien niet echt van bewust, van wat ze uitlokte, maar evengoed...' Zijn moeder knikte verontwaardigd met haar hoofd, onbestemde ja's om haar eigen bewering kracht bij te zetten.

Lucas was te perplex om nog iets te kunnen zeggen.

Zijn moeder ratelde verder. 'En hebt ge u ooit al eens afgevraagd, stel dat het gebeurd zou zijn, wat dat dan betekent voor een vrouw? Dat uw man dat kind liever heeft dan zijn eigen...' Ze snikte nu zo hard dat haar lijf ervan schokte. Met haar zakdoekje zat ze de tranen te drogen die voluit bleven komen.

'Weet ge wat ik erg vind?' Ze sprak in horten en stoten, met oeverloos snikken erdoorheen: 'Dat gij niet ziet dat ik hier in elk scenario evengoed een slachtoffer ben. En al die zorg die uw zus krijgt van u, al die aandacht, al die ondersteuning, al die warmte, ik zou al blij zijn met een fractie daarvan. Want thuis krijg ik het niet, en van mijn kinderen al evenmin. Nu ja, Suzanne, die kan niet beter. Maar gij. Al was het maar af en toe een telefoontje. Een bezoekje op Moederdag of met kerst voor mijn part. Eens een vraag krijgen, al was het maar in een mailtje, over mijn gezondheid bijvoorbeeld, of over hoe dat is om met uw vader onder een dak te leven. Maar dat is allemaal te veel gevraagd.' Ze snoot haar neus. 'Gij hebt achttien jaar geleden de deur dichtgesmeten en u nooit meer afgevraagd hoe dat voor mij was. Ik heb misschien fouten gemaakt, wie niet tenslotte? Maar ik heb het altijd allemaal zo goed mogelijk gedaan. Zoals iedere moeder die houdt van haar kinderen. En wat heb ik teruggekregen? Een dochter over wie ik mij elke dag zorgen moet maken. En een zoon die niet alleen niet meer naar mij omkijkt, maar die mij na al die tijd terugziet en mij dan bedreigt en uitscheldt en verwijten maakt. Wie is er eigenlijk de wreedaardige in dit verhaal? Dat vraag ik mij dan af.'

Lucas zag de rode vlekken in haar hals en gezicht, en zo de machteloze mens die zij ook was. Hij merkte dat hij nog altijd naar haar liefde verlangde, al kon hij dat van zichzelf volstrekt niet begrijpen. Hij voelde zich de slechte zoon, de slechte broer. Hij moest denken aan Amber die door haar moeder in de steek was gelaten, en ook door hem, hij die haar niet had gered. Hij die overal achteraan holde, die zelf niet wist wat gedaan. Hij draaide het raam een stukje open, hij had zuurstof nodig. Nog achtendertig minuten tot de bestemming, las hij, en hij drukte het gaspedaal wat dieper in.

EENENDERTIG

'Ik ga mij eerst nog een beetje fatsoeneren, want als papa ziet dat ik geweend heb...'

Ze klapte de zonneklep open. 'Hebt ge hier een lichtje? Ah daar.' Ze knipte het aan, en ging met het zoveelste zakdoekje langs haar neus, veegde wat uitgelopen mascara weg. Zij ging weer over tot de orde van de dag, zo deed zij dat.

Lucas keek naar het huis, naar de kalkstenen gevel met de negen grote ramen, het kleintje in het dak, en de vier betraliede van het souterrain, de stenen trap naar de viltgroene voordeur, het balkon op de eerste verdieping dat nooit werd gebruikt. De aanblik van al die onveranderde statigheid benauwde hem.

'Ik vrees dat hij het toch wel zal opmerken, afijn, als hij echt kijkt.'

Zijn moeder deed iets onbestemds met haar hand in haar haar. Lucas staarde naar de ontzagwekkende beukenboom rechts van het huis tot hij niks meer zag. En toen zag hij weer hoe Amber zich liet vallen.

'Zo.' Ze deed het lichtje uit.

Lucas schudde zacht zijn hoofd om zich los te wrikken uit de groeven van zijn gedachten. Zijn moeder maakte haar gordel los en glimlachte vaag naar hem. Het was duidelijk dat ze nog een afscheidszin verwachtte, of toch tenminste een gebaar. Lucas wou alleen maar dat ze uit zou stappen.

'Bon, het was weer aangenaam.' Hij lachte erachteraan, vormgegeven *Unheimlichkeit*.

'En hier moet ik het de komende achttien jaar mee doen dan?' Een muis die piepte, dat volume.

'Ja, flauw van mij, maar ik weet ook niet meer wat ik moet zeggen of...'

Opeens ging de deur van het huis open, Lucas hield zijn adem in. En ja, hij was het. Zijn vader daalde de trappen af. Met een vuilniszak in zijn hand kwam hij naar de straat gelopen, de rug gebogen, de tred vinnig. Hij was het echt.

'O, daar is...'

Zijn moeder keek naar haar man, dan naar Lucas, en weer terug. Ze bleef zitten, alsof zij zo niet betrapt wou worden.

Er kwam een wandelaar met een grote hond aangelopen. Toen hij Lucas' vader zag, hield hij halt, sloeg hem op de schouder. Lucas herkende hem wel, hij woonde een paar huizen verderop. De twee waren een meter of vier, vijf van hen verwijderd. Ze gniffelden om iets wat zijn vader had gezegd. Hij stond daar zorgeloos, gemoedelijk kletsend, naast die vuilniszak die bewees dat hun leven simpelweg was doorgegaan.

Lucas observeerde hem en hoorde Suzanne haperen aan al haar woorden, zag haar kamer voor zich die zij ook nog moest delen, Danny die denkbare scenario's schetste. Hij ademde diep in. Hij kon die gordel niet meer verdragen, die beknelde hem. Hij maakte hem los, en zonder verder na te denken vloog hij de auto uit.

Zijn moeder riep nog: 'Jongen, niet zo...'

De buurman had hem eerst gezien.

'Maar, is dat...?'

Toen zijn vader hem opmerkte, deinsde hij achteruit, alsof er iemand een tuinslang op hem richtte. Hij was niks veranderd. Nog altijd die imposante wenkbrauwen, die kleine ogen waar moeilijk iets in te lezen viel, dat grauwe vel, die buik die lamlendig over zijn riem hing.

De buurman stak een hand uit die Lucas vriendelijk aannam. 'Maar Lucas, u heb ik al in tijden niet meer gezien zeg, hoe gaat het?'

'Goed, ja.'

De hond rukte aan de leiband.

Lucas keek naar zijn vader, die op een meter van hen was blijven staan.

'Altijd goed hier, hè, in deze familie altijd alles goed.'

De buurman keek opgelaten naar Lucas' vader, glimlachte gemaakt. 'Zeg, François, ik ga jullie laten.'

'Ja, ja, de groeten aan Germaine.' Zijn vader klonk amechtig. Heel even keek hij Lucas aan, een frons tussen de wenkbrauwen, toen draaide hij zich om en liep vastberaden in de richting van het huis, hij was nu eenmaal klaar met zijn klusje en had op straat verder niks meer te zoeken.

Hij zag de rug van zijn vader, dezelfde rug die zich naar hem keerde toen hij met de fiets gevallen was en brullend weer overeind kroop. 'Wij vielen vroeger uit een boom en mankeerden niks,' had zijn vader gebromd. Pas een week later kwam aan het licht dat Lucas zijn sleutelbeen had gebroken. Dezelfde rug die zich afkeerde van Suzanne toen zij vroeg of ze een week mee op vakantie mocht met een vriendin uit de klas, gekwetst omdat ze ook op zijn wedervraag 'of ze echt niet liever gewoon lekker thuisbleef' 'nee' had geantwoord. Ze was uiteindelijk niet gegaan.

Lucas liep achter zijn vader aan. Om weg te kunnen komen moeten ze je ook laten gaan.

Zijn moeder trippelde hun kant op. 'Uw auto is niet op slot, jongen.'

Lucas negeerde wat ze riep en rende langs zijn vader, holde de trappen op. Hij ging in het deurgat staan en versperde de weg.

'Ik krijg geen goeiendag of wat?'

Zijn vader trok met zijn mond. 'Met u valt toch niet te praten, dat weten we van de laatste keer, dus wat heeft het voor zin?'

Lucas kon zijn vader ruiken, de geur van sigaren en bedenkelijke hygiëne, die geur van toen. Zijn moeder kwam bij hen staan.

Zijn vader maakte een gebaar met zijn hoofd in de richting van Lucas. 'Dit is uw werk neem ik aan? Wat is hier de bedoeling van?'

'Ja, Robert, ik wou gewoon thuis geraken en hem nog eens zien. Ik had het beter niet gedaan, maar ja.'

Lucas was nog altijd wat kleiner dan zijn vader, hem aankijken was naar hem opkijken, dat irriteerde hem.

'Wilt ge stoppen met uw aanstellerij, ik ga naar binnen.'

Zijn vader greep hem zacht bij de bovenarm, in een nonchalante poging om erlangs te kunnen. Lucas spande al zijn spieren en bleef roerloos staan. Hij was een boom, een zoutpilaar, een wegversperring, al begreep hij zelf niet wat hem bezielde of wat hij hoopte te bereiken. Zijn moeder keek verontschuldigend naar haar man.

'Komaan, jongen, doe nu niet zo raar. Als ge nog een momentje binnen wilt komen kan dat wel.'

De gang in marmer, hoge deuren links en rechts, naar de salon en de studeerkamer, de wenteltrap naar boven. Hij rook het huis, boenwas en onbestemde etenswaren.

'Toe jongen. Het is fris buiten. En iedereen kan ons hier zo zien staan.'

Zonder iets te zeggen stapte Lucas de drempel over. Hij dacht niet na, nam intuïtief de wenteltrap naar boven. 'Jongen, wat gaat gij nu...?' Hij antwoordde niet.

Zo te zien was alles precies zoals het altijd was geweest. Geschilderde stillevens met vazen, fruit, lelijke bloemen en geschoten wild aan de muren, licht gekraak bij elke stap op de trap, en dan het kille donker van de eerste verdieping. Er spande een te krap, breed elastiek om zijn hoofd. Hij wreef met zijn vingers langs zijn slapen, wat niet hielp.

Hij arriveerde bij zijn kamer, hij vroeg zich af hoe het zou voelen om alles terug te zien. Hij maakte de deur open en schrok. Zijn kamer was leeg. Helemaal leeg. Het behang nog steeds dat met het grijsgroene motief, en de zware, bruine gordijnen hingen er nog, maar de rest was weg, hij was uitgewist. Hij rook het stof. Waar zouden ze met de meubels zijn gebleven? Dat bombastische bureau dat nog het best in een kantoor zou passen, het bed met die hoge opstaande randen, het tapijt dat versleten was waar hij altijd met zijn bureaustoel heen en weer rolde? Op de vensterbank lag een vergeten schroefsleutel. In de hoek een verlengsnoer dat niet in het stopcontact zat.

Hij keek uit het raam, zoals hij vroeger vaak had gedaan, nieuwsgierig naar het leven elders. Buiten was er amper beweging, de omgeving hield solidair haar adem in. Lucas sloot de gordijnen, voelde met een klamme hand aan de muren, alsof hij hun geheimen zou kunnen achterhalen.

Hij liep de gang weer in, wilde Suzannes kamer bekijken. Daar was het helemaal anders. Het meisje van twintig dat ze was toen ze naar de eerste instelling vertrok, kon hier zo binnenlopen. Een eenpersoonsbed, een klein bureau, een grote kleerkast met een spiegel in het midden, drie schilderijen van zeegezichten, een dik tapijt in pasteltinten, een wekkerradio en een nachtlamp met een roze kapje. In de boekenkast en op haar bureau stapels boeken en schriften. Aan de muur bij haar bed drie ingekaderde foto's van toen ze klein was, eentje op schoot bij hun vader, een in een bikini naast een opblaasbadje, eentje op een pony, alleen op die laatste lachte ze.

Hij zag de beelden weer voor zich van de maanden die voorafgingen aan haar opname. Lucas slikte, zijn mond was plakkerig droog. Werd hier een verleden pijnlijk in stand gehouden of ging dit over de utopische hoop dat ze misschien nog terug zou komen? Beide mogelijkheden benauwden hem. Hij wist alleen dat hij geen moment langer in deze ruimte kon blijven.

Hij sloot de deur en draaide zich om. Hij naderde de trap, twijfelde even, maar liep toch door naar de andere vleugel, waar de slaapkamer van zijn ouders zich bevond. Tenminste, zo werd die nog altijd genoemd, zolang hij zich kon herinneren sliep alleen zijn vader daar. Zijn moeder gebruikte de logeerkamer, naast de badkamer, een verdieping hoger. Dat was handig, dan maakte ze haar man niet wakker als ze 's nachts op moest, en werd zij niet uit haar zo kostbare slaap gehouden door zijn gesnurk. Wat mensen niet allemaal bedenken en vervolgens zelf geloven.

Hij hield halt bij de deur. Het elastiek om zijn hoofd spande nog meer dan daarnet. Hij moest doorbijten nu. Hij draaide aan de deurknop, knipte het licht aan en bleef staan. Het grote hemelbed, de barokke kast in crème en goud, muren vol schilderijen, ook dat van dat bos in bedenkelijke kleuren dat hij vroeger akelig vond, gevaar dat altijd op de loer lag. Aan beide kanten van het bed een tapijt. De versleten pantoffels van zijn vader in vaalbruin leer aan de linkerkant. Hij had dus nog altijd een kant die de zijne was. Een asbak op het pompeuze nachtkastje, en een lamp, een dik gebonden boek, een potlood en een notitieboekje. Hij zag het en hij werd weer een jongen.

De jongen die de deur had opengemaakt, heel zachtjes, die ene keer, toen hij voorzichtig had aangeklopt en er niet werd gereageerd. Hij zag zijn vader en zijn kleine zusje met haar minilijfje, samen, iets heel dichts. Hij had het zich pas herinnerd maanden nadat Suzanne hem voor het eerst had verteld wat haar was overkomen, met haar toenmalige psychiater erbij, omdat ze dat anders niet kon. Ze had het uitgesproken met haar handen voor haar gezicht.

Hij had toen gauw de deur weer dichtgedaan, was de trap af gelopen en de tuin in gegaan. Iets in hem had geweten dat het niet klopte wat er daar gebeurde, al wist hij niet wat dat dan was. Hij had er nooit iets over gezegd, tegen niemand, en het later als vanzelf weggeborgen in de donkerste hoeken van een hoofd waar datgene sluimert wat eigenlijk niet mag bestaan.

Lucas ademde diep in, er was te weinig zuurstof in deze kamer.

Hij wou hier weg, maar toch zette hij een stap vooruit, en duwde de deur helemaal dicht. Aan een haak hing de zijden kamerjas van zijn vader, in bordeaux en donkerblauw. Over een stoel lag een broek in grijze wol met ingestreken plooien. De geur in deze ruimte viel amper te verdragen. Lucas legde een hand om zijn hals, hij wou zitten, maar niet op die stoel, niet op dat bed.

Het was een dag in de zomer geweest. Zijn moeder was er niet, misschien lag ze weer in het ziekenhuis of logeerde ze bij haar zus, of stond ze gewoon beneden eieren met spek te bakken waar ze dan zelf niet van ging eten, dat kon hij zich niet meer herinneren. Hij was tien misschien, of elf. Hij was nog maar net wakker en kwam uit de badkamer toen zijn vader hem naar binnen riep. Lucas bleef bij de deur staan. Het gebeurde zelden dat zijn vader hem zo expliciet bij zich liet komen. Lucas vond het vreemd, en tegelijk was hij ook wel blij benieuwd. 'Doe maar dicht en kom hier.' Lucas zette een paar stappen dichterbij, voelde het tapijt ruw onder zijn blote voeten.

Zijn vader zat in diezelfde kamerjas op het bed, legde zijn boek weg en bekeek hem van top tot teen. Lucas glimlachte naar zijn vader. Hij had iets tegen hem gezegd, wellicht, dat wist hij allemaal niet meer. Hij vond het raar om zo bekeken te worden, terwijl hij daar in zijn hemdje en onderbroek stond. Het zou vast nog wel duidelijk worden, dacht hij toen.

'Kom eens dichterbij,' zei zijn vader glimlachend, en hij wees met zijn vinger naar de vloer, daar waar hij moest komen staan, vlak bij hem, naast de pantoffels die ook toen al een vaste plaats hadden. Lucas wou zijn vader niet teleurstellen, hij gehoorzaamde. Zijn vader rook zurig. Als hij praatte zag Lucas zijn gele tanden. Hij had massieve handen waar dikke blauwe aders bovenop lagen, rivieren die buiten hun oevers waren getreden. Hij liet de stilte duren. Lucas durfde niks te zeggen, wachtte af.

Opeens leunde zijn vader voorover, Lucas zag zijn kruin met veel donker, borstelig haar. Zijn vader wreef hem even over zijn rug, wat hij nooit deed. Lucas wist niet goed wat hij ervan moest denken. Hij hoorde de adem van zijn vader, zwaar, nadrukkelijk. En opeens trok die met twee vingers Lucas' witte onderbroekje naar beneden, het bleef een stuk boven zijn knieën hangen. Lucas durfde niet omlaag te kijken, voelde het elastiek ongemakkelijk rond zijn benen spannen. Hij keek naar het boek dat op het nachtkastje lag. Op de cover stonden drie vogels, niet mooi getekend maar kinderachtig, met een paar lijnen, ze waren wit op een blauwe kaft, twee vlogen er naar boven, eentje stevende naar beneden. Zijn vader was aan het praten, Lucas had geen idee wat hij allemaal had gezegd. Hij probeerde te denken aan de boterhammen met choco die hij zou gaan eten, aan de rekenles, aan Suzanne die daarnet nog lag te slapen toen hij bij haar een kijkje nam. Hij verroerde zich niet.

Zijn vader kneep zacht en omstandig in zijn billen, als was het deeg dat gekneed moest worden. Toen gaf hij er een klapje op en rook aan zijn hand. De trouwring leek vergroeid te zijn met het vel van zijn vinger. Lucas probeerde niet te ademen. Zijn vader lachte, lief misschien, en hij vroeg op plagerige toon of hij er al aan trok. Lucas antwoordde niet. Dat hij er wel aan mocht trekken, dat dat normaal was, zijn vader lachte weer. Dat hij zelfs eens mocht laten zien hoe hij dat deed. Lucas vouwde zijn handen achter zijn rug en slikte. Zijn vader keek en bleef kijken. 'Dan niet,' zei hij, het had niet boos geklonken. En toen sloeg hij plots met vier vingers zachtjes Lucas' kleine piemel heen en weer, hij voelde hem een beetje hard worden, dacht hij, zeker wist hij het niet. Hij wou huilen, maar hield zich sterk.

Zijn vader had veel donker haar op zijn armen, buiten reed een auto voorbij, de hond van de buren blafte, hij was vast buitengesloten en hij wou zo te horen dringend terug naar binnen. Zijn vader bleef nog even onderzoekend toekijken en zei uiteindelijk: 'En gij denkt met zoiets ooit een echte kerel te worden?' Hij tikte er een laatste keer tegenaan, trok zijn hand terug en lachte weer.

Hij hees zijn benen het bed op en nam zijn boek. Nog even was Lucas blijven staan, onvast op zijn benen. Toen zijn vader een blad omsloeg had hij snel zijn onderbroek weer opgetrokken en was hij naar zijn kamer gerend.

Lucas keek naar het tapijt en het bed en de kamerjas, hij voelde zijn hart racen. Het was maar één keer gebeurd, voor zover hij zich kon herinneren, het was zijn vader nooit om hem te doen geweest. Heet dat dan geluk hebben, vroeg hij zich af, en: is zoiets erg te noemen? Als het om een verhaal in een rechtbank zou gaan, zou hij vinden van wel, wist hij. Weten en geloven is niet hetzelfde, dat was een van de meest zelfondermijnende aspecten van het leven.

Zijn telefoon trilde in zijn broekzak, een bericht. De lucht in deze kamer was ondraaglijk zwaar, de bange vloer leek hem aan te zuigen. Probeer nu eens wat rustiger te ademen, zei hij tegen zichzelf, alsof dat zou helpen. Hij haalde het toestel uit zijn zak en las. 'Die Nieuw-Zeelandse sauvignon blanc waar we zo zot van zijn gevonden voor maar 10,99 euro in plaats van 18,99. Vier kartons meegenomen. Ha.'

Lucas liep de kamer uit en denderde de trappen af. Hij hoorde vanuit de salon strijkers en koper komen, donderende muziek, Mahler misschien. Hij stormde naar binnen. Zijn vader zat in de leren fauteuil, zijn moeder stond bij het raam. Ze keken op, hun nekken die zich simultaan strekten, dieren die onraad roken.

Hij bleef in de deuropening staan en nam de ruimte in zich op. Op de tafel twee appels en een banaan in een schaal, een opgevouwen krant, een lege asbak. Zij deden niet aan rommel. Het viel hem nu pas op dat het vooral jachttaferelen waren, in de statige omlijstingen aan de muren. De perverse symboliek trof hem voor het eerst. De muziek zwol aan. Hij zette een paar stappen in de richting van zijn vader. Hij veegde het zweet weg bij zijn slapen, hield halt daar waar zijn pa zat, een meter van de fauteuil.

Zijn vader keek omhoog. Was dat spot in die trek om zijn mond of glinsterde er toch iets van vage ongerustheid in zijn blik? Lucas stond naar hem te kijken, naar zijn haar dat dunner was geworden, naar zijn handen, met die trouwring, naar het haar op zijn armen en op zijn polsen. In de asbak op het bijzettafeltje dampte een sigaar die in zijn vaders mond had gezeten. Hij zag het voor zich, twee vochtige lippen die in schokjes lucht naar binnen zogen, de vlam van de aansteker die groter werd, de rook die de kamer in dampte, zijn vader die een kleine spuugbeweging maakte, en iets kleins dat ergens naartoe vloog. De dunne lippen van zijn vader persten zich samen. Lucas kon die geur niet verdragen. Hij kiepte de asbak om, de sigaar viel op het parket, hij stampte hem uit.

'Wat krijgen we nu, zeg?' Zijn vader maakte een zenuwachtig gebaar met zijn linkerschouder, zijn blik ging naar de sigaar. Niemand raapte hem op. Zijn moeder bleef zitten, roerloos toekijkend.

Lucas antwoordde niet, hij staarde hem aan.

Dat was zijn pa. Een onneembare burcht. Een oude man. En opeens ging Lucas door zijn knieën, zijn lijf handelde sneller dan hij kon denken. Hij greep de poten van de fauteuil en kiepte hem naar achter. Zijn vader smakte samen met de leuning tegen het Perzische tapijt, zijn voeten lullig in de lucht bungelend. Zijn moeder piepte vanuit haar hoek: 'Jongen toch, wat doet gij nu?', maar ze bleef waar ze was. Lucas keek hem aan met onweerogen. Zijn pa's gezicht krijtwit, zijn handen verkrampt rond de leuningen. Lucas hield de poten stevig vast, zijn vader deed geen poging om zich uit zijn penibele houding te bevrijden. En Lucas stond daar, als bevroren. Minutenlang. Hij zocht niet eens naar woorden. Die kwamen allemaal te laat. En gevechten met woorden werden doorgaans sowieso gewonnen door zijn vader.

Lucas voelde zijn spieren ontspannen en zag zijn pa, in alle verschrikte hulpeloosheid van het moment. De heetste woede ging liggen, verdriet ruiste in zijn oren. Ook vandaag zou zijn vader niks bekennen, ook vandaag zouden er geen verontschuldigingen komen, zou niks Suzanne helpen, zou Lucas niet de liefde voelen die hij misschien nog altijd wou, ook van hem, al hoopte hij van niet. En even bruusk als hij de fauteuil had omgekieperd, liet hij los en maakte hij rechtsomkeer. Hij hoefde hier niet langer te blijven, hij wist wat hij moest doen.

Hij liep de gang in en rende het huis uit, de straat op. Daarna volgde hij de oprijlaan tot bij de voordeur van de buren, de ouders van Leonard. Een portiek met een afdak, potten met planten, een schommelstoel, hier deden ze aan gezelligheid. Hij belde aan. Hij kon niet stilstaan. Hij slikte, zijn mond was nog altijd droog, alsof hij op karton had zitten kauwen. Er klonk gestommel in de gang, een deur ging aarzelend open.

'Voor wat is het?' De buurvrouw piepte argwanend door een spleet.

'Herkent ge mij niet? Lucas, van hiernaast?'

'Maar, Lucas, nu ge het zegt,' de vrouw zwaaide de deur open, glimlachte hartelijk, 'dat is –'

'Lang geleden, ja.' Lucas glimlachte terug, ademde diep in en uit, probeerde het beven uit zijn stem te krijgen. 'Ik wil jullie niet storen. Maar ik kom heel even iets vertellen. Het is belangrijk. Omdat een mens toch blijft zoeken naar een soort van rechtvaardigheid.'

De buurvrouw zette grote ogen op, ze leek verward. 'Wilt ge anders binnenkomen, ik...'

'Nee, nee, dank u, ik...'

Ze bleef bemoedigend glimlachen. Hij had haar altijd een lieve vrouw gevonden.

'Ik wou gewoon even komen zeggen. Ik bedoel... Het is... Mijn vader, uw buurman, meneer de notaris van vroeger.' Hij slikte zo hard dat hij dacht dat de buurvrouw het zou kunnen horen. 'Hij heeft Suzanne misbruikt, dat wil ik u vertellen. Vanaf haar vierde.'

De buurvrouw hield spontaan een hand voor haar mond.

'Ik weet niet wat ze u precies hebben verteld dat haar aandoening zou verklaren, maar dit is de waarheid. Gerechtelijk was het al verjaard toen de feiten boven tafel kwamen. Evengoed, nu weet gij naast wie ge woont.'

Lucas voelde de emotie stijgen, langs zijn slokdarm kroop het gestaag naar boven. Iets in hem panikeerde, maar hij ging door.

'En ook met mij is hij toch wat onsmakelijk ver gegaan, één keer maar, niet te vergelijken met wat mijn zus heeft moeten doorstaan. Maar wie niet in staat is om zich in een ander te verplaatsen, zoals mijn vader, die kent geen grenzen, dus blijft niemand helemaal buiten schot. Daarom vind ik het toch relevant om dit te... Of ja, ik wil ook niet dat Suzanne alleen... Dat ik alleen haar verhaal hier kom vertellen, eh, vandaar.'

De buurvrouw stamelde: 'Maar Lucas, goh, wat...'

'Ik begrijp dat ge niet weet wat te zeggen, dat hoeft ook niet.'

Hij bleef haar aankijken, wou zien of hij kon inschatten wat ze hoorde, wat ze dacht.

'We stonden daarjuist na jaren weer eens oog in oog. Ik keek hem aan en ik vroeg mij af wat ik moest doen. Maar ik wou hem niet slaan en ik kon niks bedenken wat ik hem nog wou zeggen of toeschreeuwen, zelfs, niks wat ik hem moest vragen, behalve alles waar ik toch geen antwoord op zou krijgen. En toen opeens daagde het mij, dat er toch iets was, iets om ervoor te zorgen dat hij er niet helemaal mee weg zou komen. Het is zo moordend om te zien hoe mijn zus lijdt onder al wat haar is aangedaan, en hoe ik zelfs... Niemand is totaal onaanraakbaar, besefte ik opeens, dat is misschien enigszins geruststellend, alsnog, ik weet niet. Daarom kom ik... Afijn, dat wou ik kwijt. Ik eh... Ik wou jullie niet storen.'

De buurvrouw bleef hem maar aankijken, water dat stilstaat en verslibt. Hij bleef proberen om niet te beginnen janken, want dan zou hij misschien niet meer kunnen stoppen. Wou ze hem omhelzen? Geloofde ze hem niet?

'Bon. Het ga jullie goed. Dag.' Lucas knikte vriendelijk, draaide zich om en liep weer weg. Hij hoorde de deur niet dichtslaan. Hij keek niet meer achterom.

Hij ging op de motorkap van zijn auto zitten en probeerde de braakbal in zijn keel weg te slikken. Hij tuurde de straat af. In de meeste huizen brandde er licht, zo te zien. Hij zou overal gaan aanbellen, ook bij Fanny die nog nooit iets voor zichzelf had gehouden in haar leven. Waar ze opendeden zou hij het vertellen. Hij hoopte dat hij niks onheus deed tegenover Suzanne, maar zij was hier in geen jaren meer geweest en zou hier in geen geval ooit terugkeren, zoveel was zeker. Zij zou niet in staat zijn om gerechtigheid te forceren, en haar zou het ook nooit worden aangewreven dat hij iets in die richting had geprobeerd.

Hij wierp nog een laatste blik op de eerbiedwaardige gevel van zijn ouderlijk huis, ademde diep in en uit in de hoop dat het de druk in zijn lijf wat zou doen afnemen. Hij zei hardop tegen zijn slappe knieën dat het oké was. Toen stond hij op en liep naar het volgende huis.

TWEEËNDERTIG

Dat het de twee dichtgegooide deuren waren die hem het meest bijbleven zei ook iets over hem, wist hij. Met elke ingedrukte deurbel, met elk vermoedelijk vriendelijk gezicht, met elk uitgesproken 'misbruik' was het stille gillen in zijn hoofd minder geworden. Na het negende huis had hij zijn missie gestaakt. Hij was in de auto gestapt en weggereden van zijn jeugd, van zijn ouders. Hij had niet meer omgekeken. Lucas hield niet van definitieve soorten afscheid, maar kan je wel afscheid nemen van mensen die nooit in staat waren tot wederkerigheid?

Hij vroeg zich af of er buurtbewoners waren die hem hadden geloofd, en of er zouden zijn die er iets mee gingen doen? En wat dan? Lucas vertraagde in de bocht, zag het verkeersbord dat wees op slipgevaar – het leek wel de cartoon bij zijn dagen zoals ze waren.

Vreemd, hoe er doorgaans werd gereageerd op incest. Iedereen vindt het erg en verwerpelijk. Tegelijk willen veel mensen het eigenlijk liever niet weten, ze geven vermeende daders meestal toch het voordeel van de twijfel. Lucas weet dat niet aan een heilig respect voor het principe van onschuld tot het tegendeel bewezen was. Volgens hem had het er alles mee te maken dat een slachtoffer je vraagt om iets te doen, al was het maar je inleven in zoiets huiveringwekkends, terwijl een dader je juist vraagt om niks te doen, en we doen allemaal liever niks. Als een wereldster door zijn dochter wordt beschuldigd van misbruik, schrijven de kranten er een paar dagen over en op langere termijn blijft toch het beeld overeind van de man die mooie of geestige dingen heeft gemaakt, want wie zijn wij tenslotte om te oordelen over wat nu eenmaal niet te achterhalen valt? De voorbeelden waren legio.

Ook in het strafrecht ben je beter geen incestslachtoffer. Meestal wordt het niet eens een zaak omdat de feiten verjaard zijn wanneer ze aan het licht komen of wanneer het slachtoffer er dan eindelijk over wil en kan praten. En als het toch tot een rechtszaak komt, staan vermeende slachtoffers vaak strafrechtelijk zwak. Lucas herinnerde zich dat ene meisje, met die ogen. Alles had hij aan haar gezicht gezien, dacht hij, alles wat zij nauwelijks onder woorden wist te brengen, omdat er eigenlijk ook geen woorden voor waren misschien, alles wat die man staalhard ontkende, omdat hij heel goed wist dat het haar woord tegen het zijne was. Maar zeker had Lucas het onmogelijk kunnen weten. Het recht had gezegevierd toen die man werd vrijgesproken. Bij twijfel heb je als rechter vanzelfsprekend geen andere keuze. Toch had hij die nacht niet geslapen. En dat was niet de enige keer geweest.

Hij nam de oprit naar de snelweg. Op het middenvak reed een Volvo met een rotvaart langs hem. 'Idioot.' Misschien was hij zelf de grootste idioot van allemaal. Lucas haalde zijn telefoon uit zijn binnenzak en legde die naast zich op de stoel. Hij had niet gereageerd op het bericht van Isabelle. En hij moest morgenvroeg ook nog eens bellen om te informeren of ze het lichaam van Amber al hadden gevonden.

Suzanne was nu vier dagen en dik zes uur vermist. Er speelde een liedje dat hij kende, hij zette het meteen weer af. Welke muziek hij nu ook hoorde, die zou hij nooit meer kunnen beluisteren. Zoals hij nooit meer regen op asfalt kon ruiken zonder de totale verlatenheid te voelen van dat moment waarop zijn eerste echte liefde hem zei, zomaar midden op straat, die middag na een stortbui, in de zomer, in het zonlicht, dat ze het beu was, en hij die zeker wist dat hij en niemand anders het om zeep had geholpen. Hij wou zich nooit meer zo voelen. Dat Hans nadien had geprobeerd om zijn interpretatie van die relatie en de breuk flink te nuanceren, had niet geholpen. Misschien is onszelf niet vergeven makkelijker dan de diepste waarheid onder ogen te zien, dacht hij nu.

Lucas zag de gezichten van de buren weer voor zich. Dat van de moeder van Leonard. Dat van Ludo met die geplooide dunne huid onder zijn ogen en die grijze baard. Hij leek vroeger al een beminnelijk soort verdriet te huisvesten, misschien was het alleen maar dat wat tevoorschijn was gekomen, wie zou het zeggen? Dat van Richard, met dat artistiek slordige haar en die wantrouwende mondhoeken, hij die er vrijwel meteen zijn vrouw bij riep. Het ronde hoofd van Louis dat gemaakt leek om te allen tijde te glimlachen, wat je ook tegen hem zei. Het strakgetrokken gezicht van Lineke, die zijn hand met haar beide handen had omklemd. Dat van Hilda, met haar ingevallen wangen en haar naarstig verrimpelde bovenlip, haar had hij misschien nog het minst van al kunnen lezen. Dat van Fanny die net naar de kapper was geweest, zo te zien, geen haartje lag verkeerd op dat hoofd van haar. Zij had toegekeken met een mond vol kiezelstenen toen hij sprak. Dat van Henriëtte, zij had geen bovenlip en van nature een strenge blik, dus of zijn intuïtie klopte, was volstrekt onduidelijk. En dat van die nieuwe bewoner die hij nooit eerder had gezien, de jongste van de straat, met lang rood haar, een spitse neus en diepliggende ogen, zij was hem maar blijven aankijken. En toen Lucas weer wou vertrekken, had ze hem omhelsd.

Lucas probeerde te bevatten wat hij nu eigenlijk had gedaan. Een leven lang had hij zich ervoor gehoed om grootse daden te stellen zonder dat op voorhand te hebben doordacht, maar de laatste tijd deed hij niet anders. Hij wist niet of dat betekende dat hij beter of juist slechter bezig was. Hij speelde de film van elke ontmoeting opnieuw af, op zoek naar aanwijzingen. Suzanne beweerde dat het nooit gaat om wat er wordt gezegd. Misschien begreep hij dat zinnetje nu pas.

Wat hem destijds misschien nog het meest had getroffen in Suzannes summiere verhalen over hun vader was dat het allerergste niet eens zozeer de heftigste daden waren, maar de eindeloze reeks kleine handelingen. Dat hij haar kinderlijf almaar aanraakte, achteloos. Een hand in een nek, licht gewrijf over een buik, een doelloze knie in haar rug terwijl ze naar buiten stond te kijken, een wijsvinger die net iets te hard in haar ribbenkast pookte, een spelletje dat haar nooit aan het lachen bracht, maar dat altijd weer werd gespeeld. Dat ze op zijn schoot moest zitten terwijl zij liever zelf op een stoel zat. Dat ze opgetild werd terwijl ze toch zelf kon lopen, net als alle andere kinderen. Dat ze bij hem in bed moest komen liggen, samen onder de lakens in hun ondergoed. Dat hij zijn duim in haar mond stak. Dat hij met zijn hoofd in haar schoot kwam liggen als ze nog geen kleren aanhad na het bad, gewoon omdat hij droevig was. Dat gevoel van nooit veilig te zijn, nooit alleen maar van zichzelf te zijn, maar ook van hem, het werd een klein knaagdier dat in haar woonde en aan haar vrat, jaar na jaar na jaar. De walging op haar gezicht terwijl ze dat vertelde was hij nooit meer vergeten.

Nog frappanter was dat ze het moeilijk had gevonden toen haar vader haar opeens níet meer bij zich riep, toen er geen deuren meer op slot gingen, toen ze niet meer met zijn tweeën op stap gingen met de auto. Wat je gewend bent, ook al is het iets wat je uitholt, wegwist, bang maakt, voelt evengoed vreemd als het verdwijnt. Het was tenslotte het bewijs van hun geheime pact, van hun unieke band die zij zo nodig had, dat was haar altijd zo verteld door haar vader, en hij had gelijk, dat wist zij wel. Als puber verdiende ze die bijzondere aandacht blijkbaar niet meer. Nu was ze te lelijk geworden. Nu had ze onvergeeflijke fouten gemaakt. Nu kon ze hem niet meer beschermen terwijl hij dat toch zo nodig had, dat voelde zij aan alles. Dat had de verwarring compleet gemaakt. Pas toen ze dat allemaal vertelde, had Lucas begrepen dat hij niks wist, hij die zich altijd sterk had gemaakt dat hij door zijn beroep wel zo'n beetje in kaart had hoe dat soort kwesties in elkaar zaten.

Lucas probeerde zich te concentreren op de weg die maar op hem af bleef komen. Alles aan zijn lijf was moe. Hij zette de verwarming lager om niet in slaap te vallen. De telefoon trilde. Dat het in godsnaam nieuws mocht zijn over Suzanne. Hij zag Isabelles foto op zijn scherm, hij nam toch op.

'Gij waart er blijkbaar niet blij mee, met mijn trouvaille, maar ik zit hier nu met een stevig glas wijn en ik moet zeggen: ik toch echt wel.' Ze klonk jolig, het was vast niet het eerste glas van de dag.

'Ja, nee, die wijn ja, toch wel, ik heb nog niet gereageerd omdat... Het was nogal... een volle dag.'

'Tegen wie zegt ge het. Ik ben amper een halfuur thuis en ik zat vanmorgen om kwart over acht in mijn eerste vergadering. Maar kijk, ik heb eindelijk Veronique ontslagen. Nooit leuk, zoiets, maar dat bleef maar aanslepen en ik zag echt geen verbetering, dan moet ge op een bepaald moment knopen doorhakken. Ik heb met haar meer geduld gehad dan ik doorgaans aan de dag leg, dus.'

'Da's waar.'

'Tranen natuurlijk, zielig wel om te zien, maar ja, als het er echt niet in zit, kan het er niet uit komen, hè.'

'Nee.'

Er viel een stilte. Lucas hoorde haar het glas terug op de tafel zetten. Hij zag het voor zich, zij languit op de sofa, een kussen onder haar arm, een behaaglijk dekentje over zich heen, het grote wijnglas op een van die onderleggers die ze uit Milaan had meegebracht.

'Pippa begon eergisteren over nog een jaar langer blijven, hebt ge dat al gehoord? Die beurs is maar voor één jaar, maar ze kan als student werken voor een of andere organisatie en zo wil ze de bijkomende kosten ten dele meebetalen. Ze verwacht natuurlijk dat wij voor de rest opdraaien. En dan maakt ze daarna pas haar opleiding af. Ze zou in de tussentijd nog een aantal losse vakken volgen of zo. Ze beweerde dat het allemaal geweldig interessant ging zijn.'

'Ah zo.'

'Ik ben vergeten welke, haar uitleg was niet zo duidelijk. Maar er is natuurlijk maar één ding geweldig interessant daar en dat is die Jack.'

Lucas werd er een beetje week van. 'Tja, de liefde als ze groot is.'

'De liefde, de liefde.' Er klonk schouderophalen onder die woorden.

Lucas hoorde haar een slok wijn nemen.

'Zin in avontuur heeft er altijd in gezeten bij haar. Ze heeft het van geen vreemde. Gij lijkt altijd het gelukkigst als ge weer moogt vertrekken.'

'Och, Lucky, voelt ge u tekortgedaan?' Ze lachte erbij.

'Sommige mensen zouden dat betekenisvol vinden.'

'Aha, sommige mensen. Ja, wat sommige mensen vinden, daar moeten we ons door laten leiden.'

Lucas antwoordde niet.

'Zeg, en nu valt ge stil. Doe niet zo flauw, gij. Dat is toch allemaal niet ernstig bedoeld zeg, komaan.'

'Ja, oké, ja.'

'Ik belde maar gewoon voor de gezelligheid.'

Hij hoorde de rollende donder in haar hoofd. 'Ja, natuurlijk.' Lucas zweeg heel even, hij moest zichzelf herpakken. 'En voor alle duidelijkheid, ik heb Pippa ook liever dichtbij, hè, maar ze ziet er zo stralend content uit, ik gun het haar gewoon.'

'Ja, en ik niet…'

'Dat bedoel ik toch niet…'

'Het is gewoon…' Hij hoorde opeens haar stem iel worden.

'Zijt gij nu emotioneel Isabelle?'

'Ja, nee, het is niet erg. Het is gewoon: ik zou mij ook nog eens graag echt goed voelen.'

Lucas merkte hoe die zin zich om zijn maag wikkelde en de boel samentrok. Net zoals vroeger wanneer zijn moeder met terneergeslagen ogen achterbleef, of zijn vader hem met een vermoeide blik zei dat hij meer had verwacht, of zijn zusje als een bezetene duimde en niet reageerde op zijn bezorgde vraag.

'Ga er anders in de kerstvakantie naartoe. Neem twee weken verlof, ze kunnen het daar wel eens veertien dagen geregeld krijgen zonder u, en bezoek uw dochter, leer die jongen kennen.'

Isabelle zweeg, nam weer een slok, en meteen nog een. Slikken wordt luider als het gulziger is.

'Ge zegt "ik", niet "wij".'

Hij hoorde haar stem nu onmiskenbaar wankelen.

'Ik was niet aan het nadenken, ik wou helpen, iets constructiefs bedenken, dat is alles.'

'Ja, ja, dat zal wel. Maar dat is dan ook duidelijk.'

'Isabelle, ik bedoelde er niks mee. Echt waar, niet. Het was hier een lange dag en dan ben ik slordiger in wat ik...'

'Ik begrijp het, ge zijt moe en dan... Goed, ik ga hier nog wat van mijn heerlijk glas wijn genieten en...' Ze schraapte haar keel. 'Ik ga u laten. Salut, hè.'

Hij hoorde niks meer.

Lucas legde de telefoon naast zich neer. Moest hij nu een berichtje nasturen? Maar wat zou hij dan zeggen? Daarop rinkelde de telefoon alweer, hij nam haastig op.

'Ik ben blij dat ge terugbelt, ik ging het zelf doen anders. Sorry Isabelle, het was onhandig van mij om –'

'Eh, Lucas, excuseer dat ik u onderbreek, maar ik ben het: Danny.'

'Ja?' Hij hield zijn adem in.

'Goed nieuws, ze is gevonden en ze maakt het al met al goed.'

Als een opgespannen veer die eindelijk de lucht in mag. Geruststelling is de meest weldadige emotie van het hele spectrum, moest Lucas denken. Hij sloeg met zijn hand een paar keer op het stuur, een glimlach probeerde tot voorbij zijn oren te reiken.

'En wat betekent die "al met al"?'

'Ze is gevallen, ergens in het havengebied blijkbaar, God weet hoe ze daar is verzeild, en ze kon niet meer zelf opstaan. Volgens de mannen die haar hebben gevonden kan ze daar maximaal zes uur hebben gelegen. Ze heeft een complexe beenbreuk opgelopen. Ze was ook onderkoeld en gedehydrateerd. Ze gingen haar meteen opereren aan dat been. Maar goed, na al die tijd, het had nog erger gekund.'

'En hoe is ze eraan toe, ik bedoel, mentaal?'

'Ik heb ook alleen de behandelend arts gehoord, ik wou u meteen verwittigen. Hij zei dat ze verward was toen ze op de spoed werd binnengebracht. Maar na de ingreep zal ze door de narcose stevig slapen, en haar gebruikelijke medicatie wordt nu weer opgestart, dus normaal zou ze toch wel weer vrij snel aan de betere hand moeten zijn, zoals de vorige keren.'

Lucas lachte van pure opluchting. 'Ik ben zo blij. Ik begon echt het ergste te vrezen.'

'Ja, ik zat er ook geweldig mee in.'

Lucas hoorde de oprechte bekommernis in Danny's stem en dat ontroerde hem. Suzanne was voor hem tenslotte ook maar een van de velen.

'Dan rijd ik nu naar haar toe.'

'Misschien kunt ge beter nog even wachten? Ik zou haar na de operatie een lange nacht gunnen. Maar ik heb het gecheckt bij de arts, ge kunt morgenvoormiddag al in het ziekenhuis terecht, los van de bezoekuren.'

'Ah, dankuwel, daar zou ik niet eens bij stilstaan. Echt, merci om te bellen. En bedankt voor uw goeie zorgen. Fantastisch dat Suzanne iemand als gij in de buurt heeft.'

'Ik doe mijn best, en Suzanne verdient het. Zeg, ik word hier weer opgeroepen, ik moet gaan. Maar wees blij, ja. Dag Lucas, fijne avond nog.'

Dat deze dag zo positief kon eindigen, daar had hij geen rekening meer mee gehouden. Hij gaf gas en zette de radio weer aan. Aimee Mann zong 'It's not going to stop till you wise up'. Hij neuriede de refreintjes mee, en vreesde dat zij gelijk had.

Lucas parkeerde de auto naast het huisje. Hij staarde naar de brug die er verlaten bij lag. Hij dacht aan Amber. Zolang er aan iemand wordt gedacht, is ze niet echt weg. Hij mocht er niet bij stilstaan dat ze misschien nog altijd in dat ijskoude water lag, ergens. Hij stapte uit, de kilte van de nacht mepte hem in het gezicht. Hij hoopte dat het binnen warm zou zijn. Met die verwarming van Francine was het altijd een beetje leven van de hoop.

Toen hij aan zijn voordeur kwam, zag hij op de drempel, geschreven met de keitjes van het paadje naast de deur: i was *heer*.

DRIEËNDERTIG

'Ja maar, echt zeg.'

Zo zag hij Pippa niet vaak. Zij had geen talent voor kwaadheid. Haar wenkbrauwen lager, haar ogen tot spleetjes geknepen, en ze probeerde iets verongelijkts met op elkaar geperste lippen.

'Maar lieve schat, dat is uw eeuwig nuchtere moeder die u mist. Alleen zegt zc dat niet letterlijk.'

'Ik vraag mij af wat ze dan mist. Als wij vorig jaar al eens een halfuur samen thuis waren, werd dat dan een echt gesprek? Over wat ertoe doet, bedoel ik? Terwijl, via Skype kunt ge niks anders dan één op één praten, dus, voor haar is het winst.'

'Zij zal die momenten missen waarop er samen werd ontbeten of waarop we iets gingen eten, of –'

Pippa onderbrak hem: 'Ik heb soms het gevoel, hè...' ze maakte een serie bedenkelijke grimassen terwijl ze de juiste woorden zocht, 'dat ik hier, ik weet niet, vrijer ben of zo.'

'Tja, dat lijkt me niet onlogisch, ge zit daar –'

'Nee, ik bedoel: omdat zíj er niet meer op zit te kijken, op wat ik doe of niet doe en of het allemaal wel goed genoeg is.'

'Ja?' Lucas dacht na over wat ze zei.

'Ja.' Pippa knikte er stellig bij.

'Ze legt de lat voor zichzelf hoog.'

'En voor iedereen die dingen doet die op háár afstralen.'

'Denkt ge? Ik bedoel: dat het om dat afstralen op haar gaat?'

Pippa knikte haast onmerkbaar. Lucas probeerde om niet, zoals hij dan normaal zou doen, in een soort verdediging te schieten, hij wilde horen wat zij te melden had.

'Weet ge wat mij stoort, nee, wat mij woest maakt?' Pippa praatte nog sneller dan ze gewoonlijk deed. 'Dat het in heel die litanie over mijn extra jaar hier in Pretoria weer over háár gaat en over haar suggesties.' Dat woord liet ze klinken alsof het tussen aanhalingstekens stond. 'Want zo noemt ze dat dan, zogezegd zijn het zomaar aanbevelingen die ge rustig naast u neer moogt leggen. *Not!* Zij probeert de boel weer te bepalen. Onmerkbaar bijna, zoals ze dat dan kan, charmant gebracht en slim uitgelegd, maar ondertussen zit ik er toch maar mee. Ik ben wel twintig, hè. Ik ben dat kotsbeu.'

'Ik snap u wel, maar zou het niet kunnen dat ze –'

'Nee!'

Met een paar vloeiende bewegingen stak Pippa haar haar op, zij leek te hopen dat de chaos die op haar hoofd bij elkaar werd gehouden ook een gunstig effect zou sorteren op die in haar hoofd. Lucas besefte dat hij het toch weer deed: excuses zoeken voor zijn vrouw.

'Gij snapt mij tenminste, of ja, misschien ook niet altijd, maar gij luistert naar mij. Zij kán dat gewoon niet.' Pippa's stem sloeg over.

'Zegt ge dat nu allemaal niet omdat ge kwaad zijt?'

'Als ik hoor hoe Jack met zijn moeder praat, dan… Dat is totaal anders. Mama die stelt bijvoorbeeld nooit echt vragen. Hebt ge daar al eens op gelet? Ik bedoel: nooit omdat ze oprecht wil weten hoe het met ú gaat en hoe gíj u voelt, maar eerder omdat ze iets van u wil, of omdat ze zelf graag iets zou vertellen, of om u uit te leggen hoe ge het volgens haar béter zou doen.'

'Ja, daar zit misschien wel iets in.' Hij dacht even na. 'Dat is dan haar manier om –'

'Ik beweer niet dat ze dat doet om mij te pesten of zo, maar hoe dichter zo iemand bij u staat, hoe irritanter,' zei Pippa.

Lucas stak zijn armen in de lucht en liet ze weer naast zich neervallen.

'Tja, ze heeft dat ik-laat-niet-met-mij-sollen-gehalte, ze is die vrouw die niet te temmen valt, maar of dat nu impliceert dat ze –'

'Echt wel! Van mij moogt gij uzelf wijsmaken wat ge wilt, maar ik merk dat die houding van haar ervoor zorgt dat ik, ja, hoe moet ik dat nu zeggen, niet kan ademen, niet zomaar mezelf mag zijn. Bij haar heb ik altijd het gevoel dat ik beter moet zijn dan ik ben, of ja, dat ik alles moet doen zoals zij.'

'Ik wil niet de indruk wekken dat ik u niet begrijp, maar ze is toch ook –'

'Dat maakt het nog erger: dat het niet flagrant is, dat het voor een buitenstaander niet meteen zou opvallen. Ze is natuurlijk geen koude trut die bevelen loopt uit te delen. Zij is vaak leuk in de omgang, maar evengoed manipuleert ze de boel waar ge bij staat. Zij moet altijd de controle hebben. En juist daar zit de ellende. Tegen een pestkop gaat ge u verzetten, maar door mensen zoals zij laat ge u jaren doen zonder dat ge het in de smiezen hebt.'

'Ik weet toch niet of ge nu wel –'

'Dat is niet tof om toe te geven, want dan zijt ge een duts, hè. Of ja, dat is niet zo, maar zo voelt ge dat dan aan. Ik ben ook iemand die van de daken schreeuwt dat niemand mij moet zeggen wat ik moet doen en laten. Pippa, het grote vrijheidsdier. Ik deed ook zo tegenover Jack tot hij eens, heel lief, tegen mij zei dat dat niet hoefde, dat hij aan mijn kant stond. Dat kwam zo binnen.'

Ze nam een pen en begon er zenuwachtig mee tussen haar vingers te spelen. Lucas mocht er niet op focussen of hij werd er zelf nerveus van.

'Snapt ge?' Ze zette grote ogen op.

'Dus Isabelle staat niet aan uw kant?'

'Mama staat altijd aan háár kant. En als ge haar liefde of appreciatie niet kwijt wilt spelen, gaat ge daarin mee, of ge slikt de dingen in.'

'Gij hebt hier duidelijk over nagedacht.'

'Ja, met de hulp van Jack, hè. Lange leve de student psychologie.' Ze grijnsde. 'Ge hebt een buitenstaander nodig om het te zien, zegt hij. En in het begin heb ik het vierkant tegengesproken, maar...' Ze manoeuvreerde de pen onder de leren riempjes die om haar pols zaten. 'Het is niet...' Ze staarde naar een hoek van haar kamer. 'Nee,' zei ze toen, en daarmee was de zin afgemaakt.

'Nee?'

'Ik bedoel gewoon... Ik weet niet.' Pippa zuchtte. Ze keek naar Lucas, haar mond in een bedenkelijke plooi. Ze liet haar schouders hangen, haar handen in haar schoot vallen, de wind die opeens ging liggen.

Lucas draaide zijn ring in rondjes, keek op, liet het nog even stil.

'In ieder geval, Pippa, één ding weet ik zeker: als gij dat extra jaar wilt blijven, dan moet ge dat gewoon doen. Ze zal u zeker niks in de weg leggen, zo ken ik haar ook. En financieel bekijken we dat nog wel eens, dat komt in orde.'

'Ja, dat weet ik wel. Ik zou mijn plan trekken desnoods, maar dat is niet waarom ik zin heb om te janken.'

'Dat begrijp ik.'

Ze zwegen even, glimlachten naar elkaar, met de Skype-vertraging die daarop zat, leek het een soort glimlach om mee te nemen, voor later. Het was een pracht van een kind, moest hij denken, beter dan hij er ooit zelf eentje had kunnen maken, dat wist hij wel zeker.

'Ik moet ongeveer nu vertrekken, of ik kom te laat in de les.'

'Ja, tuurlijk, ik moet hier ook... naar Suzanne.'

'Ik vind het nog altijd niet te doen dat ge mij er niet over verteld hadt. Geef haar een dikke kus van mij, of nee, het is Suzanne, zeg maar dat ik haar zal mailen, gauw.'

'Doe ik.'

Even zat Lucas wezenloos voor zich uit te staren. Het gevoel dat hij niet mocht bewegen, zodat de woorden konden indalen. Als je niet meteen kan uitleggen waarom iets je zo heeft geraakt, is dat altijd van betekenis, beweerde Suzanne. 'Lucky, klinkt dat eigenlijk niet gewoon alleen maar belachelijk?' Hij zei het tegen het koninklijk echtpaar van weleer dat afgebeeld stond op de tinnen koekendoos waarin hij Francines knopen en naaigerief had gevonden, de koning en de koningin bleven er onbewogen bij.

Hij ging bij het raam staan. Buiten stonden landschappen stil, floten vogels, probeerde niemand van de brug te springen. Ambers lichaam was niet gevonden en de kans dat het nog zou gebeuren werd wel heel klein, hadden ze gezegd. En nog steeds geen melding van een vermissing. De eenzaamheid van niet gemist te worden moet zo heftig zijn voor wie dat kan vermoeden. Dat had Amber dus toch goed ingeschat. Een rilling liep over zijn rug.

Zijn telefoon trilde: een bericht van Hans. Lucas tikte in: 'Ze is terug! Zo meteen bij haar op bezoek!' Hij ging nu vertrekken. Te vroeg misschien, Suzanne zou waarschijnlijk wel lang slapen, maar hij kon niet meer wachten. En wie weet kwam Riley vanmiddag opnieuw langs, dan wilde hij ook graag terug zijn. Hij ruimde snel de tafel af, zocht zijn jas, zijn sleutels. Hij liep naar de auto. Er werd wel eens beweerd dat juist in de wens het waarlijke geluk ligt, in het nog onvervulde willen, maar niks was minder waar, vond hij. In het weerzien, het vinden, het landen, daar zat het, zoveel wist hij inmiddels wel zeker.

VIERENDERTIG

In de gang van deze oude vleugel klommen de grijsbruine tegels van de vloer tot een meter de muur op, alsof de tegelleggers zich vergist hadden. Een vrouw die in een rolstoel langs hem werd geduwd glimlachte hartelijk naar hem. Belangeloze vriendelijkheid van vreemden, dat raakte hem altijd zo, misschien omdat die mensen zomaar gaven wat hij van naasten nooit vanzelf had gekregen. Een meisje met een paardenstaartje huppelde aan de hand van haar vader mee naar de lift. Een patiënte met een grijzig gezicht en een felroze winterjas slofte richting uitgang met een katheter op wielen, in haar rechterhand een pakje sigaretten. Ze leek niet te verlangen naar het moment dat ze er eentje op kon steken. Een enorme man zat op een bank te wachten, hij was te rond en te groot om ooit totaal omarmd te worden, moest Lucas denken, dat leek hem iets verschrikkelijks.

Lucas naderde de kamer met het nummer dat ze hem aan de balie hadden gegeven. Hij klopte op de deur, hoorde niks, maar Suzanne had geen luide stem en er stond VRIJ op het bordje, dus hij ging naar binnen. Buiten raasden auto's voorbij, het maakte de ingedikte stilte hierbinnen groter. Ze lag te slapen, zijn oersterke, porseleinen zus.

Ter hoogte van haar benen was er aan de linkerkant veel meer volume dan rechts. Hij vroeg zich af wat voor operatie er precies was uitgevoerd en hoelang revalideren zou duren. Haar haar plakte in klissen tegen haar bezwete hoofd. Er zat veel beweging in haar gezicht en haar linkerhand trilde. Waarschijnlijk had ze een nachtmerrie.

Vroeger had haar gegil hem vaak uit de slaap gehaald. Dan liep hij naar haar toe, knipte het licht aan, ging bij haar zitten en beschreef alles wat ze zagen: Tim de pinguïn met zijn grappige ogen, de zebra die gewoon zebra heette, Molly het schaap dat een pootje kwijt was, de kast met de drie lades, de spiegel waar ze een kwart van haar bed in zagen, en met elk herkenbaar stuk van haar wereld dat benoemd werd hoorde hij haar rustiger ademen. 'Nu slapen?' vroeg hij dan als hij vermoedde dat ze gekalmeerd was. En dan knikte ze terwijl ze een duim in haar mond stak, en stopte hij haar in. Suzanne had geduimd tot haar elfde. Pas toen later bleek dat ze een dramatische beugel moest dragen, had ze daar spijt van.

Af en toe vroeg ze hem om te blijven, en dan ging hij met een stripboek op de grond zitten bij het stekkerlampje. Het was moeilijk om bij zo weinig licht te lezen, maar hij kende het verhaal toch al. En zo waren zij daar, samen. Zij wisten niet wie van hen verdrietig was. Jaren later had ze hem eens verteld dat het ruisen van omslaande bladeren haar nog altijd gerust kon stellen.

De deur zwaaide open, een verpleegster walste kordaat de kamer binnen, zweetvoeten wipten in en uit haar orthopedische schoenen. 'Goeiendag,' ze keek even naar Lucas met haar haastige ogen, daarna ging haar aandacht naar Suzanne die langzaam ontwaakte. 'Zijt ge wakker? Gij hebt al veel en goed geslapen, hè gij.' Ze glimlachte. 'Hier, best nu meteen innemen.'

Ze zette een bekertje met twee indrukwekkende pillen in jolige kleuren naast het glas, schonk water in en rolde het uitklaptafeltje tot boven het bed. Ze checkte de katheter.

Suzanne knipperde, keek licht ontdaan naar de verpleegster.

'Alles goed met u verder? Gaat het? Hebt ge nog iets nodig?'

Suzanne wurmde zichzelf rechtop, haar gezicht vertrok van de pijn. De verpleegster stak spontaan kussens achter haar rug, zoemde het bed rechter.

'Ziezo, dat is beter, hè.'

'Dank u,' antwoordde Suzanne bedremmeld.

Lucas was nog nooit zo blij geweest om een eindeloos lang haperende 'd' te horen.

De verpleegster tilde even het laken omhoog. 'De dokter komt nog voor de middag langs,' zei ze, 'geniet nu maar van uw bezoek.'

Pas toen zag Suzanne hem staan. Haar gezicht klaarde meteen op.

'Ge, ge, ge, zijt er.'

'Ik? Gij verdorie. Eindelijk zijt ge terug.'

Hij ging dicht bij haar zitten. Hij wou iets liefs zeggen, zocht naar woorden die ze niet vervelend vond om te horen. Het luisterde nauw, bij haar, na een fugue.

'Ik ben zo blij dat ik u zie.'

Suzanne glimlachte naar hem.

'Dik vier dagen, heb, heb ik, gehoord. Ik, ik, ik weet, niks, meer van...'

Ze legde de pillen tegelijk op haar tong en slikte ze moeiteloos weg met een minuscuul slokje water. Zij oefende er ook al een half leven op.

'Vorige keer kwam dat beetje informatie ook pas na een aantal dagen in gesprekken met Danny, toch?'

Ze knikte.

'Maar, maar, nu is, is, ja, nee... Zwaar.' Ze drukte met haar handen op haar slapen om zo een zin te kunnen skippen.

'Ge bedoelt dat ge vreest dat ge het u echt niet wilt herinneren omdat er erge dingen zijn gebeurd of...?'

Ze haalde haar schouders op.

'Hebt ge pijn?'

Lucas keek in de richting van haar been. Ze schudde haar hoofd. Zij was het soort vrouw dat in brand mocht staan en nog niet zou klagen.

‘Blij, blij, dat ik, ik, terug ben. Ik, ik, ga, ga, nu wel echt, eens, beter worden, dat, dat… gedaan, met, die zever.’

Lucas knikte en probeerde niet te tonen hoe moeilijk hij het vond om die bevestiging er overtuigend uit te laten zien.

‘Weet ge wat ze precies gedaan hebben?’

Ze schudde haar hoofd.

Er viel een stilte. Praten leek haar nog meer moeite te kosten dan gewoonlijk. Misschien dacht hij dat maar, omdat hij visioenen zag van wat haar in die hap uit haar geheugen allemaal overkomen kon zijn. Hij wou graag zeggen hoeveel zorgen hij zich had gemaakt, hij wou haar overtuigen om toch weer zo’n gps-tracker te dragen, maar dan zou ze zich alleen maar schuldig voelen, dus liet hij het maar.

‘Ver-, ver-, vertel eens, gij.’

‘Maar ik wil alles van u horen.’

‘Ik, ik, heb, heb, nog niks te, vertellen. Wachten,’ zei ze. ‘Ge, ge, doet, ja, nee, mij, mij, mij, mij, een, plezier door…’ Die zin maakte ze niet af, zij had geen adem voor overbodige woorden vandaag.

‘Oké, dat snap ik ook wel. Waarover wilt ge dat ik vertel, dan?’

‘O-, over alles.’ Ze glimlachte weer, liet haar hoofd in de kussens zakken.

‘Eh, tja, alles…’ Hij zag Amber de diepte in storten, de vuilniszak met zijn vader eraan vast, het bedremmelde gezicht van zijn moeder in de auto. Waar moest hij beginnen? En hoe geschikt was het om zijn stunt bij de buren net nu op te biechten?

‘Dat,’ zei ze.

Lucas keek haar vragend aan.

‘Wat, ge, ge, ge, nu, dacht en niet, ja, nee, durfde te, zeg-, zeggen, dát.’ Ze stak een flauwe wijsvinger in de lucht om haar verzoek kracht bij te zetten.

‘Maar ik weet niet of ge daar wel vrolijker van gaat worden, dus.’

Ze knikte alleen maar.

Lucas vertelde. Niet over Amber, daar wou hij haar op dit moment niet mee belasten, maar wel over de rit met zijn moeder, de knullige Tarantino-scène op de weg, hun vader die opeens de trappen af daalde, hij die het huis in was gegaan en alle beelden die terug waren gekomen. Hij hield haar nauwlettend in de gaten terwijl hij vertelde hoe het was afgelopen, hij die van deur tot deur was gegaan, maar hij kon haar blik niet lezen. Verbazing misschien, ontzetting, dat kon ook, of afkeuring, hij wist het niet.

Hij voelde zijn keel dik worden, de lucht ijler. Toen hij uitgepraat was, sloot ze haar ogen, ze ademde zwaar. Lucas balde zijn handen tot vuisten. Hij had het nooit mogen doen. Wat had hem ook bezield om hun verhaal, en vooral het hare, zomaar op straat te gooien? Zoiets kwetsbaars aan vreemde neuzen te hangen, zonder te weten wat de impact zou zijn? Dat te doen, wetende dat Suzanne hun moeder af en toe nog zag, het was onverantwoordelijk geweest, of misschien zelfs ronduit dom van hem.

Opeens stak Suzanne haar hand uit. Hij aarzelde, durfde niet spontaan te veronderstellen dat ze de zijne zocht. Maar ze knikte en hij voelde haar dunne vingers knijpen.

'Dat, dat, dat, is, is, het mooiste, wat, wat, wat, iemand ooit, voor, voor, voor mij, heeft, gedaan.' Ze liet zijn hand weer los.

'Ja?'

Zij knikte en bleef knikken.

'Een, een, een, ge-, geheim is zo...' Ze legde haar twee handen tegen haar voorhoofd, en drukte haar huid naar beneden, mopshond voor de gelegenheid.

'Zwaar om te dragen?'

'En, en, dat, dat ik, ja, nee, nu, nu, nu voel, dat, ik het, aan-, aankan, dat, dat ik, ik, niet,' ze slikte weer, 'flip of, of zo, dat, dat, ik alleen maar denk, ja, ja, dat, was zo. Zo, ging het, bewijst dat ik, eindelijk, ge-, ge-, geloof.' Ze hapte naar adem. 'Echt, echt, ge-, geloof.'

'Geloof?'

'Dat, dat, het, is, is, gebeurd.'

'Dat wist ge toch al eeuwen, dat is...'

Ze richtte haar arm op, en legde een hand op haar hart. 'Hier,' zei ze alleen maar.

Lucas knikte. Hij omklemde met zijn andere hand de hand die zij net even had vastgegrepen. Nu moest hij het zeggen. Omdat letterlijkheid kan helpen, wist hij. Er kwam misschien nooit een beter moment.

'Ik voel mij nog altijd schuldig, over vroeger.'

Suzanne fronste alles wat ze in haar gezicht kon doen fronsen.

'Toen ik jullie heb gezien, die keer... Ook al kon ik de vinger niet leggen op wat er dan fout was, ik voelde het wel, en toch heb ik nooit iets gezegd. Ik snap niet waarom ik niet naar een manier heb gezocht om iemand te verwittigen, desnoods op school of zo.'

Suzanne schudde haar hoofd, langzaam, als om de nee extra gewicht te geven.

'Ik, ik, ik, toch ook niet.'

'Ja maar, dat is anders, gij...'

'Nee, nee, nee. Hetzelfde.' Ze keek er bijna streng bij. 'Zo'n, gezin, is, is, ja, nee, vergif.' Ze sloot haar ogen. 'Mach-, machteloos, wij.'

Lucas hoorde iemand op sneakers door de gang rennen, gepiep dat kon wijzen op paniek.

'En, en, en... voor, voor u?'

'Hoe het voor mij was?'

'En, en, is, nu.'

'Ik weet niet. Het waren zulke rare dagen.'

Suzanne knikte hem bemoedigend toe, precies zoals ze vroeger deed wanneer hij probeerde iets terug te zeggen als zijn moeder kwaad op hem werd. Toestemming krijgen is zoveel.

'Weet ge? Het was zo ontregelend om daar in de woonkamer te staan en hem in de ogen te kijken en te voelen hoe...' Hij schudde zijn hoofd.

Zij bleef kijken en knikken.

'Hij keek mij aan met zoveel, ik weet niet, afkeer of misschien alleen maar meewarigheid, of onverschilligheid, en iets in mij...' Hij kraakte zijn vingers, dat had hij sinds zijn pubertijd niet meer gedaan. 'Iets in mij vond het vreselijk dat ik voor hem zelfs niet goed genoeg was, vroeger, om, om...' hij begon er zelf bijna van te stotteren, 'om te misbruiken.' Hij keek meteen schuldbewust naar Suzanne. 'Sorry, ik bedoel natuurlijk hoegenaamd niet dat –'

Ze tilde haar hand weer op.

'Ik, ik, ik, begrijp het.' Ze likte haar verweerde lippen. 'Uw, uw, uw vader die, die u, niet, niet... Dat, dat is...' Ze haalde haar schouders op, sommige woorden lieten zich door niemand ooit vinden.

Lucas hoorde wat ze zei, en al zijn dijken barstten. Hij legde een hand over zijn ogen, zijn schouders schokten en hij snikte, één keer, zo hard dat ze het in de belendende kamers vast konden horen. Hij ging hier niet voluit zitten janken, niet bij zijn zus die naar de hel en terug was geweest. Hij kneep zijn vuisten samen, ademde diep in en uit. En zo zaten ze daar. Broos, als zichzelf. En het mocht.

Hij wist niet hoelang de stilte had geduurd toen Suzanne opeens vroeg: 'Hoe, hoe, hoe reageerden, ze?'

'Wie? Onze ouders of de buren?'

Suzanne maakte een twee met haar vingers.

'De buren, moeilijk te zeggen,' Lucas vroeg zich af hoe eerlijk hij moest zijn. 'Sommigen echt emotioneel, denk ik.'

Hij zag hoe Suzanne bijna glimlachte. Het was toch belangrijk wat anderen dachten. Dat begreep hij ook wel. Op dat moment hoorde hij een tik tegen de deur, niet van een knokkel maar van een ring. Een arts kwam binnen. Hij trok zijn witte jas recht, alsof hij zijn degelijkheid nog moest bewijzen.

'Ik kom even de patiënt onderzoeken, als u wilt wachten op de gang?'

Lucas leunde met twee vuisten op de vensterbank. Hij draaide zich om, ging zitten, het raam voelde koud in zijn rug. BEZET las hij op de deur. En daarachter lag zijn zus, zij die bezet was door de vijand, zij die nooit helemaal vrij zou zijn van wat haar was aangedaan. Misschien zou zij het daarmee oneens zijn, bedacht hij, haar optimisme was gemaakt van onkreukbare stof.

Lucas wreef omstandig met zijn handen langs zijn gezicht en in zijn ogen. Toen hij stopte was de wereld even wazig. Er kwam iemand zijn kant uit, niet gekleed in medisch wit of groen. De vrouw liep aarzelend, het hoofd gebogen, alsof ze net in een drol had getrapt en angstvallig probeerde om herhaling te vermijden. Het was zijn moeder, zag hij nu, degene die hij had gehoopt te ontwijken door vóór het bezoekuur te komen. Pas toen ze al behoorlijk dichtbij was, merkte zij hem ook op. Vuurspuwend stapte ze op hem af.

'Ik heb nu al het een en ander meegemaakt, maar hoe ge dat hebt kunnen doen, jongen, ik...' Ze fluisterde nijdig, zij kon dat. 'Hadt gij nu echt gedacht dat ge met zoiets weg zou komen? Gisterenavond, gij waart een uur of wat buiten, papa en ik moesten nog bekomen, van al uw raardoenerij, of ja, ik toch alvast, uw vader zegt nooit iets, dus dat veronderstel ik nu maar, gaat de telefoon. Ik neem op, ik denk op dit uur: misschien gaat het over Suzanne. Het was Hilda.' Ze keek er onheilspellend bij, peilde zijn reactie. 'Ze deed mij het hele verhaal, over hoe ge daar zomaar waart aangekomen en wat ge dan allemaal gezegd had.' Ze beet het hem toe, zoals hij het beklaagden had zien doen die overliepen van wrok. 'Hilda was ge-schan-da-li-seerd. Dat een zoon met zulke leugens de reputatie van zijn ouders probeerde te bekladden, zij kon zich niet inbeelden hoe dat voor ons moest zijn. En ze zei dat ze getwijfeld had of ze ons daar wel mee moest belasten, maar dat het haar toch correct leek om ons op de hoogte te brengen. Zij zei dat ze de Lieve-Heer had bedankt dat hij haar zulke goeie kinderen had gegeven, en dat we 't ons niet mochten aantrekken.' Zijn moeder keek naar hem zoals ze dat meestal deed, tegen beter weten bleef zij van hem toch iets verwachten.

Hij keek alleen maar.

'Dus als ge dacht dat ge ons het leven nu zuur hadt gemaakt, dan moet ik u pijnlijk teleurstellen. Hilda heeft uw roddel meteen verworpen. Gij onderschat hoe graag papa gezien is in het dorp, jongen, zoveel is duidelijk.'

Lucas vroeg zich af wat nu de bovenhand kreeg bij haar, triomf of onzekerheid, hij kon het niet uitmaken. Hij telde de andere buren die hij had gesproken, hij zei niks.

'Nu staat ge daar, hè, met uw mond vol tanden. Wat hebt gij u toch in het hoofd gehaald, jongen? Iemand van uw statuur dan nog. Dat ge niet snapt dat ge daar in de eerste plaats uw eigen reputatie mee schaadt. Dat zei papa ook, hij zei: "Schaamt hij zich dan niet?" Ge moogt geluk hebben dat Hilda een discrete vrouw is, want dat soort dingen kunnen gemakkelijk als een boemerang terugkeren, daar hebt ge zeker niet bij stilgestaan, hè.'

Lucas keek naar zijn moeder, dat gevaarlijke, vleugellamme vogeltje, zij die nog niet wist wat er gisterenavond echt was gebeurd. Hij dacht aan Amber die door haar moeder in de steek was gelaten. Aan Suzanne die hem had gezegd dat hij iets moois voor haar had gedaan. Aan Isabelle die hij niet meer had teruggebeld. Aan Pippa die hij nog nooit zo kwaad had gezien. Aan Riley die geen mama meer had. En hij zette een paar stappen in haar richting. Zijn moeder keek verschrikt, misschien, misschien ook niet. Hij bleef even staan, vlakbij, en toen omhelsde hij haar. Met zijn potige armen om haar smalle schouders, zo stonden ze daar. Ze reikte amper tot aan zijn borst. Hij rook haar ongewassen haar. Zij liet zich vasthouden, ze stond er bewegingloos bij, met armen die dienst weigerden.

'Als ge ooit voor uzelf durft te kiezen, dan moet ge me bellen, dan ga ik u helpen.' Lucas zei het heel zacht, alsof hij niet helemaal zeker wist of hij wel wou dat ze het zou horen. Toen liet hij los.

Ze staarde naar hem, verbluft, verongelijkt misschien, ze reageerde niet. Het gaf niks, dacht Lucas, zij was het en hij wist wie ze was. Ze liep langs hem en duwde zonder kloppen de deur open. De dokter deinsde achteruit, hij stond net achter die deur, zei dat hij klaar was. Zijn moeder bedankte hem met de uitbundigheid van iemand die net persoonlijk was gered van een terminale ziekte. Toen snelde ze naar Suzannes bed. 'Maar kindje toch.'

Suzanne forceerde een glimlach, liet een korte stilte vallen, even wou ze zich wel laten bekijken blijkbaar, en toen vroeg ze of hun moeder misschien nog even naar de cafetaria kon gaan, omdat zij twee midden in een belangrijk gesprek zaten. 'Ha zo,' antwoordde ze met teleurstelling in de stem, maar ze gleed evengoed zonder tegenpruttelen langs Lucas de gang weer op. Het is in de kleinste reacties dat mensen nog het meest tonen wat ze wel degelijk weten, dacht Lucas.

'Wist, wist, ze, ze, ze het al?'

'Hilda had haar opgebeld om haar kant te kiezen. Ze denkt, of hoopt, dat weet ik niet, dat de zaak daarmee is afgerond, geloof ik.'

Suzanne haalde haar schouders op, daar wou ze het verder niet over hebben.

'Wat, wat, ik nog wou, wou, wou, zeggen.' Ze wees naar hem. 'Nu, nu, nu, moet, moet, gij verder.'

Lucas wist niet meteen wat ze bedoelde.

'U, u, u, vragen stellen, over hoe, hoe, hoe, vroeger, u, u, u, nu nog, al-, altijd bepaalt.'

Ze werd ongemakkelijk van haar eigen hevige haperen, dat kon hij merken. Ze nam een slokje water.

'En, en, dan...' Ze maakte met een arm het gebaar van voorwaarts. 'Han-, handelen, doen, kiezen. Dan-, Danny zegt, zegt, zegt, altijd, ja, nee, dat kiezen niet, verliezen, is, wel, wel, wel integendeel. Al-, al-, alleen, wie kiest, heeft, ja, nee, eindelijk, echt, echt, iets.'

Lucas glimlachte naar haar. Dat zij, zijn gehavende zus, hem juist op dit moment goede raad begon te geven viel amper te bevatten.

'Be-, beloof het.'

'Wat moet ik beloven?'

Zij keek alleen maar, dat deed zij dan.

Lucas glimlachte.

'En mag ik nu alstublieft aan u weer wat dingen vragen, over dat been en zo?'

Ze grijnsde en knikte.

'Of moet ik haar anders gaan zeggen dat ze mag komen? Ze zal het niet leuk vinden dat ze naar de gang werd verwezen.' Hij voelde die ene zin in hem opkomen die hij dan, haar imiterend, uit zou spreken: 'Zomaar weggestuurd worden, ik, ik die al die uren onderweg ben geweest naar hier, ik die toch nog altijd uw moeder…', maar hij hoefde het niet te doen, merkte hij.

Suzanne schudde het hoofd.

'Nog, nog, nog, even, ja, nee, wachten.' Ze keek hem aan. 'Eerst wij.'

'Ja,' antwoordde hij, en hij ging weer bij haar zitten.

VIJFENDERTIG

De wind jakkerde de wolken voort. De regen gutste naar beneden. De wegen waren verlaten, af en toe een auto, een vrachtwagen, een vogel die de weg kwijt leek, doelloos pikkend in het beton. Lucas had er dapper doorheen gelopen, onder het razende getik op zijn paraplu, was nat geworden van boven zijn knieën tot in zijn schoenen. Als hij niet beter wist zou hij denken dat zelfs diegenen die echt dood wilden zich hier niet doorheen zouden jagen.

Elke keer wanneer hij het punt passeerde waar Amber was gesprongen, klom zijn hartslag omhoog. Zijn gedachten waren glibberig. Hij kon maar niet beslissen of zijn missie nu belangrijker was dan ooit tevoren of bewezen idioot. Hij wist alleen dat hij na al die uren naar binnen moest, even opdrogen, even niks.

Lucas hing zijn natte sokken, schoenen, broek en slip op de radiator en ging in een hemd en een trui voor de kast staan. Hij vond een onderbroek met een levenloos elastiek, en trok die toch maar aan. Al zijn broeken zaten in de wasmand, behalve die ene van het kostuum dat hij droeg toen hij hier was aangekomen. Het voelde vreemd om het plastic van de stomerij open te trekken en zich in die zuivere scheerwol te hijsen. De broek zat te strak om zijn middel nu, hij liet de knoop openstaan, plooide de stof naar binnen. Ideaal was het niet. Hij moest zijn colbert straks dichtgeknoopt houden of je kon het zien. Hij vroeg zich af of het een goed of een slecht teken was dat hij, ondanks al dat bewegen buiten op zijn brug, toch wat kilo's was aangekomen. Terwijl hij in de lade rommelde op zoek naar schone sokken hoorde hij een berichtje binnenkomen: 'Vanavond negen uur, hè, niet acht, zoals meestal, tot dan!'

Lucas zag Isabelle voor zich, zoals ze naar haar scherm zat te staren, ernstig, met die blauwwitte gloed op haar gezicht. Hij herkauwde de woorden 'zoals meestal', dacht na over het uitroepteken en stelde vast dat er geen kus of kruisje bij stond, maar dat was bij haar vaker zo. Zij deed niet mee aan dat obligate almaar zoenen uitdelen, met één gierige letter dan nog, dan betekende het ook niks meer, vond zij.

Hij trok de sokken aan, bleef even weifelend op de rand van het bed zitten. Het was een van hun favoriete restaurants waar ze gereserveerd had. Hij was de voorbije drie maanden niet één keer goed gaan eten. En juist nu was zijn maag al de hele dag onrustig.

Toen hij gisteren thuiskwam, lag I WAS HEER II in kiezels gespeld bij zijn voordeur. Had hij Riley toch gemist. Hij hoorde Francines klok slaan en dacht voor de zoveelste keer dat hij dat ding dringend stil moest leggen. Het was vier uur, zo'n beetje het tijdstip waarop Riley zou arriveren als hij langs zou komen, de school was uit om halfvier. Maar met dit weer zag hij die rit gegarandeerd niet zitten.

Lucas popelde om hem te vertellen dat Suzanne terecht was. Misschien moest hij naar Riley gaan? De jongen had de naam van zijn straat eens laten vallen, en Lucas wist dat Amy zelf het plaatje met hun huisnummer had gemaakt, dus dat moest te vinden zijn. Riley bleef de boot afhouden, maar eigenlijk had Lucas zijn vader al veel eerder willen ontmoeten. Hij ging gewoon even gedag zeggen en dan kon hij meteen met Riley afspreken wanneer ze samen Suzanne zouden bezoeken.

Hij liep naar beneden, zag op het aanrecht een goeie fles rode wijn staan. Zou hij die meenemen? Rileys vader was misschien meer een bierdrinker? Zijn regenjas was nog helemaal zompig en klam, die wilde hij niet aan. Hij stond nu toch al half in pak, dan kon die zwarte wollen overjas er ook wel bij, hij moest maar even in en uit de auto, tenslotte. Lucas griste op het laatste moment toch de fles mee, en vertrok.

'Ja?' Een klein meisje met twee trotse voortanden, grote donkere ogen en een lok zwart haar die de helft van haar gezicht verstopte, duwde de deur voorzichtig op een kier.

'Ah, gij zult Amy zijn?'

Ze keek hem verwonderd aan, antwoordde niet, maar zwaaide de deur nu wel helemaal open.

'Ik ben Lucas, ik kom voor Riley of –'

Nog voor hij de kans kreeg om zijn zin af te maken met 'voor uw papa', liep ze alweer weg.

'Riley, komen!' brulde ze luid, alsof hij aan de andere kant van de straat zat.

Ze verdween de woonkamer in.

Lucas wachtte, hoorde niks. Hij overwoog om toch alvast de gang in te stappen, uit de regen, deed dat toch maar niet. Zijn broekspijpen flapperden in de wind, hij voelde de klamme kilte tegen zijn kuiten.

Hij zag Rileys rode pet op het bijzettafeltje liggen. Twee paar meisjesschoenen op de grond, naast zijn sneakers, amper half zo groot.

Riley kwam de trap af. Lucas zwaaide, glimlachend, met die fles wijn in de hand, want in de andere hield hij zijn paraplu. Riley racete de trap af, kwam bij hem onder de paraplu staan, en trok de deur zo ver mogelijk achter zich dicht. Hij keek naar de fles.

'Ik kom gewoon maar heel even langs omdat ik u twee keer had gemist blijkbaar.'

'Ja?'

Riley keek nerveus achterom.

'Ik wou komen vertellen dat Suzanne terecht is.'

'O echt?' Riley lachte, maar minder van harte dan meestal.

'Ja, ze ligt in het ziekenhuis. Ze was gevallen en ze is geopereerd aan haar been, maar verder gaat het goed.'

'Gaan we haar eens bezoeken dan? Ge hadt het beloofd.'

'Zeker. Ik dacht dat we nu misschien konden afspreken wanneer, ik weet niet of gij...'

Lucas hoorde een deur die tegen een muur aan knalde, Riley stak zijn hoofd naar binnen.

'Het is oké, het is voor mij.' Zijn woorden hadden haast.

'Is dat uw vader, Riley, dan wil ik graag...'

'Wie is dat?'

Lucas hoorde een doorrookte stem, de voordeur ging helemaal open. Een grote, brede man met een baard stond hem aan te staren.

'Het is voor mij, papa.'

'Hallo, fijn u eindelijk eens te ontmoeten, ik ben Lucas.' Lucas stak in plaats van zijn hand de fles wijn uit om zijn paraplu niet los te moeten laten. De man nam hem verbaasd aan, terwijl hij zijn blik op Riley gericht hield. 'Is hij van school of wat?'

Riley keek naar Lucas.

'Nee, nee, ik ken Riley van...' Lucas probeerde er goed over na te denken hoe hij dit het best kon formuleren. 'Riley komt soms langs, ik woon namelijk vlak bij de –'

'Lucas? Lucas? Is dat die Lucas waar gij het wel eens over hebt? Die waar ge een hele dag mee zijt gaan zwemmen vorige week?'

Riley knikte haast onmerkbaar.

'Dat is een volwassen kerel?' Hij bekeek Lucas van top tot teen, zoals koopmannen vee keuren.

'Lucas is mijn vriend,' Riley klonk schor.

'Ja, ziet ge, ik woon bij de –'

'Zijt gij niet beschaamd, een beetje aanpappen met een kind van nog geen elf jaar?' De man kwam met zijn hoofd vlak bij dat van Lucas hangen, hij kon zijn adem ruiken. Eieren, dacht hij, en kaas. Lucas zette een stap naar achter.

'Ik heb Riley gewoon op een middag aangetroffen op –'

'Ah, gij noemt dat gewóón, gaan zwemmen met een vreemd kind, een hele dag. Verdomme, Riley. Heeft niemand u geleerd dat ge van vreemde mannen weg moest blijven?'

Riley wrong zich naast zijn vader. 'Maar papa, néé, dat is –'

'Nu praten de grote mensen.' Hij gaf Riley een achteloze duw. De jongen verloor zijn evenwicht en viel.

'Maar meneer.' Lucas liet zijn paraplu los, schoot langs de man heen, hielp Riley rechtop.

'Gaat het?'

Riley knikte.

'Blijf van mijn kind af, verdomme.' De man greep Lucas bij zijn bovenarm, trok hem omhoog, duwde hem tegen de openstaande deur. 'Gij vuile pedofiel, wat hebt gij uitgevreten met mijn zoon misschien?'

'Maar laten we toch kalm blijven. Helemaal niks, natuurlijk. Ik heb Riley leren kennen omdat ik...'

'Riley, zijt eerlijk tegen mij. Wat heeft deze vieze vent met u gedaan in de kleedhokjes van het zwembad? Of ergens anders?' Hij bleef ondertussen op een centimeter of vijftien van Lucas staan, die voelde het speeksel in zijn gezicht spatten.

Riley keek ontdaan naar zijn vader.

'Hij is lief voor mij, dat is alles.'

'Ik woon bij de brug waar –'

'Ah, lief, zo noemt gij dat? Lief?' De man bewoog van zijn ene voet op zijn andere. 'Ik ga het nog een keer vragen: heeft hij u aangeraakt, Riley? Dan...'

Hij duwde Lucas tegen zijn borst, Lucas tikte met zijn achterhoofd tegen de deur aan.

'Papa, hou op!' Riley riep nu. 'Het was leuk in het zwembad!'

In de gang kwam zijn zusje door de deur piepen.

'Ik heb een aantal keren geprobeerd om u te bellen, maar ik had veel eerder al eens kennis moeten komen maken. Ik begrijp dat u het vervelend vindt dat –'

'Ah, gij begrijpt het. Wel, ik begrijp het niet. Hoe kunt ge nu zoiets…'

Hij duwde Lucas weer. Die kerel moest van zijn lijf blijven. Hij moest minstens een halve meter afstand houden. Maar alles wat Lucas wou zeggen, slikte hij manhaftig in.

'Uw kinderen staan toe te kijken, laten we nu een normaal gesprek –'

De man plantte zijn onderarm tegen Lucas' nek aan. Daarop ging Riley met zijn volle gewicht aan de andere arm hangen. De vader wankelde.

'Riley, verdomme, ik…'

Lucas stapte gauw weg van de deur, in de regen dan maar. Zijn paraplu kreeg hij niet meer te pakken.

'Riley, het is oké.'

De jongen liet los, keek Lucas aan, daarna zijn vader. Toen glipte hij langs hen heen, in de richting van de straat. Hij bleef staan op het voetpad. De regen kwam genadeloos naar beneden gestort.

'Ik had nu eens een vriend! Ik haat u!'

Amy kwam in de deuropening staan, vlak voor haar vader, zij probeerde voor schild te spelen. Lucas vond het niet om aan te zien.

'Riley, het regent,' zei de vader alsof daar een misverstand over zou kunnen bestaan. 'Kom naar binnen, komaan zeg, geen gedoe.'

'Ziet ge nu, Lucas? Waarom zijt gij gekomen? Ik zei het nog!' Zijn rode sweater regende bordeauxnat. Hij hield zijn handen in de zakken, tikte in hoog tempo met zijn schoen tegen de brievenbus.

'Binnenkomen kleine. En gij: wegwezen. Maar als ik hoor van Riley dat gij ook maar een vinger… Ik zweer het u, hè.'

'Er is echt helemaal niks aan de hand. Ik kwam speciaal om u eens te ontmoeten.'

'Ik vertrouw geen kerels met blinkende schoenen.'

Als Lucas een vechterstype was, zou hij nu op de vuist gaan.

'Stóp!' Riley riep zo hard hij kon. Hij zakte op zijn knieën en ging op zijn rug op de grond liggen. De regen kletterde tegen de klinkers omhoog. Lucas liep naar hem toe, ging op zijn hurken bij hem zitten.

'Riley, kom, ga maar naar binnen, ik regel het wel met uw vader.'

Riley verroerde geen vin. Lucas streek zijn natte haren naar achter, uit zijn ogen.

'Sorry dat ik ben gekomen. Maar ja, met Suzanne, en omdat gij al langs waart gekomen, dacht ik... Sorry, echt. Blijf hier alstublieft zo niet liggen, ge gaat ziek worden.'

Riley reageerde niet. Vanuit zijn ooghoek kon Lucas zien dat Rileys vader zijn schoenen aan het zoeken was.

'Toe Riley, ik kan het wel uitleggen aan uw papa. Hij is gewoon een beetje geschrokken. Dat was de reden waarom ik er meerdere keren op heb aangedrongen dat –'

'Ja, alles is mijn schuld, ik weet het wel.' Riley hoefde er niet bij te huilen om het eindeloos triest te laten klinken. Hij bleef liggen, hij deed niet meer mee.

'Man toch, niks is uw schuld, helemaal niks. Ik wou dat ik...' Lucas ging op één knie zitten, schoof een arm onder Rileys nek en knieholtes. Het was echt een flinke jongen, hij woog meer dan Isabelle. Lucas probeerde rechtop te komen.

'Hoe dikwijls moet ik dat nu nog zeggen: blijf van mijn zoon af!'

Lucas zag Amy verschrikt staan toe te kijken. De vader schoof een schoen aan zijn tweede voet. Zij greep zijn been vast.

'Amy, laat los, en ga naar binnen, nu.'

Lucas probeerde Riley omhoog te hijsen, maar toen hij op wou staan, viel hij tegen hem aan, zijn arm geklemd onder Rileys rug. Lucas voelde de regen langs zijn nek lopen. Wat was dit nu? Wat gebeurde er in godsnaam? Riley keek Lucas aan, sloeg zijn armen om zijn nek en verstopte zijn gezicht in Lucas' jas. Zijn vader kwam naar buiten gestoven, greep met twee handen de kraag van Lucas' jas en trok hem naar boven. Riley klauwde zich vast als een aapje aan zijn moeder. De man bleef trekken, Lucas hoorde de kraag scheuren. Hij keek Rileys vader vernietigend aan.

'Laat mij los. Het is genoeg geweest.' Lucas verhief zijn stem niet, gebruikte zijn vrije arm om de hand van de man weg te slaan.

'Kom Riley, laten we opstaan. Dit maakt uw papa alleen maar bozer, kom.'

Riley loste zijn greep geenszins.

'Kijk, dit is een verschrikkelijk misverstand. En het is ook mijn schuld, ik had eerder moeten langskomen. Maar alstublieft, kalmeer nu toch een beetje.'

'Laat gij mijne kleine los, verdomme.'

'Uw zoon heeft mij vast, niet andersom. Ik heb Riley leren kennen op de brug waar zijn mama,' hij weifelde even, 'uw vrouw, gesprongen is. Ik woon daar vlakbij, ik probeer sindsdien te verhinderen dat er nog mensen…'

De man keek getroffen, kruiste zijn armen voor zijn borst, even was hij van zijn à propos. Hij keek van Riley naar Lucas en weer terug. 'Weet ge? Ik ga het hierbij laten. Maar volgende keer als ik u zie bij mijne kleine, dan bel ik de flikken, want dit is geen normale toestand.' Hij zette een stap achteruit, keek geërgerd omhoog, hij leek de hemel een verwijt te willen maken voor al die regen.

'Maar laten we…'

'En Riley, als ge niet binnen de tien tellen binnen zijt, dan weet ge wat ik doe met uw tv-tijd hè.'

'Riley, dit lost niks op. Ik probeer er iets op te vinden, maar het is echt het beste als ge nu naar binnen gaat, denk ik.' Lucas fluisterde zo zacht hij kon.

De jongen liet los, hij klauterde overeind. Zijn broek was wat afgezakt, wat zijn benen korter deed lijken. Hij liep tergend traag naar de deur. Zijn vader legde een hand op de rug van zijn zoon,

Riley maakte een bruuske beweging met zijn schouder, een lichaam kan ook weerwoord bieden als er met taal niet te winnen valt. Lucas stond op. Riley liep naar binnen en verdween de woonkamer in. Amy rende hem achterna. Hij had niks meer geroepen, niet omgekeken. Zijn vader zette de fles wijn buiten tegen de gevel aan, keek Lucas nog een keer verongelijkt aan en sloot de deur.

Lucas staarde naar de gevel. De regen bleef maar komen, hij voelde zijn broek tegen zijn benen plakken. Voor het raam hing een gaasgordijn, daar viel niet doorheen te kijken. Een auto reed voorbij, met de rechterwielen door een plas, een waaier van water spatte tegen Lucas' rug aan. Het kon hem allang niks meer schelen. Hij had nog nooit zo veel woorden zo tegen heug en meug ingeslikt, het had hem nog nooit zo weinig opgeleverd.

Alsof hij op zijn sokken in een sloot stond, bij elke stap die Lucas zette hoorde hij een zuigend geluid, zijn haar plakte tegen zijn voorhoofd, zijn hemd was nat door de overjas heen. Hij bleef naast zijn auto staan en keek naar de bekleding in stof. Hij hoopte dat hij plastic zakken in de koffer had liggen, of alleen maar een deken desnoods, maar terwijl hij ging kijken wist hij eigenlijk al beter.

Hij nam plaats op de stoel, sloeg het portier dicht en vertrok. Zoals vogels die opstegen, die wilden ook gewoon weg zijn. Hij draaide de hoek om en gaf gas. Hij wou dat hij wist wat te doen.

ZESENDERTIG

Hij was drie minuten te vroeg, maar zij zat er al. Hij trok zijn jas uit en gaf hem aan de ober. Isabelle nipte van een glas champagne terwijl ze het menu bestudeerde. Haar lippen felroze, haar aansluitende jurk diep uitgesneden, pumps met puntige neuzen, ze paste perfect in het decor. Na de afgelopen dagen leek het bijna onwerkelijk, al die stijlvolle gezelligheid, al dat kalme welbehagen. Even nog bleef hij staan, observerend. Ze nam een tweede slokje, wipte een voet op en neer. Zij was nooit goed in wachten.

Lucas rechtte zijn rug en liep naar haar toe.

'Is dit uw nieuwe look?' Ze schaterde.

'Ik zou een pak aantrekken, maar dat was nat geworden.'

Hij kuste haar, ze droeg een ander parfum dan normaal.

'Vooral de schoenen zijn zeer bijzonder.'

Lucas lachte mee, dat leek hem nog het beste. Hij keek naar zijn zwarte trekkingschoenen. Lelijk waren ze, dat kon hij niet ontkennen. Hij ging zitten en was blij dat hij ze onder de tafel weg kon stoppen.

'Ja, een nieuwe modetrend in de stad gaat het niet worden, maar –'

'Gij dacht: ik zal haar een plezier doen.' Ze bleef lachen terwijl ze het tafellaken oplichtte om nog wat beter te kunnen kijken.

Lucas antwoordde niet. Soms is zwijgen beter.

De ober kwam naar hen toe.

'Welkom, fijn u weer te zien. Had u een aperitief gewenst?'

'Doe hem ook maar een glas champagne.' Ze draaide zich naar Lucas. 'Die is superbe.'

'Uitstekend. Nemen jullie vijf of zes gangen?'

'Eh, even toch, ik wil liever een... Ik ga dat huisaperitief eens proberen.'

Isabelle keek Lucas heel even onderzoekend aan. 'En we nemen de zes gangen.' Ze gaf met een brede glimlach het menu terug.

'Prima.'

De ober verdween.

Er viel een stilte. Lucas legde het bestek wat verder uit elkaar, plantte zijn ellebogen op tafel. Hij had totaal geen honger. Vreemd eigenlijk.

'Gij ziet er mooi uit, die kleuren staan u heel goed.' Terwijl hij het zei vroeg hij zich af of dat echt zo was.

Isabelle glimlachte, zuiniger dan daarnet naar de ober.

'Dat moet toch prettig zijn, hier nu weer te zitten, na al die tijd. Marcelo zei dat hij ons had gemist.'

'Ah echt? Ja, Marcelo is een schitterende kerel.'

Lucas keek of hij hem in de open keuken bezig kon zien, maar hij vond hem niet. Alles leek vandaag een tikje anders dan hij het zich herinnerde.

'Het menu klinkt weer zalig.'

Lucas had het nog niet bestudeerd, maar hij knikte. Hij keek om zich heen. Aan het tafeltje tegenover hen legde een vrouw haar hand heel even liefdevol op de arm van haar disgenoot terwijl hij iets aan het vertellen was.

'Ik kwam vorige week Frank nog tegen, in de Bistro du Nord hier vlakbij.'

Isabelle vouwde haar servet tot een perfecte driehoek en legde die op haar schoot.

'Frank?'

'De voorzitter van uw rechtbank.'

'Ah, die Frank.'

Lucas merkte hoelang geleden dat voelde. De tijd had hem achtergelaten.

'Hij nodigde mij uit om erbij te komen zitten voor een digestief na de koffie. Heel verhaal. Afijn, hij vond het een misdaad tegen de menselijkheid dat ik nooit voor de magistratuur had gekozen, zei hij.'

'Ah?'

'Ja, grappig, hè?'

'En hoe kwam dat zo?'

'Ik had het over dringende vernieuwingen bij justitie die volgens mij noodzakelijk zijn, en hij vond het echt interessant.'

'Tja, als hij met een charmeoffensief bezig is, misschien. Frank is behoorlijk conservatief als het erop aankomt. Ik heb in het verleden zo vaak –'

'Het is misschien de manier waarop.' Haar toon ging speels de hoogte in.

Lucas haalde zijn schouders op, hij voelde het steken, maar misschien lag dat aan hem.

'Hij vroeg nog naar u, trouwens.'

'Ah.'

'Hij was begripvol. Hij zei dat rechters wel vaker burn-outs krijgen de laatste tijd. Met al die besparingen en de werkdruk die dan zo hoog –'

'Ik heb geen burn-out.'

'Nee?' Ze trok haar wenkbrauwen hoog op, geamuseerd en verwonderd tegelijk.

'Nee. Ik heb Johan gezien toen hij het had, gij ook trouwens, dat leek toch geenszins op –'

'Ge hebt dat in gradaties volgens mij.'

'Maar ik voel dat toch. Ik heb er juist voor gezorgd dat ik de burn-out vóór bleef. Het moest anders, ik moest eens stilstaan bij wat ik al jaren liep te negeren. Ik wou –'

Isabelle onderbrak hem: 'Laten we maar over iets gezelligers praten. Ik ga misschien dingen zeggen die ge niet wilt horen.'

Vroeger zou Lucas na zo'n semiverontrustende zin aangedrongen hebben, nu zocht hij de ober. Hij vroeg zich af waar zijn aperitief bleef.

Isabelle raakte met een schoen zijn scheenbeen, dat ging per ongeluk.

'Ik probeer Pippa al een paar dagen te bereiken, maar ze neemt nooit op. Hebt gij haar nog gehoord?'

Ze keek naar hem met het soort glimlach dat bedoeld was om opgemerkt te worden.

'Eh, ja, even nog, ja.'

'En, wat had ze te vertellen?'

Lucas aarzelde, het woord 'gezellig' gonsde in zijn hoofd. 'Gewoon, ditjes en datjes, niks bijzonders.' Hij vroeg zich af of die omschrijving zijn karakterloosheid bewees, maar voor die ene keer dat zij niet meteen de confrontatie zocht, wilde hij dat ook niet doen.

'Ik had de indruk dat ze niet zo blij was met ons laatste gesprek, maar het kan ook mijn verbeelding zijn geweest.'

'Waar ging dat dan over?'

'Over dat extra jaar. Ik vind dat ze zich toch moet afvragen of dat voor haar opleiding wel nuttig is, of ze niet beter in nog een ander land zou studeren als ze per se weg wil blijven. Gewoon, ik probeerde haar onder ogen te doen zien wat haar ware motivatie is. Ik kan haar toch niet zomaar in haar ongeluk laten lopen.'

'Tja.' Lucas maakte de knoopjes van zijn manchetten los en rolde zijn mouwen op, hij had het warm. Hij wenkte de ober nog eens, maar die zag het niet.

'Wat moet ge hebben?'

'Mijn aperitief is er nog niet.'

'Een beetje geduld. Er zijn een aantal tafels min of meer tegelijk binnengekomen.' Isabelle zwaaide haar haar weer naar achter, het viel hem op.

'En waarom zegt ge "tja"?'

'Ik denk dat ze er behoefte aan heeft,' de woorden talmden, 'om helemaal zelf te mogen kiezen wat ze –'

'Natuurlijk. Maar de vraag is nu juist of dat is wat ze doet. Ik zou het erg vinden als ze zich als jonge vrouw laat beïnvloeden door die jongen die –'

'Die jongen is wel haar lief.'

'Ja, al zeker een week of zes.' Ze dronk haar glas leeg. 'En zelfs al was het langer. Ik heb haar toch opgevoed om een zelfstandige, jonge –'

Daar was de ober met zijn glas. Lucas glimlachte dankbaar. Er volgde meteen een tweede ober.

'Hier alvast een amuse. Noordzeegarnaal met cashewnoot en groene curry.' Hij zette twee kleine bordjes neer. Het zag er prachtig uit, delicaat.

Lucas nam een hapje.

'Verrukkelijk.'

'Ja, lekker.' Ze schraapte het bordje leeg en zette het weg. 'Het gaat wel om haar toekomst, hè.'

'Ja, precies.'

'Hoe bedoelt ge?'

'Háár toekomst, niet de onze.'

'Vanzelfsprekend.' Er zat iets verontwaardigds in haar toon.

'Ik bedoel: misschien moeten we niet proberen om de boel te sturen. Dat meisje wil gewoon graag gezien worden, denk ik dan, en zich gesteund voelen in wat ze zelf het liefste wil.'

'Ja, en dat doe ik niet natuurlijk, haar graag zien, daar hebt ge wel een punt.' Isabelle depte met haar servet haar mondhoeken, haar servet kleurde roze. Zij liet altijd sporen na.

'Dat zeg ik toch niet,' antwoordde Lucas.

'Nee?'

'Ik druk mij misschien niet goed uit. Ik probeer gewoon naar haar te luisteren, en ik heb het gevoel dat die aanpak haar goeddoet. Gij zegt zelf dat jullie laatste gesprek niet goed ging, vandaar dat ik –'

'Ik bedoelde er ook niks dramatisch mee, hè.'

'Ah oké, nee, dan is het allemaal in orde.' Lucas maakte zijn stem zo diep mogelijk.

Isabelle dronk haar glas champagne leeg.

'Nu bedoelt ge dat het níet in orde is? Of wat? Moet ik mij nu zorgen maken?'

'Maar nee. Ik probeerde gewoon... Laat maar, ik had beter gezwegen, ik dacht dat ge behoefte hadt aan...' Lucas wapperde met één hand. 'Vergeet het.'

Hij dronk van zijn aperitief.

'Echt goed, dit. Proeven?'

Ze schudde haar hoofd, zette het glas aan haar lippen, om pas dan weer te beseffen dat het al leeg was.

'Ik wil een glas wijn. We hebben niet gezegd dat we aangepaste wijnen willen.' Ze zocht de blik van een ober, siste tussen haar tanden toen dat niet meteen lukte. Toen keek ze Lucas aan, en ze kneep in zijn hand. 'Zeg, Lucky. Hè? Ge hebt gelijk, we moeten...' Ze schudde kort en snel haar hoofd. 'Ik ben niet gekomen om ruzie te maken.'

'Ik ook niet.'

Isabelle gaf een teken aan een andere ober die net met zijn handen vol naar een tafel liep, hij knikte.

Lucas stond op.

'Ik ga eens naar het toilet.'

Zijn servet viel, hij bukte, zag haar voet opnieuw wippen onder de tafel. Hij liep de verkeerde kant uit, draaide om. Zijn schoenen piepten en maakten afdrukken op de zwarte epoxy vloer. Hij glimlachte wat onbestemd in het rond om het goed te maken. Hij moest stoppen met dat eeuwige geëxcuseer.

Hij koos het verste toilet, ging op de bril zitten. Die was nog een beetje warm van de vorige, daar probeerde hij abstractie van te maken. Een droef straaltje liep in de pot. Eigenlijk hoefde hij helemaal niet te plassen. Hij legde zijn hoofd in zijn handen. Hij moest aan Riley denken, zijn schouders hadden zo troosteloos laag gehangen toen hij naar binnen liep, aan Ambers blik toen ze zei dat niemand ooit echt voor haar had gekozen, aan de uitdrukking op zijn vaders gezicht terwijl Lucas de hand van de buurman schudde, aan het knokige lijf van zijn moeder onwelwillend tegen het zijne, aan Pippa's onrustige gewriemel terwijl ze praatten.

Ze zaten nu toch een minuut of twintig samen aan tafel en Isabelle had niet eens naar Suzanne geïnformeerd. Zij was geen fan van haar, en omgekeerd al evenmin, maar dan nog. Misschien was het ook gewoon zijn verantwoordelijkheid om het te vertellen. Misschien wilde ze de sfeer niet verpesten. Misschien ging ze er sowieso van uit dat hij het wel zou melden als er nieuws was. Hij scheurde wat wc-papier van de rol, depte zijn lul, stond op en trok door. Hij hees zijn broek op, zag de ritsen in de pijpen en begreep waarom Isabelle die broek verschrikkelijk vond.

Hij ging voor de spiegel staan, hield zijn handen onder het lauwe water en wreef over zijn gezicht. Hij keek zichzelf in de ogen. 'Hoe zit het met u? Hè? Wat wilt ge nu? Wat voelt ge nu? Waarom kan een fucking broek u eigenlijk iets schelen?' Hij klonk moe, vond hij. Hij duwde de hendel van het zeeppompje in, een bolletje schuim gleed in de palm van zijn hand. 'En Lucky, dat klinkt echt onnozel.' Er kwam een vrouw de trap af gedaald die hem vreemd aankeek. Ze had vast gehoord dat hij tegen zichzelf stond te praten. Hij kon het zich niet aantrekken. Hij droogde zijn handen en nam de trap naar boven.

Hij zei het nog voor hij goed en wel zat: 'Het zijn heftige dagen geweest.'

'Ah, ik ben blij dat te horen, Lucky. Ik hoop dat we vanavond samen komen tot iets waar we ons allebei in kunnen vinden. Hè? Al die zever. Er is toch niks aan de hand, eigenlijk, niks waar we niet uit kunnen geraken.' Isabelles kin ging een tikje omhoog, ze glimlachte.

'Suzanne is terug.'

Isabelle kreeg iets verwards in de blik. 'Ah ja, super, ja, daar ging ik wel van uit. Als er iets was, hadt ge wel –'

'Ze ligt in het ziekenhuis, maar het komt goed.'

'Ik ben blij voor u.'

Er verscheen weer een ober: 'Een eerste gerechtje voor jullie: gravad lax met dillevinaigrette, licht gebrande sashimi met miso en venkel.' Hij keek er trots bij.

'Dankuwel.' Ze knikte minzaam naar de ober.

'Laat het smaken.'

Hij verdween even geruisloos als hij was verschenen.

Lucas keek om zich heen. Overal leken mensen verwikkeld in geanimeerde gesprekken. Om hen heen vloeide alles, dat viel zo op.

'Die wijn is trouwens een heel goeie grüner veltliner. Proef maar.'

Zonder nadenken deed Lucas wat van hem werd gevraagd.

'Ze zal wel snel herstellen, Suzanne is zo'n taaie tante, ondanks alles.'

'Ze is geopereerd aan haar been, complexe breuk.'

'Ah ja, Willem heeft toen met zijn been maar vijf dagen in de kliniek moeten liggen, herinner ik mij. Wel moeten revalideren ook nog, nadien, maar Suzanne zal dat zeker in de instelling kunnen, dat is een voordeel.'

Lucas mompelde van ja, ook al had ze het niet als een vraag laten klinken. Hij hoorde het getik van messen en vorken op borden, de saus van geluid die de andere gasten produceerden, loungy muziek uit de luidsprekers, bedoeld om het leven te laten klinken als iets behaaglijks.

'Ik had het gezegd, hè, dat ze als altijd weer boven water zou komen.' Ze kneep in zijn hand. 'Een mens maakt zich dan zo veel zorgen, om niks uiteindelijk, wat ik ook wel snap. Maar het is iets om aan vast te houden, hè, de volgende keer?'

Lucas wou hoegenaamd niet aan de volgende keer denken.

'Laten we hopen dat dat nog ver weg is.'

'Ja, ja, tuurlijk, dat zal ook wel, dat zal ook wel.'

Lucas legde zijn mes en vork zijlings op zijn bord, hapte naar adem, viel weer stil.

'Ja?' vroeg Isabelle met grote ogen.

Hij wist wat zij wou, nu. Een paar maanden geleden was dat genoeg geweest om het haar ook te geven, besefte hij. Maar nu ging hij door, alsof hij niet mocht versagen.

'En dan was er een vrouw, of ja, meer een meisje, Amber.'

Isabelle stopte met eten, hield hem nauwlettend in de gaten.

'Ze was naar de brug gekomen om –'

'Een onbekend meisje?'

Lucas knikte.

'Om te springen.'

Isabelle nam het bestek weer in haar handen.

'Ik heb een hele tijd met haar staan praten. Slim, gevoelig, goeie job, vrienden, of toch, ja, min of meer, ik bedoel: een leven zoals zovelen, een ellendige jeugd gehad wel en...' Lucas dronk van zijn glas, zag haar voor zich, haar haar dat in haar gezicht waaide almaar. 'Ze is...' Lucas schraapte zijn keel. 'Ze zei me dat ik een fijne kerel was of zoiets, gaf me een hand en toen liet ze los, en ze viel, ze liet zich vallen, ze...' Lucas schudde zijn hoofd.

'Jezus. Vreselijk.' Isabelles mond was nog niet leeg, dat kon hij horen.

'Ja.' Lucas keek naar het hapje zalm op zijn vork. 'Ze is nog altijd niet opgegeven als vermist.'

'Goh... Dat is een van de problemen van deze tijd, mensen die zich niet laten helpen. Tragisch.'

Lucas nam een hap, maar proefde nauwelijks wat hij at.

'Ik kan nog altijd niet geloven dat het echt is. Afijn, het is gebeurd, maar ik kan het onmogelijk bevatten, snapt ge?'

Isabelle legde de venkel aan de kant van haar bord. Zij lustte alles, behalve venkel, dat zei ze meestal vooraf aan de ober, vreemd dat ze dat nu niet had gedaan.

'Ik loop me nu al dagen af te vragen of ik iets verkeerds heb gezegd of gedaan, of iets niet gezegd wat ik wel had moeten...'

Isabelle ademde diep in, trok haar wenkbrauwen en schouders op. Zij kon als geen ander spreken zonder iets te zeggen.

'Misschien had ik gewoon meteen de hulpdiensten moeten bellen.'

'Ja, waarom hebt ge dat dan niet gedaan?'

'Bedoelt ge nu dat gij ook denkt dat het mijn schuld is?'

'Gij hebt haar die brug niet op gesleurd, hè. Maar die mensen van de, wat is het: brandweer of politie of zo, ja, dat is wel hun werk.'

Isabelle likte aan haar mes.

'Dat zijn ook geen doorgeleerde psychologen, hè, die halen het volgende kwartier een kat uit een boom, of ze redden heroïsch mensen uit een brand, maar...'

'Die hebben alvast gekozen voor een beroep waar ze incalculeren dat er af en toe mensen sterven. Gij kunt daar niet tegen.'

'Hier alles naar wens?' De ober glimlachte met overtuiging.

'Ja, ja, schitterend.' Isabelle klonk even kordaat als daarnet. 'Ik lust geen venkel, verder eet ik alles, alleen geen venkel. Ik had het moeten zeggen op voorhand.' Ze lachte.

De ober antwoordde: 'Oei, ja.' Hij maakte een verontschuldigend gebaar en schreed weer verder.

'Ik kan daar niet tegen?'

'Gij zijt niet rationeel of zo, niet nuchter genoeg voor zulke dingen. Dat dacht ik meteen toen ge mij meedeelde wat ge van plan waart.' Ze zei het toonloos. 'Trouwens, het blijkt nu ook wel, toch? Het is alles waar ge over kunt praten.'

'Het is niet alles waar ik –'

'Ge snapt wat ik bedoel.'

'Gij wilt het over ons hebben, dat bedoelt ge.' Lucas gesticuleerde hevig terwijl hij dat zei.

'Nee, nee, ja, ook, maar dat is mijn punt niet.'

'Is uw punt dat ge het niet oké vindt dat ik doe wat ik doe? Of dat ik praat waar ik over praat, nu?'

'Hé, gíj waart degene die er zich vragen bij stelde.' Ze hief een hand op, een politieman die een auto tegenhoudt.

Lucas legde zijn bestek op het bord.

'Gaat ge dat niet opeten?' Isabelle keek verongelijkt naar de zalm die nog op zijn bord lag.

'Het is toch bijna op? Ik heb niet zo veel honger.'

'Zonde.'

'Moet gij…?'

'Nee, nee, dat niet.'

Isabelle keek om zich heen. Ze probeerde discreet met een nagel iets tussen twee tanden uit te vissen.

'Ik probeer gewoon, op mijn manier, iets… tja, een verschil te maken. Het is zo'n rare wereld daarbuiten, en ik had het gevoel…' Lucas keek er zorgelijk bij, 'ik wou iets concreets proberen, iets wat te midden van al dat onoverzichtelijke… Al die machteloosheid die…' Hij haatte het dat hij zo manifest niet uit zijn woorden kwam.

'En, is dat aan het lukken, vindt gij?'

Lucas haalde zijn schouders op. Hij wou dat hij durfde te zeggen wat hij nu dacht.

'Ge zoudt ook het verschil kunnen proberen te maken als magistraat, of voor de mensen van wie ge houdt, om maar iets te noemen.'

'Dat probeer ik óók.'

'Hoe dan?' Ze trok haar servet recht.

'Ik heb mijn ouders gezien.'

'Ah, zijn dat tegenwoordig de mensen van wie ge houdt?'

'Wacht, als ge het hoort gaat ge...'

Isabelle zwaaide hevig in de richting van de ober. Toen keek ze weer naar hem.

'Ik wil nog wat van die wijn.'

'Ik was mijn moeder onverwacht tegen het lijf gelopen in de instelling, en ik heb haar naar huis gebracht.'

'Waarom hebt ge dat gedaan?'

'Ze stond daar zonder vervoer. Ik kon moeilijk anders.'

'Typisch dat ze dat dan zo afdwingt.'

Hij probeerde de toon te interpreteren waarop Isabelle dat zei. Richtte haar afkeuring zich nu op hem of op zijn moeder?

'En toen we arriveerden, kwam mijn vader opeens naar buiten.'

'Om iets tegen u te zeggen?'

Ze praatte snel, zij leek te willen dat hij ook meer tempo maakte, dacht hij, maar misschien zei dat vooral iets over hem.

'Nee, gewoon, hij had ons niet gezien, hij zette de vuilniszak op de stoep.'

'En?'

'Ik ben in het huis geweest, er kwamen allemaal herinneringen boven, het was, tja, veel. En om een lang verhaal kort te maken: nadien ben ik bij de buren gaan bellen om te vertellen wat er vroeger thuis is gebeurd.'

Isabelle keek hem vol onbegrip aan.

'Hoe bedoelt ge? Waarom?'

'Waarom niet?'

'Eh,' ze keek verbouwereerd, 'omdat zoiets privé is, bijvoorbeeld, daar hebben anderen toch niets mee te maken?'

'Waarom is dat privé? Vindt ge dat het iets is waar ik mij over moet schamen?'

Isabelle ademde blazend uit, haalde haar schouders op.

'Precies daar zit het probleem, hè, dat mensen blijkbaar vinden dat ge u moet generen, dat zoiets niet hardop mag –'

Isabelle onderbrak hem: 'En ook omdat het niet over u gaat, maar over Suzanne.'

'Suzanne was doodcontent, daarom wou ik het u vertellen, als reactie op gij die vondt dat ik iets moest doen voor...'

Isabelle knikte hevig, die zin moest hij niet afmaken.

'Voor mijn zus was dat echt iets belangrijks, zo bleek nadien.' Lucas zag haar gezicht weer voor zich, hij werd er warm van. 'En het gaat trouwens óók over mij.'

'Hoe? Hij heeft u toch niet –'

'Niet echt, maar één keer was er toch, bon, ik ga dat hier nu niet... maar niet aangenaam. En nog los daarvan, zo'n vader hebben, dat is echt ingrijpend. En zo'n moeder. Ge moet weten, hij heeft mij nooit de –'

'U wou nog wat van dezelfde wijn?'

De ober toonde de fles, Isabelle knikte. De ober schonk bij, ruimde de borden af en verdween weer. Isabelle nam een slok, ze zoog lucht naar binnen, Lucas hoorde de wijn op haar tong spelen.

'Gewoon. Het was in een impuls, maar ik denk dat ik intuïtief scherp heb aangevoeld wat er moest gebeuren. Dat recht en rechtvaardigheid niet altijd samengaan, weet ik allang. Dat ik net nu enige rechtvaardigheid heb weten te forceren, dat voelde juist, zeker toen ik Suzanne...'

Isabelle wiebelde haar hoofd heen en weer, precies zoals Pippa het ook kon doen. Lucas liet spontaan zijn zin in het ijle hangen.

'Het lijkt me zoiets om, ja, ik weet het niet, het is toch de boel weer oprakelen, niet?'

'Wat hij heeft gedaan is –'

'Totaal verwerpelijk, ja,' Isabelle nam nog een slok. 'Vooral voor Suzanne is dat afschuwelijk geweest, als ge de gevolgen ziet. Maar ik bedoel: waarom zoudt ge er uw energie in blijven stoppen? Heeft hij dan niet gewonnen? Als hij ziet dat het u nog zo bezighoudt, na al die jaren? Ik zou hem dat niet gunnen.'

'Het gaat niet over hem. Het ging over mij. En over mijn zus.'

'Ik vraag me af of ge er niet gewoon een streep onder moet trekken. Nu ja, gewoon. Of ge dat niet moet proberen. Omdat dat aangenamer is voor uzelf, hè. Blijven vasthouden aan –'

'Er is een verschil tussen bewust vasthouden aan iets en dat iets u nog parten speelt, hè.'

'Ik heb alle toestanden achter mij gelaten. Dat was iets anders, maar toch. Ik wil vooruit in het leven, met terugkijken komt een mens nergens.'

'Dat is maar zeer de vraag.'

'Of een mens…?'

'Ik denk dat ge ook moet durven terugkijken om vooruit te kunnen, maar ik bedoelde: of gij dat achter u hebt gelaten.'

'Komaan!' Isabelle rolde met haar ogen.

'Als ik zie hoe gij soms nog –'

'Als ge me nu echt kwaad wilt krijgen…' Isabelle volgde met haar blik de chef die zelf een tafel kwam bedienen, in de hoek. Zij wilde heel even naar wat ook kijken, als het maar niet Lucas was, dat kende hij van haar.

'Nee, nee, ik zal het gewoon over mij hebben dan. Ik begin nu pas te beseffen in welke mate dat verleden mij heeft bepaald in wat –'

'En hoe reageerden die buren? Die zullen dat toch raar hebben gevonden, opeens iemand aan hun deur met zo'n verhaal.'

'Wisselend.'

Isabelle beet een velletje van haar vinger. 'Vindt ge dat nu geen raar idee dat die verhalen over uw verleden overal kunnen opduiken? Ge weet toch niet wie die mensen allemaal kennen. Stel u voor dat dat de ronde gaat doen.'

'Tja.' Lucas stak zijn handen in de lucht, alsof hij het verder ook niet wist.

'En dat vindt ge niet vervelend?'

'Dat het gebeurd is, is vervelend.'

'Ja, natuurlijk, maar ge snapt toch wat ik bedoel?'

'Dat weet ik niet. Of ja, ja, ik snap het, maar...' Lucas liet die zin in de lucht hangen, hij kon er niks anders mee, merkte hij. 'Gij geeft mij nu het gevoel dat ik mij moet schamen.'

'Allee, dat zeg ik toch niet.'

'Maar jawel.'

'Hoezo dan?'

Lucas had geen zin om het nog eens uit te leggen. Hij schoof zijn stoel iets naar achter, staarde naar het witte tafelkleed. Een oude vrouw kwam voorbij, op weg naar de toiletten, ze droeg een glimmend rode jurk en opvallend hoge hakken.

'Heerlijk toch, zij?' zei Lucas.

'Er zijn belangrijker dingen om het over te hebben dan over wildvreemden met foute kleren die onze tafel passeren, denk ik.'

Lucas maakte een knoopje van zijn hemd los. Het was hier warmer dan anders. Hij keek naar Isabelle, naar de geïrriteerde trek om haar mond, hij voelde haar wippende voet onder de tafel, hij dacht aan zijn vader die hem zelden of nooit had aangekeken wanneer ze samen aten, hij hoorde zijn moeder verwijtend vragen hoe hij nu in godsnaam zoiets belangrijks had kunnen vergeten, hij voelde de spanning in zijn nek, hij nam een slok, hoorde de stilte knagen, ademde diep in en zei toen: 'Lucky, dat klinkt echt belachelijk.'

Isabelle moest er spontaan om lachen.

'Maar, wat zegt gij nu? Ik bedoel –'

'Isabelle, het spijt mij maar ik merk, ik voel, ik... ik wil hier niet zijn, eigenlijk.'

Isabelle keek hem aan, verbaasd, kwaad misschien.

'Ik denk dat wij niet meer samen moeten zijn.' Lucas slikte, voelde het klamme zweet in zijn handpalmen.

Isabelle zei niks, ze hield haar blik op hem gericht, uitdrukkingsloos.

'Ik wil niet meer op dun ijs staan.'

'Niet in raadsels beginnen te spreken, hè, gij. Ge weet dat ik daar niet tegen kan…' het klonk afgemeten, zakelijk bijna.

'Ik wil niet meer het gevoel hebben dat ik moet proberen om goed genoeg te zijn, attent genoeg, slim genoeg, succesvol genoeg om u… Ik wil niet meer het gevoel hebben dat het eigenlijk nooit genoeg is.'

'Dat is iets van u, hè.'

'Ja, ook misschien. Maar dat is wel iets wat ik vooral bij u heb, en wat grote consequenties heeft, voor mij.' Lucas kraakte zijn nerveuze vingers. 'Ik wil niet meer degene zijn die ook getolereerd wordt aan tafel met uw vrienden. Degene die niet genoeg bergen verzet in zijn job. Degene die te meegaand is met uw dochter. Degene die zich moet verantwoorden als hij mensen warm probeert te… Ik bedoel: ik wil, goh, ik weet niet: echt samen, echt dichtbij, echt betrokken, ik wil voelen dat het mijn vrouw bezighoudt, dat wat mij… zoals ik dat tegenover u altijd heb gehad.' Hij keek haar aan met iets smekends in de blik bijna. 'Snapt ge?'

Isabelle schudde haar hoofd. 'Ge geeft mij de schuld, dat is wat ik hoor.'

'Ik geef u nergens de schuld van. Ik probeer uit te leggen hoe ik het voel, waarom ik niet meer verder kan. Ik wil niet de rest van mijn dagen…' Lucas zocht krampachtiger naar woorden dan hij ooit deed. 'Dat jongetje dat door zijn vader werd mismeesterd en gekleineerd, en door zijn moeder genegeerd en dan weer totaal opgeëist, dat is… Ik wil niet meer… Ik kan het niet meer, Isabelle. Ik wil u niet kwetsen, maar… dit is volgens mij voor geen van beiden goed. Ik wens u ook iets anders toe, iets wat beter werkt voor u, iets wat meer klopt bij wie gij zijt. Ik weet niet, ik ga niet voor u spreken, maar… Afijn, snapt ge?' Hij wou haar hand even aanraken, zij trok ze terug. 'Gij voelt dat toch ook? Wij kunnen samen niet… Ik bedoel: we verdienen allebei iemand die ons verstaat.'

'Ik versta u heel goed.'

Lucas slikte. Hij staarde naar zijn handen.

‘Maar ik voel mij niet begrepen, Isabelle. Het is altijd gegaan over wat voor u werkte, en ik ging daarin mee, hè, daar niet van. Maar dat gaat gewoon niet meer, voor mij. Het spijt me echt. Ik… Gij hebt mij niet nodig. Ik ben daar eigenlijk zeker van.’

‘Allee, geestig dat gij daar zeker van zijt.’

‘Weet ge?’ Hij zuchtte. ‘Misschien is samen blijven gemakkelijker dan ons af te vragen waarom we hebben gekozen voor iemand die niet goed voor ons was.’

Isabelle kneep haar lippen samen, vouwde haar handen.

‘Ik heb het begrepen, Lucas. Ik zal met Peter overleggen hoe we dat verder het best regelen.’

‘Begint gij nu over een advocaat… Het hoeft niet zo te –’

‘Gij hebt beslist hoe het gaat, niet vergeten.’ Ze keek hem aan, fel, uitdagend. ‘Gíj hebt beslist.’

Isabelle stond op, legde ondramatisch haar servet op tafel en verdween achter het muurtje waar de vestiaire zich bevond. Lucas zag een arm in een jas worden gestopt, haar achter een kraag uit gehaald. Ze liep met haar vastberaden tred door het gordijn en zo naar buiten. Lucas bleef naar dat gordijn staren dat meebewoog met de windvlaag die zij achterliet. Zo gemakkelijk is verdwijnen, dacht hij.

Hij nam zijn glas en dronk, kleine slokjes, keek om zich heen. Overal tafels van twee, een van vier en een van vijf, en hij tegenover een lege stoel. Hij voelde zich niet eenzamer dan de voorbije kwartieren. Hoe hij zich wel voelde, wist hij nog niet. Straks misschien, als hij door de nacht ging rijden, als hij niet meer tegen zichzelf zou praten, als hij nergens meer aan dacht, als hij zich weer durfde te herinneren wie hij eigenlijk was, of wilde worden.

ZEVENENDERTIG

Een bleke zon stond hoog aan de hemel. Een zwerm spreeuwen vloog in opzienbarende formatie voorbij. In de straten leek alles nog te slapen. Lucas ramde op de trappers om het warm te krijgen. Van Isabelle had hij niks meer gehoord. Pippa had geprobeerd te skypen toen hij al in zijn bed lag. Hij had een bericht van haar gevonden dat hem aangreep. Dus haar had Isabelle wel meteen gebeld, waar hij blij om was. Met Isabelle zou het goed komen, dat wist hij wel zeker.

Hij had negen uur aan een stuk geslapen en toen hij wakker werd, besefte hij dat hij echt alleen was nu. Een verontrustende gedachte, dat moest hij toegeven, al geloofde hij dat het nodig was. Hij was in deze maanden dat hij het met zichzelf moest doen alvast meer te weten gekomen dan in al die voorgaande jaren.

Hij had die ochtend rondgekeken en het miraculeus lelijke winterlandschap aan de linkermuur gezien, geschilderd met veel violet en okergeel, de teddybeer die als sierstuk de tijd zat te trotseren op de kaptafel in de hoek, de zware eiken kleerkast die hem aan zijn ouderlijk huis deed denken, en hij had beslist dat het stilaan tijd werd om wat van Francines spullen te vervangen. Hij durfde niet te voorspellen hoe zijn leven er over een jaar zou uitzien, maar nu hij hier woonde, moest hij er toch maar echt zijn thuis van maken.

Hij had gedoucht, en terwijl hij zich aan het afdrogen was, had hij de film van de avond in dat restaurant weer afgespeeld. Al bij het binnenkomen was hij te moe geweest voor de angst die het nemen van grote beslissingen in de weg gaat zitten, dacht hij nu, en hij had het gevoeld. Alles. Daarna was er geen weg terug. We weten altijd meer dan we onder ogen durven te zien, dat werd nog maar eens bewezen. En er bestaat niet zoiets als vergeten. Dat waarnaar niet wordt gekeken, verschuilt zich in die schemerzone waar keuzes worden aangestuurd en verdriet zich niet weg laat wuiven. Suzanne had hem ooit gezegd dat Danny beweerde dat we zoeken naar die mensen die ons bevestigen in ons diepste zelfbeeld, zelfs als dat eigenlijk beschadigend is. Toen ze hem dat jaren geleden aanreikte, had hij dat niet begrepen, vanmorgen was die zin weer aan komen waaien.

Hij vond het perfide: Suzanne wist alles wat ze weten moest, alleen kon zij het vaak nog niet omzetten in daden die haar ook ten goede kwamen. Hij hoopte zo dat ze daar wel toe in staat zou zijn, ooit. Hij geloofde er nu meer in dan tevoren, merkte hij. Ook om wat hij met zichzelf had zien gebeuren. Had iemand hem een jaar geleden dit scenario geschetst, hij zou erom hebben gelachen. Nu leek het zo'n vanzelfsprekend noodzakelijke stap, hij was bijna kwaad op zichzelf dat hij niet eerder had begrepen hoe de dingen in elkaar staken. Hij ging straks op bezoek bij Suzanne, hij keek ernaar uit om haar te zien en bij te praten. Want hij had woord gehouden.

Lucas' neus was ijskoud en hij had de wind tegen, maar deze ochtend leek niks hem te kunnen deren, hij was op weg. Hij tastte met een hand naar het tasje op de bagagedrager, het zat er nog. Een auto reed voorbij. Een hondenkop met heel veel haar stak uit het raam, op de bumper twee stickers: THIS IS NOT A DENT, IT'S A BATTLE SCAR en daarnaast: TAKE IT EASY, LIFE IS SHORT, met een smiley. Net omgekeerd is het, dacht Lucas. Juist omdat het leven kort is, moet je het even moeilijk durven laten zijn, als dat nodig blijkt. Hij klikte nog een versnelling hoger. De bumper verdween uit het zicht.

Hij reed de straat in en vertraagde. Hij checkte of hij beweging zag bij het huis, maar alles was rustig. Een meter of vijf verderop zette hij zijn fiets op de standaard en haalde het tasje onder de bagageriem uit. Hij maakte de doos open en raakte ze allemaal even aan. Hij koos voor groen, de kleur van hoop en vrede tenslotte. Hij liep naar het voetpad, bestudeerde het oppervlak. Het moest even breed worden als het huis, vond hij. Hij begon. Eerst de 'I', toen de A, de M, de H, de E, even twijfelde hij, maar Lucas had geen zin in pedant corrigeren en er mocht geen twijfel bestaan over de afzender, dus schreef hij een E en dan een R. Hij ging een aantal keer over elke letter heen om het goed zichtbaar te maken: I am heer. Dat zou Riley zeker vatten.

Toen het klaar was, stond hij weer op, monsterde de omgeving, de kust was nog steeds veilig. In Rileys huis zat alle leven verstopt achter het gaasgordijn. Lucas onderstreepte de 'am' en zette er nog een uitroepteken achter. Hij die eigenlijk een hekel had aan uitroeptekens, een te drammerig leesteken, maar nu en dan mochten de dingen onmiskenbaar duidelijk zijn.

Lucas liet de doos met stoepkrijt staan als de punt onder het beentje van het uitroepteken, daar hadden Riley of Amy of een van de andere kinderen uit de buurt misschien nog wat aan. Hij hoopte dat Riley het gauw zou zien, dat hij een manier kon bedenken om hem gauw terug te zien.

Lucas nam zijn fiets en maakte rechtsomkeer. Terwijl hij de straat uit reed, zwaaide hij naar Riley. Het is niet omdat een gebaar niet wordt gezien dat het niet telt.

ACHTENDERTIG

De vrachtwagen piepte. Hij reed een stukje achteruit en draaide daarna de weg weer op. De mannen van de verhuisfirma hadden de klus in anderhalf uur geklaard, maar de chaos viel nauwelijks te overzien. Lucas liep terug naar binnen en krabde in zijn haar. Overal waar hij kon kijken stonden dozen en spullen. Zíjn spullen, zo had Isabelle ze genoemd, dingen die ze sowieso nooit mooi had gevonden, of toch niet echt, had ze eraan toegevoegd toen hij haar had gebeld om te horen wat er aan de hand was.

Er waren nog maar een aantal weken voorbijgegaan sinds hun etentje, maar zij had schoon schip gemaakt. Zij wilde het huis, dat leek haar ook logisch, gezien alles, de advocaat zou een financieel voorstel doen een dezer dagen, en hij kreeg alvast terug wat hem toebehoorde. Onaangekondigd stonden vreemden ermee aan zijn voordeur. Zij hield niet van aanmodderen en de boel nodeloos rekken, had ze gezegd. Zoveel was duidelijk, dacht Lucas terwijl hij met zijn voet een doos uit de weg schoof.

Lucas bleef in de hal staan, alsof zijn vorige leven hem de toegang ontzegde. Hij zag de oude Le Corbusier-loungefauteuil die hij ooit in een antiekzaakje in Amsterdam had gekocht, het leer aandoenlijk gecraqueleerd, de schrijftafel met die beschadigde poot die hij nooit weg had willen doen, het schilderij van die jonge kunstenaar die dan toch geen naam had weten te maken.

De verhuizers hadden gezegd dat ze betaald waren om alles op dit adres af te leveren. Ze hadden er verontschuldigend bij gekeken en een van hen had hem op de schouder geklopt, wat het nog erger maakte. Maar geen zorgen, ze zouden een doorgang laten. Smaller had die niet kunnen zijn, op sommige plaatsen moest Lucas schrijlings passeren.

Hij maakte hier en daar een doos open, vond van alles terug waarvan hij vergeten was dat hij het had. Een Parker-vulpen in een doosje, eeuwen geleden gekregen van zijn eerste officiële vriendinnetje. Een fotoalbum met foto's van Pippa als kleuter die hij had gemaakt in die periode waarin hij zich wat met fotografie had beziggehouden. Een dagboek van toen hij elf was, hij had er maar veertien keer in geschreven. De eerste zin op de eerste pagina bleek te zijn: 'Het was weer een leuke dag vandaag.' Hij had zeker geweten dat zijn moeder het zou lezen, dacht hij nu. Een rapport van het vierde leerjaar met commentaar van de juf met het rode haar en een pukkel naast haar neus: 'Lucas is snel afgeleid, hij moet beter opletten in de klas.' Een ingelijste foto van Rita als jong meisje voor het huis waarin hij groot was moeten worden.

Hij vond vuilniszakken vol pakken, voornamelijk grijze, hier kon hij er alvast niks mee doen. Er was een gesprek gepland met de voorzitter. Lucas hoopte dat hij zijn verlof nog kon verlengen, maar het was verre van zeker dat ze hem dat zouden toestaan. In dat geval moest hij ontslag nemen, maar als hij dat deed trok hij min of meer definitief de deur van de magistratuur dicht. Eenmaal weg was terugkeren verre van evident. Een heftige beslissing om te nemen wel, hij zou alvast alles in de strijd gooien tijdens dat overleg.

Hij zag dozen vol boeken, maar geen boekenkast, een tosti-ijzer, wellicht omdat zij geen brood meer at, de slowjuicer die Isabelle had gekregen van een vriendin die niet wist dat zij niet van fruit hield – dat waren ook suikers, zei ze. Onwennig inventariseerde hij wat er overbleef van al die gedeelde jaren. Het was raar dat het tussen Francines inboedel stond gepropt. Hij wist alvast waar hij zich de komende weken mee bezig zou gaan houden. Lucas stapte over het Eames-bijzettafeltje dat hij van Isabelle had gekregen, schonk een kop koffie in en manoeuvreerde zich tot in de woonkamer.

De zon scheen ramen van licht op de kartonnen dozen. Hij zakte weg in Francines sofa en verheugde zich op het moment dat hij prettig zou kunnen zitten. Toen Hans vorige week op bezoek kwam, had hij erom moeten lachen dat Lucas al die tijd in dit interieur had geleefd. En juist de man van wie Lucas altijd dacht dat hij rechtuit was, bleek toch nog van alles te denken over Lucas' leven en zijn relatie. Niet alleen Hans trouwens. Onder de vrienden die het nieuws hadden gehoord en de moeite namen om hem op te bellen, waren er nogal wat met uitgesproken meningen, bleek nu. De anderen hadden waarschijnlijk Isabelle gecontacteerd met verhalen die voor haar bestemd waren. Waarom zeggen mensen de dingen altijd pas achteraf?

Hij moest dringend het nummer van de dichtstbijzijnde kringloopwinkel opzoeken. En als hij in die muur grote ramen zou laten zetten, had hij een beter zicht op de brug en kon er veel meer licht naar binnen. In de hal sloeg de klok met enig gevoel voor drama twee uur. Lucas stond op, baande zich een weg door alle spullen, maakte de klok open en legde hem stil. Eindelijk.

Naar buiten nu, rondes lopen, het klonk als een aanmoediging die hij niet eens nodig had. Het voelde simpelweg onbehaaglijk als hij dat te lang niet deed. Hij dronk zijn kop koffie leeg, struikelde bijna op weg naar het aanrecht. Hij vloekte niet op zichzelf, wat hij in zulke omstandigheden doorgaans wel deed. Hij leerde bij.

Er was weinig verkeer. Een vogel vloog voorbij. Het water leek nergens naartoe te moeten. De vissen sliepen. Vrede in de vallei. Bomen zonder bladeren verstopten ook niks. Na anderhalf uur had hij het nog altijd een beetje koud. Het was ook maar net februari, de lente liet nog op zich wachten. Hij liep heen en weer op zijn brug. Hij had geen plan, behalve hier zijn. Hij stelde zich geen vragen. Hij maakte rechtsomkeer voor de volgende ronde. Hij richtte zijn blik op de verte, daar waar alle beter lag te wachten, misschien.